rowohlt
HUNDERT AUGEN

W0220619

Presseexemplar
Unkorrigierte Fassung

Bitte beachten Sie die Sperrfrist
für die Berichterstattung bis zum
26. Januar 2021.

Für Rückfragen
wenden Sie sich bitte an:

Rowohlt Verlag
Carolin Neben
Presseabteilung
Tel. +49 (0) 40 / 72 72-428
carolin.neben@rowohlt.de

Ulrike
Sterblich

Roman

ROWOHLT HUNDERT AUGEN

The
German
Girl

Originalausgabe
Veröffentlicht im Rowohlt Verlag, Hamburg, Februar 2021

Satz aus der Franziska Pro
bei Pinkuin Satz und Datentechnik, Berlin
Druck und Bindung CPI books GmbH, Leck, Germany
ISBN 978-3-498-00155-1

Don't send me no doctor
Fillin' me up with all of those pills
I got me a man named Doctor Feelgood
Aretha Franklin «Doctor Feelgood»

1974

Im achtzehnten Stock hatte jemand den Fahrstuhlknopf gedrückt. Mit einem Rumpeln setzte sich der Lift in Bewegung und fuhr ohne Zwischenhalt nach oben. Zwei Männer stiegen ein. Der eine war mit 74 Jahren so alt wie das Jahrhundert, sah aber mit seinem dichten schwarzen Haar und der trotz festem, rundem Altherrenbauch muskulösen Statur deutlich jünger aus. Er rückte die klobige schwarze Brille in seinem Gesicht zurecht, eine Brille nach der Mode von vor zwanzig Jahren. Mit dem Zeigefinger der anderen Hand, in der er eine Sporttasche mit Badesachen hielt, drückte er den untersten Fahrstuhlknopf. Sein Begleiter war jünger, trug ein neues, gediegen wirkendes Polohemd und eine elegante Hose, wahrscheinlich maßgeschneidert.

Der große Pool im Untergeschoss war zweifellos das Beste, was dieser zwanzigstöckige Wohnblock in der 86. Straße Ost in Manhattan seinen Bewohnern zu bieten hatte. Jetzt, am frühen Nachmittag war es nicht sehr voll am Pool, aber auch nicht so leer wie um zwei oder drei Uhr in der Nacht. Vier andere Hausbewohner zogen beschaulich ihre Bahnen, auf den Liegestühlen neben dem Becken blätterten zwei ältere Damen (einmal geblümter und einmal gestreifter Badeanzug) in bunten Illustrierten. Als die beiden Männer hereinkamen, stupste die eine die andere an und sagte: «Da kommt der Herr Doktor.»

Sie ließen ihre Illustrierten sinken.

Der Herr Doktor stieg ins Wasser und schwamm drauflos. Das tat er mit erstaunlicher Dynamik, allerdings mangelte es ihm an der Fähigkeit (oder am Interesse), innerhalb seiner Bahn zu bleiben. Mehrfach rempelte er in seine Mitschwimmer hinein und pflügte dann ohne jede Entschuldigung weiter durchs Becken, was man ihm offenbar nicht weiter übelnahm. Vielmehr stiegen die Badenden einer nach dem anderen aus dem Wasser und überließen das Terrain nachsichtig dem Herrn Doktor, der wie immer seine dreißig Runden absolvierte.

Die geblümte Dame blätterte in ihrer Klatschpostille herum, tippte schließlich auf das Paparazzifoto einer Schauspielerin und raunte ihrer Liegestuhlnachbarin zu: «*Sie* war letzte Woche auch wieder da.»

Die Gestreifte hob ihre Illustrierte höher vors Gesicht wie einen mit Farrah Fawcett bedruckten Schutzschild, hinter dem sie ungestört sagen konnte, was sie dachte (oder was sie wollte, dass die andere dachte, dass sie es dachte): «Aber *ich* geh da *nicht* hin! Und wenn der Präsident persönlich ginge ...»

Tatsächlich war der Präsident schon hingegangen, wie man hörte. Nicht dieser vielleicht, aber der vorletzte. Der, den man erschossen hatte. Sie tauschten konspirative Blicke aus, wie zwei Mädchen, die beim Herumalbern ertappt wurden und nun so taten, als sei es peinlich.

«Ach, sollen sie doch *alle* zu ihm gehen, kann ja jeder machen, was er will. *Ich* gehe jedenfalls *nicht.*»

Die Geblümte nickte ernst und sagte: «Du weißt doch, meine Schwägerin?»

«Die Verrückte?»

«Nein, also die war auch mal, aber ich meine die mit dem Sohn.»

«Der so hibbelig ist.»

«Genau. Die schwört jedenfalls auf den.» Sie senkte ihre Stimme. «Und der Sohn, der war jetzt auch. Und seitdem? In der Schule? Beste Noten.»

Die Gestreifte verzog das Gesicht hinter dem von Farrah Fawcett. «Ja, aber man *weiß* doch jetzt ...»

«Na sicher. Aber *sie* sagt, sie hat nur gute Erfahrungen gemacht, auch selbst, weißte, mit ihrer Gürtelrose, hatte sie doch.

Sie meint, er wüsste schon genau, was er tut. Tja. Was will man da sagen?»

«Kannst nichts sagen, muss ja jeder selber wissen.»

«Eben.»

Der Doktor war durch mit seinem Pensum. Er verschnaufte einen Moment an der Badeleiter, dann zog er sich mit einem Ruck aus dem Wasser, es lief an ihm herunter, klebte ihm die schwarze Rückenbehaarung an die Haut wie feines Seegras und die blaue Badehose unter seinen Bauch, der ihn im Gesamtbild nicht dick, sondern stattlich aussehen ließ, wie einen alten Boxer, der noch gut jemanden umhauen kann. Die Liegestuhldamen sahen es mit einem nicht ganz unangenehmen Grusel.

«*Darf* er überhaupt noch praktizieren?»

«Bislang ja.»

«Ist doch ein Ding, oder?»

«Das Verfahren läuft wohl noch. Aber die haben schon alle Panik, dass er die Lizenz verlieren könnte.»

Im Vorbeigehen spritzte der Doktor seinen Begleiter, der auf einer Liege gegenüber gewartet und dabei im *Time Magazine* gelesen hatte, mit Chlorwasser an.

«Komme gleich», sagte der, er wollte noch eben einen Artikel über Henry Kissinger zu Ende lesen, nahm dann aber doch das Magazin mit einem Finger als Lesezeichen und folgte dem Doktor in die Umkleide.

Die Damen glotzten hinterher.

In der Umkleide las der Begleiter seinen Kissinger weiter, bis der Doktor mit umgeknotetem Handtuch aus der Dusche kam, ihn ansah und sagte: «Du musst Sport treiben. Dir fehlt Bewegung.»

«Ich weiß, Max. Mir fehlt aber auch die Zeit.»

«Zeit ist genug da, man muss sie sich nur nehmen. Sich bewegen, sich fordern. Sport. Regelmäßiger Sport. So hält man die Mitochondrien in den Zellen fit. Die Mitochondrien produzieren die Energie. Das sind deine Kraftwerke. Sie passen sich deinem Energiebedarf an. Angebot und Nachfrage. Fragt man viel Energie bei ihnen an, halten sie anschließend mehr davon bereit. Vergrößern und vermehren sich. Darum Sport. Mitteilung an den Körper: Du wirst gebraucht, du sollst Energie liefern. Das hält jung. Leben ist gleichbedeutend mit Energie. Das Alter ist ein Verlust von Energie.»

Er klingt ähnlich wie Kissinger, dachte der Begleiter. Und wie er sich jetzt seine Brille wieder ins Gesicht schob, da gab es direkt eine Ähnlichkeit, oder? Oder dachte man das nur, weil sie beide aus Deutschland stammten?

«Worüber liest du da? Scheint interessant zu sein.»

«Außenpolitik. Kissinger.»

«Ah!» Der Doktor richtete sich auf, in T-Shirt, Socken und Unterhose, und rief, freudestrahlend auf Deutsch: *«Der Kissinger!»* Zog sich dann die Hose an und ruckelte seine Füße in die Schuhe. Der Begleiter legte Kissinger zur Seite und band dem Doktor die Schnürsenkel. Sport, Muskeln, Energie und dunkles Haar hin oder her; er kam nicht mehr so gut runter.

«Kissinger!», rief der Doktor noch einmal, als sie wieder in den Fahrstuhl stiegen. «Heinz Alfred Kissinger!»

Sie fuhren zurück nach oben, in den Achtzehnten, wo sich im Apartment des Doktors schon wieder ein paar Bedürftige mehr eingefunden hatten. Ein Politiker unterhielt sich, locker in den Türrahmen gelehnt, mit einer Modedesignerin. Aber auch der Anwalt war aufgetaucht, er saß auf dem Sofa unter der gerahmten Hochzeitscollage und zeigte eine besorgte Miene, wie es so seine Art war.

Der Doktor schritt durchs Zimmer, grüßte knapp nach verschiedenen Seiten hin und zog sich für einen Moment zurück in sein Schlafzimmer.

Er schloss die Tür. Dann streckte er den Rücken durch, ließ die Arme kreisen, rotierte mit angewinkelten Ellenbogen den Oberkörper, machte einige Seitenbeugen. Ließ sich ein wenig vornüberhängen und rollte dann den Rücken langsam wieder auf, Wirbel für Wirbel. Ging rüber zu der hellen Kommode mit den vielen Schubladen, die noch aus dem Potsdamer Haushalt seiner verstorbenen zweiten Frau stammte, Nina, holte eine frische Kanüle aus einem der oberen Schubfächer, setzte sie auf eine Spritze, die eben noch neben einem Brillenputztuch, ein paar leeren Batterien und einer großen Apothekerflasche oben auf der Kommode gelegen hatte, zog die Spritze halb voll mit Flüssigkeit aus der Flasche, setzte sich damit aufs Bett und applizierte sich den Inhalt der Spritze in den Handrücken rechts. Er konnte mit links und rechts gleich gut spritzen, eine seiner vielen erstaunlichen Talente.

Einen Moment lang saß er da und spürte der einsetzenden Wirkung nach. Der Mensch braucht alle Energie, die er kriegen kann, besonders, wenn er selbst viel leisten muss. Auf Basis von Energie wird Arbeit verrichtet.

Deutlich erfrischt, richtete er sich wieder auf, bewegte sich auf die Tür zu, in der ein Spiegel hing, auch so ein altes Ding noch aus Berlin, und in dem Spiegel sah er sie hinter sich am Fenster stehen, Nina. Darüber wunderte er sich nicht allzu sehr, es war ihm schon einige Male passiert, meist so wie jetzt, nach der Spritze. Es erschien ihm interessant. Früher hatte er keine Halluzinationen gekannt. Die Thesen und Ansichten dieses LSD-Professors aus Kalifornien (der selbstverständlich auch schon bei ihm gewesen war und den er sehr in Erstaunen versetzt hatte, als er mit nur einem Piks dessen schlechtes Gehör deutlich verbessern konnte) hatte er immer mit Interesse verfolgt, er selbst sah aber nie irgendein Potenzial in halluzinogenen Substanzen. Sein Bruder war da experimentierfreudiger. Er chauffierte ihn oft von hier nach dort, und einmal, nachdem Max ihn wegen eines Notfalls gerufen hatte, befand er sich offenbar auf einem sogenannten Trip. Plötzlich an einer Ampel rief er «Whoa!» und erklärte auf Nachfrage, leuchtende Früchte hingen da oben, eine Tomate, eine Zitrone und ein Apfel. Dann drehte er sich zu Max nach hinten, lachte hysterisch und rief: «Du bestehst aus unterschiedlichen Teilen, und deine Brille ist nur aufgemalt!»

Zuerst musste er jetzt mit Rose reden, seinem Anwalt. Das

musste erledigt sein, sonst saß der da weiter mit Bedenkengesicht und verbreitete Kümmernis und Sorge, was keiner gebrauchen konnte. Max ging auf ihn zu, den Paragraphenreiter mit seinem akkuraten Anzug und der dezent gemusterten Krawatte. Beim Händedruck stellte er zufrieden fest, dass die Energie ganz klar von ihm zum Jüngeren floss, nicht umgekehrt.

Simon Rose lächelte.

«Max! Frisch vom Schwimmen, was? Können wir gleich ungestört reden? Zwanzig Minuten.»

«Natürlich, gehen wir in mein Arbeitszimmer.»

Der Anwalt stand auf und strich sich sorgsam das Jackett glatt.

Typisch Max. Geht schwimmen und lässt alle warten. Rose verstand nicht, dass Max den Ernst der Lage nicht erfasste. Anscheinend hielt er sich für ein Wesen, das außerhalb solch profaner Einschränkungen operierte, wie Gesetze sie darstellten. Galt womöglich auch für Naturgesetze, alles was nicht mit Dr. Max kooperierte, war seinem Genie nur im Weg und konnte gehen.

Das Arbeitszimmer war eine Kammer, in der sich Papier und Zeug stapelten, auf dem Tisch, auf dem Stuhl, auf dem Boden. Der Mülleimer quoll über, die Schubladen standen halb offen, weil sie zu voll waren, um zu schließen. Simon Rose räumte ohne nachzufragen einen Schlüsselbund und einen Apfelgriebsch vom Stuhl und setzte sich.

Der Arzt und der Anwalt saßen so dicht, dass ihre Knie fast aneinanderstießen. Aus einer weichen braunen Ledertasche holte der Anwalt einen Aktenordner hervor. Dann wusste er nicht, wohin mit der Tasche, stopfte sie schließlich unter den Stuhl und schlug den Ordner auf, gleichzeitig darum bemüht, den prekären Abstand zwischen ihren Knien einzuhalten. Die ganze Zeit sah der Doktor ihn an. Als würde er Rose nicht ganz für voll nehmen. Und das nach diesem ganzen Irrsinn, nach einem Jahr voller Anhörungen mit Hunderten Zeugenaussagen, festgehalten auf 4000 Seiten Protokoll.

Rose wollte gleich zum Punkt kommen, aber während er noch Luft holte, sprach erst mal der Doktor.

«Wie geht es dir, Simon?»

«Gut geht es mir, Max, alles okay, danke.»

«Der Magen?»

«Wie immer, ich ...»

«Nicht gebessert?»

«Doch, etwas.»

«Hältst du dich an meinen Rat?»

«Ich versuche es.»

«Also nein.»

«Ich trinke wirklich nicht besonders viel, Max.»

«Du sollst gar nichts trinken, vor allem keinen Wein.»

«Ich weiß.»

«Dann halt dich daran.»

Max klang noch kantiger, wenn er im Kommandoton sprach, wobei er natürlich meistens im Kommandoton sprach. Simon Rose hatte mit seinem Sohn im Kino ein paar japanische Godzilla-Filme angesehen. Der Sohn war gerade regelrecht versessen auf Godzilla. Und seitdem ... Rose verstand es auch nicht, es gab keine direkte Ähnlichkeit, aber in seinem Kopf existierte plötzlich eine irritierende Verbindung zwischen Max und Godzilla.

«Max!» Es half ja nichts. «Ich habe keine guten Nachrichten.»

Pause. Der Alte sah ihn schon wieder so an. Nicht wie eine Riesenechse, eher wie ein Habicht. Er hatte diesen Blick, vor dem es kein Entkommen gab. Blinzeln musste er anscheinend gar nicht.

«Du weißt, wie viel wir unternommen haben, und wir wissen beide, wie viele Menschen für dich ausgesagt haben und wie viel du ihnen allen bedeutest. Aber es gibt, wie du ebenfalls weißt, leider auch noch die anderen. Die auch geredet haben. Und die Kammer hat ihren Aussagen offenbar mehr Bedeutung beigemessen als deinen Fürsprechern.»

«Und?»

«Du verlierst die Zulassung, Max.»

Simon Rose wusste nicht, wo er hingucken sollte. Max schlug das rechte über das linke Bein, die Schleife am rechten Schuh hatte sich gelöst, die Schnürsenkel hingen herunter. Simons Sohn spielte die Filme hinterher immer mit einer Godzilla-Figur aus Hartgummi nach, stundenlang baute er aus seinen Spielsachen dafür eine kleine Stadt auf, mit Eisenbahn, Häusern und Bäumen, bevölkert von anderen Figuren, darunter Polizisten, Ritter und GI Joe. Und dann kommt Godzilla und wirft alles unter schrillstem Gekreisch um. Keine Chance für GI Joe. Seine Frau sagte, der Junge müsse sich das, was er fürchtet, zu eigen machen, um es zu überwinden.

«Auf welcher Grundlage?», fragte Max.

«Hier ist der Bericht. Da ist alles genau ausgeführt.»

Rose reichte Max die zweiundvierzig Seiten mit dem Abschlussprotokoll des ärztlichen Aufsichtsgremiums. Achtundvierzig Fälle von standeswidrigem Verhalten hatten sie aufgelistet, außerdem Betrug und arglistige Täuschung, aber das sagte Rose jetzt nicht laut.

Max legte den Bericht auf einen ausufernden Papierstapel, der dadurch vollends in Schieflage geriet.

«Ich werde das nicht akzeptieren», sagte er.

«Ich weiß nicht, ob ...»

«Wann kann ich mit Louis sprechen?»

Natürlich. Er wollte wie immer lieber mit Louis sprechen. Der große, berühmte Arzt will den großen, berühmten Anwalt.

«Ich sage ihm, er soll sich melden. Er ist nur gerade beschäftigt mit diesem Film.»

«Film?»

«Sie verfilmen seine Memoiren.»

«Aha? Wie schön. Ich hoffe, er ist trotzdem noch mein Anwalt.»

«Ich sage ihm Bescheid.»

Dieses verdammte Zimmer könnte Max vielleicht auch mal

lüften, dachte Rose, als sie beide aufstanden, Rose ein wenig betreten, da blieb der Doktor mit dem Schnürsenkel irgendwo hängen und rumpelte gegen den Schreibtisch, sodass der schiefe Papierstapel mit dem Protokoll darauf endgültig kippte und als Papierlawine Richtung Boden stürzte, erst ein großer Schub, zum Schluss in ein paar einzelnen, fröhlich segelnden Blättern.

Ohne sich darum zu scheren, lief Max aus dem Raum, Rose stieg hinter ihm mit seiner Tasche im Arm über den Papierhaufen hinweg. An der Wohnungstür verabschiedeten sie sich.

Im Fahrstuhl dachte Rose darüber nach, dass Max ihm nichts angeboten hatte. Keine Spritze heute. Schon vorher, auf dem Weg zu Max, hatte er sich gefragt, ob er ein Schüsschen nehmen sollte, wenn der es ihm anbot, was er üblicherweise tat.

Heute aber nicht.

Er stieg aus dem Fahrstuhl, immer noch nicht sicher, ob er überhaupt eine Spritze gewollt hätte. Tat ja schon gut immer.

Draußen trafen ihn die Helligkeit und der Lärm der Straße, wie sie einen Menschen mit Schlafmangel eben treffen. Möglicherweise hätte er ausgerechnet heute einen kleinen Schub ja doch gut gebrauchen können. Der Tag drohte lang und anstrengend zu werden. Er musste mit einigen Leuten sprechen, die als Zeugen in Frage kamen für den Mordfall mit diesem Musikproduzenten und seiner Frau. Sehr enervierend. Die beiden waren in ihrer Wohnung überfallen und ausgeraubt worden, sie hatte man vergewaltigt, ihn umgebracht. Dann wurden die Täter gefasst, und einer sagte aus, von der Frau und deren Liebhaber als Killer angeheuert worden zu sein. Jetzt verteidigte Rose die Frau. Schwierig alles. Auch mit Max. Rose kannte sämtliche Aussagen für und gegen ihn. Er hatte jeden Zeugen und jede Zeugin vor dem Komitee selbst befragt, so detailliert, dass es den meisten zu viel war. Er kannte die Berichte von Max' zahllosen Wundertaten, und er kannte die Horrorstorys vom skrupellosen Speed-Doktor. Er hatte einfache und berühmte Leute befragt, Stars, Modelle, Politiker, Unternehmer, die alle gar nicht genug beteuern konnten, was Max für ein großer Mann sei und dass sie ihm ewig treu und dankbar sein würden, und er hatte andere gehört, die ihn schwer belasteten. Eine ehemalige Sprechstundenhilfe nannte ihn einen gestörten Quacksalber.

Louis holte sich gern mal eine Vitaminspritze ab bei Max, und nach anfänglichem Zögern hatte Rose es dann ebenfalls versucht. Und das war dann schon was. Sehr stimulierend war das. An dem Tag hatte Rose im Büro Arbeit weggeschafft, die er vorher ewig verschleppt hatte, alles wie nebenbei, am Schluss hatte er noch eigenhändig eine Pflanze umgetopft, die ihrem alten Kübel längst entwachsen war, und auf dem Nachhauseweg kaufte er ein Parfüm für seine Frau, nur weil der Flakon ihn so angefunkelt hatte, und dazu noch Karten für eine neue Broadway-Show.

Heute wäre so ein kleiner Kick sicherlich hilfreich gewesen.

Einen Moment lang überlegte Rose, mit dem Fahrstuhl zurück nach oben zu fahren, um sich genau diesen Kick doch noch schnell abzuholen, war sich dann aber wieder unsicher, und wer wusste, wie Max reagieren würde. Also stieg er in sein Auto und kramte nach dem Namen und der Adresse des Arztes, der seine Mandantin nach der vorgeblichen Vergewaltigung durch den Einbrecher untersucht hatte.

Die Praxis lag ganz in der Nähe, nur ein paar Straßen weiter. Dr. Robert Freymann der Name.

In den Sechzigern fing jeder an, sich für jeden zu interessieren.
Andy Warhol

Januar 1969

Seit einer Stunde saß Paul in einer Bar an der Park Avenue und wartete auf Mark. Um pünktlich hier zu sein, war er losgehetzt wie ein Irrer, und weil es nicht anders ging, hatte er sich außerdem einen Job entgehen lassen. Nun hockte er hier und bestellte sein viertes Bier.

Er hätte es lockerer genommen, wäre Mark nicht ein notorischer Zuspätkommer gewesen. Eine seiner vielen schlechten Eigenschaften. Hätte Mark sich erkennbar darum bemüht, zur vereinbarten Zeit am vereinbarten Ort zu sein, hätte Paul ihm das Warten auch mal verziehen. Aber Mark beanspruchte das Recht auf ein eigenes Zeitsystem. Was ihn nicht davon abhielt, Verabredungen mit fester Uhrzeit zu treffen. Und Paul fiel jedes Mal darauf herein. Andere sicher auch. Pat hatte sich jedenfalls immer und immer wieder darüber beklagt, und nun waren sie geschieden.

Er bezahlte und wechselte dabei einen Schein, um Münzen für das Telefon zu haben.

«Schöne Hände», sagte die Frau hinterm Tresen, als er ihr ein Trinkgeld rüberschob.

Leider konnte Paul vom Telefon aus den Gastraum nicht im Auge behalten, und er fürchtete, Mark würde genau jetzt zur Tür hereinkommen, ihn nicht sehen und seinerseits wieder abdrehen. Er ließ das Telefon eine Weile klingeln. Für wen auch immer, für die Katze, für die Bilder an den Wänden.

Weil ihm anschließend nichts Besseres einfiel, machte er sich auf den Weg zu Marks Apartment. Es war bitterkalt und inzwischen auch dunkel, und während er im Gehen seine gefütterten Handschuhe überzog, fragte sich Paul, ob diese Freundschaft eine Zukunft hatte. Es war ja nicht nur die Unzuverlässigkeit. Auch die cholerischen Anfälle, die groteske Selbstbezogenheit und vor allem die komplett außer Kontrolle geratene Paranoia machten den Umgang mit Mark zu einer Achterbahnfahrt, die immer weniger Spaß brachte. Aber er hoffte immer noch, dass sein alter Mark eines Tages zurückkehren würde. Der charmante, großzügige, witzige, talentierte Mark Shaw.

Nicht mehr weit von Marks Haus entfernt hörte Paul einen grässlichen, geradezu ekelhaften Schrei. Direkt hinter sich. Er fuhr herum, die Hand an einer Waffe, die er nicht mehr hatte. Der Schrei war nicht von oben gekommen, nicht aus einem Haus, er hatte ihn direkt hinter sich verortet. Aber da war niemand. Er ging ein paar Schritte zurück bis zu einer Gruppe silbergrauer Mülltonnen, die an der Bordsteinkante standen, als hätten sie sich in einer ausweglosen Situation hilfesuchend aneinandergekuschelt. Zwei strubbelige Katzen sprangen zwischen ihnen hervor, oder eine Katze und ein Kater, und hätte er doch eine Pistole gehabt, hätte Paul sich jetzt vor Schreck in den Fuß geschossen.

Bei Mark brannte Licht. Wie erwartet. Treppen waren Paul lieber als Fahrstühle, und so stieg er nach oben und klingelte an Marks Tür. Niemand öffnete.

Drei Möglichkeiten: Entweder Mark war zu Hause und aufgrund von Damenbesuch indisponiert (typisch), oder Mark war zu Hause und pennte seinen sporadischen valiumunterstützten Erschöpfungsschlaf (auch typisch), oder Mark war nicht zu Hause und hatte einfach nur das Licht brennen lassen. Mit geschulter Hand rüttelte Paul leicht an der Tür und ließ dann ein festeres Stück Papier, die Bordkarte von seinem Flug, die noch in der Manteltasche steckte, den Türschlitz entlanggleiten. Die Tür schien nicht verriegelt. Die meisten Menschen in New York verriegelten ihre Tür auch dann, wenn sie zu Hause waren, ganz bestimmt aber, wenn sie die Wohnung verließen. Option Nummer drei wirkte damit unwahrscheinlich.

Nun, da es kein Wiedersehen mit Mark zu geben schien, leistete Paul sich ein Taxi und ließ sich vor *Le Club* absetzen. Dass es dafür eigentlich noch etwas früh war, erwies sich als Glücksfall, denn Oleg saß mit dem Geschäftsführer an einem der Tische zu einer Besprechung, und Oleg zu sehen war jetzt fast so gut, wie Mark zu sehen, vielleicht sogar besser, denn im Gegensatz zu Mark war Oleg notorisch gut gelaunt. Außerdem war er sicher nicht oft vor Ort, denn der Club war nur eine Art Hobby, das er zusammen mit seinem Bruder Igor betrieb. Hauptberuflich war Igor Klatschkolumnist und Oleg Modedesigner. Er stand auf, ging auf Paul zu und umarmte ihn.

«Paul. Mein Lieber! Wie schön, dich zu sehen. Wie schön!»

Nichts an diesen in Olegs rollendem, leichtem Singsang vorgetragenen Worten war Gastgeberroutine, er strahlte und freute sich, und das rührte Paul jetzt so sehr, dass ihm eine Träne die Sicht auf Olegs gepflegte Erscheinung verwischte. Oleg ließ Paul einen Drink bringen und wies den Barkeeper an, diesen Mann für den Rest des Abends als Gast des Hauses zu behandeln.

«Paul, erzähl, was treibst du?»

«Ich bin zurückgezogen nach Ohio.»

«Ohio? Da kommst du her?»

«Nicht jeder hat so eine schillernde Biographie wie du, Oleg. Bin aber viel unterwegs.» Paul zog seine Handschuhe aus und legte die Hände nebeneinander auf den Tisch. «Das ist aktuell mein Kapital.»

Fachmännisch musterte Oleg Pauls Hände. «Nach Arbeitspranken sehen die aber nicht aus.»

«Doch. Ich verdinge mich als Handmodell.»

Hatte Paul schon geahnt, dass Oleg darüber in Verzückung geraten würde. Sein sonst etwas verhangener Blick öffnete sich, die fein geschwungenen Lippen unter dem feinen Menjoubärtchen zogen sich weit nach oben, er lachte. Wenn Oleg sich freute, wollte man immer wieder sehen, wie Oleg sich freute. Wenn Oleg sich freute, freute er sich mit jeder Faser. «Ist das wahr?»

«Ich bin schon lange nicht mehr beim Secret Service, und irgendwas muss ich ja machen. Aber ich plane, eine Filmproduktion zu gründen.»

«Das klingt gut, Paul, es ist sicher gut, dass du jetzt etwas anderes machst. Du musstest dich lösen. Wie geht es Mark? Siehst du ihn noch?»

«Lustig, dass du fragst. Er hat mich eben gerade versetzt.»

Traurig schüttelte Oleg den Kopf. «Nie höre ich Gutes von Mark. Es muss sich etwas ändern, er rast auf einen Abgrund zu.»

«Meinst du, es ist so schlimm?»

«Meinst du nicht?»

«Ich habe ihn eine Weile nicht gesehen. Aber ich verstehe es nicht. Mark hat alles, was man sich wünschen kann. Kann man als Fotograf mehr erreichen? Na gut, seine Ehe ist gescheitert. Dafür hat er jetzt unzählige Freundinnen. Ich an seiner Stelle würde mich glücklich schätzen.»

«Weißt du, Paul, es ist eine komische Sache mit dem Glück.» Jetzt blickte Oleg nachdenklich, er legte den Kopf schräg und die Stirn in Falten. Das ist wohl der Blick, mit dem er Grace Kelly, Lana Turner und Rita Hayworth rumbekommen hat, dachte Paul. Warum nur geriet er immer und überall in den Dunstkreis der größten Frauenhelden, die in diesem Land herumliefen? Mit einer ausladenden Geste setzte Oleg hinzu: «Wie bei diesem Kinderspiel, weißt du, Topfschlagen, wo man blind mit einem Löffel in der Gegend herumhaut, und alle gucken zu und rufen: kalt, kalt, wärmer, wieder kalt, eiskalt! Und wenn die anderen Kinder gemein sind, oder dumm, führen sie einen in die falsche Ecke.»

«Ich weiß nicht, Oleg. Man sucht doch nicht blind nach dem Glück, man hat keine Binde vor den Augen.»

Oleg schnippte die Finger und rief triumphierend: «Aber du weißt nicht, wie das Glück aussieht oder wo du es suchen sollst!»

«So schwierig ist das doch nicht. Der gute Drink hier, der macht mich glücklich. Und vielleicht auch der Anblick der schönen Frau, die da gerade reingekommen ist.»

Oleg folgte Pauls Blicken und nickte der Frau zu.

«Drinks und schöne Frauen hat Mark genug. Und dann hat er auch noch Doktor Max und seinen sprudelnden Glücksbrunnen. Trotzdem ist er nicht glücklich, nicht einmal zufrieden!»

Paul stöhnte. «Hör mir auf mit Doktor Max. Das ist kein Glücksbrunnen sondern eine Heimsuchung. Ein Monster ist der, wenn du mich fragst.»

«Völlig richtig, aber hast du es mal probiert?»

«Seine Wunderspritze?»

«Das ist ein *unglaubliches* Gefühl!» Oleg beugte sich über den Tisch und raunte: «Wie ein Orgasmus, der aber viel länger anhält und dich nicht müde zurücklässt, sondern voller Tatendrang!»

«Jaja, ich weiß. Hab ich oft genug gehört.»

Nichts reizte Paul an einem Superorgasmus aus der Kanüle des verrückten Doktors.

«Sieh mich an», sagte Oleg, und Paul sah ihn an. Die kunstvoll pomadisierte Stirnlocke, die ausgewählte, perfekt sitzende Krawatte aus feinster Seide. «Ich jage auch dem Glück hinterher. Warm, kalt, warm, kalt. Ich glaube, ich mag diese Temperaturwechsel. Vermutlich gefällt es mir, im Kreis zu krabbeln, und alle rufen mir etwas zu. Was soll ich auf den Topf hauen? Dann wäre das Spiel für mich vorbei, ist es nicht so? Wie wäre es, wenn ich dir gleich mal die schöne Frau vorstelle, die da hereingekommen ist? Sie ist eine Miss Germany!»

Zu früh erwachte Paul von etwas höchst Merkwürdigem, etwas, das auf der Lehne des breiten und durchaus bequemen Sofas veranstaltet wurde, auf dem er sich wiederfand. Vorher war da schon dieses klackernde Geräusch gewesen, das er noch in seinen Traum eingearbeitet hatte. In dem Traum hatte er in einem geräumigen Indianerzelt gewohnt, das keinen Ausgang hatte, und das Geklacker war von einem eigenartigen Wesen verursacht worden, halb Frau, halb Heuschrecke. Die Augen zu öffnen schien ihm eine furchtbare Zumutung, aber das Geraschel in unmittelbarer Nähe seines Körpers war nun doch zu seltsam, wie sollte er das ignorieren? Gerade als er das dachte, hörte es auf. Dafür hörte er wieder das Klackern, diesmal entfernte es sich. Durch ein halb geöffnetes Auge sah er, wie ein weißer Kakadu den Raum, in dem er lag, zu Fuß durch die Tür verließ. Paul beschloss, das Auge schnell wieder zu schließen.

Vielleicht war er noch einmal eingeschlafen, er war sich nicht ganz sicher, aber jetzt saß Miss Germany neben ihm auf einem Sessel, und es roch nach Kaffee.

«Kaffee?», fragte sie.

Gestern hatte sie ihr Haar hochgesteckt, heute fiel es ihr haselnussbraun über die Schultern. Gestern waren ihre Augen schwarz umrandet und mit einem dicken geschwungenen Lidstrich gekrönt gewesen, heute waren sie ungeschminkt und grüngrau gesprenkelt. Ohne Make-up sah sie zehn Jahre jünger aus. Sie hatte einen Pickel neben der Nase, einen auf der Stirn und eine kleine Lücke zwischen den Vorderzähnen. «Vielen Dank.» Er nahm zur Kenntnis, dass er zwar bei dieser Frau zu Hause aufgewacht, aber vollständig bekleidet war.

«Ist es möglich, dass vorhin ein Kakadu hier drin war?»

«Hat er Sie geweckt?»

«O.k., dann habe das schon mal nicht geträumt.»

«Sie können in Ruhe Ihren Kaffee trinken, und wenn Sie mögen, ist auch noch ein Bagel da, aber in einer halben Stunde muss ich los.»

«Verstehe.»

«Möchten Sie vielleicht eine Aspirin?»

Paul setzte sich auf, nahm einen Schluck Kaffee und rieb sich mit der Hand übers Gesicht. «Das ist ein sehr guter Kaffee.»

«Ich weiß.»

«Entschuldigung – was genau mache ich hier?»

«Sie wussten letzte Nacht nicht, wo Ihr Hotel ist. Wir wollten uns ein Taxi teilen, und dann wussten Sie nicht, wohin. Sie wirkten sehr derangiert.»

«Ist das wahr? Oh Gott. Das klang bestimmt wie ein billiger

Trick, um mitgenommen zu werden. Oder, noch schlimmer, vielleicht war es ein billiger Trick, um mitgenommen zu werden.»

«Vielleicht.»

«Ich entschuldige mich. Ich darf mich nicht so betrinken. Kann ich mal telefonieren?»

Er folgte Miss Germany durch einen Flur in ein anderes Zimmer, in dem sich einiges an Kunst, Bildbänden und eine wirklich imposante Schallplattensammlung befanden.

«Sie haben aber viele Platten.»

«Die gehören meinem Verlobten.»

«Ach so. Und wo ist der?»

«Auf Geschäftsreise. Sehen Sie, da steht das Telefon.»

Während sie langbeinig das Zimmer verließ, nahm Paul den Hörer und wählte Marks Nummer. Diesmal wurde abgenommen, aber es war nicht Mark, der ranging, es war seine Exfrau, Pat. Sie klang aufgelöst.

Mark war tot. Ein Assistent hatte ihn in seiner Wohnung gefunden. Er hatte Pat benachrichtigt, und nun war Mark in die nahe gelegene Universitätsklinik transportiert worden, Abteilung Kühlraum. Im Totenschein stand «Herzversagen».

Nachdem Paul aufgelegt hatte, kam eine Katze zur Tür herein, ihr folgte mit klackernden Schritten der weiße Kakadu. Beide sprangen sie zu ihm aufs Sofa. Dort streckte die Katze sich aus, der Vogel wippte von einem Beinchen aufs andere, legte den Kopf schief und sah ihn mit freundlicher Anteilnahme an. Paul streckte die Hand aus und kraulte ihn.

«Tut mir leid, er ist immer so neugierig.» Miss Germany stand in der Tür.

«Wer?»

«Winnetou.»

«Der Kakadu?»

«Ja. Er verfolgt Sie.»

«Das stört mich nicht. Wie heißt der?»

«Winnetou.»

«Bedeutet das irgendwas?»

«Winnetou ist ein berühmter Indianer.»

«Nie gehört. Von welchem Stamm?»

«Apachen. Ich hole Ihnen jetzt Aspirin und eine Vitamintablette. Sie sehen wirklich blass aus.»

Als sie mit ihren Pillen und einem Glas Wasser zurückkam, saß Paul ganz aufrecht auf dem Sofa und hielt sich mit beiden Händen an der Lehne fest.

«Ich muss zum Flughafen», sagte er.

«Okay. Dann gehen wir gleich zusammen raus.»

«Mir ist nur grad bisschen schwindlig.» Er nahm die beiden Tabletten, die eine Aspirin, das andere ein gestaltloser Klumpen, und spülte beides mit Wasser herunter. Der Kakadu war zum Regal geflattert und saß oben auf den Fotobildbänden, sein knorpeliger linker Fuß krallte sich in ein schmales blaues Exemplar, von dem Paul gleich erkannte, was es war, ohne den Titel zu lesen. Von den Büchern in den Reihen darunter waren einige auf Deutsch, und auf gleich drei Buchrücken stand der Name des Vogels: Winnetou. Paul kam dies alles auf einmal noch unwirklicher vor. War er tatsächlich in dieser Wohnung erwacht und aufgestanden? In der Vergangenheit hatte sich diese Art Zweifel schon oft bestätigt: Er träumte dann wirklich. Wenn es jetzt auch so ist, dachte er, muss ich eigentlich nichts weiter tun. Ich kann einfach warten, bis ich aufwache, dann rufe ich in der echten Wirklichkeit noch mal bei Mark an, er wird abnehmen und entweder beduselt in den Hörer lallen oder aufgeputscht monologisieren, beides prima, beides besser als tot.

Vage Erinnerungen an die Nacht stellten sich ein, auch die eher unwirklich. Wie Miss Germany neben ihm saß, und wie sie ihm plötzlich und intensiv etwas bedeutete, etwas Tröstliches, etwas Vertrautes, etwas, das er gesucht hatte, ohne sich darüber im Klaren zu sein, und was vielleicht am meisten an dem Duft lag, den sie verströmte, auch jetzt roch er es wieder, aber schwächer als vorher im *Le Club*.

Nein, er war wach. Er war wach, und Mark war tot.

Er stand auf und zog dem Vogel das Fotobuch unter der Kralle weg, worauf der sein verlorenes Gleichgewicht auf Pauls Hand suchte und ihr dabei ein paar Kratzer beibrachte. Mit dem Buch in der Hand musste Paul sich wieder setzen, er starrte auf die Rückseite, strich mit den Daumen über das Foto, auf dem Mark mit übereinandergeschlagenen Beinen auf einer Sessellehne im Oval Office des Präsidenten saß. Des Präsidenten, der auch tot war. Es war kein großer Zufall, dieses Buch hier zu finden, es stand in den Regalen vieler amerikanischer Haushalte. Eine ganze Weile betrachtete Paul stumm das Bild. Miss Germany sah ihm schweigend dabei zu, dann drehte er den Band herum und schaute die Vorderseite des Buches an.

The John F. Kennedys

Darunter ein Foto von Jack, Jackie und Caroline in Hyannis Port.

By Mark Shaw, A Family Album.

«Stimmt es, dass Sie dabei waren?», fragte Miss Germany.

«Hier? Könnte sein.»

«Ich meine, in Dallas.»

Er sah sie an. Sie war ein normales, hübsches Mädchen mit einer Zahnlücke und ein paar Hautunreinheiten. «Sind Sie wirklich eine Miss Germany?»

«Hat Oleg das gesagt?»

«Hat er gesagt.»

Sie verdrehte die Augen. «Ich bin aus Deutschland und noch nicht verheiratet. Insofern bin ich vielleicht eine Miss Germany. In meiner Heimatstadt war ich mal ‹Miss Funkausstellung›, vielleicht meinte er das.»

«Miss was?»

Sie winkte ab.

«Ich muss zum Flughafen», sagte er und blieb sitzen. Dabei spürte er, wie es ihm langsam, ganz angenehm langsam, besser ging. Wie der Schock sich löste und er wieder denken konnte.

«Ja, ich war dabei», sagte er und betrachtete seine zerkratzte Hand.

«Oje», sagte das Mädchen aus Deutschland. «Soll ich eine Wundcreme holen?»

«Geht schon, ich ziehe gleich meine Handschuhe drüber.»

«Und Sie wissen jetzt, wo Ihr Hotel ist?»

«Das weiß ich. Vielen Dank für Ihre Hilfe. Sie sind wirklich überaus freundlich.»

Unten vor dem Haus sah Paul sich um. Natürlich wusste er, wo sein Hotel war, aber er wusste nicht, wo er sich gerade befand. Er sah nur, dass es sich um eine gute Gegend handelte, Stadthäuser mit großzügigen Aufgängen säumten eine ruhige, mit Bäumen bestandene Straße. An der nächsten Ecke stellte er mit einem Blick aufs Straßenschild fest, dass er westlich vom Park gelandet war. Danach versuchte er gar nicht erst, seinen Flug noch zu erwischen. Er ging auch nicht zum Hotel, obwohl er das Zimmer räumen musste. Stattdessen machte er sich auf zu Pat.

Ein kleiner Junge öffnete die Tür. Das war wohl David, auch wenn Paul in seinem Gesicht wenig von Mark erkennen konnte. Pats japanische Züge hatten sich einfach stärker durchgesetzt. Sie telefonierte gerade, und während sie das tat, stieg David mit einem Jo-Jo in der Hand hinter ihr aufs Sofa, ließ das Jo-Jo rauf- und runtersausen und sagte: «Mein Daddy ist tot.»

«Kann ich das auch mal versuchen?», fragte Paul. Die Frage überraschte den Jungen. Er sah Paul mit offenem Mund an, dann händigte er ihm wortlos das Jo-Jo aus. Nach zwei bis drei Versuchen war das Gespür für die minimale Bewegung zurück, die dafür sorgte, dass sich das Jo-Jo immer wieder aufrollte. Eine eigenartige Freude, die sich im ganzen Körper ausbreitete, doch der Junge wollte sein Spielzeug zurück, und Pat beendete ihr Telefonat. Während sie ihn umarmte, vermisste Paul die Schwingung des Jo-Jos, die ihn gerade so angenehm hypnotisiert hatte.

«Entschuldige. Aber das war jemand von der Rechtsmedizin.»

«Und was wollte der?»

«David, gehst du mal in dein Zimmer spielen? Mama hat hier etwas zu besprechen.»

«Ich möchte nicht in mein Zimmer. Ich möchte fernsehen.»

Pat drehte am Fernseher herum, bis sie einen Zeichentrickfilm gefunden hatte, dann verließen sie und Paul den Raum und setzten sich in die Küche. Pat atmete durch und schloss kurz die Augen.

«Die Sache ist die.» Sie faltete ihre schmalen Hände vor sich auf dem Tisch. «Wenn jemand zu Hause stirbt, dann muss ein Rechtsmediziner kommen. So ist das Procedere. Da kam also dieser Rechtsmediziner an und hat sich Mark», sie atmete wieder durch, «hat seinen Leichnam angesehen. Er wollte von mir wissen, ob Mark Herzprobleme hatte. Ich wusste nichts darüber und schlug vor, bei seinem Arzt anzurufen. Der Mann rief also bei Dr. Max an, aber Max war nicht da, gar nicht im Land, er ist gerade in Europa. Dann fragte er mich, was die vielen Einstichstellen zu bedeuten hätten.»

Paul nickte. Die Einstichstellen. Wenn Mark behauptete, er spritze sich ein- bis zweimal die Woche, dann lag die Wahrheit eher bei drei- bis viermal. Oder öfter. Man entdeckte es erst, wenn man genauer hinsah, winzige Punkte, überall.

«Ich sagte, das waren die Vitaminspritzen von Dr. Max Jacobson. Da guckte der natürlich etwas komisch. Ich habe versucht, es ihm zu erklären, dass Mark immer viel gearbeitet hat und dass er da manchmal eben einen extra Energieschub brauchte. Das alles, du weißt ja. Dann hat der Arzt Herzversagen als Todesursache eingetragen, und dann wurde Mark, sein Körper, in die Leichenhalle der Universitätsklinik gebracht. Weil es halt die nächste Klinik ist.»

Vom Nebenraum waberten Zeichentrickfilmgeräusche zu ihnen herüber.

«Und nun rief eben gerade der vorgesetzte Pathologe von der Rechtsmedizin an und fragte, ob ich wüsste, warum ein Anwalt eingeschaltet worden ist. Davon wusste ich aber gar nichts, ich dachte, vielleicht eine Verwechslung.»

«Aha?»

«Er sagte, nein, die Familie hätte einen Anwalt eingeschaltet, und der hätte sich gerade bei der New Yorker Gerichtsmedizin gemeldet und darauf bestanden, dass die Familie keine Autopsie wünsche. Dabei war gar keine Autopsie veranlasst worden! Und ich habe wie gesagt mit keinem Anwalt gesprochen, und bislang auch noch mit niemandem aus Marks Familie!»

«Moment, Moment.» Paul atmete durch und massierte sich die Schläfen. Bis hierher hatten die Aspirin und dieser Vitaminklumpen, die ihm die freundliche Miss Germany vorhin verabreicht hatte, außerordentliche Dienste geleistet, er hatte sich frei und klar und wach gefühlt, aber jetzt hämmerte ihm wieder der Schädel. Er wollte Pat etwas fragen, hatte aber vergessen, was. Stattdessen fragte er nach einer Aspirin.

«Du hast gesoffen letzte Nacht.»

«Sieht man mir das an?»

«Man sieht und riecht es.» Sie stand auf und kam dann mit allerhand Zeugs wieder zurück. «Hier erst mal die Aspirin. Und dann würde ich dir noch das empfehlen.» Sie legte ihm zwei dicke, unförmige Pillen auf den Tisch, eine spinatgrün, die andere ockergelb. Die Gelbe sah aus wie die, die er vorhin schon geschluckt hatte, in Gegenwart des weißen Kakaduindianers.

«Sind das Pillen von Max?»

«Von Max kenne ich nur Spritzen. Die sind von einem anderen Arzt, auch ein Deutscher komischerweise, Dr. Freymann.»

«Und was sind das für Pillen?»

«Vitamine. Enzyme, Mineralien, Substanzen, Konzentrate, was weiß ich, die helfen einfach ganz phantastisch gegen Kater.»

«Entschuldige, Pat, jetzt bitte noch mal. Also, der Typ von der Gerichtsmedizin ruft dich an und sagt was? Ein Anwalt hätte ihn kontaktiert?»

«Ein Anwalt, der behauptet, im Auftrag der Familie einer Obduktion zu widersprechen, obwohl die Familie noch gar nichts weiß von einer Obduktion.»

«Aber wer hat den dann eingeschaltet?»

«Paul, ich habe mit dir gesprochen und mit der Arztpraxis. Das war's.»

«Darf ich mal das Telefon benutzen? Ich muss dringend meinen Flug umbuchen.»

Zu verwirrt und erschöpft, um noch irgendetwas zu unternehmen, hatte Paul sich auf den Weg in sein Hotel gemacht, um sich dort in die Bettdecke zu wickeln und Gnade zu finden in der Dunkelheit. Das Hotel war ihm ziemlich leer erschienen, es würde sicher kein Problem sein, die Buchung zu verlängern. Doch als er sich endlich auf seinem Bett ausgestreckt hatte, merkte er, dass nicht nur die tiefe Erschöpfung verschwunden, sondern dass er hellwach war. Keine Müdigkeit, kein Kater, und auch keine Traurigkeit.

Er setzte sich auf und wackelte mit den Zehen. Dann zog er sich wieder an und stieg die Treppen hinunter in die Hotellobby, um zu telefonieren.

«Pat, ich bin's noch mal. Entschuldige die Störung. Ich dachte nur gerade, wenn du außer mit mir nur mit der Praxis von Dr. Max über Marks Tod gesprochen hast, dann muss der Anwalt wohl von Dr. Max beauftragt worden sein. Einzige Möglichkeit.»

«Nur dass Max gar nicht da ist.»

«Auch in Europa gibt es Telefone. Und Telex. Hast du die Nummer von diesem Pathologen, der dich heute angerufen hat, von der New Yorker Rechtsmedizin?»

Unwahrscheinlich, dass bei der Gerichtsmedizin am Sonntagabend jemand ans Telefon gehen würde, aber er versuchte es trotzdem.

«Forensische Pathologie, Dr. Michael Baden am Apparat.»

«Dr. Baden, mein Name ist Paul Landis. Ich bin ein Freund von

Mark Shaw und seiner geschiedenen Frau, mit der Sie sich heute in Kontakt gesetzt hatten, Mrs. Pat Suzuki. Sie hat mir Ihre Nummer gegeben.»

«Ah! Aha? Tatsächlich sitze ich wegen genau dieser Sache hier, um diese Uhrzeit am Sonntag zur Abendessenszeit, meine Frau ist nicht gerade begeistert. Was kann ich für Sie tun?»

«Es ist wegen dieser Sache mit dem Anwalt, der sich bei Ihnen gemeldet hat. Ich war gestern Abend mit Mark Shaw verabredet. Er ist nicht erschienen, deshalb habe ich heute bei ihm angerufen und hatte dann Pat dran. Ich bin dann auch gleich zu ihr, das war gerade, als sie mit Ihnen telefonierte. Wir waren beide etwas ratlos darüber, woher bloß dieser Anwalt kommen sollte, denn Pat hatte überhaupt noch niemandem Bescheid gesagt.»

«Und? Was denken Sie?»

«Von der Logik her kommt eigentlich nur die Praxis von Dr. Jacobson in Frage. Denn die waren ja informiert.»

«Dr. Jacobson ist wer?»

«Mark Shaws Arzt.»

«Warum sollte der einen Anwalt losgeschickt haben?»

«Da fragen Sie mich was.» Paul lehnte sich gegen die Wand. Die in dunklen Grüntönen gehaltene, ausgestorbene Lobby war fahl beleuchtet, und das ebenfalls grüne «Exit»-Leuchtschild flackerte mit leisem Knistern vor sich hin.

«Max Jacobson ist ein etwas spezieller Arzt, würde ich sagen. Für Mark war er eine Art Guru. Er rannte ständig zu ihm in die Praxis und konnte stundenlang über ihn reden. Er hat ihn sogar zum Patenonkel seines Sohnes gemacht.»

«War Mr. Shaw krank?»

«Nein, er hatte nichts, das ist ja die Sache. Die Leute, die meisten, gehen nicht zu Dr. Jacobson, weil sie krank sind.»

«Sondern?»

«Weil sie sich noch besser fühlen wollen als nur gut. Belastbar, dynamisch, selbstbewusst. Verjüngt!»

«Und das macht Dr. Jacobson wie?»

«Mit Spritzen.»

«Was für Spritzen?»

«Genau darüber hätte Mark Ihnen jetzt einen endlosen Vortrag halten können. Ich habe da irgendwann nicht mehr zugehört, aber es ist wohl eine besondere Mischung aus Vitaminen und Enzymen und so Zeugs. Und das wird dann auch noch energetisiert mit irgendwelchen Mineralien, die vorher bestrahlt wurden oder was, fragen Sie mich nicht, aber Dr. Jacobson betreibt dazu ein eigenes Forschungsinstitut, die *Constructive Research Foundation*, und die arbeiten sogar für die NASA.» Es blieb still in der Leitung, das Schild flackerte und surrte. «Dr. Baden? Sind Sie noch da?»

«Jaja. Das ist hochinteressant. Ich überlege. Dass Mr. Shaw Spritzen bekommen hat, habe ich hier auch in den Unterlagen. Das hatte der Kollege schon vermerkt, wegen der vielen Einstichstellen. Wissen Sie, das Bemerkenswerte ist, es wird ja nicht einfach so eine Autopsie veranlasst. Wird eher selten gemacht. Aber da nun dieser Anwalt angerufen hat – kennen Sie solche komödiantischen Filmszenen, in denen jemand im Übereifer genau das verrät, was er nicht verraten will? Also, so was wie, der Polizist sagt zum Autofahrer: ‹Sie sind etwas zu schnell gefahren, ich verwarne Sie, drosseln Sie Ihr Tempo›, und darauf lallt der Autofahrer: ‹Das werde ich machen, Herr Wachtmeister, aber ich habe nichts getrunken! Wirklich! Bei der Party, von der ich gerade komme, habe ich gar nichts getrunken, auch nicht diesen absolut hervorragenden Gin Fizz, den habe ich auch nicht getrunken, keine vier großen Gläser habe ich davon getrunken, ehrlich!› – Wissen Sie, was ich meine?»

Dr. Baden hatte sich wirklich reingehängt in diese Filmszene, mit verstellten Stimmen und allem, Paul war beeindruckt.

«Ich weiß genau, was Sie meinen, Dr. Baden. Wenn der Ehemann zur Tür reinkommt und die Frau stellt sich gleich vor den Schrank, in dem sich der Liebhaber versteckt hält, und der Mann fragt: ‹Warum stehst du da so komisch vor dem Schrank?», und sie antwortet: ‹Ich? Vor dem Schrank? Vor welchem Schrank?› So etwas!»

«Exakt! Sie verstehen mich, Mr. Landis. Und genau wegen dieses Verhaltens möchte ich nun überhaupt erst eine Autopsie vornehmen!»

«Können Sie mir den Namen dieses Anwalts nennen, der Sie da angerufen hat?»

«Oh, da müsste ich jetzt nachsehen, aber ich weiß, dass er aus Louis Nizers Kanzlei war, also vom Allerfeinsten, warten Sie ...»

Es raschelte in der Leitung. Von Louis Nizer, soso. Der hatte auch Oleg schon mal vertreten. Und er hatte das Vorwort zum Abschlussbericht der Warren-Kommission geschrieben, dem Bericht zum Attentat. Paul wünschte, er würde mal für ein paar Stunden nicht daran denken müssen. An den ersten, unklaren Knall, als er noch dachte, da sei vielleicht ein Reifen geplatzt. Daran, wie der Präsident nach einem zweiten Knall langsam zur Seite kippte, wie sein Kollege Clint von ihrem Wagen auf die Limousine des Präsidenten rübersprang, und vor allem daran, wie der Kopf des Präsidenten nach dem dritten Knall zerplatzte. Wie Jackie aufs Heck kletterte und wieder zurück, wie sie losrasten bis zu einem Krankenhaus, wie er dort bei der zitternden Jackie saß, die nicht merken sollte, dass er selbst zitterte. Sein Job war es gewesen, genau das zu verhindern, was gerade passiert war. Etwas mehr als fünf Jahre war das jetzt her.

Auf Anraten eines Psychologen war er mal dorthin zurückgekehrt, nachdem er schon aufgehört hatte beim Secret Service. Er hatte sich ins Gras an der Plaza gesetzt und sich der Erinnerung gestellt. Hatte ihm nicht groß was gebracht. Nichts hatte etwas gebracht. Tatsächlich war all die Jahre Mark seine größte Hilfe gewesen.

«Simon Rose.» Dr. Baden war zurück am Telefon. «Simon Rose von der Kanzlei Phillips, Nizer, Benjamin, Krim & Ballon. Teuerste Kanzlei der Stadt.»

«Es könnte schon sein», sagte Paul aufs Geratewohl, «dass

der auch Dr. Jacobson vertritt. Würde mich jedenfalls nicht wundern.»

«Wir machen die Autopsie.»

Nach dem Gespräch holte Paul seinen Mantel aus dem Zimmer und lief beschwingten Schritts durch die kalte Nacht, bis er eine Bar gefunden hatte. Er setzte sich an den Tresen, bestellte einen Drink und fing ein Gespräch mit dem Mann auf dem Nebenhocker an, der eine teure Uhr trug und Whisky auf Eis trank. Bis spät in die Nacht unterhielten sie sich über das Fernsehprogramm, Football, Richard Nixon und woher der dicke rote Kratzer auf Pauls ansonsten so perfekt gepflegten Händen stammte. Paul erzählte vom Kakadu mit dem Indianernamen. Danach schlenderte er zurück ins Hotel, legte sich aufs Bett und wackelte weiter mit den Zehen, was ebenfalls ganz unterhaltsam war.

Und die französische Zeitung «Le Figaro», die selber eine ausgedehnte Jugend-Enquete veranstaltete, kam zu dem Schluß, die Jugend sei zu einer eigenständigen sozialen Kategorie «wie die Arbeiterklasse oder die Bauernschaft» ausgereift: «Vor dem Ersten Weltkrieg gab es ‹Jugend› nicht ... Es gab junge Leute ... Und das Vorbild blieb der Erwachsene. Heute ist es fast umgekehrt.»
Der Spiegel, Oktober 1967

1967

Für die Einladung zum Essen bei Gloria zog Mona ihr lila Wollkleid an, zu dem sie nun endlich auch ein passendes Unterkleid besaß. Sie hatte es vor ein paar Tagen bei Macy's gekauft, ein Kompromiss zwischen den sehr edlen Seidenmodellen und den billigen, weniger schönen. Der Stoff war wunderbar, aber die Farbe, ein unauffälliger Hautton, gefiel ihr nicht ganz so gut, was bei einem Unterkleid vielleicht nicht so wichtig war.

Danach hatte sie noch die Parfümabteilung besucht. Bei einem Vorstellungstermin war ihr vor kurzem eine Frau begegnet, im Alter ihrer Mutter vielleicht, eine sehr elegante Amerikanerin von eindrucksvoller Präsenz. Sie trug einen leichten Duft, und Mona kam es so vor, als mache dieser Duft ganz maßgeblich ihre Ausstrahlung aus. Ihr wurde klar, dass sie unbedingt ein Parfüm brauchte. Dass Parfüm so teuer ist, hatte sie aber nicht erwartet. Außerdem war es schwierig, sich über das Angebot zu informieren. Die Verkäuferinnen an den verschiedenen Ständen nebelten sie aus ihren Flakons ein, bis Mona die einzelnen Düfte überhaupt nicht mehr auseinanderhalten konnte. Hier und dort bekam sie auch ein winziges Probefläschchen zugesteckt, aber es schien ihr am Ende sinnlos, sich noch weiter mit Flüssigkeiten vollsprühen zu lassen, die sie sowieso nicht bezahlen konnte, und so wanderte sie, ohne stehen zu bleiben, an den restlichen Parfümtresen vorbei.

Kurz bevor die Parfüm- in die Schmuckabteilung überging, fiel ihr der schlichte kleine Tresen einer ihr bislang nicht bekannten Marke auf, an dem ruhig eine Frau stand, die nicht aussah wie die anderen Parfümdamen. Sie hatte weit auseinanderliegende Augen wie Jackie Kennedy und eine Nase wie Sophia Loren, aber ihre Frisur und ihr Aufzug wirkten ganz aus der Zeit gefallen, wie ein im Originalzustand konservierter Filmstar aus den dreißiger Jahren. Sie schien Mona zu fixieren, aber als die näher an sie herankam, war sie nicht mehr sicher, wo die Frau eigentlich hinsah. Auf dem Verkaufstisch standen nur drei einfache Flakons, beschriftet mit den Etiketten «Wüste», «Ozean» und «Berlin».

«Berlin?» Mona nahm das Fläschchen in die Hand. «Das ist meine Heimatstadt. Wonach riecht denn das?»

Die Verkäuferin nahm ein kleines Stück Stoff zur Hand und gab einen Tropfen «Berlin» darauf, wobei der Blick ihres linken Auges knapp an Mona vorbeiging. Mona wedelte den Stoff vor ihrer Nase, es duftete nicht sehr intensiv, allenfalls ein wenig metallisch.

«Ich rieche kaum etwas.»

«Sie haben Ihre Nase bereits überfordert», sprach die Verkäuferin in einem eigenartigen Singsang, vielleicht kam sie aus den Südstaaten. Sie holte ein Döschen unter dem Tresen hervor, öffnete es und hielt es Mona unter die Nase. In der Dose waren Kaffeebohnen. «Riechen Sie daran.»

Mona roch das Kaffeearoma, es war eine eigenartige Wohltat.

«Kaffee neutralisiert», sagte die Verkäuferin.

Erneut hielt sich Mona den mit «Berlin» bedufteten Stoff an die Nase, es roch immer noch metallisch, aber auch nach Regen. Vielleicht nach Gewitterregen, der in eine satte Sommerhitze platzt.

«Etwas ungewöhnlich», sagte Mona. «Wie sind denn die beiden anderen?»

Wieder holte die Verkäuferin Stoffquadrate und die Kaffeedose hervor und beträufelte den Stoff, während Mona am Kaffee roch, mit «Ozean» und «Wüste». Die Art, wie sie sich bewegte, erinnerte Mona an die Gottesanbeterinnen, die sie mal im Aquarium des Berliner Zoos gesehen hatte. Beide Parfüms dufteten wunderbar. Ohne Zweifel das Beste, was Mona hier bislang präsentiert worden war, kein Vergleich zu dem, was Chanel, Dior, Lanvin, Pucci, Mary Kay, Avon oder Yves Saint Laurent anzubieten hatten. Nur leider noch teurer.

«Ich kann mich so schnell einfach nicht entscheiden, hätten Sie eine Probe von den beiden?»

«Nein.»

«Wonach riechen *Sie* eigentlich?», fragte Mona, denn auch von dieser Figur in ihrem Katharine-Hepburn-Aufzug ging ein sanfter, reizvoller Duft aus.

«Das haben wir leider nicht mehr im Programm, ein Restbestand.»

Ohne hinzusehen, holte sie wieder etwas aus den Tiefen ihres Verkaufstresens hervor.

«Hier. Es gibt noch diese Probe von ‹Berlin›. Sie sollten sie mitnehmen. Ich glaube, es passt am besten zu Ihnen, auch wenn Ihnen die anderen beiden jetzt zugänglicher erscheinen.» Die Probe war erstaunlich großzügig bemessen, fast so groß wie ein reguläres kleines Fläschchen von Chanel.

Zu Hause, beim Auspacken ihrer Schätze, war Mona zufrieden gewesen. Für eine Weile würde sie mit den eingesammelten Proben gut ausgestattet sein, und wenn sich nach mehrmaligem Tragen dann besser einschätzen ließ, welches Parfüm ihr wirklich gefiel, würde sie irgendwann bestimmt auch das Geld dafür haben. Es konnte ja nicht sein, dass sie zu Hause in Deutschland so viele Angebote gehabt hatte und hier nicht. Sie war doch immer noch dieselbe Mona mit demselben Gesicht und denselben langen Beinen. Irgendwann musste sie doch mal Erfolg haben.

Sie sah auf die Uhr und schaltete das Radio ein, denn es war Zeit für Sidneys Sendung. Wie immer, wenn er die Erkennungsmelodie aus Charlie Parkers «Just Friends» hörte, mit der Sidney seine Sendung begann, führte Winnetou ein eigenartiges Tänzchen auf, das so komisch war und so rührend, dass Mona extra deswegen ein Charlie-Parker-Album gekauft hatte, das sie dann allerdings im Bus hatte liegenlassen, zusammen mit einem ebenfalls frisch erstandenen Block Briefpapier und einer Packung Luftpostumschlägen. Ein paar Wochen später hatte sie sich die Platte deshalb noch einmal zu ihrem Geburtstag schenken lassen, von Sidney natürlich, aber kaum dass sie sich auf dem Plattenspieler drehte, landete Winnetou darauf und wurde zu seinem Entsetzen wild herumgekreiselt. Wie ein Rodeoreiter versuchte er, nicht vom Plattenteller hinuntergewirbelt zu werden, fand mit seinen Krallen aber keinen Halt im Vinyl und flatterte schließlich unter großem Gekreisch aus dem Zimmer. Danach war die Platte zerkratzt und voller Federn.

Seit einer ganzen Weile, seit die Hitze vorbei war und Herbst in der Luft lag, hatte sie Sidney nicht mehr gesehen, und dummerweise vermisste sie ihn manchmal. Während sie vor dem Spiegel saß und sich schminkte, erzählte er mit seiner schönen, sanften Stimme von neuen und alten Platten und spielte einen Song von Marvin Gaye, ein Liebeslied, *Keep On Lovin' Me Honey.* Die Stimme gehörte neben seinem guten Geruch zu Sidneys durchaus vorhandenen Reizen. Nach dem Song redete er über die Dünen von West Hampton, was allen anderen Hörern kryptisch und zusammenhangslos, bestenfalls poetisch erscheinen musste, und dann kam Aretha Franklin und sang *I Say a Little Prayer,* und nachdem sie verklungen war, wiederholte Sidney mit peinlicher Inbrunst die Textzeilen *Forever and ever, you'll stay in my heart, and I will love you.*

Nun ging er ihr doch wieder auf die Nerven. Nachdem sie vor fünf Minuten noch gedacht hatte, dass sie ihn eigentlich gern wieder anrufen und seine Stimme durchs Telefon hören würde anstatt durchs Radio, sich vielleicht sogar mal wieder mit ihm treffen wollte, zusammen spazieren, durch den sonnigen, herbstlichen Park, wobei er manchmal ihre Hand nehmen und im Gehen über die Handfläche streichen würde, wie er es oft tat, wusste sie jetzt wieder, warum sie darauf lieber doch verzichten wollte.

Aus der Kommodenschublade holte sie ihre Parfümprobenkollektion und überlegte, welcher Duft es für den Abend sein sollte. «Pretty Peach» von Avon hatte ihr im Laden so gut gefallen, aber beim Öffnen erschien es ihr zu aufdringlich, und sie versuchte es stattdessen mit «Special Recipe» von Mary Quant. Der Verschluss auf dem Miniflakon saß ziemlich fest, und als Mona ihn schließlich rausgeploppt hatte, sprang ihr das ganze Fläschchen aus der Hand, und «Special Recipe» ergoss sich in eine Ritze zwischen zwei Holzdielen. Schade, es roch ganz angenehm. Mona nahm die verbliebenen drei Proben in Augenschein, eine davon war das eigentümlich metallische «Berlin» von der eigentümlich verhuschten Verkäuferin aus einer anderen Zeit. Damit wollte sie eigentlich nicht in den Abend gehen, aber sie wollte noch einmal kurz daran schnuppern. Es würde zu ihr passen, hatte die Frau gesagt, aber hätte sie das auch gesagt, wenn Mona nicht gleich damit herausgeplatzt wäre, dass der Duft so hieß wie ihre Heimat?

Hier und jetzt roch «Berlin» gar nicht mehr so metallisch wie bei Macy's, sondern, ja wie, nach Brombeere? Brombeere und Blut. Brombeeren pflücken und sich dabei am Brombeerstrauch stechen und dann Brombeeren und Blut gleichzeitig schmecken. Oder war es nur eine plötzliche Erinnerung ans Brombeerpflücken, die sie überkommen und ihrer Nase diktiert hatte, was sie riechen sollte, und der Brombeerduft kam eigentlich aus dem mit «Special Recipe» getränkten Holz heraufgestiegen, und «Berlin» roch nur nach Blut? Wie roch überhaupt Blut? Nicht doch auch metallisch? Um diesen Fragen nachzugehen, tröpfelte sie sich noch ein wenig mehr auf die Handfläche, hielt sie vors Gesicht, dachte, vielleicht riecht es doch eher staubig oder bewölkt, und verrieb den Rest schnell im Nacken, als das Telefon klingelte.

Am Apparat war schon wieder der Mann mit der brüchigen Stimme. Irgendwelche Verkabelungen im New Yorker Telefonnetz schienen Falschanrufe stärker zu befördern als an anderen Orten in der Welt. Auch ihr war es schon passiert, dass sie in einer Woche mehrmals denselben falschen Anschluss erwischte, selbst wenn sie beim wiederholten Versuch die Wählscheibe äußert sorgsam drehte, um sich nicht zu vertun. Bei dem Mann mit der brüchigen Stimme hatte sie allerdings so langsam den Verdacht, er würde sich absichtlich verwählen, denn einmal in der Leitung, ließ er sich nur schwer abwimmeln.

«Ach, Entschuldigung», sagte er anfangs noch, «bin ich schon wieder falsch verbunden? Ich frage mich wirklich, wie das sein kann, rätselhaft, nicht wahr, diese Technik, ich hoffe, ich habe Sie nicht allzu sehr gestört?»

«Nicht so schlimm, ich ...»

«Na, nun ist der Sommer aber wirklich endgültig vorbei, wurde ja auch mal Zeit, war auch wirklich ein Problem mit den Pflanzen bei der Hitze, nu ja, jetzt können wir uns schon wieder auf Winter einstellen, der ist ja auch nicht gerade angenehm hier. Aber ich will Sie nicht weiter aufhalten, sicher haben Sie noch was Schönes vor heute Abend, im Fernsehen kommt ja nicht viel, gestern war's besser, aber vielleicht sehen Sie das ja auch anders, Geschmackssache, was?»

«Ja, nein, richtig, ich muss tatsächlich gleich los, auf Wiederhören.» Sie wusste inzwischen schon, dass der Mann ein Blumengeschäft am Riverside Drive betrieb.

«Na, dann wünsche ich Ihnen einen unterhaltsamen Abend, und entschuldigen Sie bitte nochmals die Störung, aber Sie wissen ja, wie das ist mit unserem Fernsprechnetz. Umwandlung von Schallwellen in elektrische Signale und wieder zurück, das hat ja auch was Unbegreifliches, finde ich nach wie vor, wo geht's denn noch hin heute?»

«Ich bin zu einem Essen eingeladen. Ihnen ebenfalls einen guten Abend!»

Auf dem kurzen Weg des Hörers zur Gabel hörte sie noch einmal Sprachfetzen, der Mann redete offenbar unverdrossen weiter. Dann machte sie sich ausgehfertig. Zum ersten Mal verließ sie das Haus in diesem herrlichen neuen Mantel, ein edles Stück aus dicker, dunkelblauer Wolle, Glücksfund in einem Secondhandladen. Wenn es irgendetwas gab, was sie über das Ende des Sommers und die frostigen Abende hinwegtröstete, dann war es der Umstand, dass sie jetzt endlich diesen Mantel anziehen konnte, in dem sie sich sicher und behütet fühlte wie ein zufriedenes blaues Schaf. Das Radio ließ sie weiterlaufen, damit Winnetou sich weniger einsam fühlte. Als sie die Wohnung verließ, spielte Sidney gerade Chet Baker.

Auf der Treppe kam ihr Mrs. Propper entgegen und grüßte sie wie immer auf Deutsch mit «Wie geht's, wie steht's», während sich ihr Enkel dahinter am Treppengeländer hochzog, als könne er den Aufstieg mit den Beinen allein nicht bewältigen. Unten vor der Tür war Adam dabei, eine Coladose flachzutreten. Seine dunklen Haare flossen in einer Welle aus der Stirn heraus über den Hinterkopf, und er trug eine Sonnenbrille, obwohl die Sonne bereits hinter den Gebäuden versunken war.

«Toller Mantel», sagte er. Sie hörte es nur halb, denn wenn in ihrem Blickfeld etwas toll aussah, dann war es Adam. Vorgestern hatte sie ihn kennengelernt, erst vor wenigen Stunden hatte er ihre Wohnung verlassen, und nun holte er sie schon wieder ab, hier vor ihrer Tür, und er sah noch phantastischer aus, als sie es in Erinnerung hatte, auf eine ganz eigene, sehr New Yorker Art.

Wohin es ging, wusste Mona nicht, sie war der Gastgeberin erst zweimal begegnet. Das erste Mal bei einer Gartenparty von Sidneys Cousine auf Long Island, wozu Sidney sie vorher lange hatte überreden müssen. Sie mochte es nicht, wenn die Leute dachten, sie und Sidney seien ein Paar. Aber dann war die große Hitze über die Stadt hergefallen, wer eine Gelegenheit hatte, rauszukommen, fuhr raus, und Sidney schlug vor, dass sie im Anschluss an die Party das restliche Wochenende im Strandhaus seiner Mutter in den Hamptons verbringen könnten. Nach allem, was Mona gehört hatte, war es dort wunderschön, und schon lange wollte sie diesen Ort einmal sehen. Auf der Karte streckte sich Long Island von New York City aus nach rechts in den Atlantik hinein wie die Schnauze eines Krokodils und zerfaserte an den Seiten zu vielen kleinen Buchten und Inseln. Es war eine Region mit engem Verhältnis zum Meer.

In Sidneys Wagen fuhren sie über die Williamsburg Bridge, durch Queens und lauter unbekannte Stadtteile, wo es bald gar nicht mehr aussah wie in Manhattan, sondern wie in Filmen, die in amerikanischen Kleinstädten spielten.

Die Cousine bewohnte mit ihrem Mann eine riesige alte Villa, und die Gartenparty war bevölkert von High-Society-Figuren sämtlicher Altersgruppen. Zwischen den ganzen gebügelten Khakis und Polohemden, den teuren Loafers, Perlenketten und Seidentüchern wirkte Sidney gleich viel weniger bourgeois als sonst, fast schon leger. Er stellte Mona den Gastgebern und noch diesem und jenem alten Collegefreund vor, immer korrekt, wie von ihr eingefordert, als «eine Freundin», was von einigen dumm kommentiert wurde: «Wie viele solcher Freundinnen hast du denn, Sid?» oder: «Soll das heißen, ihr seid nicht zusammen und ich darf mit der Dame flirten?»

Weiter hinten, nahe beim Buffet, fiel Mona ein etwa gleichaltriges Mädchen auf. Sie war laut und korpulent, und zu ihren noblen Klamotten mit Perlenkette und passenden Ohrsteckern hatte sie sich, wo viele andere Mädchen ein modisches breites Band im Haar trugen, ein mit bunten Blinklichtern bestücktes Plastik-Diadem auf den Kopf gesetzt.

«Wer ist die da hinten?», fragte Mona, aber Sidney kannte sie nicht.

Junge Kellner trugen mit vornehmer Zurückhaltung Tabletts voll Drinks und Häppchen herum, und Mona griff sich ein Glas mit goldsprudelndem Champagner, der auch ganz gut schmeckte. Während Sidney in ein uninteressantes Gespräch verwickelt war, streifte sie damit ziellos durch die Menge, bis plötzlich die Gastgeberin vor ihr auftauchte.

«Mona war dein Name, richtig? Ich muss dir jemanden vorstellen, Mona!»

Sie hakte Mona unter und bugsierte sie auf das Mädchen mit dem blinkenden Diadem zu, das gerade mit einer besonders aufgetakelten älteren Dame und einem sehr großen, aufrechten Herrn gleichen Alters zusammenstand und beide feindselig anblickte, während die auf sie einredeten. Es schien ihr sehr willkommen, sich von ihnen abwenden zu können.

«Gloria? Entschuldige mal kurz», sagte die Gastgeberin mit einem blödsinnigen Strahlen. «Guck mal bitte, ich möchte dir jemanden vorstellen. Das ist Mona, eine Freundin von meinem Cousin Sidney. Mona, das ist meine alte Schulfreundin Gloria!»

Weitere Mädchen kamen angehuscht. Erwartungsvoll blickten sie von Mona zu Gloria und wieder zurück.

«Hallo», sagte Mona. «Freut mich.»

«Aha?», sagte das Mädchen mit dem Diadem. «Ist ja ein Ding, eine Freundin deines Cousins also. Und warum stellst du mir nicht den Cousin vor? Wo ist er? Sieht er gut aus?»

«Fällt euch beiden nichts auf?», fragte eines der umstehenden Mädchen.

«Was soll mir auffallen, Mary? Dass sie vielleicht zu dünn ist? Dass sie nicht mal ein Diadem trägt?»

«Und du, Mona? Siehst du auch nichts?»

Mona überlegte angestrengt, ob sie sich vielleicht von irgendwoher kannten, aber die große, dunkle Sonnenbrille der anderen erleichterte das Identifizieren nicht eben.

«Aber ihr seht euch total ähnlich!», rief die Gastgeberin. «Wie Zwillinge, nur mit unterschiedlichen Kleidergrößen! Seht ihr das nicht?»

«Nein», sagten sie gleichzeitig und fühlten sich damit beide einen Moment lang wie von einem Fluch getroffen. Mona sah, dass Gloria auch diese kleine Lücke zwischen den Vorderzähnen hatte, den Makel, der ihr am meisten zu schaffen machte, und vielleicht hatte sie auch eine ähnliche Haarfarbe, aber das reichte doch nicht für Ähnlichkeit. Ähnlichkeit war doch etwas viel Umfassenderes. Da trat Sidney hinzu, und die Gastgeberin rief: «Sidney! Was sagst du, sehen die beiden sich ähnlich oder nicht?»

Er schaute Gloria an, die nun endlich für einen Moment die schwarze Brille nach oben schob. «Ja, stimmt. Da ist was dran.»

«Ich sehe also aus wie deine Freundin?», fragte Gloria.

«Eine Freundin», korrigierte Mona.

Gloria spitzte die Lippen. «Aha? Willst du ihn nicht, oder will er dich nicht?»

«Das kann man so nicht beantworten …», setzte Mona an, aber Gloria redete dazwischen: «Ich schätze mal, er will dich, aber du willst ihn nicht. Sonst hätte er dich ja nicht hergeschleppt. Ich hingegen finde ihn überaus sexy. Guck mal, Sid, wenn die nicht will, dann nimm doch die Doppelgängerin, hm? Ist auch mehr dran.» Sie stemmte die Arme in die Hüften und wiegte sich in einer dezent anzüglichen Pose. Sidney schien es die Sprache zu verschlagen, doch dann fiel ihm ein, was zu sagen war:

«Es geht ja nicht nur um Äußerlichkeiten.»

«Ausgezeichneter Einwand, Sid. Bravo. Ich verkneife es mir, darauf hinzuweisen dass ich auch eine schöne Seele habe, denn das kannst du nicht wissen, wir kennen uns ja nicht. Nicht nur sexy, sondern auch noch charmant, dieser Sid. Ich ziehe meine Krone. Ich fahre später noch weiter zu Freunden an die Küste und könnte noch jemanden mitnehmen. Du kannst es dir überlegen, sexy Sid.»

Sie sah Mona an. «Dich nehme ich zur Not auch mit, immerhin siehst du mir angeblich ähnlich. Ich würde dich als meine verlorene Schwester ausgeben, das könnte lustig werden. Da kommen auch eine Menge schöner Männer, du könntest dir einen aussuchen.»

«Das ist nett», sagte Mona. «Aber wir fahren ebenfalls weiter an die Küste.»

«Na, das wird sicherlich verdammt romantisch. Und was ist das überhaupt für ein exquisiter Akzent, den du hier zur Schau stellst, Mona? Klingen tust du jedenfalls ganz anders als ich.»

«Ich bin aus Deutschland.»

«Ausgezeichnet. Wie mein Großvater. Oder Urgroßvater, was weiß ich. Du wirst dich hier sehr langweilen auf dieser langweiligen Veranstaltung voller Langweiler. Aber die Drinks sind gut, und die Blinis mit Kaviar kann ich auch empfehlen. Ich nehme immer abwechselnd einen Blini und einen Drink, dann geht's. Und hüte dich vor Danny, Vince und Chuck, die stehen da drüben, das sind ekelhafte Typen. Und vor Laurie, die Ziege sehe ich grad nicht. Und vor Mr. und Mrs. Berlin», sie deutete auf das ältere Paar, mit dem sie gerade zuvor noch beisammengestanden hatte. «Das sind meine Eltern, und die sind un-er-träglich.»

«Berlin? Du heißt Berlin? Ich komme aus Berlin!»

«Ich würde auch lieber aus Berlin kommen, als so zu heißen, noch so eine Sache, die ich gern anders hätte an mir. Bis später, ich muss mal pissen.»

Erstaunlich grazil wiegte sie sich davon unter dem blinkenden Diadem.

Es stimmte, dass Blinis und Drinks dabei halfen, die nächsten zwei Stunden zu überstehen, trotzdem konnte der Alkohol mit dem Langeweile-Pegel irgendwann nicht mehr mithalten, und gerade als Mona sich nach Sidney umsah, der hoffentlich auch genug hatte von dieser Versammlung, wurde sie von einem hochgewachsenen jungen Mann in ein Gespräch verwickelt, einem selbstgefälligen Typen in großkariertem Sakko, der sich als Vince vorstellte – also einer der Jungs, vor denen Gloria sie vorher gewarnt hatte und der wirklich ein grauenhaft öder Schleimer war. Während Vince mit seinen athletischen Talenten und seinen Segeltörns prahlte und ihr dabei immer mehr auf die Pelle rückte, sah Mona Sidney in einer kleinen Gruppe unter einem Ahornbaum stehen. Ein adrettes blondes Mädchen himmelte ihn erkennbar an, während er dezent seinen Blick schweifen ließ, aber in die falsche Richtung, sodass er Mona leider nicht entdeckte. *Sexy Sid.* Doch, das stimmte, jetzt sah sie es auch. Sie ließ Vince kurzerhand stehen, ging, noch nicht schwankend, aber merklich beschwingt, zu Sidney hinüber und hakte sich wortlos bei ihm ein.

In den folgenden Tagen kam Mona sich vor wie die Protagonistin eines Groschenromans. Der Gartenparty frisch entkommen und ins Auto eingestiegen, hatten sie und Sidney sich zunächst wortlos aneinander festgesaugt. Als sie an der Küste ankamen, war es schon dunkel. Deshalb sah Mona das malerische Fleckchen, an dem sie da gelandet war, erst am nächsten Morgen, nach einer Nacht, in der eingelöst wurde, was sich im Auto angekündigt hatte.

Drei Männer hatte es vor Sidney gegeben, was wenig sein konnte oder viel, je nachdem, wen man fragte. Der wichtigste war Steve gewesen, ein in Berlin stationierter amerikanischer Soldat. Den ersten dagegen hatte sie gleich wieder vergessen. In den zweiten war sie total verknallt gewesen, und es hatte sie ratlos gemacht, dass er ihre Zuneigung nicht ausreichend gewürdigt hatte, dass sie wohl nur eine Medaille in seiner Sammlung gewesen war. Mit Steve war es vielleicht Liebe gewesen. Und dennoch hatte sie sich selbst auch bei ihm nicht so erlebt wie hier mit Sidney. Ausgerechnet. Ausgerechnet mit diesem deutlich zu hartnäckigen, ihr immer etwas peinlichen Typen hatte sie zwischen Meeresrauschen und Ventilatorensurren etwas Neues erfahren. Was er anders machte, war ihr nicht klar, vielleicht war es die reine Chemie zwischen ihnen, vielleicht war er aber auch besonders aufmerksam. Am Vormittag trat sie hinaus auf die hölzerne Veranda und sah hinter einem schmalen, leeren Strand das Meer. Sie ließ sich von der Wärme der Sonne umhüllen, bis Sidney zu ihr auf die Veranda trat. Einen Moment lang blieb sie mit dem Gesicht zum Wasser stehen, dann drehte sie sich zu ihm herum, nahm ihm die beiden Tassen voll Kaffee aus den Händen, stellte sie ab und zog ihn zurück ins Haus. An das Wochenende hängten sie noch den Montag dran, und den Dienstag auch noch, und diese ganze Zeit über konnten sie sich kaum voneinander lösen, weder tagsüber noch nachts, nicht am Strand und nicht im Wasser.

Am Mittwoch fuhren sie gegen Mittag zurück in die Stadt. Es war immer noch heiß und nun auch noch schwül. «Wie in Florida», sagte Sidney. Mona gefiel die dicke warme Samtluft, besonders während der Fahrt bei geöffnetem Autofenster. Sie sah sich wie in einem Hollywoodfilm, wie sie ihren Ellenbogen aus dem Fenster des geräumigen Wagens hängen ließ, in einem grünweiß karierten Neckholder-Top und mit Sonnenbrille.

Vor ihrer Tür setzte Sidney sie ab, aber er hatte für den Abend schon einen Tisch reserviert. Frisch geduscht und umgezogen, saß er ihr dort später gegenüber, mit seiner ganz eigenen Art und seinem Getue, seinen manikürten Händen und dem edlen Zwirn, und wie er den Wein bestellte, wie er aß, wie er jetzt ihre Hand nahm und ihr dabei vielsagend in die Augen blickte, wie er redete und sich den Mund mit der Serviette abtupfte, war der ganze Hampton-Zauber ausgelöscht. Nach dem Essen bat Mona ihn, sie zurück nach Hause zu bringen. Auf seine verdutzten Fragen hatte sie keine Antworten, sie wurde davon nur müde, sodass sie sich zu Hause ins Bett legen, ihr Gesicht ins Kopfkissen vergraben und, nachdem Sidney viermal angerufen hatte, das Telefon ausstöpseln musste.

Nachts zog ein Gewitter auf. Mona öffnete das Fenster, um die kühle Luft hereinzulassen. Es blitzte und donnerte, und Sekunden bevor ein tropischer Regen niederging, kam ein weißer Kakadu zu ihr hereingeflogen. Er landete auf dem hellgrau angestrichenen Holzboden und sagte so etwas wie: «Hepppepp.»

Ein paar Wochen darauf machte Mona sich auf den Weg zur Eröffnung einer Fotoausstellung. Nach dem Casting für die Frühjahrsmodeausgabe eines Magazins hatte der Fotograf alle anwesenden Bewerberinnen dazu eingeladen. Den Job hatte Mona mal wieder nicht bekommen, trotzdem ging sie hin. Bei den ausgestellten Bildern handelte es sich allerdings nicht um Modefotos, sondern um bizarre Schnappschüsse, die bei sichtbar aus dem Ruder gelaufenen Partys entstanden waren. Auf einem erkannte sie ihre mutmaßliche Doppelgängerin, das laute Mädchen mit dem Plastikdiadem. Barbusig stand sie in geübter Ballerinapose inmitten eines Schlachtfelds aus Flaschen, Gläsern und Partymüll. Im Hintergrund lagen drei Figuren auf dem Boden, zwei rauchend, eine schlafend.

Während Mona das Foto anschaute, hörte sie neben sich eine leicht genervte Stimme seufzen: «So begegnen wir uns also wieder.»

Es war Gloria, hier weder barbusig noch mit Diadem, sondern in einer Upper-Class-Uniform aus gebügelten Khakis und einem ärmellosen Kaschmirtop mit Rollkragen und Perlenkette darüber. Zwischen dem anwesenden Kunstvolk in Paisleyhemden, Op-Art-Minikleidern und Anzügen mit Schlafanzugmuster fiel sie darin ausreichend auf, auch ohne blinkendes Diadem.

«Und das zum Äquinoktium», redete sie weiter, «das kann ja wohl kein Zufall sein.»

«Was ist das Äquinoktium?»

«Die Tagundnachtgleiche, Unwissende. Zweimal im Jahr sind der Tag und die Nacht genau gleich lang. Einmal zum Ende des Winters und einmal zum Ende des Sommers. Mit wem bist du hier, mit dem soliden sexy Sid schon wieder?»

«Ich bin alleine gekommen.»

«Das ist sehr klug, hier laufen die schönsten Männer rum. Komm, ich stell dich ein paar Leuten vor.»

Mona folgte ihr zu einer illustren Gruppe, zu der in der Tat ein paar schöne Männer gehörten, solche von der einschüchternden Sorte, die sich auch noch gut anziehen und zurechtmachen und immer die richtige Pose finden.

«Ist das deine Schwester, Gloria?», fragte ein ganz besonders attraktiver Mann.

«Nun gut», sagte Gloria und blickte verschwörerisch in die Runde, «dann muss ich es wohl offenbaren: Mona ist meine geheime Schwester. Sie wurde als Baby nach Deutschland gebracht und ist dort aufgewachsen. Über die Gründe dürfen wir nicht sprechen.»

Eine Frau mit einfältigem Gesicht und Quäkstimme fragte: «Warum ist sie nicht dick?»

«Weil sie ohne Donuts aufgewachsen ist, du hirnlose Erscheinung.»

«In Deutschland gibt es keine Donuts?»

Ein anderer mischte sich ein: «Ich habe gehört, als Präsident Kennedy in Berlin war, hat er vor der Menge gesprochen und gesagt: *Ich bin ein Donut.* Aber auf Deutsch.»

«Warum soll er gesagt haben, er ist ein Donut? Wer hat sich das ausgedacht? Jemand hat sich diesen Käse ausgedacht, und du plapperst es nach, du Depp», fauchte eine große Dunkelhaarige, und eine andere Frau pflichtete ihr bei: «Du bist so ein blöder Depp!»

«In Deutschland isst man Strudel», sagte ein anderer Mann.

«Genau. Erklär dem Mädchen aus Deutschland mal ganz genau, was man in ihrer Heimat isst.» Die Dunkelhaarige sah ihn an, als sollte man ihn, gemeinsam mit dem anderen Deppen, zusammenfalten und mit spitzen Fingern in einen Gully entsorgen.

«Ihr könnt einfach alle mal aufhören, Blödsinn zu labern. Was soll denn meine Schwester hier für einen Eindruck bekommen? Dass das eine Versammlung von Debilen ist? Reißt euch zusammen.»

Danach zerfaserte die Gruppe, aber der besonders schöne Mann blieb einfach in Monas Nähe. Er hatte schwarze Haare und trug unter einer schwarzen Lederjacke einen schmalen, gemusterten Schal, aber kein Hemd, und er hieß Adam.

«Bist du auch auf einem der Bilder?», fragte er.

«Nein», sagte Mona.

Darauf zog er sie zu einem Foto hin, das im Freien aufgenommen worden war, wahrscheinlich im Central Park. Im Gras saß er da, mit Sonnenbrille und Zigarette im Mund, eine Haarsträhne fiel ihm dekorativ ins Gesicht, während er seine Schuhe schnürte, und im Hintergrund machte jemand einen Handstand. Ein vergleichsweise friedliches, harmloses Bild.

Es sah nicht danach aus, als ob sich diese Vernissage in eine Richtung entwickeln würde, wie es den Partys auf den ausgestellten Fotos entsprach. Gloria war offenbar schon wieder verschwunden, und nun stand Mona hier mit diesem Bilderbuchmann, der zu allem Überfluss auch noch jenen ganz eigenen Stil einer bestimmten New Yorker Kunstszene verkörperte, einer schillernden, fremden Welt. Was er wollte oder wer er war, konnte sie bislang nicht einordnen, aber nun schlug er vor weiterzuziehen. Wohin? In den *Memphis Room*, eine angeblich nicht allzu weit entfernte Bar.

Vor dem Eingang reihten sich die Leute in einer langen Schlange den Block hinunter. Mona fröstelte und war kurz davor, Adam mitzuteilen, dass sie in diesem Fall doch lieber nach Hause gehen würde, doch Adam machte ohnehin keine Anstalten, sich hinten anzustellen, sondern schlenderte an allen anderen vorbei direkt zur Tür, die man über ein paar Stufen hinunter im Souterrain erreichte, wo er von einer mit immenser Autorität ausgestatteten Türsteherin ohne Zögern hineingewunken wurde. Zusammen drängten sie sich durch einen überfüllten Raum hindurch in ein Hinterzimmer hinein, in dem ein paar größere Tische standen und nur geringfügig weniger los war. An einem der Tische saß Gloria inmitten ihrer Entourage, Gesichter, von denen jedes zweite von einer sehr dunklen Sonnenbrille verdeckt wurde. Sie quetschten sich dazu, und Mona versuchte, dem Durcheinander des Geredes zu folgen. Es schien, als würden alle gleichzeitig sprechen, und das mit maximaler

Emphase. Der Ton kam Mona seltsam vor: Beleidigungen waren zärtlich und Nettigkeiten beleidigend gemeint, Gesagtes wurde aufgegriffen und hin und her und vor und zurück gespielt. Alle am Tisch wirkten überaus selbstsicher, und plötzlich fühlte sich Mona wieder wie damals in der Schule, wo es ein paar Mädchen gegeben hatte, die auf eine sehr raffinierte Art die Kunst des Ignorierens beherrschten. Die manchmal ohne erkennbaren Anlass so taten, als sei sie unsichtbar. Es konnte bei einem Ausflug passieren.

Man ging gemeinsam zum Bus, und schon auf dem Weg entstand diese Dynamik, in der Mona zwischen den verschiedenen Grüppchen herumirrte und dabei wie eine Billardkugel immer wieder abprallte. An der Haltestelle standen die Mädchen dann beisammen, und wenn Mona hinzutreten wollte, machte eine einen scheinbar zufälligen Schritt zur Seite, der die Lücke schloss, in die Mona gerade gleiten wollte. Im Bus war nur noch ein abseitiger Platz frei, hinter Ines und Erika, den verschwiegenen Zwillingen mit den langen Zöpfen. Sie war sich nie ganz sicher, ob es Pech war oder Kalkül, ob Gedankenlosigkeit dahintersteckte oder Grausamkeit, aber die Erfahrung saß tief und verfolgte sie in ihre Träume.

Ohne dass Mona mitbekommen hätte, wie sie da hochgestiegen war, stand Gloria nun auf dem Tisch und bewegte sich unter anfeuerndem Rufen, Johlen und Pfeifen zur Musik. Dabei ließ sie kunstvoll eine Spritze durch ihre Hand gleiten wie eine Schlangentänzerin die Schlange und pikste sich schließlich mit der Nadel durch ihre teure Hose hindurch in den Oberschenkel, tanzte noch ein bisschen, setzte sich anschließend wieder und begann, mit ihrem Sitznachbarn zu knutschen, in dessen Begleitung sie dann kurze Zeit später auch von dannen zog.

Bevor sie verschwand, rief sie Mona und Adam durch den Lärm zu: «Bei mir zum Essen. Übermorgen um acht.»

Dorthin also war Mona nun auf dem Weg, in ihrem lila Kleid, ihrem herrlichen Mantel, duftend nach einem Parfüm, das sie eigentlich nicht tragen wollte, und in Begleitung des schönsten Mannes den sie überhaupt jemals gesehen hatte, im Herbst 1967.

Ich habe den Eindruck, die sechziger Jahre stehen noch bevor. Sie erscheinen mir eher wie Zukunft als wie Vergangenheit.
Paul McCartney, 1994

1967

Die Gegend, in der Gloria wohnte, gehörte nicht zu den nobelsten, aber ihre Wohnung war riesig. Das Essen hatte sie anliefern lassen; als Vorspeise gab es schon wieder Blinis mit Kaviar, und an dem langen Tisch, der vierzehn Personen bequem Platz bot, saß Mona zwischen Adam und einem Tänzer vom York City Ballett. In dieser Stadt, in der scharenweise Tänzer als Kellner, Verkäufer oder Kartenabreißer arbeiteten und, wenn sie viel Glück und Talent hatten, mal ein Engagement am Broadway oder Off-Broadway oder in einer Fernsehshow oder als Tanzlehrer bekamen, hatte dieser es an die Spitze geschafft. Er musste ein verdammt guter Tänzer sein. Wie Mona ihren Mantel hatte Adam seine schwarze Lederjacke an der Garderobe im Flur gelassen. Er saß da in einem elfenbeinfarbenen Satinhemd, zu dem er ein grün gemustertes Halstuch und eine Kette aus rosa Glasperlen trug.

Vor zwei Tagen hatten sie den Memphis Room kurz nach Gloria wieder verlassen und waren im Taxi zu Mona gefahren. Es war Mona egal gewesen, dass sie Adam gerade erst kennengelernt hatte. Er war eindeutig der schönste Mann, dem sie je begegnet war, und je länger sie ihn ansah, umso stärker wuchs ihr Verlangen, ihm durch die Haare und übers Gesicht zu fahren und ihren Mund auf seine aufgeworfenen Lippen zu drücken. Unterwegs im Taxi hatte sie ein Päckchen Pfefferminzdrops in der Hosentasche gefunden, davon steckte sie sich eins in den Mund und hielt dann Adam die Mintrolle vor die Nase. Zigaretten und Alkohol waren nie eine gute Grundlage zum Küssen. Allerdings küssten sie sich auch gar nicht, jedenfalls nicht dort im Taxi, sondern erst, als sie sowieso schon übereinanderlagen. Später in der Nacht, eher schon gegen Morgen, war sie davon aufgewacht, dass Adam im Schlaf zuerst mit den Zähnen knirschte und dann mit allen Gliedmaßen zuckte, als ziehe er geheime elektrische Impulse aus der Matratze. Es war schon längst hell, als sie sich schließlich dazu aufraffte, auf das Sofa umzuziehen, wo sie noch einmal einschlief und gegen Mittag erwachte, beobachtet von Winnetou, der überraschend still auf der Sofalehne saß, aber sofort auf die Decke sprang, als sie die Augen geöffnet hatte, um ihr mit dem Schnabel gegen das Kinn zu stupsen.

«Hallo, Winnie», sagte sie, und Winnetou sagte: «Heppeppepp.»

Je später es wurde, umso weniger Mühe gab Mona sich damit, leise zu sein. Sie legte sogar Platten auf. Spät am Nachmittag, als sie sich gerade im Bad die Nägel lackierte, tauchte Adam im Türrahmen auf. Er trug Monas Morgenmantel aus dunkelroter Seide und strich seine schwarzen Haare nach hinten. Obwohl sie seit Stunden gewartet hatte, war sie nicht vorbereitet auf diesen Anblick. Er sah aus wie eine verbotene Version des Märchenprinzen aus Monas alten Bilderbüchern, und er fragte: «Hast du vielleicht Kaffee?»

Nun saß sie also hier zwischen ihm und diesem ebenfalls beunruhigend attraktiven Tänzer, der, anders als Adam, auch noch so eloquent war, als hätte er all seine Kraft, Koordination, Biegsamkeit und Grazie mit seiner Sprache synchronisiert. Gerade hatte er sich in einer eigenartigen Position auf den Stuhl hingefaltet und berichtete allen in Hörweite, während er sich mit langem Arm hin und wieder einzelne Bissen von seinem Teller angelte, von einem Gastauftritt in São Paulo, wo er sich am Tag der Aufführung hoffnungslos verirrt hatte und dann zurück zum Hotel trampen musste und wie die elegante Frau, die ihn in ihrem Auto mitnahm, während der Fahrt in Tränen ausbrach, weil ihr Mann sie gerade zum wiederholten Male betrogen hatte, woraufhin er sie zum Trost und zum Dank in die Premierenvorstellung des New York City Ballet im Opernhaus inklusive anschließender Party einlud, und wie, als er da mit ihr ankam, alle brasilianischen Gäste in Verzückung gerieten, weil sie, wie sich nun herausstellte, eine superbekannte Schauspielerin aus einer superbeliebten Seifenoper war, in der sie sinnigerweise die schöne Frau eines notorisch untreuen Mannes spielte, die sich irgendwann ihrerseits in einen anderen verliebt und so weiter, und tatsächlich hätte sie sich dann später bei der Premierenparty in einen bis dato äußerst lebenslustigen bisexuellen Tänzerkollegen vom New York City Ballet verliebt, mit dem sie nun zusammenlebte und der seither niemanden sonst mehr anschaute.

Dem Tänzer gegenüber saß die scharfzüngige Dunkelhaarige, die schon bei der Ausstellungseröffnung dabei gewesen war, und feuerte Kommentare ab, und wieder ging es Mona so wie an dem Tisch im Hinterzimmer im Memphis Room – sie fühlte sich unsicher und wusste nicht, wie sie es anstellen sollte, nicht unsicher zu sein; ob sie dagegen ankämpfen sollte oder ob es besser wäre, sich entsprechend auch erkennbar unsicher zu verhalten, offensiv unsicher zu sein also, was dann ja immerhin noch süß oder charmant wirken mochte. Während sie darüber nachdachte, fiel ihr auf, dass Adam als Einziger im Umkreis nicht den ausschweifenden Erzählungen des Tänzers zuhörte. Stattdessen sah er sie auf eine konzentrierte Art von der Seite an, als versuchte er, etwas zu verstehen.

«Du riechst gut», sagte er.

In ihrer Verunsicherung tat es Mona wohl, dass der schöne Mann ihr Aufmerksamkeit schenkte. Sie versuchte, sich daran zu erinnern, dass schließlich auch sie als schöne Frau durchgehen konnte, dass irgendwann eine Metamorphose eingesetzt hatte, eher spät, schon zum Ende der Pubertät. Davor hatte sie in ihrer Klasse nur «Storch» geheißen, und sie kannte alle möglichen Varianten von Scherzen über eine «lange Dürre». Ihr Gesicht war im Alter von vierzehn bis siebzehn besonders anfällig für Pusteln und Mitesser gewesen, und sie hatte es sorgfältig hinter einem langen, schrägen Pony versteckt gehalten. Gleichaltrige Jungs schienen ausnahmslos auf propere, kurvige Mädchen zu stehen, die sie an Körperlänge auf keinen Fall überragen durften. Mona war schon fast achtzehn, als ihr auffiel, dass ihre Beine Blicke anzogen und dass alle Kleidung an ihr gut aussah. Ständig bekam sie Komplimente für «ihren Stil», und wenn sie etwas von Freundinnen anprobierte, sahen die Sachen an ihr stets besser aus als an ihren Besitzerinnen. So war es denn auch eine Freundin, die irgendwann zu ihr sagte: «Du solltest Mannequin werden.» An dem Abend betrachtete Mona ihr Gesicht im Spiegel und beschloss, schön zu sein. Vielleicht, dachte sie damals, musste man die Schönheit nur hereinbitten, anstatt sie auszusperren. Und so geschah es dann auch.

Zum Nachtisch servierte Gloria kleine, knusprige Röllchen, die mit einer köstlichen Vanillecreme gefüllt waren, aber da saßen die meisten Gäste schon nicht mehr an ihren Plätzen, und andere waren hinzugekommen, die Abendgesellschaft hatte sich vergrößert. Auch die Musik war lauter geworden, und ein dramatisch geschminktes Mädchen vom anderen Ende des Tisches hatte angefangen zu tanzen, ihre vielen Ketten und die langen Ohrringe klimperten dabei. Ihr zuzusehen hatte eine hypnotische Qualität, aber auch etwas Beunruhigendes, etwas wehte da von der tanzenden Gestalt herüber. All der Schmuck baumelte über einem namenlosen Abgrund. Vielleicht, wenn sie ein Mann wäre, würde sie sich davon angezogen fühlen, dachte Mona. Jemand brachte frische Drinks, und Mona griff sich ein Glas mit grünem Strohhalm.

«In meiner Freizeit tanze ich nicht», sagte der Tänzer neben ihr und streckte seine Glieder nach Tänzerart. «Ich hätte allerdings gern noch so ein süßes Cremedings. Puh, noch ein so ’n Cremedings! War das köstlich.»

Er zog sich die Sonnenbrille von der Stirn vor die Augen und stand auf, wohl, um nach einem übriggebliebenen Cremedings zu fahnden. Die Kleine mit den Ohrringen und den Ketten beendete ihren Tanz, setzte sich gegenüber an den Tisch und griff fahrig nach einem Drink, bevor sie allerlei Krimskrams aus ihrer Tasche holte und vor sich ausbreitete, darunter einen Armreif, mehrere Schminkutensilien, Tampons, Pillendosen und ein Miniportemonnaie aus durchsichtigem Plastik mit kleingefalteten großen Geldscheinen darin. Sie klappte die Pillendosen auf und zu, sortierte etwas um, ließ ein Puderdöschen auf- und zuschnappen und verstaute dann alles wieder sehr akribisch in ihrer Tasche. Alles an ihr war viel. Nicht nur der Schmuck, auch das Make-up, das Parfüm und die falschen Wimpern. Meistens ging so etwas nicht gut, aber ihr gelang es, trotzdem schön zu sein. Es sah aus, als säße sie unter dem ganzen Kladderadatsch wie ein Kind in einem schlechten Versteck.

Während der Räumaktion mit der Tasche hatte Adam ihr entgeistert zugesehen.

«Trixi, ich denke, du bist pleite?»

«Was?»

«Du bist pleite, denke ich.»

«Ja, verdammt.»

«In deinem Täschchen da hast du aber einige ziemlich fette Scheine.»

«Was? Nein.»

«Oh doch.»

«Wie kommst du darauf?»

«Du hast sie gerade eben auf den Tisch gelegt.»

Ihr Blick wanderte von Adam zu Mona. Sehr herzlich streckte sie ihr über den Tisch hinweg eine Hand entgegen und sagte: «Hallo. Ich bin Trixi.»

«Trixi», sagte Adam, «gib mir das Geld.»

«Ich soll dir mein Geld geben?»

«Du sollst mir *mein* Geld zurückgeben.»

«Du bekommst dein Geld zurück.»

«Ja, und zwar jetzt.»

«Das geht nicht.»

«Du hast da haufenweise Geld in deiner Tasche, und es ist Geld, das du mir schuldest. Gib es mir.»

Inzwischen waren sie die Einzigen, die noch an dem Esstisch saßen, der in einem Erker stand und dort nicht mehr weiter von Interesse war, seitdem sich das Essen zu einer Party gewandelt hatte. Trixi drehte sich herum und spähte in den Raum. Zwischen den anderen Tanzenden vollführte nun der Tänzer einen raumgreifenden Ausdruckstanz. Trixi stand auf, bewegte sich auf ihn zu und begann wieder mit ihren eigenen, selbstvergessenen Bewegungen.

«Damit kommt sie bei mir nicht durch», sagte Adam und stand ebenfalls auf. Mona folgte ihm, bog dann aber ab, um in Glorias weitläufiger Wohnung eine Toilette zu suchen. Auf gut Glück öffnete sie eine Tür und blickte in einen Raum, der mit wertvoll aussehenden Bildern und Plastiken ebenso vollgestopft war wie mit allerlei Firlefanz, Trödel und Geraffel. Hinter einer zweiten Tür befand sich ein tipptopp aufgeräumtes Schlafzimmer, und nun vermutete Mona das Bad hinter jener etwas kleineren, mit Goldfarbe gesprenkelten Tür. In New York veranstalteten die Leute gern kreative Dinge mit ihren Bädern. Mona hatte schon welche gesehen, die bewachsen waren wie Treibhäuser, bewohnt von Chamäleons, Bäder mit kunstvoll bemalten Wänden, Bäder mit Musikbeschallung und Lichtinstallationen. Sie öffnete die Tür mit den Goldsprenkeln und schrie auf, als ihr aus dem kleinen, fensterlosen und spärlich beleuchteten Raum eine äußerst ungepflegte, ganz in schwarz gekleidete Erscheinung entgegensprang.

«Nicht die goldene Tür öffnen!», fauchte das Wesen und zog ebendiese Tür wieder zu, um sie in der nächsten Sekunde wieder einen Spaltbreit aufzutun und dahinter hervorzulugen.

«Bist du es, Gloria?», fragte es.

«Nein. Ich bin Mona.»

«Seltsam. Möchtest du beichten?»

«Was? Nein.»

«Dann nicht.» Wieder schnappte die Tür zu. Von innen wurde ein Schlüssel herumgedreht.

Einen Moment lang verharrte Mona noch still am Fleck und starrte auf das goldene Rechteck, dann wandte sie sich möglichst leise um und bog um die nächste Ecke des Korridors, wo gerade eine andere Tür aufging, hinter der die große, aggressive Dunkelhaarige hervortrat, Mona ansah und in vergleichsweise mildem Ton verkündete: «Die Toilette ist hier.»

Als Mona in den Salon zurückkehrte, wurde die Szenerie von einem Mann mit freiem Oberkörper beherrscht, der eine Rohrzange schwang und lauthals krakeelte. «Gebt mir euer Geld!», schrie er. Aber auch: «Ich will Elvis hören!» und: «Fleht um Verzeihung! Alle!»

«Beruhig dich», rief Gloria, «komm mal runter!», aber anstatt runterzukommen, schlug der Mann mit der Rohrzange ein Loch in die Wand, sehr dicht neben einem Bild, das aussah wie ein originaler Lichtenstein. Schließlich war es Trixi, die langsam, fast gelangweilt, auf ihn zuging und ihm die Rohrzange einfach so aus der Hand nahm.

Mona sah sich nach Adam um, konnte ihn aber nicht entdecken. Auch wollte sie Gloria nach dem Mann hinter der goldenen Tür fragen, aber Gloria tanzte, nun, da keiner mehr herumbrüllte, barfuß eine Art Schleiertanz mit ihrer Bluse, der Hüftspeck quoll über ihren Hosenbund. Als der Balletttänzer sie zu einer Hebefigur in die Luft stemmte, schwebte sie wie schwerelos nach oben und hielt sich dort anmutig wie eine Putte von Rafael. Verlorenes Rumstehen am Rande fühlte sich ungut an, deshalb wagte Mona sich ihrerseits zwischen die Tanzenden, wo sie sogleich von einem Typen abgefangen und herumgewirbelt wurde, der ganz sicher kein Profitänzer war. Trixi tanzte inzwischen ebenfalls barfuß auf einer Kommode, während an den Rändern des Geschehens fortwährend Dinge und Gäste rumpelnd oder klirrend zu Boden fielen. Schließlich schob Mona ihren Tanzpartner von sich weg, woraufhin der sich dramatisch zu Boden fallen ließ und ihre Stiefel zu küssen versuchte, und dann war plötzlich Adam bei ihr. Nahm sie in den Arm und wiegte sie langsam zu schneller Musik.

Mona unternahm den Versuch, sich in dieser ganzen Situation hier aus einer anderen Zeit heraus zu betrachten, aus einer Zeit vor New York, als sie das Gefühl hatte, nirgends dazuzugehören, und eine unbestimmte Sehnsucht danach, woanders ganz anders sein zu können. Hatte sie es sich so vorgestellt? Nein. Wie hätte sie diesen kleinen Film hier wahrgenommen, diesen Ort, diese Leute, diesen bemerkenswerten Mann, um dessen Hals sich ihre Arme gerade schlangen? Es hätte sie umgehauen. Ich bin, wo ich sein wollte, dachte sie, ausreichend verwundert, als schon wieder jemand herumbrüllte. Zuerst war die Musik zu laut, um Genaueres zu verstehen, aber dann wurde der Plattenspieler mit einem hässlichen Kratzen angehalten.

«Wer war das?», schrie ein Mann und schwenkte einen Fetzen, der bei genauerem Hinsehen ein halber Mantel war. Neben ihm stand Trixi. An ihren beiden Händen baumelten ratlos und fusselnd Teile eines anderen Mantels, für den irgendwann einmal ein Tiger gestorben war.

«Ihr könnt euch alle gern davon überzeugen, dass eure sämtlichen Jacken und Mäntel zerschnitten sind», rief der Typ in den Raum. «Und ich will wissen, wer das war. Wer war das?»

Es wurde gemurmelt, jemand kicherte. Dann kletterte der Rohrzangenschwinger auf den Esstisch hinten im Erker und äffte den Mann nach: «Wer war das? Uhhh, wer *war* das? Wer war hier bloß so bööööse?»

Trixi lief quer durch den Raum auf ihn zu und warf mit einem halben Tiger nach ihm. «Du armseliges Arschloch!», zischte sie.

«Uuuhhhh», machte der Mann.

Es wurde immer kälter und Mona hatte keinen Mantel mehr. Vollkommen demoliert war das herrliche Stück, der linke Arm war abgeschnitten. Ein weiterer Schnitt verlief vom Kragen bis hinunter zur Mitte. Die Schneiderin, bei der sich Mona gerne ihre Secondhand-Funde passend machen ließ, hatte geseufzt und gesagt, sie könnte das wohl wieder zusammenflicken, aber natürlich würde man es immer sehen, der ganze Mantel würde dadurch enger, und ganz billig sei die Reparatur auch nicht, das müsse man an einer Spezialmaschine nähen. Trotzdem hatte Mona den Mantel bei ihr gelassen, was sollte sie auch tun?

Nun saß sie in ihrer Küche, hatte sich einen Kaffee gekocht und dachte über ihre Situation nach. Den laufenden Kosten standen keine angemessenen Einnahmen mehr gegenüber. Sie lebte immer noch von dem, was sie mit der Strumpfhosenwerbung verdient hatte. Dort war es allein um ihre Beine gegangen, und für eine ganze Weile lief das ganz gut. Nach der Frühjahrskollektion kam eine Herbst- und dann eine Winterkollektion, dann wieder eine neue Frühjahrskollektion. Schließlich hatte Mona einmal wegen schlimmer Erkältung einen Termin absagen müssen. Sie dachte, man könnte es verschieben, aber danach hörte sie nichts mehr von den Strumpfhosenleuten. Anschließend hatte sie noch eine kleine Rolle in einem Werbespot für Autoreifen bekommen, da musste sie aus einem Auto aussteigen, wobei wieder ihre langen Beine im Fokus standen. Alle Jobs, auf die sie sich seither beworben hatte, all die Vorstellungstermine, Castings, waren ins Leere gelaufen. Beim letzten Mal, als zumindest der Fotograf ihr eine Chance geben wollte, meinte ein anderer, einer von der Werbeagentur, so als stünde sie nicht mit im Raum: «Sie ist ganz sexy, aber kein Fotomodell.»

Danach, während sie auf den Fahrstuhl wartete, kam genau dieser Typ zu ihr herübergeschlendert und quatschte sie an: «Sorry, dass ich das so entscheiden musste. Aber das mit dem Sexysein meinte ich wirklich ernst. Vielleicht könntest du dich auf eine andere Sparte verlegen. Wenn du nichts gegen Hasenohren und Puschelschwänzchen hast, solltest du es mal als Bunny im Playboy Club versuchen. Da würdest du hervorragend hinpassen und exzellent verdienen. Ich könnte dich empfehlen, ich hab Verbindungen zu Mr. Hefner.» Dann hatte er ihr seine Karte gegeben.

Es klingelte. Wie üblich kam Winnetou angeflattert und setzte sich auf ihre Schulter, um auch ja mitzubekommen, wer vor der Tür stand.

Es war Adam. Aus seiner Lederjacke hatte er das zerfetzte Innenfutter ganz herausgetrennt; die beiden Löcher trug er wie exquisite Stilelemente. Er hatte die Sonnenbrille noch vor den Augen, in seiner Hand baumelte ein halb gefüllter Müllsack.

«Darf ich das bei dir deponieren?», fragte er grußlos.

«Deponieren? Warum? Was ist da drin?»

«Meine Sachen.»

«Deine Sachen?»

«Ja, ich hatte meine Sachen bislang bei einem Freund, aber der muss ausziehen.»

«Hast du denn keine Wohnung?»

Adam pfiff und hielt Winnetou seinen Arm hin, Winnetou hüpfte gleich drauf, machte Heppeppepp und knabberte an Adams Nase.

«Und wie ... wo wohnst du dann?»

«Wohnen?»

«Ja, wohnen. Schlafen, duschen, essen. So was.»

«Na ja, mal hier, mal da. Irgendwer hat doch immer eine Wohnung. Keine Angst, ich will hier nicht einziehen. Aber wenn ich meinen Krempel hier abstellen könnte, wär das prima. Ich denke einfach, hier wird bestimmt nichts zerschnitten.» Er zwinkerte ihr zu.

«Ich mache uns einen Kaffee», sagte Mona.

Die tiefe Herbstsonne warf einen hellen Streifen über den Boden und auf den Tisch. Während Winnetou auf dem Streifen hin- und herlief, hielt Adam sein Gesicht in die Sonne, und Mona hoffte, dass er seine Sachen vielleicht nicht nur deshalb bei ihr deponieren wollte, weil sie solider wirkte als die Freaks, mit denen er sonst rumhing, sondern weil er einen Grund suchte, öfter zu ihr zu kommen.

«Wovon lebst du überhaupt?», fragte sie.

«Ich glaube, ich lebe von Kaffee.»

«Wie bezahlst du deinen Kaffee?»

«Ich glaube, mit Theater.»

«Jetzt lass dir doch nicht alles aus der Nase ziehen.»

Er blinzelte in den Sonnenschein. «Ich mache bei Theaterstücken mit und manchmal auch bei Filmen, aber dafür gibt es meist kein Geld.»

«Was denn für ein Theater?»

«Hauptsächlich bei so einer Truppe, *Das unerträgliche Theater*, und manchmal auch bei *Die würdelosen Darsteller*, das ist eine Abspaltung vom *Unerträglichen Theater.*»

«Aber verdienst du denn gar nichts?»

Adam zuckte die Schultern. «Es reicht. Ich hab auch noch Geld übrig von früher. Als Teenie habe ich in einer TV-Serie mitgespielt und hatte danach ein paar Werbeverträge. Da hatte ich mehr Kohle, als ich ausgeben konnte; meine Eltern haben das für mich angelegt.»

Telefon. Wenn bei Mona das Telefon klingelte, waren die Chancen groß, dass Sidney anrief. Es konnte aber auch die Agentur sein mit einem Job.

Es war der Blumenhändler vom Riverside Drive.

«Ach, das ist ja nicht zu fassen, bin ich da schon wieder bei Ihnen gelandet, ja?»

«Ich fürchte, ja. Sie müssen es wohl noch einmal neu versuchen.»

«Also so was!»

«Viel Glück, auf Wiederhören.»

«Was sagt man dazu! Na dann nutze ich jedenfalls die Gelegenheit, Ihnen einen wunderbaren Tag zu wünschen, langsam sind wir ja alte Bekannte, was?»

«Ich wünsche Ihnen auch einen guten Tag.»

«Danke, danke, kann ich wirklich auch gebrauchen, manchmal kommt eben einfach alles zusammen, nicht wahr, na, wem sage ich das, hat ja jeder sein Kreuz zu tragen, was?»

«Natürlich. Alles Gute.»

Kurz nachdem sie aufgelegt hatte, klingelte es schon wieder. Wie konnte der Mensch nur so schnell wählen?

«Wie geht's dir?», fragte Sidney.

Mona hörte, wie Adam hinter ihr im Bad verschwand und die Dusche anstellte.

«Mir geht's gut.»

«Was treibst du so?»

«Nichts Besonderes. Ich trinke Kaffee.»

«Ist das ein Vollzeitjob?»

«Ja.»

«Schade. Ich könnte deine Hilfe gebrauchen.»

«Wobei?»

«Ich muss geschäftlich nach Berlin fliegen und hätte gern eine ortskundige Dolmetscherin dabei.»

Das kam überraschend. «Ich bin ja keine Dolmetscherin», sagte Mona, weil ihr nichts Besseres einfiel.

«Für fünf Tage. Ich dachte, für dich wäre es zudem eine Gelegenheit, deine Familie zu besuchen, ohne dass Reisekosten anfallen.»

Natürlich stimmte das, aber Mona blieb verstockt, vielleicht, weil direkt hinter ihrer Badezimmertür gerade ein anderer unter der Dusche stand, einer zwar, der keine Wohnung hatte und bei irgendwelchen würdelosen Theatertruppen wer weiß was machte, der ihr aber dennoch wie ein Märchenprinz erschien. «Hier ist grad einiges zu tun, Sidney», sagte sie. «Ich kann nicht gut weg.»

«Du kannst es dir ja noch überlegen. Natürlich bekommst du ein Honorar, sagen wir achtzig Dollar pro Tag. Oder mehr, wenn du dafür einen Job sausenlassen musst, darüber können wir gern reden.»

Im Bad rauschte immer noch die Dusche, als Mona sich wieder zu ihrer Kaffeetasse an den Tisch setzte, und auch Winnetou putzte sein Gefieder mit Hingabe. Achtzig Dollar am Tag, das verdiente sie niemals, bei keinem Job. Für fünf Tage wären das 400 Dollar – drei Monate Miete und Lebensunterhalt. Irgendwann in der nahen Zukunft musste sie ohnehin nach Deutschland fliegen, und sie wusste sowieso schon nicht, woher sie das Geld dafür nehmen sollte, ohne ihre Mutter um einen Zuschuss zu bitten. Den Flug hinzugerechnet läge das Plus also bereits in der Gegend von 700 Dollar. Das konnte sie eigentlich nicht ausschlagen. Aber was sollte das Ganze überhaupt? Natürlich könnte Sidney, wenn es denn wirklich darum ginge, nach Berlin fliegen und vor Ort eine kompetente Dolmetscherin engagieren. Wäre sicher billiger.

Adam kam, mit einem Handtuch bekleidet und seinem Müllsack in der Hand, aus dem Bad. Er schüttete den Inhalt der Tüte auf den Boden, aus dem Haufen zog er eine Hose und ein Hemd.

«Waschmaschine hast du nicht, oder?»

«Ich gehe in den Waschsalon.»

«Das mache ich dann auch gleich mal.»

«Wenn du unten rauskommst, nach links, einen Block weiter findest du einen.»

«Soll ich irgendwas mitbringen?»

«Ein Pastramisandwich, bitte. Vom Deli an der Ecke. Und ein Bier!»

Er stopfte den Großteil seiner Sachen zurück in die abgenutzte Mülltüte und zog seine Schuhe an.

«Hier», sagte Mona und reichte ihm ihren Wäschebeutel. «Für die frisch gewaschenen Sachen.»

Adam verließ die Wohnung, und Mona fragte sich, ob es wohl sinnvoll war, solch mütterliche Sätze zu sagen. So waren die Mädchen nicht in den Kreisen, in denen Adam verkehrte. Die Mädchen in seinen Kreisen waren wie Gloria oder Trixie oder so wie die zornige Dunkelhaarige. Dann überlegte sie, wohin mit Winnetou, wenn sie wirklich nach Berlin reisen sollte. Er reagierte ja schon eingeschnappt, wenn sie mal ein paar Stunden weg war. Die erste Anlaufstelle für ein vertrauenswürdiges Vogelsitting wäre eigentlich Sidney gewesen. Ansonsten kannte sie nur noch eine ausreichend zuverlässige und annähernd solide Person, ihre Freundin Sieglinde, die bei der UN arbeitete. Sie hatten sich auf Monas erstem Flug von Frankfurt nach New York kennengelernt und, als sie beide noch neu waren in der Stadt, ab und an was zusammen unternommen. Aber dann hatte Sieglinde irgendwann die fixe Idee entwickelt, sich dick zu finden und abnehmen zu wollen, was ihr auch gelang, allerdings auf Kosten ihrer Gemütsverfassung, und ihre Ablehnung von Essen wuchs sich aus zu einer Ablehnung von allem Möglichen und amerikanischer Kultur im Besonderen. Irgendwann konnte Mona Sieglindes ewiges Genörgel nicht mehr hören, zumal sie immer tat, als sei Mona ihre natürliche Verbündete auf dem Pfad der Missbilligung, und so leierte ihre Freundschaft etwas aus. Ab und zu und in kleinen Dosen aber sah sie Sieglinde weiterhin gern; auf ihre eigene humorlose Art konnte sie ein ganz reizender Mensch sein.

Mona rief sie also an und schlug vor, sich mal wieder zu treffen, vielleicht zusammen ins Kino zu gehen. Sie hatte immer noch nicht *Blow Up* gesehen, das wollte sie unbedingt noch nachholen; in dem Film spielte auch Veruschka mit, das berühmte deutsche Fotomodell.

Dann suchte sie nach ihren Parfümproben. Eines der Fläschchen war in der Schublade ausgelaufen. Nun rochen ihr Briefpapier und der restliche ungeordnete Krempel darin nach *Madame Rochas.* Blieb ihr, abgesehen von *Berlin* nur noch *Diorissimo,* von dem sie nicht mehr wusste, wie es roch, aber es gefiel ihr ausgesprochen gut, ein Duft ganz nach Maiglöckchen, der sie glücklich stimmte an diesem herbstlichen Tag. Sie betupfte sich damit und wartete auf Adams Rückkehr.

Als er kam, trug er die Sandwiches und das Bier in dem sauberen Wäschebeutel und seine frisch gewaschene Kleidung in der alten, schmutzigen Tüte.

«Erzähl mir mal von Berlin», sagte er, während sie nebeneinander auf dem Sofa sitzend zur Musik vom Plattenspieler Sandwiches aßen und Bier tranken. «Da steht also echt so eine Mauer?»

«Absolut echt.»

«So richtig wie eine Gefängnismauer?»

Mona überlegte. Sie hatte keine Gefängnismauer vor Augen. «Ich glaube, schon. An manchen Stellen ist sie nicht so hoch, aber dann sind obendrauf so ...», sie formte mit ihren Armen ein großes Y, «... so ypsilonförmige Dinger mit Stacheldraht.»

«Wow. Und wofür ist das da?»

«Damit die Leute aus dem Osten nicht in den Westen flüchten.»

«Warum wollen die aus dem Osten in den Westen flüchten?»

«Weil man im Osten eben eingesperrt ist.»

«Von der Mauer?»

Mona kaute und nickte.

«Die bauen eine Mauer, damit die Leute nicht flüchten wegen der Mauer?»

Jetzt war Mona wieder an dem Punkt, an dem sie dachte, sie sollte wohl insgesamt besser informiert sein über die politische Lage in ihrem Heimatland.

«Da war vorher schon eine Grenze. Ohne Mauer. Hinter der Mauer ist ja ein anderes Land, obwohl, es ist auch Deutschland. Und von da sind viele Leute abgehauen.»

«Ja, aber warum? Wegen Kommunismus?»

«Klar.»

«Ich dachte immer, das wäre amerikanische Propaganda.»

«Ich wollte dich auch noch was fragen.»

«Was?»

«Bei Gloria. Als ich da die Toilette gesucht habe, bin ich zuerst an die falsche Tür geraten. Das war nur ein ganz kleiner dunkler Raum, mehr so eine Art Abstellkammer. Aber da drin war ein Typ, ein echt wirrer, unrasierter, übelriechender Typ!»

«Du hast die goldene Tür geöffnet?»

«Ich wollte zur Toilette.»

«Normal hält er die Tür verschlossen.»

«Wer ist er?»

«Der Guru.»

«Guru? Was macht der da?»

«Ich glaube, hauptsächlich liest er. Er ist sehr spirituell.»

«Und er sitzt da immer in dieser Besenkammer?»

«Meistens. Manchmal hält er eine Beichtstunde ab, da kommen dann zig Leute, und es dauert die ganze Nacht. Er macht aber auch astrologische Beratung und Reparaturen.»

«Astrologische Reparaturen?»

«Nein, einfach Reparaturen. Er kann gut reparieren. Elektrische Geräte.»

«Übrigens werde ich demnächst für ein paar Tage nach Berlin fliegen.»

«Wow, cool.»

«Du müsstest dann vorher die Sachen holen, die du in der Zeit brauchst.»

«Oder ich bewache deine Wohnung? Jemand muss sich doch auch um diesen reizenden Kollegen hier kümmern.» Er lächelte Winnetou an, der gerade an seiner Socke zerrte. «Guck, er mag mich. Hast du einen Namen, Vogel?»

«Heppeppepp», sagte Winnetou.

«Er heißt Winnetou.»

«Winnetou. Ist das ein deutscher Name?»

«Nein. Warum fragen das eigentlich alle? Das ist doch ein total amerikanischer Name, ein Indianername.»

«So wie Manhattan?»

«Manhattan ist ein Indianername?»

«Klar. Wie Texas, Kanada oder Chicago.»

«Echt? Das wusste ich nicht. Dabei interessiere ich mich für Indianer.»

«Und ich kannte den Namen Winnetou nicht, dabei ist meine eine Großmutter amerikanische Ureinwohnerin.»

«Wirklich? Dann bist du ja auch ein Indianer!»

«Ein bisschen. Wann bist du denn weg?»

«Weiß noch nicht genau. Demnächst. Ich sag dir noch Bescheid.»

Draußen setzte die Dämmerung ein, und Mona zog sich die Ärmel ihres Pullis über die Hände. Ein Indianer also. Kein Wunder, dass er sie so faszinierte. Sie knüllte die Sandwichtüte zusammen, warf sie betont lässig in den Raum und lehnte sich an ihn. Adam strich ihr durchs Haar. Dann wich er zurück.

«Was ist das für ein Parfüm?»

«So eine Probe, die ich noch hatte. Ich glaube, Diorissimo.»

«Diorissimo, genau!»

«Ich finde es sehr schön, es riecht nach Maiglöckchen.»

«Maiglöckchen sind toll, aber meine Mutter hat das immer getragen. Letztens bei Gloria, bei dem Essen, da war doch so ein Duft an dir, ich weiß gar nicht, ob das ein Parfüm war, aber da war etwas Besonderes.»

Schon wieder ging das Telefon. Diesmal war es endlich die Agentur. Sie hatten einen Vorstellungstermin für Mona, den sie schnell notierte, bevor sie versuchte, sich im Bad das Dior-Parfüm abzuwaschen und mit ein paar Tropfen *Berlin* zu übertünchen, um so zu Adam zurückzukehren und da anzuknüpfen, wo sie gerade aufgehört hatten. Was sie jetzt wollte, das wusste Mona in diesem Moment ziemlich gut: Sie wollte die Intensität und Leidenschaft, die sie mit Sidney gehabt hatte, aber mit Adam. Mit Sidney hatte sie erfahren, dass sie loslassen und vor Lust zerspringen konnte, das Gefühl war noch frisch in ihrer sensorischen Erinnerung, und sie wollte es wieder erleben. Sie wollte außerdem, dass Adam sie so begehrte, wie Sidney es tat. Immerhin reagierte Adam auf den Parfümwechsel. In seinem Blick lag Zärtlichkeit, er ließ seine Hände über ihren Körper wandern, nicht viel anders, als Sidney es getan hatte. Trotzdem fand sie auch diesmal nicht in diesen Rhythmus, den sie mit ihm gehabt hatte, war sie nicht so selbstvergessen und hypnotisiert wie mit Sidney.

«Ich könnte jetzt glatt einpennen», sagte Adam später neben ihr liegend, die Arme streckend und nur ein bisschen mit den Zähnen knirschend. Es klang, als wäre das eine unerhörte Idee.

«Kannst du gern tun.»

Er setzte sich auf. «Muss noch los.»

«Wo musst du denn noch hin?»

«Eine Verabredung und später Theaterprobe. Vorher noch zum Doc.»

«Zum Arzt? Um diese Uhrzeit?»

«Es gibt Ärzte, da kannst du immer hingehen.»

«Bist du krank?»

«Nein, nur echt viel los gerade.»

Er stand auf, zog sich an, beugte sich auf einen freundlichen Kuss zu ihr herab und war weg.

Einen Moment lang lag Mona noch da, hob ihre Beine in die Luft und betrachtete ihre ungeliebt langen Füße. Sie zog das Laken straff und sah nach dem schlafenden Winnetou, dann holte sie Adams Sachen aus der alten zerknitterten Tüte und legte sie, ordentlich gefaltet, in einen frischen Beutel.

«So wie ich Ihre Therapiemethode verstehe», sagte ich zu Dr. Jacobson, «geht es Ihnen darum, Wohlgefühle zu stärken und Schmerz zu lindern. Indem Sie Ihren Patienten auf chemischer Ebene und mittels positiver Anregung zum Wohlfühlen verhelfen, wollen Sie die Selbstheilungsprozesse des Körpers verbessern.»

«Korrekt», sagte Doktor Jake, lehnte sich in einer merkwürdig affenartigen Bewegung nach vorn und schlug die Hände auf die Knie.

Timothy Leary

1967

Für den Weg zu ihrem Vorstelltermin zog Mona zwei dicke Pullis übereinander und darüber ihren leichten Sommermantel mit Schal und Mütze. Das sah genau danach aus, was es auch war: nach einem Mädchen, das keinen ausreichend warmen Mantel besitzt. Insofern war es Mona an diesem Tag ganz recht, dass es hier nicht um einen glamourösen Auftrag ging, sondern nur um Reklameanzeigen für irgendein Medikament.

Als sie in den warmen Räumen ihre Kleiderschichten wieder auspellte, lachten die Leute von der Agentur: «Wir dachten erst, Sie seien eine von den Dicken!» Mona sah sich um. In dem Raum saßen sieben weitere Kandidatinnen, die sich zur Auswahl eingefunden hatten, vier von ihnen waren übergewichtig. Ein Mann von der Agentur sortierte die Dünnen auf die eine und die Dicken auf die andere Seite. Dann stellte er sich vor ihnen auf und teilte mit, worum es ging: «Wir brauchen zwei Modelle für die Aufnahmen. Eine von Ihnen», er deutete nach links, «und eine von Ihnen», nach rechts. «Wir haben Sie im Vorfeld bereits nach Ähnlichkeiten ausgewählt, denn auf den Bildern sollen Sie ein und dieselbe Person darstellen. Vorher und nachher. Es wird Reklame für ein Medikament zum Abnehmen. So, und jetzt dachten wir uns, finden Sie doch selbst mal heraus, wer mit wem ein Paar bildet!»

Es gab auf jeder Seite eine hellblonde und eine sehr dunkelhaarige Kandidatin, die stellten sich gleich nebeneinander. Mona gehörte zu den verbliebenen vieren, deren Haarfarbe irgendwo dazwischenlag, und keine von ihnen konnte sich mit einer anderen sicher identifizieren. Schließlich sagte Mona zu dem Mädchen, das ihr sympathischer war: «Ich glaube, eher wir beide.»

«Wenn du meinst», antwortete die, wenig überzeugt.

Der Mann von der Agentur schritt mit einer Assistentin an den vier Paaren entlang, musterte sie, trat einen Schritt zurück, wirkte unschlüssig. Dann wurden sie alle zu Probeaufnahmen in einen Nebenraum gebeten. Mona hatte es nicht eilig, sie ließ den anderen Vortritt, und nachdem sie mit den Aufnahmen fertig und ihre Partnerin bereits verschwunden war, sprach sie den Agenturmann noch einmal an: «Wenn ich das gewusst hätte, dann wäre ich gleich mit dem passenden Gegenstück erschienen.»

«Sie hätten eine passende Partnerin? Eine Dame, die Ihnen ähnlich sieht, aber korpulent ist?»

«Genau. Wir werden immer für Schwestern gehalten.»

«Das klingt vielversprechend. Wie Sie vielleicht bemerkt haben, ist das alles nicht ganz einfach. Sie waren bereits die dritte Gruppe, die wir hier hatten, und ich war auch diesmal nicht überzeugt.» Er war ein Werbemann alter Schule, nicht einer von diesen Jüngeren, die rumliefen wie Beatniks.

Auf dem Rückweg schwitzte Mona unter ihren Wollschichten. Sie hatte keine Telefonnummer von Gloria, aber sie wusste ja, wo sie wohnte.

Unten am Klingelschild drückte sie auf den Knopf neben der Aufschrift «Berlin», und es wurde geöffnet. Die Tür oben stand schon offen, und Mona trat ein.

«Hallo?», rief sie in die Räume hinein. Irgendwo ging eine Tür. «Hallo? Hier ist Mona. Mona aus Berlin. Gloria? Gloria, bist du da?»

Im Salon, wo das Essen und die Party stattgefunden hatten, war niemand. Es sah makellos aufgeräumt aus, der Holzboden und der große Tisch hinten im Erker glänzten im Licht der Wintersonne, die durch die weiten Fenster schien, und noch keines der hunderttausend Staubkörnchen, die in der Luft herumschwebten, hatte sich auf irgendeiner Oberfläche niedergelassen. Jetzt passierte wieder etwas, eine Tür ging auf, schnelle Schritte, eine Tür ging zu. Mona trat zurück in den Korridor und sah sich um. Nichts. Dann hörte sie die Toilettenspülung. Ganz leise, wie in einem Kriminalfilm, machte sie einen Schritt nach hinten und drückte sich flach an die Wand. Einen Moment stand sie so da, dann öffnete sich, ebenfalls ganz leise, die Badezimmertür, und aus dem Spalt lugten strubbelige Haare, wie die von den Neandertalerfiguren im Museum für Vor- und Frühgeschichte.

Mona blieb dicht an der Wand. Die Tür öffnete sich noch etwas weiter, es roch nach Moder und Patschuli, und herausgehuscht kam nun die ganze, schwarz gekleidete Gestalt, blitzschnell Richtung goldene Tür, aber Mona überraschte den Guru und sich selbst, indem sie sich ihm noch schneller in den Weg stellte und laut «Moment!» rief.

Der Zausel erstarrte.

«Du schon wieder», knurrte er.

Mona hatte nicht damit gerechnet, wiedererkannt zu werden. «Ich wollte nicht stören. Ich muss nur dringend mit Gloria sprechen.»

Er zuckte die Schultern.

«Du weißt nicht, wann sie wiederkommt?»

Wie ein bockiges Kind stand er da und guckte an Mona vorbei. Dann sprang er unerwartet zur Seite, flitzte zur goldenen Tür, riss sie auf und verschwand dahinter. Von innen wurde der Schlüssel gedreht.

Nachdem sie sich gefasst hatte, beschloss Mona, in der Küche zu warten. Sie zog den Sommermantel und ihre zwei Pullover aus und legte sie über den Stuhl, auf den sie sich dann auch setzte. Die Küche war ähnlich akkurat aufgeräumt wie der Salon, allein auf dem Tisch lag ein karierter Zettel. Die Beine lang ausgestreckt, sah Mona eine Weile aus dem Fenster, dann nahm sie den Zettel in die Hand. Auf der Rückseite war er beschrieben, in einer ordentlichen, kleinen Schrift stand dort:

Das Mädchen («die Amsel»), das immer enttäuscht wird
einfach nur herumfliegen
Regen
Nie werde ich in den Genuss eines Schirms kommen.
Mein Lieblingssong im Radio – schon wieder vorbei!
Genau so eine Hose habe ich gesucht
Hose
nun ist der Zauber erloschen
Im Kino. Film «enttäuschend»

An den Rand waren ein Blumenstrauß und ein Strichmännchen gekritzelt. Ob sie wohl noch einen Kaugummi in ihren Manteltaschen hatte, überlegte Mona, drehte sich leicht zur Seite und schrie auf vor Entsetzen. Neben ihr stand, in einer Wolke von Geruch und Geräuschlosigkeit, der schratige Guru. Er trug jetzt eine große, goldgerahmte Sonnenbrille.

«Mach so was bitte nicht», keuchte sie.

Wortlos setzte er sich zu ihr an den Tisch und tippte mit den Fingerspitzen leicht über die Fläche, als befände sich dort eine unsichtbare Klaviatur. Das ging so eine Weile. «Waage», sagte er schließlich.

«Bitte?»

«Waage, Aszendent Schütze. Oder Steinbock. Weißt du wahrscheinlich selbst nicht, wissen die meisten nicht.»

Waage war zutreffend. Aszendenten kannte sie nur vom Hörensagen.

«Keine Angst», sagte der Schrat. «Irgendwo warten die verlorenen Dinge. Sie sind gewachsen und erblüht, während wir fort waren.» Er stank.

Mona sah auf ihre Uhr und überlegte, ob sie nicht doch lieber ein andermal wiederkommen und dann vorher anrufen sollte. Da sagte der Schrat: «Gloria kommt.» Er stand auf und verließ den Raum, nur seine Schritte waren zu hören, schließlich das Klappen der goldenen Tür. Danach herrschte wieder Ruhe. Mona zog sich ihre Pullis an. Als sie gerade die Wohnungstür von innen öffnete, stand Gloria vor ihr, bepackt mit Einkaufstüten und nach ihrem Schlüssel wühlend.

Die Leute in der Werbeagentur flippten aus vor Begeisterung.

«Das ist absolut perfekt», rief der Mann vom letzten Mal. «Sie beide schickt der Himmel! Können wir gleich morgen anfangen?»

Gloria zündete sich eine Zigarette an. «Wenn Sie bis dahin die Verträge fertig haben, Mr. – wie war noch gleich Ihr Name?»

«Hamilton.»

«Mr. Hamilton, dann wäre das kein Problem.»

«Das können wir tatsächlich sofort erledigen, Betty, würdest du bitte die Verträge holen? Möchten Sie beide noch Kaffee? Kekse?»

Betty brachte die Verträge und während Mona schon den bereitgestellten Stift zur Hand nahm, schob Gloria die Sonnenbrille hoch, überflog das Blatt und sagte: «Soll das ein Witz sein?»

«Das sind unsere Standardverträge. Stimmt etwas nicht?»

«Wir brauchen keinen Standardvertrag. Das Honorar bitte verdoppeln. Und den Paragraphen hier, dass wir uns zu mindestens drei Anschlusskampagnen verpflichten, den streichen wir. Neue Kampagne, neue Verhandlung. Und unbegrenzten Zugriff auf diese Diätpillen.»

«Das Doppelte wollen Sie?» Mr. Hamilton versuchte sich an einem amüsierten Lächeln.

«Natürlich. Wir kommen ja auch im Doppelpack.»

«Gut. Wir können über das Honorar reden. Aber das Doppelte? Vergessen Sie's.»

«Ja, dann», sagte Gloria, zog Mona am Ärmel mit sich hoch vom Sofa, und verließ mit ihr die Agentur. Unten auf der Madison Avenue, während Gloria nach einem Taxi Ausschau hielt, fuchtelte Mona mit den Armen in der Luft herum. «Ich kann dich ja zu nichts zwingen», rief sie, «aber siehst du, was ich hier anhabe? Einen Sommermantel. Der Wintermantel wurde mir bei deiner Party zerschnitten. Ich kann mir keinen neuen Mantel leisten. Ich kann mir überhaupt nicht mehr viel leisten, ich muss Geld verdienen, und das hier war ein Job!»

«Bleib mal ruhig», sagte Gloria. Dann lief sie los und tauchte in ein gelbes Taxi.

Früh am nächsten Morgen rief die Agentur an. Die Verträge seien ihren Wünschen entsprechend geändert. Ob sie morgen gleich ins Fotostudio kommen könnte? Mit einer Tasse Kaffee ließ Mona sich aufs Sofa sinken. Sie atmete durch. Es ging wieder bergauf, oder? Ihr Blick fiel auf den Beutel mit Adams Klamotten. Vielleicht hatte er noch an anderen Orten solche Tüten deponiert, jedenfalls war er in den letzten Tagen nicht mehr vorbeigekommen, um sich ein frisches Hemd zu holen oder Unterhosen.

«Wo ist Gloria?», fragte Mona, als sie am nächsten Tag pünktlich im Fotostudio erschien.

«Miss Berlin ist morgen dran.»

«Warum?»

«Warum nicht? Sie werden doch sowieso nicht zusammen auf einem Bild sein. Vorher, nachher.»

Für die Fotos sollte sie möglichst nicht wie ein Fotomodell posieren, sondern wirken wie ein ganz normales Mädchen, das eben abgenommen hatte. Daher gab es auch kein aufwendiges Make-up, keine Garderobenwechsel und keine mit Nadeln maßgerecht an den Körper zusammengesteckten Kleider. Es war der einfachste Job, den sie jemals gemacht hatte. Am Ende bekam sie dafür einen Haufen Geld und zwei hellblaue Schachteln mit Diätpillen, von denen sie probeweise gleich mal eine schluckte. Vielleicht würde sie ja auch bessere Jobs kriegen, wenn sie noch ein bisschen dünner wäre, so wie es jetzt angesagt war, wie Twiggy.

Mit dem Geld in der Tasche machte sie sich auf den Weg zu

Macy's. Erst wollte sie ein Taxi nehmen, aber dann gefiel es ihr zu gut, im hellen Licht der Wintersonne zu gehen. Sie ging schnell, und trotzdem erschien es ihr wie ein Spaziergang in Zeitlupe. Die abwechselnde Gewichtsverlagerung von einem Bein aufs andere. Dabei gab es erstaunlich viele kleine Varianten. In der Länge und der Frequenz der Schritte, im Aufsetzen der Füße. Sie sah hüpfende Kinder, einen trippelnden alten Mann, Leute, die sehr aufrecht gingen, Leute, die schlurften, und eine lateinamerikanische Frau, die ihre Hüften mitschwingen ließ. Gehen war ein Tanz und eine Freude, und in null Komma nichts war sie kilometerweit gelaufen.

In der Parfümabteilung suchte sie vergeblich nach dem kleinen Tresen, an dem sie ihre *Berlin*-Probe bekommen hatte. Sie fragte eine Verkäuferin, die ihr sagte, sie sei ganz neu und wisse das leider nicht. Sie fragte eine andere Verkäuferin, die den Namen der Marke wissen wollte, aber Mona hatte sich keinen Markennamen gemerkt, und ihrer Erinnerung nach stand auch keiner auf ihrem Fläschchen. Mit einem Lippenstift, zwei Lidschattenfarben, einem Halstuch und einer bunten Perlenkette verließ sie das Kaufhaus und ging federnd nach Hause, wo sie aufräumte, die Küche putzte und dann noch die Post sortierte.

«Was ist mit deinem Mantel passiert?», fragte Sieglinde.

«Den hat mir ein Irrer bei einer Party zerschnitten. Ich musste ihn nähen lassen, hab ihn grad heute abgeholt. Perfekt ist es leider nicht geworden.»

«Zerschnitten? Einfach so?»

«Ein Irrer, wie gesagt.»

«Es gib entschieden zu viele Irre in dieser Stadt.»

Sie waren im Kino gewesen und saßen sich nun in einem Diner gegenüber. Sieglinde war irritierend stark geschminkt und trug ein kariertes Jäckchen über einer geblümten Bluse.

«Und wie läuft's? Hast du Aufträge?»

«Gerade hatte ich einen Job für Diätpillenwerbung.»

«Musstest du die nehmen?»

«Nein, wieso, ich musste nur Fotos dafür machen.»

«Und, helfen die?»

«Ich weiß es wirklich nicht. Ich hab bislang nur einmal eine genommen.»

«Und dann war der Hunger weg?»

«Kann sein. Hab ich gar nicht so drauf geachtet, ehrlich gesagt. Wenn du willst, geb ich dir eine Packung, ich hab noch eine ganze zu Hause.»

«Das eine Fotomodell in dem Film war wirklich viel zu dünn.»

«Veruschka?»

«Ich meine die, die bei der Party in London sagte, sie wäre Paris, was ja Unsinn war.»

«Ja, das war Veruschka. Die ist das berühmteste deutsche Fotomodell überhaupt.»

«Das ist eine Deutsche?»

«Ihr Vater war sogar einer von den Hitler-Attentätern.»

«Aber sie ist zu dünn.»

Während sie redeten, schoss Sieglinde immer wieder kokette Blicke an Mona vorbei.

«Was ist da hinter mir, Sieglinde?»

«Ein Mann.»

Wann immer sie mit Sieglinde ausging, hatte die früher oder später einen Kerl an der Angel. Wie sie das machte, war Mona schleierhaft.

«Sag mal, Sieglinde, ich muss demnächst nach Berlin.»

«Ach was. Wann denn?»

«Irgendwann demnächst. Ich wollte dich fragen, ob du vielleicht ab und zu nach meinem Vogel sehen könntest in der Zeit.»

«Du hast einen Vogel?»

«Ein Kakadu. Der ist mir zugeflogen.»

«Also, würde ich schon machen, ich bin sehr tierlieb, früher hatte ich einen Hamster. Der hieß Hubert, leider ist er mal nachts in einen offenen Farbeimer gefallen. Kommt aber drauf an, wann das ist. Ich fliege nämlich auch demnächst nach Deutschland. Zum Achtzigsten von meinem Opa. Da komme ich als Überraschungsgast. Weiß nur mein Vater, alle anderen wissen *nichts*!» Sie guckte, als plante sie einen Banküberfall, wodurch die eigenwillig gezogenen Lidstriche über ihren Augen etwas Verwegenes bekamen. Dann zog ihr Blick eine Kurve nach oben und zur Seite, er verfolgte den Typen vom Nebentisch, der jetzt aufgestanden war, um seine Jacke anzuziehen. Im Gehen drehte er sich noch einmal herum und blinzelte Sieglinde zu.

«Schade», sagte sie. «Nun ist er weg.»

Kurze Zeit später, als sie zahlen wollten, stellte sich heraus, dass ihre Rechnung bereits beglichen war und ein Zettel mit Telefonnummer und Name («Rick») auf Sieglinde wartete. Bevor ihre Wege sich trennten, machten sie aus, dass Sieglinde gleich morgen bei Mona vorbeikommen würde, um den Kakadu kennenzulernen und die Schachtel mit den Diätpillen abzuholen.

So kam sie also am folgenden Tag direkt nach der Arbeit zu Mona. Sie hatte unterwegs zwei Stück Torte gekauft, Schwarzwälder Kirsch aus einer deutschen Konditorei. Aus Höflichkeit aß Mona die Hälfte von ihrem Tortenstück. Schwarzwälder hatte sie noch nie gemocht. Außerdem wurde leider deutlich, dass Sieglinde und Winnetou nicht harmonierten. Gleich als er angeflattert kam, verhielt sie sich weniger wie eine erklärte Tierfreundin und mehr wie Tippi Hedren in «Die Vögel». Danach hielt sich Winnetou, seinerseits nachtragend, fern von ihr.

Sieglinde genoss ihre Torte, da klingelte es an der Tür.

Adam war zurück. Ziemlich mitgenommen sah er aus, und er wirkte etwas fahrig. Die Haare wölbten sich über der Stirn zu einer filzigen Tolle, er hatte Augenringe, rissige Lippen und einen neuen Plastiksack dabei, der ziemlich voll aussah und «persönlichen Papierkram» enthielt. Mona stellte ihm Sieglinde vor («Linda» hieß sie hier) und bot ihm ihr halbes Tortenstück an, das er gierig in sich reinschaufelte. Auch Winnetou wagte sich nun wieder aus der Deckung und setzte sich auf Adams Schulter.

«Hallo, Kumpel», sagte der und kraulte den Vogel mit der Rechten, während er mit der Linken konzentriert Schwarzwälder Kirsch zerteilte. Auf der anderen Seite des Tisches war Sieglinde fertig mit der Torte; sie starrte Adam an, als wäre der selbst ein exotisches Tier.

«Bevor ich es vergesse», sagte Mona und holte die hellblaue Pillenschachtel hervor.

Sieglinde drehte sie in den Händen. «Muss ich irgendwas beachten?»

«Keine Ahnung. Lies lieber mal die Packungsbeilage.»

«Was ist das?», fragte Adam.

«Diätpillen. Mit Gloria zusammen hab ich dafür Werbung gemacht. Vorher – nachher, weißt du?»

«Das habt ihr gemacht? Genial! Darf ich die mal sehen?»

Während Sieglinde ihn weiterhin auf eine Art anstarrte, die Mona peinlich fand, reichte sie ihm über den Tisch hinweg die Packung. Adam warf einen kurzen Blick auf die Inhaltsstoffe und sagte: «Kann ich davon auch welche haben?» Eine drückte er sich gleich aus der Folie heraus und spülte sie mit einem Schluck aus Monas Kaffeetasse runter. Sieglinde machte es ihm nach.

«Da bin ich ja mal gespannt, ob's hilft!», rief sie.

«Wo hast du die letzten Tage geschlafen?», fragte Mona, möglichst beiläufig. Es sollte nicht investigativ klingen oder gar eifersüchtig.

«Zuletzt hier.»

«Hier? Das ist vier Tage her!»

«Na gut, vielleicht bin ich auch mal auf einem Sofa eingeschlafen während eines Treffens oder einer Party oder was das war. Kann ich duschen?»

Erst als im Bad das Wasser rauschte, erwachte Sieglinde aus ihrer Erstarrung und bestürmte Mona in aufgeregtem Flüsterton: «Wer ist *das* denn? Dein Freund? Ich dachte, du bist single? Was ist denn das für ein *Typ*? Hat der keine Wohnung, oder was?»

«Ehrlich gesagt, ich werde auch nicht ganz schlau aus dem. Er hat wohl wirklich keine Wohnung und hat hier ein paar Klamotten deponiert.»

«Und ihr seid nicht zusammen?»

«Ach, keine Ahnung.»

Sieglinde schaltete um auf vertraulich: «Der sieht ja umwerfend aus! Bisschen ungepflegt vielleicht, aber immerhin duscht er jetzt.»

«Er hat sich übrigens bereit erklärt, hier die Wohnung zu hüten und sich um Winnetou zu kümmern. Also, eigentlich musst du das dann nicht machen.»

«Winnetou?»

«Der Kakadu.»

«So heißt der?»

«Ich hab ihn so genannt.»

«Wie originell. Dabei hatten ja eher die Irokesen so einen Kamm auf dem Kopf, nicht die Apachen.»

So hatte Mona es noch gar nicht gesehen.

«Aber vielleicht wäre es ja trotzdem gut, wenn ich auch noch mal ab und zu nach dem Rechten sehe», fuhr Sieglinde fort, «nur so zur Sicherheit, oder? Also, wenn du zwei Schlüssel hast. Kann ja nicht schaden.»

Beim letzten Satz («Kann ja nicht schaden») hatte Sieglinde die Kaffeetasse angehoben, den letzten Rest geschlürft und sich dann plötzlich ganz fürchterlich verschluckt, vor Schreck offenbar, und Mona fuhr herum, um zu sehen, was Sieglinde sah. In der Tür stand Adam; er hatte sich nach dem Duschen nicht die Mühe gemacht, etwas anzuziehen. Vielleicht hatte er Sieglinde zwischenzeitlich vergessen, vielleicht auch nicht, jedenfalls drehte er nun doch noch einmal ab und kehrte dann in Monas blutroten Kimono gehüllt zurück. Danach verabschiedete sich Sieglinde ungewohnt zügig. Normalerweise war sie eine beharrliche Hockerin. Adam blieb.

Eigentlich wollte Mona an diesem Abend Sidneys Sendung hören. Bei allem Unbehagen wäre es ihr nie in den Sinn gekommen, sie zu verpassen, es war sogar der einzige fixe Termin, der ihr so etwas wie einen Wochenrhythmus gab. Adam, fand sie, sollte daran nun nichts ändern. Noch immer im Kimono, lag er mit einem Fotoband aus Monas Bücherregal auf dem Bett, als «Just Friends» aus dem Radio jazzte und Winnetou unvermeidlich ausflippte, mit Heppeppepp und allem.

«Whoo-hooo», machte Adam, «Was geht denn jetzt ab?»

«Er mag die Musik.»

Wie üblich legte sich Sidneys Stimme nach ein paar Takten über die Melodie. Doch nun lag dazu auch noch Adam neben ihr, im roten Kimono und frisch geduscht. Selbstvergessen blätterte er sich durch den Bildband mit Modefotos. Seit dem Ausflug nach Long Island hatte Sidneys Stimme eine angenehm erotisierende Wirkung auf Mona, oder vielleicht hatte sie das schon vorher gehabt, so genau ließ sich das jetzt nicht mehr sagen. Bei Licht besehen ließ sich aber auch nicht genau sagen, ob nicht vielleicht der ganze Sidney eine erotisierende Wirkung auf sie hatte. Mona rollte sich dichter an Adam heran, der darauf vom Buch aufsah, kurz gähnte und dann den Band zur Seite schob. Mona schloss die Augen und überließ sich der Musik, die Sidney spielte, seiner Stimme und Adams Körper. Für Adam war das sicherlich okay. Sie hatte den Eindruck, dass sie beide davon profitierten. Allein Sidney ging leer aus.

Als Mona die Augen wieder öffnete, sah Adam sie zärtlich an und strich ihr eine Strähne aus dem Gesicht. Dann zündete er sich eine Zigarette an. Und anders als beim letzten Mal machte er sich nicht gleich wieder aus dem Staub, sondern schlief, so wie bei seinem ersten Besuch, neben ihr ein, und so wie damals knirschte er im Schlaf mit den Zähnen und ließ die Hände über die Bettdecke tanzen, als führten sie ein vom restlichen Adam unabhängiges Eigenleben. Am Morgen lag er dann wieder ganz ruhig, wie tot. Mit einem leichten Kratzen im Hals zog Mona sich an, machte Kaffee, trank Kaffee, beschäftigte sich mit Winnetou, gab ihm Futter und frisches Wasser, ging runter auf die Straße, kaufte ein, kam zurück, aß etwas. Danach fühlte sie sich, als sei sie die Treppen gleich dreimal rauf- und runtergestiegen und hätte dabei noch schwere Taschen geschleppt. Das Kratzen im Hals hatte sich verschlimmert.

Das Telefon klingelte, es war Gloria. «Ich hatte heute dieses Fotoshooting da», sagte sie. «Ich will dir die Hälfte von meinem Honorar geben.»

«Warum? Ich habe doch schon das Doppelte bekommen, weil du das durchgesetzt hast.»

«Du hast den Job besorgt, und du sollst dir einen neuen Mantel davon kaufen.»

«Aber ...»

«Alles muss seine Ordnung haben, Schatz. Kannst du heute Abend vorbeikommen?»

«Wenn du meinst.»

«Ist Adam zufällig bei dir?»

«Ja, aber er schläft noch.»

«Bring ihn mit.»

Diätpillen bestehen aus Amphetamin, und aus diesem Grund war Speed bei den Damen der Gesellschaft genauso beliebt wie auf der Straße. Und diese Frauen verteilten die Pillen auch in ihren Familien - an ihre Söhne und Töchter, weil es ihnen beim Abnehmen half, und an ihre Männer, weil sie damit mehr arbeiten oder länger wach bleiben konnten. Leute aus allen Schichten waren auf Amphetamin, und obwohl es vielleicht merkwürdig klingt: Ich glaube, das hatte auch viel mit der neuen Mode zu tun - alle wollten schlank und lange wach bleiben, um sich in ihren neuen Klamotten in all den neuen Clubs zu präsentieren.

Andy Warhol

1969

Als Dr. Baden die Leiche von Mark Shaw in Augenschein nahm, fand er seine Einschätzung bestätigt, dass eine Autopsie vonnöten war. Bei einem so flächendeckend zerstochenen Körper musste man hellhörig werden, auch wenn als Grund dafür im Bericht bereits «Vitaminspritzen» vermerkt war. Wozu brauchte jemand so viele Vitaminspritzen? Konnte der Mann nicht täglich einen Apfel essen und noch eine Orange und ab und an etwas Gemüse? Als Glück erwies sich, dass dieser eigenartige Dr. Jacobson nicht in der Stadt war. Wäre er verfügbar gewesen und hätte er, wie er es nun hektisch aus der Ferne versuchte, als behandelnder Arzt von Mark Shaw offiziell bekundet, der Patient habe eine Herzschwäche gehabt und dies sei auch die Todesursache, dann wäre das der Schlussstrich unter dieser Angelegenheit gewesen. Dann hätte ein externer Rechtsmediziner hier nichts mehr zu melden gehabt. Im Übrigen hatte sich inzwischen die Vermutung bestätigt, dass die Kanzlei Nizer, deren Anwalt «im Namen der Familie» bei Dr. Baden angerufen hatte, auch Dr. Jacobson vertrat.

Da Mark Shaws Körper keine Anzeichen äußerlicher Gewalteinwirkung erkennen ließ, machte sich Dr. Baden an die Standard-Autopsie, die mit einem Y-Schnitt beginnt: ein V von den Schultern runter zum Bauch und von dort ein weiterer Schnitt abwärts zum Schambein. Eine unkomplizierte Autopsie, bei der Schuss- oder Stichwunden keine Rolle spielten, war eine Sache von ungefähr zwei Stunden. War der Körper geöffnet, begann die Detailarbeit. Von innen waren die Menschen so verschieden wie von außen. Manche hatten weite Arterien, und das Blut konnte trotz Ablagerungen ohne Probleme hindurchströmen, bei anderen waren sie so eng, dass kleinste Verstopfungen gefährlich wurden. Position und Größe der Organe variierten ebenso wie die Beschaffenheit von Haut, Blut und Knochen. Alkohol, Zigaretten, Tabletten, Drogen und schlechte Ernährung hinterließen ihre Spuren, es gab unbemerkte Fehlbildungen, unbemerkte Krebsgeschwüre, unbemerkte Störungen. Manchmal wunderte er sich darüber, was so ein Körper alles verkraften, wie eine Person vor ein paar Tagen überhaupt noch am Leben gewesen sein konnte. Einmal hatte er einen Gangster obduziert, der bei einer Schießerei ums Leben gekommen war. Sein Inneres war von Bauchspeicheldrüsenkrebs so zerstört, wie Dr. Baden es noch nie gesehen hatte. Viele, die bereits am Bauchspeicheldrüsenkrebs gestorben waren, hatten weniger Wucherungen als dieser Typ, und doch war der rumgelaufen und hatte sich noch Schusswechsel geliefert.

Bei Mark Shaw konnte Dr. Baden keine Anzeichen für Herzprobleme feststellen, aber in anderen Organen, vor allem an der Leber, fand er Ablagerungen, die er zur toxikologischen Untersuchung schickte. Das vorläufige Ergebnis kam zwei Wochen später: In Shaws Körper hatte sich allem Anschein nach Methamphetamin angesammelt. Auch im Blut und einer Haarprobe fand sich Methamphetamin. Die Vergiftung war demnach sowohl chronisch als auch akut. Vitamine hatte Shaw auch reichlich im Blut, vor allem mit B_{12} war er gut versorgt.

Dr. Baden rief seine Frau an, um ihr mitzuteilen, dass es später werden würde. Natürlich hätte er die Sache auch bis zum nächsten Morgen liegenlassen können, aber dieser Fall, das wusste er, würde ihm heute keine Ruhe lassen. Ganz unbedingt musste er jetzt noch ein paar Dinge in die Wege leiten, obwohl er grundsätzlich immer sehr gern nach Hause ging. Tatsächlich war er schon ganz erpicht darauf, seiner Frau vom Autopsiebefund im Fall Shaw zu berichten. Sie hatte Abschlüsse in Jura und Medizin und arbeitete als Psychiaterin mit den von der Gesellschaft Geächteten – mit alleinstehenden Müttern, Prostituierten, drogensüchtigen Jugendlichen und solchen, die all das gleichzeitig waren. Ihre neugierig nachbohrenden Rückfragen hatten ihn in seiner Arbeit schon oft voran- und auf Gedanken gebracht, die seinen Kollegen nicht kamen, von denen die meisten aber auch ganz andere Ehen führten als er.

Nach längerem Klingeln hatte er seine Schwiegermutter am Apparat. Seine Frau, erfuhr er, hatte noch eine Patientin in ihrem Behandlungszimmer, einen Notfall, aber er solle sich keine Sorgen machen, sie sei ja bei den Kindern.

Als Erstes brauchte er jetzt die Erlaubnis, zusammen mit einem Polizeiinspektor die Wohnung von Mark Shaw zu inspizieren. Dafür musste er einen Antrag schreiben, in dem dieses Ersuchen hinreichend begründet wurde. Die Gründe waren ihm natürlich klar, aber wie so oft, wenn er an der Schreibmaschine saß, um für irgendeine Behörde Dinge darzulegen, damit sich daraus andere Dinge ergeben sollten, Genehmigungen oder Maßnahmen oder auch nur die geforderte Dokumentation eines Falles, dann zerbröselte diese Klarheit auf dem Weg vom Kopf in die Fingerspitzen, aufgerieben zwischen Vorgangsnummern, Aktenzeichen und Bürokratensprache. Wie er die hasste. Aber er wollte nun einmal Näheres über diesen Dr. Jacobson in Erfahrung bringen, vor allem, ob es in der Vergangenheit weitere ungeklärte Todesfälle unter seinen Patienten gegeben hatte. Dafür musste er außerdem noch einen Antrag auf Akteneinsicht bei der Ärztekammer einreichen und sich die Unterlagen aus dem eigenen Haus zusammensuchen lassen.

Nachdem er alles getippt, ausgefüllt und in die Hauspost gegeben hatte, fuhr Dr. Baden endlich nach Hause. Während er seinen Wagen parkte, sah er noch die imposante Erscheinung seiner Schwiegermutter aus der Tür marschieren. Wie gut, dass sie heute Abend eingesprungen war, und wie gut, dass sie jetzt auch wieder ging. Die Kinder schliefen schon, und bei einem Glas Wein berichtete er seiner Frau von sämtlichen Einzelheiten dieses hochinteressanten Falls. Allein die Namen der Betroffenen nannte er nicht, erstens, weil sie nicht von Interesse waren, und zweitens aus einem Rest an beruflicher Diskretion. Hätte er in diesem Fall eine Ausnahme gemacht, er wäre später bei der Untersuchung von Shaws Wohnung weniger verblüfft gewesen, denn im Gegensatz zu ihm hätte seine Frau mit dem Namen Mark Shaw etwas anfangen können.

Am Tag der geplanten Inspektion kam Dr. Baden morgens zwar aus dem Haus, später aber nicht mehr aus seinem Büro heraus. Ein Schneesturm, den kein Wetterbericht angekündigt hatte, tobte durch die Stadt. Aus seinem Fenster heraus sah er nur noch ein grauweißes Rauschen, und durchs Radio wurden die New Yorker aufgerufen, in ihren Häusern zu bleiben. Tausende steckten bereits auf den Straßen fest, auf Brücken und in Tunnels, in Zügen und am Flughafen. Die Verzögerung durch ein unvorhergesehenes Naturereignis passte nur zu gut zu diesem seltsamen Fall. Jetzt hatte er Zeit, die neu eingegangenen Akten durchzusehen, die auf seinem Schreibtisch gelandet waren, darunter die angeforderten Informationen über Dr. Jacobson. Während die Welt draußen immer weißer wurde, vertiefte sich Dr. Baden also in den Wust der amtlichen Auskünfte zu einem Kollegen, der ihm umso suspekter wurde, je mehr er über ihn erfuhr. Zwei verschiedene Behörden waren in den letzten Jahren bereits auf Dr. Jacobson aufmerksam geworden, die Ärzte- und die Drogenaufsicht. Bei Ersterer war eine Reihe von Beschwerden eingegangen. Patienten beklagten bedenkliche Reaktionen auf Jacobsons Spritzen, sie sprachen davon, «einen Rappel» bekommen zu haben, «an die Decke» gegangen oder «aus der Haut gefahren» zu sein. Angehörige meldeten besorgniserregende Persönlichkeitsveränderungen bei Patienten, die sie auf die Behandlung zurückführten. Die Rede war von unkontrollierten Wutanfällen, Schlaflosigkeit, Paranoia und allerlei anderem merkwürdigen Verhalten, darunter manische Beschäftigung mit kleinteiligen Dingen, aber auch Putz- und Kaufsucht. Einige berichteten, Jacobson schicke seinen Patienten mitunter größere Mengen seiner Medizin nach Hause, die sie sich dann, frei von aller ärztlichen Aufsicht, selbst verabreichten. Auch ein Todesfall war gemeldet worden. Ein wohlhabender Geschäftsmann war nach einem Termin in Jacobsons Praxis an einem Hirnschlag gestorben. Die Angehörigen hatten Jacobson verantwortlich gemacht, doch ließ sich nichts belegen. Menschen konnten genauso in Arztpraxen Schlaganfälle erleiden wie zu Hause, am Arbeitsplatz oder beim Einkaufen. Allerdings steigerten Amphetamine das Risiko, und deshalb war es interessant, dass Jacobson auch bei der Drogenaufsichtsbehörde aktenkundig geworden war, weil diverse kontrollierte Substanzen in seiner Praxis nicht ordentlich dokumentiert worden waren. Insbesondere der Verbleib riesiger Mengen Methamphetamin war nicht mehr nachvollziehbar. Das Amt hatte den Doktor daraufhin ermahnt; Konsequenzen hatte das offenbar keine gehabt, und das war auch mal wieder typisch.

Aber ach, diese Behörden. Er saß ja selbst in einer. Jacobson hingegen war freier Arzt. Jahrgang 1900 und mit 69 eigentlich schon längst im Pensionsalter. Sein Doktortitel kam von einer *Friedrich-Wilhelms-Universität* in Berlin.

Die Bildstörung vor dem Fenster erwies sich als hartnäckig, es sah nicht danach aus, als würde sich heute noch so etwas wie Normalität einstellen. New York wurde vom Schnee ganz verschluckt.

Die rechtsmedizinische Behörde hatte keine Kantine, wo sich die im Gebäude festsitzenden Mitarbeiter hätten versorgen können. Alles, was es gab, waren ein Snack- und ein Getränkeautomat. Gegen Mittag bildete sich davor eine Schlange. Die Fächer mit den Nüssen und Rosinen waren zuerst leergeräumt, dann gingen die Chips weg, und wer danach kam, hatte nur noch die Auswahl zwischen drei Sorten von Schokoriegeln und Rollen mit Minzbonbons. Dr. Baden stand hinter seinem Kollegen McDougal in der Schlange und beobachtete die Entwicklung. Schokoriegel mochte er gar nicht.

«Sag mal, Dougal», fragte er, «fällt dir etwas ein zu Ärzten, die Amphetamine spritzen?»

«Wieso? Dürfen die doch. Ärzte dürfen auch Opiate spritzen.»

«Ich meine so zweifelhafte Praktiken. Speed-Ärzte, Feelgood-Doktors, hört man doch manchmal so Sachen.»

«Weiß man immer nicht, was davon stimmt. Ich meine aber, letztes Jahr hätten sie einem mal vorübergehend die Lizenz entzogen, weil er registrierten Drogenabhängigen Sachen gegeben hat, die sie nicht hätten bekommen dürfen.»

«Hochinteressant. Hieß der eventuell Jacobson? Dr. Max Jacobson?»

«Müsste ich nachsehen.»

«Das wäre prima, ich bin da grad an einer Sache dran.»

McDougal war jetzt am Automaten dran. «Ich hab die letzte Chipstüte bekommen», sagte er. «Sorry, Baden.»

In seinem Büro packte Dr. Baden den Schokoriegel aus, biss widerwillig hinein und studierte, während er die klebrig süße Masse kaute, ein Dossier zur Toxikologie von Amphetaminen – eine weitläufige chemische Sippschaft, die von allen möglichen pharmazeutischen Unternehmen unter mindestens 75 verschiedenen Handelsnamen in jeder Apotheke auf Rezept verkauft wurden. Methamphetamin, auch als N-Methylamphetamin bekannt, war ein besonders potentes Derivat, das gern als Appetitzügler verschrieben wurde, aber genauso in Asthma- und

Schnupfensprays steckte und im Verdacht stand, über längere Dauer zu Depressionen, Psychosen und Abhängigkeit zu führen.

Er erinnerte sich, dass seine Schwester früher mal diese Phase hatte, in der sie Diätpillen nahm, weil sie sich albernerweise für dick hielt, Preludin hießen die. Als die Dinger bei ihr gut funktionierten, bediente sich auch seine Mutter an ihnen. Danach wurde es turbulent. Er selbst ahnte zunächst gar nichts von den Pillen, er wunderte sich nur über die häuslichen Dramen, die sich mit einem Mal häuften. Seine Schwester nahm nicht nur ab, sie hatte auch eine Menge überschüssiger Energien unterzubringen, die sie zum Beispiel in tägliche Veränderungen ihres Zimmers investierte. Sie schob Möbel herum, dekorierte, tapezierte, malte Wände erst weiß an, dann cremefarben, dann wieder weiß. Dabei war sie konstant reizbar und explosiv. Er schob das auf die Pubertät, aber dann ging es mit seiner Mutter genauso los. Auch sie entdeckte die Wohnung als Experimentierfeld für ihre Ideen, nichts blieb so, wie es war. Dazu fing sie an, obsessiv zu sticken. Jedes einzelne Kissen im Haus bekam einen neuen, aufwendig bestickten Überzug, und als alle Kissen in Sticküberzügen steckten, stickte sie Bilder mit Sinnsprüchen. Und natürlich gerieten die beiden ständig aneinander, es wurde gebrüllt und geheult und mit Türen geknallt. Nachdem mal wieder ein Abendessen eskaliert und dabei mehrere Geschirrteile zu Bruch gegangen waren, war es sein Vater, der schließlich meinte: «Das kommt alles von euren bescheuerten Diätpillen!»

Und so nahm sich der Sohn, damals schon medizinisch-pharmazeutisch interessiert, die Packungsbeilage vor. Das war seine erste Begegnung mit Amphetaminen. Nach Lektüre überredete er Mutter und Schwester, zwei Wochen lang auf die Pillen zu verzichten, was ihnen sichtlich schwerfiel. Sie verfielen in eine traurige Lethargie, und er musste die Preludinpackung vor ihnen verstecken. Seine Mutter sah danach ein, dass die Pillen unerwünschte Wirkungen hatten, aber seine Schwester wollte nicht dauerhaft verzichten. Sie wollte schlank bleiben und die Nächte durchfeiern und am nächsten Morgen trotzdem frisch im College sitzen. Erst als der Arzt ihr kein Rezept mehr ausstellte, weil er fand, dass sie nun wahrlich dünn genug war, hörte sie gezwungenermaßen auf. Eines Abends ging sie um sieben ins Bett und schlief einmal rund um die Uhr. Hätte sie in dieser Phase etwas von Dr. Jacobson gewusst, sie wäre sicherlich zu ihm gegangen.

«Dr. Baden, ich soll Ihnen das hier von Dr. McDougal bringen.»

In der Tür stand einer der Archiv-Mitarbeiter mit einer weiteren Akte in der Hand. Es waren die Unterlagen zu dem Arzt, von dem McDougal vorhin gesprochen hatte, der, dem letztes Jahr wegen unkontrollierter Abgabe kontrollierter Substanzen die Lizenz ausgesetzt worden war. Die hatte McDougal ihm ja wirklich schnell besorgt, wohl aus schlechtem Gewissen, weil er ihm die letzte Chipstüte vor der Nase weggeschnappt hatte. Es handelte sich allerdings nicht um Dr. Max Jacobson, sondern um einen Dr. Robert Freymann. Interessanterweise kam der ebenfalls aus Deutschland.

Nach dem Schneesturm blieb die Stadt unter dem dicken weißen Plumeau einfach liegen, als habe sie, die sonst niemals schlief, nur auf diese Gelegenheit gewartet und holte nun einiges nach, so wie Dr. Badens Schwester im Preludinentzug. Alles blieb gedämpft und verlangsamt, und es war kompliziert, von A nach B zu kommen. Dennoch machte sich Dr. Baden auf, endlich die Wohnung des verstorbenen Fotografen Mark Shaw zu inspizieren. Eigentlich hätte ihn dabei ein Polizeiinspektor begleiten sollen, aber der war anscheinend nicht durchgekommen. Dr. Baden hatte sich sicherheitshalber zu Fuß auf den Weg gemacht, was kein Problem war, da Mr. Shaw nicht weit von ihm und dem Forensischen Institut entfernt in Kips Bay gelebt hatte. Deshalb war seine Leiche ja auch gleich bei ihnen in der Universitätsklinik gelandet.

Der Pförtner des noblen Apartmenthauses öffnete ihm ihm die Tür, und Dr. Baden wartete fast eine halbe Stunde im Foyer auf den Inspektor, dann rief er aus der Pförtnerloge bei der Polizei an und vereinbarte, allein einen ersten Blick in die Wohnung zu werfen.

Entgegen seinen Erwartungen fand er ein geräumiges, exquisit möbliertes Apartment vor. Für einen Fotografen hatte Mark Shaw entweder besonders gut verdient, oder er stammte aus wohlhabenden Verhältnissen. Zuerst inspizierte Dr. Baden das Schlafzimmer, wo Shaw laut Bericht tot auf dem Bett gelegen hatte. Es sah alles auffällig sauber aus, und Dr. Baden befürchtete, jemand könnte vor ihm da gewesen sein, jemand, der in Erwartung genau solcher Ermittlungen ein wenig aufgeräumt hatte. Auf dem Boden neben dem Bett stand eine grünblaue Lavalampe, ein Ding, das Dr. Baden bislang nur in Magazinen gesehen hatte. Er schaltete sie ein und beobachtete sie eine Weile. Hinter der Lavalampe stand noch eine andere Lampe, eine Art Strahler. Den schaltete er ebenfalls ein. Der Strahler streute das Lavalampenspektakel auf die Zimmerdecke und Teile der Wand gegenüber und verwandelte den Raum in eine Art Trockenaquarium. Dr. Baden fühlte sich ganz wohl in dem optischen Blubbern, dieser Simulation von Tauchen und Schweben. Hochinteressant war das, wie eine Erinnerung an das amphibische Entwicklungsstadium im Mutterleib. Es war gar nicht so selten, dass Kinder mit nicht ganz zurückgebildeten Schwimmhäuten zur Welt kamen; seine Schwester zum Beispiel hatte zwei leicht zusammengewachsene Zehen am linken Fuß. Schwimmhautreste, ein Atavismus. Aber auch wenn die Schwimmhäute sich vollständig zurückgebildet hatten, steckten sie als Entwicklungsstadium noch tief in uns drin. Kamen wir doch alle aus dem Wasser, dem Meer, aus der Ursuppe.

Er schaltete die Aquariumsbeleuchtung wieder aus und begann mit der Inspektion des Zimmers. Unter der Tagesdecke war das Bett nicht bezogen, ein weiterer Hinweis darauf, dass hier nicht mehr der Originalzustand herrschte. In der Nachttischschublade lagen Stofftaschentücher, Kondome, Aspirin, ein Papierblock, zwei Stifte und Ohrstöpsel. Im Kleiderschrank hingen Hemden, Hosen und Jacketts. Unter dem Bett lagen ein Tennisball und ein Feuerzeug. Viel mehr gab es nicht zu sehen.

Im Wohnzimmer mit angrenzender Wohnküche sah es nicht ganz so wohlgeordnet aus. An den Wänden hingen, für einen Fotografen nicht weiter verwunderlich, viele Fotografien. Dr. Baden sah sich die Bilder näher an. Audrey Hepburn, mehrmals. Er war ein großer Fan von Audrey Hepburn. Erstaunlich, wie sie hier zu sehen war. Mit zerstrubbelten Haaren in der Maske am Filmset oder mit einem Buch und einem Frühstückstablett in einem Ringelshirt im Schneidersitz auf dem Fußboden sitzend. Noch mehr Bilder als von Audrey Hepburn hingen da allerdings von den Kennedys. Von Jack und von Jackie und von beiden zusammen, auch mit ihren Kindern. Am Strand, auf einem Boot, im Weißen Haus. Schöne Bilder. Ungewöhnlich private Bilder. Dr. Baden sah sich weiter um. In einem Regal entdeckte er einen großen Stapel identischer Bücher, er zog das oberste hervor, es war ein Fotoband über die Kennedys, das Cover kannte er, es hatte vor ein paar Jahren in den Schaufenstern aller Buchhandlungen gelegen. DIE KENNEDYS, stand auf dem Titel, VON MARK SHAW.

So war das also.

In Schränken und Schubladen stieß er auf weitere Ansammlungen von Fotos, Negativen und Kontaktabzügen. Viele bekannte Gesichter, teilweise sehr bekannte. Liz Taylor, Eddie Fisher, Jane Fonda, Natalie Wood, Grace Kelly, Pablo Picasso, Brigitte Bardot, Cary Grant, Coco Chanel und der Papst. Manche der Bilder waren für Magazine inszeniert, aber die meisten sahen aus wie private Schnappschüsse. Wie gern hätte er die seiner Frau gezeigt!

Ab und zu geriet Dr. Baden beruflich an die High Society; auch dort wurde gestorben. Wenn jemand an der Park Avenue starb, kam die Polizei mit drei Wagen, und die Beamten hielten sich ihre Mützen vor die Brust, wenn sie eintraten. Bei einem toten Kind in Harlem wurde ein Beamter vor der Tür rausgelassen, und nicht immer verhielt der sich in der fremden Wohnung besonders respektvoll. Unter den Reichen der Stadt gab es mehr Selbstmorde, unter den Armen mehr Morde. Die einen richteten Aggressionen eher nach innen, die anderen vermehrt nach außen. Mord, Selbstmord und Unfalltod. Das waren die drei unnatürlichen Todesursachen, und sie machten zusammen acht Prozent aller Todesfälle aus. Bei jungen Leuten natürlich viel mehr, mehr als die Hälfte. Nur klar erkennbare Mordfälle gingen in die Autopsie, Unfälle und Selbstmorde blieben meistens ungeklärt. Es gab einfach nicht ausreichend ausgebildete Forensiker, weniger als vierhundert im ganzen Land, und die, die es gab, waren nicht immer besonders qualifiziert. Die forensische Pathologie war das Stiefkind der Medizin, ein Abstellgleis für gescheiterte Medizinerkarrieren. Selbst in spektakulären Fällen fehlte es an forensischer Sorgfalt und Expertise. Wenn Dr. Baden an das stümperhafte Herangehen der Ärzte dachte, die nach dem Attentat an Kennedys Leiche herumgepfuscht hatten, konnte er sich nur die Haare raufen.

Er selbst mochte gerade die kriminalistische und die öffentliche Seite seiner Arbeit, die Spurensuche, die Ermittlung, und auch die Gerichtsverhandlungen und das Medieninteresse. Für ihn war die Pathologie kein Abstellgleis, es hatte ihn von Anfang an da hingezogen.

Fehlte noch das Bad. Neben diversen Schachteln gängiger Schlaf- und Beruhigungsmittel fand Dr. Baden dort eine ganze Batterie von ungeöffneten Einwegspritzen und, zwischen Rasierseife, Eau de Toilette, Haut- und Frisiercreme, Nagelfeilen und Kämmen, ein hochinteressantes Apothekerglas, das halb voll war mit einer klaren Flüssigkeit. Auf dem Grund der Flasche lagerten mehrere kleine Steine, außen klebte ein Etikett mit *Constructive Research Foundation* und den Buchstaben «M S». Mark Shaw.

Dr. Baden verließ das Apartment mit dem Glas und den Spritzen und trat hinaus in den Schnee, der noch immer alles absorbierte, die Geräusche, die Farben, die ganzen herumschwirrenden Ambitionen.

Zu Hause zeigte ihm seine Frau, dass auch bei ihnen der Kennedy-Fotoband von Mark Shaw im Regal stand. «Hat uns mal irgendjemand geschenkt», sagte sie und begann, darin zu blättern.

«Das hast du gesehen, ja?», fragte sie.

«Was?»

Sie hielt ihm eine fast leere Doppelseite am Ende des Buches hin, bedruckt nur mit einer mittig gesetzten Zeile: *DIESES BUCH IST MEINEM FREUND UND WEGGEFÄHRTEN DR. MAX JACOBSON GEWIDMET*

Mit Pervitin ging es.
Uwe Johnson, Jahrestage

1952

Nun saß Eddie in dieser Rateshow, der Lieblingssendung seiner Mutter, aber nicht, weil er einen besonders ausgefallenen oder putzigen Beruf hatte, wie die anderen Kandidaten, sondern er saß dort als Stargast des Tages, und deshalb trug das Rateteam auch Augenbinden.

«Sind Sie Vic Damone?», fragte Dorothy Kilgallen, und im Nachhinein verstand Eddie gar nicht mehr, was denn sooo lustig daran war, dass sich der Moderator John Daly neben ihm vor Lachen bog, Hal Block die Hände über dem Kopf zusammenschlug und fast nach hinten wegkippte und das ganze Publikum johlte wie von Sinnen. Dorothy Kilgallen verstand es natürlich auch nicht, lachte aber trotzdem mit. Eddie und Vic Damone waren derselbe Jahrgang, waren beide Sänger und beide derzeit in der Army. Dorothy Kilgallen lag doch also gar nicht so sehr daneben mit ihrer Vermutung? Nach einer Weile löste Arlene Francis schließlich auf («Sie sind so ein gutaussehender Lockenkopf, nicht wahr?»), und das Rateteam durfte die Augenbinden abnehmen. Nach der Raterunde lobte Eddie in einem kurzen Geplänkel mit John Daly noch die Army als wunderbare Chance für junge Menschen, dann verließ er die Studiobühne, bevor als Letztes noch eine Frau aus New York auftrat, deren Beruf «Eisverkäuferin» das Rateteam einfach nicht herausbekam.

Das CBS-Fernsehstudio befand sich in einem alten Theater, das jetzt vollgestopft war mit Übertragungstechnik. Überall hingen und standen Monitore, Kameras, Scheinwerfer, Mikrophone, und ein Urwald aus Kabeln verfolgte Eddie durch alle Räume, Säle und Gänge. Die Eisverkäuferin und die beiden anderen Gäste mit interessanten Berufen, ein Knoblauchhändler und eine Frau aus Ohio, die beruflich Matratzen der Firma Sealy vorführte, baten ihn nach der Sendung um ein Autogramm. Die Matratzenvorführerin war eine attraktive Frau, was sie in Kombination mit ihrem Beruf als Zielscheibe von Hal Blocks notorisch anzüglichen Bemerkungen prädestinierte, die sie ziemlich souverän weglachte. Eddie war schon wieder vollkommen verzaubert.

«Worauf sollte man achten, wenn man eine Matratze kauft?», frage er sie. «Das ist ganz einfach», antwortete die Fachfrau aus Ohio, «Sie müssen gut darauf liegen! Und das sollten Sie beim Kauf ausprobieren. Die Matratzen von Sealy sind außerdem hochwertig verarbeitet, daran haben Sie länger Freude als an einer Billigmatratze.»

Eddie nickte. Was konnte er sie sonst noch fragen? Über Matratzen war jetzt irgendwie schon alles gesagt. Sie sah ihn kokett an. «Es wäre mir natürlich eine große Ehre, Sie bei Ihrem nächsten Matratzenkauf persönlich zu beraten, Mr. Fisher.»

«Das wäre sehr freundlich.» Eddie hoffte, dass er nicht schon wieder wie ein kleiner Junge wirkte. Seit es so viele Fotos und Filmaufnahmen von ihm gab, sah er sich selbst immer mehr von außen. Jetzt mache ich schon wieder diese alberne Bewegung, dachte er oft, oder Jetzt sehe ich schon wieder aus wie ein kleiner Junge. Von innen fühlte er sich ganz anders, als er auf Bildern aussah.

«Ist er nicht schnucklig, unser Gefreiter?» Hal Block war neben ihm aufgetaucht. «Der schnuckligste Soldat der US Army!»

Eddie lachte pflichtschuldig.

«Diese Grübchen!», schrie Hal Block. «So süß!»

«Ja, wirklich», sagte das attraktive Matratzenmodell und nahm Eddies Hand, wobei sie etwas errötete.

«Beherrschen Sie sich», raunte Hal ihr zu, «Sie sind doch eine verheiratete Frau.» Dann drehte er wieder ab, aber das flirrende Versprechen einer persönlichen Matratzenkaufberatung in Ohio hatte er da für Eddie bereits zunichtegemacht.

Die meisten seiner Kumpels konnten Eddies Auftritt bei «What's My Line?» nicht mitverfolgen, sie saßen noch in Korea und hatten andere Sorgen. Eddie war gerade von dort zurück. Im Gegensatz zu ihnen hatte er sich um die Versetzung nach Korea sehr bemühen müssen. Man hatte ihn zwar eingezogen und vorher zur Grundausbildung nach Texas geschickt, hinterher aber keiner Kampftruppe zugeteilt, sondern der Army Band in Washington. Während seine neu gewonnenen Freunde also in den Krieg flogen, bekam er eine hübsche Wohnung in der Hauptstadt und durfte wieder singen. Im ganzen Land sang er bei Blutspende- und Rekrutierungs-Aktionen der Army, die Leute zahlten mit ihrem Blut dafür, ihn zu sehen. Er wurde durch sämtliche Radio- und Fernsehshows und auf alle großen Festivals geschickt. Zeitweilig stand er mit sechs Platten gleichzeitig in den Billboard Charts. Die Angst, die er angesichts seines Einzugsbescheides um seine Karriere gehabt hatte, erwies sich als unbegründet. Vielleicht war er jetzt sogar noch populärer als vorher. Wenn das überhaupt möglich war.

Die Jungs aus der Army mochten ihn auch. Als er zuerst im Ausbildungscamp angekommen war, kannte ihn dort keiner. Eddie Fisher? Nie gehört. Die anderen kamen alle aus dem Süden, wo andere Radiosender andere Musik spielten. Sie hielten Eddie für einen kuriosen Typen aus dem Norden, viele hatten vorher noch nie einen Juden kennengelernt. Als erstmals die Post zugestellt wurde, freuten sich viele über ein, zwei Briefe, ein paar Glückliche bekamen drei, darunter vielleicht sogar einer von einem Mädchen. Eddies Post wurde in Säcken ausgeliefert. Bis spät in die Nacht hinein unterhielt sich die gesamte Truppe damit, Eddies Fanpost zu lesen, die zu neunundneunzig Prozent aus Liebesbriefen junger Mädchen bestand. Die Jungs waren begeistert, besonders von den beiliegenden Fotos, und sie halfen auch bereitwillig beim Antworten. *Liebe Maggie, mein Name ist Greg, und ich helfe Eddie Fisher beim Beantworten seiner vielen Fanbriefe. Ich finde, Du siehst fabelhaft aus!*

Ein paar von ihnen schrieben ihm nun selbst Briefe aus Korea. Er führte ein goldenes Starleben in der Army Band, als wäre nichts gewesen, während sie sich vergessen fühlten von der Welt. Doch Eddie war dabei nicht glücklich. Immer öfter sollte er bei privaten Dinners auftreten. Nach seiner Gesangseinlage gab es dann grauenhafte Konversation mit Männern, die alles konnten und wussten, und mit Frauen, die von allem zu viel hatten. Zu viel Make-up, zu viel Schmuck, zu viel Parfüm, zu viel Langeweile. Nur Eddie, der war neu und frisch und die aktuell begehrteste Trophäe unter den Damen der besseren Gesellschaft, weshalb sie ihn nicht gehen lassen wollten. Nach Korea! Das wäre viel zu gefährlich.

Senatorengattinnen. Eddie wunderte sich, wie viel Einfluss die hatten. Er durfte nicht nach Korea. Die Kumpels schrieben weiterhin: Eddie, komm her und sing für uns! Und so wandte er sich an einen, der mutmaßlich noch mehr Einfluss hatte als die Frauen von Kongressabgeordneten. Er hatte schon für den Präsidenten gesungen, der eine reizende Frau hatte und eine Tochter, die sich ihrerseits als Sängerin versuchte. Dafür bekam sie viele schlechte Kritiken, und die Kritiker bekamen für ihre Kritiken manchmal Post vom Präsidenten, der ihnen für den Fall einer persönlichen Begegnung sehr undiplomatisch mit einem Faustschlag ins Gesicht drohte.

Harry Truman begrüßte Eddie in aller Herzlichkeit. Er bot ihm einen Stuhl an, und so saß er, Edwin Jack Fisher, Sohn russischer Emigranten, nun also im Oval Office, während der Präsident, die Hände hinter dem Rücken, auf den makellos gepflegten Rasen vor dem Weißen Haus blickte. Recht versonnen stand er da. Eddie war in seiner Uniform gekommen, er saß gerade, beide Füße auf dem Boden und die Hände auf den Oberschenkeln.

«Ich kann Ihnen sagen, Eddie», sprach der Präsident mit freundlicher, sanfter Stimme, «manchmal wüsste ich gerne, was zum Teufel ich hier eigentlich mache.»

Gern hätte der Gast hierauf eine Antwort gehabt für den Präsidenten der Vereinigten Staaten von Amerika. Eddie überlegte, ob es innerhalb des Spektrums seines eher unpolitischen Wissens etwas gab, was er dem Präsidenten anbieten konnte, eine kleine Hilfe. Er kannte zum Beispiel ein paar Übungen zur Lockerung der Stimme, die sehr praktisch waren. Natürlich hatte der Beruf des Präsidenten mit Gesang nichts zu tun, doch sprechen musste er ja schon sehr viel! Vielleicht sollte er aber auch erst mal genauer nachfragen, wo der Schuh denn drückte? Bevor Eddie dazu kam, hatte sich Truman gesetzt und fuhr fort: «Sie wollen also unbedingt nach Korea?»

«Ja, Herr Präsident. Ich habe sogar einen Antrag gestellt, der leider abgelehnt wurde.»

«Man mag Sie nicht missen, Eddie!»

«Das weiß ich auch zu schätzen. Aber die anderen Jungs sind nun mal in Korea. Und sie wünschen sich, dass ich zu ihnen komme. Ich finde, sie haben sich das verdient, mit dem, was sie dort leisten. Für die freie Welt.»

«Ich bin vollkommen Ihrer Meinung.»

Eddie freute sich, dass der Präsident vollkommen seiner Meinung war, war sich aber nicht mehr so sicher, was das zu bedeuten hatte. Vorhin dachte er noch, er beträte das Zentrum der Macht, ein magisches Energiefeld, und jetzt saß er hier und atmete ganz normal weiter, und der Präsident wirkte nicht so allmächtig, wie Eddie es erwartet hatte. Der Gedanke war tröstlich und erschreckend zugleich. Eddie dachte daran, dass der Präsident morgens vielleicht genauso schwer in die Gänge kam wie er selbst, dass er manchmal lieber ein Liedchen pfeifen würde, anstatt immerfort zu regieren, und dass er, in noch viel höherem Maße als Eddie, ständig unter Beobachtung stand und nicht in der Nase oder im Ohr bohren oder einen Pups entwischen lassen durfte und überhaupt sehr kontrolliert sein musste.

Wenig später, im Sommer 1952, wurde Eddie nach Korea geflogen, wo er in sechs Wochen einundsiebzig offizielle und zahllose spontane Auftritte absolvierte. Es war eine unwirkliche Zeit in einer unwirklichen Welt, in der es anstelle schreiender, ohnmächtig umfallender Mädchen und parfümierter Senatorengattinnen feindliche Angriffe gab und unzählige Mücken. Sie flogen Eddie beim Singen in den Mund. Wohlmeinende Kameraden hatten ihn mit in ein verdrecktes Bordell genommen, in dem ein paar zahnlose koreanische Frauen Tausende von Soldaten bedienten. Die Zähne hatte man ihnen gezogen oder ausgeschlagen. Ein Soldat, der Eddie an einem Tag mit dem Jeep durchs Land gefahren hatte, war am nächsten Tag nicht mehr am Leben gewesen.

Sein Manager Milton holte Eddie aus dem CBS-Studio in der Nähe vom Times Square ab, von dort aus sollte es zu Fuß zu Toots Shor's Restaurant gehen. «Hast du die Sendung gesehen?», fragte Eddie. Milton klopfte sich eine Zigarette aus der Schachtel. «Nein, wie sollte ich, ich war ja auf dem Weg hierher. Lief's gut?»

«Ich war ganz schön nervös. Ich wäre gern souveräner. Und witziger.»

«Übungssache.»

«Aber da war eine sehr hübsche Teilnehmerin dabei, sie geht mir grad nicht aus dem Kopf.»

«Das müsste mich auch beunruhigen, wenn du mal nicht an eine schöne Frau denken würdest. Was war ihr Beruf?»

«Sie präsentiert Matratzen.»

«Die Ärmste. Hat sicherlich einiges von Hal Block ertragen müssen.»

«Den fand ich echt anstrengend. Das ist so einer, der einen immer pikst. Piks, piks.» Eddie bohrte Milton seinen Zeigefinger mehrmals in die Seite.

«Ich mag ihn», sagte Milton. «Er bringt ein bisschen Pfeffer in diese Schnarchsendung.»

«Milton, und jetzt musst du mir noch mal genau erklären, wen wir gleich treffen und was ich sagen soll. Es geht nicht im Ernst um meine eigene Fernsehshow.»

Milton blieb stehen und sah Eddie an. «Natürlich geht es darum! Eddie! Jeder will der Erste sein, der dich bekommt, sobald du aus der Army raus bist. Die Leute rennen mir die Bude ein!»

«Komisch.»

«Was ist daran komisch? Du bist ein verdammter Star. Wir treffen jetzt den Präsidenten vom Sender, er hat wahrscheinlich einen Sponsor für deine Fernsehshow.»

«Wow.»

«Wow, ja wow. Willst du nicht wissen, welcher Sponsor?»

«Welcher denn?»

«Coca-Cola. Coca-Cola, Eddie.»

Jetzt blieb Eddie stehen. «Im Ernst?! Ganz ehrlich, Milton, ich komm da nicht mehr mit. Gerade eben bin ich noch jedem kleinen Job hinterhergerannt.»

«Schauen wir erst mal, was dahintersteckt. Aber er hat es mir so gesagt, er hat gesagt, Coca-Cola hätte Interesse. Jedenfalls musst du keinem Job mehr hinterherrennen, Eddie. Das ist jetzt wirklich vorbei.»

«Coca-Cola, Wahnsinn, das trink ich am liebsten!»

Der mächtige Boss von MCA saß bereits mit einem Drink bei Toots Shor's, als Eddie und Milton ankamen. Dass dieser Typ keine halben Sachen machte, war sofort klar. Neben ihm fühlte sich Eddie schon wieder wie ein kleiner Junge, aber auf eine gute Art, weil gut aufgehoben bei einem väterlichen Geschäftsmann. Hier saß er gut, zwischen diesen beiden souveränen Männern. Und Milton hatte nicht zu viel versprochen, im Gegenteil. Nachdem der Fernsehboss das Angebot von Coke aus seiner linken Jackettasche geholt und auf den Tisch gelegt hatte, produzierte er aus der rechten noch eines von Pepsi. «Jetzt kannst du verhandeln», sagte er zu Milton.

Darauf stießen sie an, und während die beiden Männer Business redeten, sprach Eddie mit zwei jungen Mädchen, die sich dazu durchgerungen hatten, an seinen Tisch zu kommen und nach Autogrammen zu fragen.

Später, aus seinem Hotelzimmer, rief Eddie seine Mutter in Philadelphia an. Sie war sofort am Apparat. «Eddie! Das war so schön! Hübsch sahst du aus, aber ein bisschen schüchtern warst du. Ich musste ja so lachen, als Dorothy Kilgallen falsch geraten hat, weil sie zuerst dachte, du bist Vic Damone!»

«Das war wohl sehr lustig.»

«Das war so lustig! Sie wirkte so verliebt, als sie fragte: ‹Sind Sie Vic Damone?› Sie hat sich schon so gefreut auf Vic Damone, und dann war er es gar nicht!»

«Geht es dir gut, Mama?»

«Das weißt du doch. Mir geht es sehr, sehr gut.»

Eddie wusste es, es stimmte, es ging ihr aktuell sehr gut. Sie hatte sich einen Traum verwirklicht. Sie hatte sich von Eddies Vater scheiden lassen. Nun war sie allein und richtig glücklich.

Als Eddie im April 1953 nach zwei Jahren Armeedienst zurück in sein altes Leben entlassen werden sollte, war er sich trotz allem nicht so sicher. Die jungen Mädchen, die sich vor zwei Jahren bei seinem Anblick im Paramount Theater in Ekstase geschrien hatten, waren jetzt zwei Jahre älter. An seinen Schwestern konnte er beobachten, wie rasant deren Interesse an Mode, Musik und Stars wechselte. Die Mädchen von damals hatten ihn wahrscheinlich längst vergessen, neue Helden waren auf den Bühnen und in den Jugendmagazinen des Landes aufgetaucht. Er selbst war auch älter, bald fünfundzwanzig. Als er siebzehn war, fand er Mittzwanziger alt. Wie lange konnte man im Showbusiness bestehen? Was, um Himmels willen, sollte er in zehn Jahren tun? Sein Armysold hatte sich auf 94,37 Dollar im Monat belaufen, aber in der Army gab es immer einen Plan für den nächsten Tag. Er hatte für Soldaten in der ganzen Welt gesungen, in Korea, in Japan, in England, Schottland, Frankreich und in Deutschland. Gut möglich, dass zu Hause keiner mehr auf ihn wartete.

Eddie freute sich, Milton zu sehen, er hatte ihn vermisst. «Du brauchst eine Wohnung, erst mal übergangsweise, und ein paar neue Klamotten», sagte Milton. «Keine Zeit zum Ausruhen, gleich nach deiner Entlassung hast du ein neues Engagement im

Paramount, *Willkommen zurück, Eddie.* Vier Wochen! Siebentausendfünfhundert Dollar pro Woche. Na, was sagst du?»

Siebentausendfünfhundert, das war mehr, als sein Vater in einem Jahr verdient hatte.

«Und!» Milton machte eine Pause und ein vielsagendes Gesicht. «Währenddessen geht auch deine Fernsehshow auf Sendung. *Coke Time.* Mittwochs und Freitags von halb acht bis Viertel vor neun. Dafür gibt's tausendfünfhundert die Woche. Du kannst dir also ruhig eine schöne Wohnung aussuchen, du musst nicht sparsam sein.»

Am 10. April um Mitternacht war Eddie offiziell aus der Army entlassen, am Morgen danach fuhr er ins Paramount. Auf der Bühne vor der Kinoleinwand saß schon Hugh Martin. Der große Komponist Hugh Martin, der den Klassiker «Merry Little Christmas» geschrieben hatte, saß am Piano und klimperte versonnen vor sich hin. Sie hatten knapp drei Stunden zum Proben.

Dann war Einlass, und die Show begann. Sie legten los mit «Tell Me Why», aber Eddie konnte Hugh nicht hören, er konnte sich selbst kaum hören. Der Saal schrie und tobte, Mädchen kletterten auf die Bühne, Mädchen wurden ohnmächtig. Eddie sang zwölf Zugaben. Danach hatte *Das Kabinett des Professor Bondi* Premiere, der erste große 3-D-Farbfilm aus Hollywood, mit stereophonem Sound, aber Eddie war zu erledigt, um dabei zu sein. Er hatte sein Spektakel gehabt, er selbst war das Spektakel gewesen. Was er sang, war völlig egal, die Musik ging unter in einem entfesselten Teenagertumult, er hätte auch einfach dastehen und den Mund auf und zu oder gar nichts machen können. Sie wollten bloß *ihn.* In seiner Garderobe empfing ihn Milton mit einer Flasche Champagner, vor dem Ausgang warteten aufgeregte Mädchen. Er konnte sich einfach die Schönste aussuchen. In Korea gab es währenddessen immer noch Kämpfe und Mücken und zahnlose Prostituierte in fensterlosen Räumen ohne Wasseranschluss.

Am nächsten Tag lief alles genauso und am übernächsten auch. Eine Woche lang schwamm Eddie in der Ekstase, mit der sein Publikum ihn überschüttete, sie ihn und er sie. Es gab keine Worte dafür, und niemand um ihn herum teilte diesen Rausch, noch nicht einmal Hugh. Der saß zwar direkt neben ihm am Klavier, aber alle Energien richteten sich auf Eddie, er wurde damit vollgepumpt, nahm sie auf und verströmte sie wieder. Eddie sang, so laut er konnte, und gegen Ende der Woche entzündeten sich seine Stimmbänder.

Das war die eine Sache, die auf gar keinen Fall passieren durfte. Eddie schloss die Augen. Er lutschte ein Bonbon. versuchte, seinen Atem sanft wie eine Brise durch die Kehle streichen zu lassen. Eine ganze Zeit lang. Als das Telefon klingelte, ging er nicht ran. Nach einer Weile öffnete er den Mund und versuchte einen leisen Ton, doch heraus kam nur ein Krächzen, es tat grässlich weh. Eddie spürte Panik in sich aufsteigen. Es war allein seine Stimme, die ihn rausgeholt hatte aus einem Leben voller Enge und Schmutz und Gewalt.

Milton brachte ihn zu seinem Arzt, der sagte, nach ein paar Tagen Ruhe und Schweigen werde alles wieder in Ordnung sein. Aber Eddie hatte noch drei Wochen im Paramount vor sich, vor ausverkauften Rängen und schreienden Fans. Und nicht nur das. Am nächsten Tag war die Premiere von *Coke Time*, seiner eigenen Fernsehsendung.

«Gibt es denn gar nichts?», fragte Milton den Arzt.

«Tut mir leid. Ich rate dringend zur Schonung der Stimme, gerade bei einem professionellen Sänger wie Ihnen, Mr. Fisher. Sie können ein paar unterstützende Kräuterdrops lutschen, und ich gebe Ihnen was zum Gurgeln mit, aber wenn sie jetzt einfach weitersingen, wird es nur noch schlimmer werden oder sogar chronisch. Das sollten sie keinesfalls riskieren.»

Eddie sackte in sich zusammen. Er hatte so viel, aber auch so wenig. Nur sich und seine Stimme. Jemand wie Hugh Martin wurde vielleicht nicht so bejubelt wie er, wurde nicht überall um Autogramme gebeten, nicht ständig von bewundernden Blicken begleitet und von schönen Frauen umschwärmt, aber Hugh konnte mehr als nur Klavier spielen, er konnte sich auch Musik *ausdenken*. Was Eddie nur nachsang, brachte jemand wie Hugh hervor! Er hatte Hits für Judy Garland geschrieben, Lieder, die jeder kannte. *Have Yourself a Merry Little Christmas*! Vielleicht war Hugh deshalb so heiter und gelassen. Er hatte etwas *geschaffen*, ein *Werk*. O.k., und natürlich war er auch schon alt, fast vierzig, wofür er allerdings noch recht frisch rüberkam. Eddie fühlte sich wieder klein und kleiner. Er sah seinen Stern sinken.

Vom Arzt fuhren sie direkt zum Paramount Theater. Es war noch früh, aber eine Entscheidung musste her, ein Plan, notfalls ein Ersatz für Eddie. Den gab es natürlich nicht. Wer sollte Eddie ersetzen, wenn die Leute nur kamen, um Eddie zu sehen? Milton erörterte zusammen mit dem Management vom Paramount gerade die Optionen, als Hugh zu ihnen stieß. Er schlürfte Kaffee aus einer großen Tasse und nachdem eine Weile über Eddies tief herunterhängenden Kopf hinweg diskutiert worden war, kam er zu ihm herübergeschlendert. «Das lässt sich ganz einfach lösen», sagte er. «Du gehst jetzt gleich zu meinem Arzt, und der holt dir deine Stimme zurück, das macht der, zack, mit links.» Er schnippte mit den Fingern.

«Wir kommen doch gerade vom Arzt», flüsterte Eddie.

«Es gibt Ärzte und Ärzte.»

Eddie schüttelte stumm den Kopf.

«Junge, ich arbeite seit vielen Jahren am Broadway, mit Hunderten von Sängern und Sängerinnen habe ich gearbeitet, da gibt es dauernd Stimmprobleme. Und Max löst die.»

«Wer ist Max?»

«Bitte?» Hugh beugte sich dichter an den flüsternden Eddie heran.

Eddie räusperte sich, es schmerzte. «Wer ist das: Max?»

«Mein Arzt. Er behandelt haufenweise wichtige Leute! Viele aus der Politik, sogar Roosevelts Sprecher. Er behandelt Cecil B. DeMille, Alan Lerner und Zero Mostel! Sänger, Regisseure und Produzenten, aber auch Redakteure, Heinis von der Wall Street und diese ganzen gestressten Werbeleute. Sogar seine Exfrau kommt noch zu ihm.»

«Alan Lerner?» Alan Lerner. Noch so einer, der sich Sachen ausdachte. Ganze Musicals. My Fair Lady.

«Frag ihn, der schwört auf Max! Ich melde dich gleich telefonisch an, dann musst du nicht warten. Zweiundsiebzigste Straße Ost.»

Tatsächlich wurden sie in der Praxis an zahlreichen Wartenden vorbeigeschleust, manche sahen es mit Unmut, ein paar andere fingen aufgeregt an zu tuscheln («Das war Eddie Fisher!»).

Der Eindruck, den das Behandlungszimmer machte, war nicht geeignet, Eddie davon zu überzeugen, hier in den richtigen Händen zu sein. Ein Chaos, in das der angebliche Wunderdoktor selbst ausgezeichnet hineinpasste. Er saß mit dem Rücken zu ihnen, und ohne sich umzudrehen, befahl er: «Setzen Sie sich.»

Sie setzten sich.

Dr. Max Jacobson wandte sich ihnen zu, er hatte dunkles Haar und trug eine dicke, schwarze Hornbrille.

«Sie haben also Probleme mit Ihrer Stimme.» Er sprach schnarrend und gebieterisch, mit einem deutschen Akzent wie aus einer Filmkomödie mit Nazis. Eddie zuckte zusammen.

«Ja», hauchte er.

«Er ist Sänger und hat noch drei Wochen lang mehrere Auftritte täglich im Paramount vor sich», sagte Milton. «Und morgen startet seine eigene Fernsehsendung.»

Schweigend begann der Doktor, Flüssigkeiten aus diversen Behältnissen in eine Spritze zu ziehen. Sein weißer Arztkittel war bekleckert, und unter seinen Fingernägeln hatte sich allerlei angesammelt. Hier hatten sich Alan Lerner und Cecil DeMille behandeln lassen? Eddie blickte starr auf die Spritze. Milton wirkte ebenfalls nervös, doch da hatte Dr. Jacobson bereits seine Mixtur fertig. Er setzte sich neben den Patienten und blickte ihn väterlich an.

«Das ist ein sehr volles und anstrengendes Programm, das Sie da absolvieren, mein Junge.»

«Das stimmt. Aber ich tu es auch sehr gern.»

«Im Showbusiness trinken die Leute oft zu viel Alkohol.»

«Ich trinke fast nie.»

Der Doktor klopfte Eddie auf die Schulter. «Das ist sehr gut! Und es ist normal, dass man manchmal einen Extraschub Energie braucht, selbst wenn man noch jung ist. Sie werden das alles gut bewältigen.» Während er redete, hatte er Eddies Ärmel hochgekrempelt und die Nadel angesetzt, ehe Eddie es auch nur gemerkt hatte. Nicht einmal einen Piks hatte Eddie gespürt, so sanft glitt die Nadel in seine Vene und die Flüssigkeit in seine Blutbahn. Dabei lächelte der Doktor ihn an.

Eddie lächelte zurück.

Warum hatte er gerade eben noch so eine alberne Angst vor diesem freundlichen Mann gehabt? Er erschien vielleicht etwas unkonventionell, und er hatte einen deutschen Akzent, aber natürlich war er kein Nazi, sondern einer, der vor den Nazis geflohen war. Jetzt, wo er direkt vor ihm saß, erinnerte er ihn ein wenig an den Kantor, Eddies ersten Förderer, der ihn ermutigt hatte im Gottesdienst zu singen und damit die ganze Gemeinde zu bezaubern, inklusive Eddies Vater, auch wenn der es nicht zeigen wollte.

«Sie bekommen gleich noch eine», sagte der Doktor. «Dafür lockern Sie Ihren Gürtel und legen sich auf den Bauch.» Eddie tat wie geheißen, und auch die zweite Spritze spürte er kaum. Eddie musste lachen. Manchmal war alles so einfach.

«Singen Sie», sagte Dr. Jacobson.

Und Eddie sang. Seine Stimme glitt auf einer Welle aus purer Energie bis in jeden Winkel des Raums, drehte Pirouetten zwischen Flaschen, Kolben und Reagenzgläsern, Kartons, Kisten und Papierstapeln. Er schöpfte sie mühelos aus seinem ganzen, lebendigen Körper. Milton saß mit offenem Mund daneben.

Dr. Jacobson nickte zufrieden.

Ohne Probleme absolvierte Eddie seine Tagesauftritte im Paramount und sah sich danach endlich auch den Film an, der auf seine Darbietungen folgte. *Das Kabinett des Professor Bondi* hatte vernichtende Kritiken bekommen, als eine planlose Aneinanderreihung von Geräusch und Unsinn bezeichnete man ihn, und Hauptdarsteller Vincent Price als unbeholfen bis lächerlich, aber Eddie gefiel er sehr. Mit kindlicher Begeisterung setzte er sich die 3-D-Brille auf, schrie bei den unaufhörlichen Soundeffekten aus allen Richtungen mit dem restlichen Publikum mit und schloss Bekanntschaft mit einem ganz besonders reizenden Mädchen, das er nach der Vorstellung zum Essen ausführte.

Am nächsten Morgen, dem Tag der ersten *Coke Time* Show, fühlte Eddie sich matt. Mit Schrecken stellte er fest, dass sein Hals brannte und die Stimme wieder weg war. Er rief Milton an, und zusammen fuhren sie erneut zu Dr. Jacobson auf die Upper East Side.

Wenn Menschen die ganze Nacht aufbleiben, herrscht meistens eine Art schuldbewußtes Durcheinander, wenn die Sonne die Gardinen bescheint.
William S. Burroughs Jr.

1967

Es saßen bereits allerhand Leute in Glorias Wohnung herum, als Mona und Adam eintrafen. Adam war gerade erst aufgestanden, zwanzig Stunden hatte er diesmal durchgeschlafen. Zu den Anwesenden gehörte auch Trixi, wieder begraben unter Schmuck und Schminke, sowie die große, krawallige Dunkelhaarige und der Guru mit der goldenen Sonnenbrille aus der Kammer hinter der goldenen Tür.

Gloria drückte Mona zur Begrüßung einen Klumpen Geldscheine aus ihrem Fotomodellhonorar in die Hand, dann schob sie beide hinein in den Salon zu den anderen Gestalten, die auf Sofas, Sesseln und Teppichen saßen oder lagen. Nur der Guru hockte am großen Esstisch und schraubte konzentriert an einem Mikrophon herum. Gloria klatschte in die Hände und rief: «Okay, Leute, es geht um den neuen Film, Kaspar erklärt gleich, was er vorhat.»

Vom Sofa her räusperte sich ein schmaler Mann mit feinen Gesichtszügen. Er schlug die Beine übereinander und begann dann mit kaum hörbarem Akzent und kontrollierter Gestik zu sprechen: «Nun gut. Es ist, wie es ist. Wie einige schon wissen, oder auch nicht, ich habe ja teilweise berichtet. Wer nicht dabei sein will, es muss ja auch keiner, das wird sich schon ergeben. Aber warum - nun, ich will nicht zu weit ausgreifen. Trixi ist wieder da, schön, willkommen zurück, Trixi.» Er blickte zu Trixi hinüber, dann zu Adam. Dabei fiel sein Blick auch auf Mona. «Das ist? Prima! Wir kennen uns nicht.»

Mona wusste nicht genau, was er wollte, sagte aber vorsichtshalber: «Ich? Mona.» Ihre Halsschmerzen waren noch schlimmer geworden.

«Es ist, lass mich raten – Schwester?»

«Vielleicht?», sagte Gloria.

«So ein Quatsch», schnaubte die Dunkelhaarige.

Kaspar nahm das rechte vom linken Bein und schlug das linke über das rechte. «Interessant. Wir kommen darauf, nun, zurück. Wobei: es gibt Ideen, aber es kann immer, Entwicklungen sind immer möglich, wir sind ja nicht, wir sind schließlich – ich weiß, es bleibt dabei. Experimentell. Also.»

«Ich spiele nicht mit Trixi», grummelte Adam dazwischen. «Nicht bevor sie mir mein Geld zurückgibt.»

«Was?» Trixi blickte verwirrt auf.

«Trixi», sagte Gloria. «Bekommt Adam Geld von dir?»

«Vielleicht. Ich weiß nicht. Kann sein.»

«Die Frage ist», sagte die Dunkelhaarige, «wer bekommt kein Geld von Trixi?»

«Vierzig Dollar», sagte Adam. «Sie weiß es ganz genau.»

«Okay? Du bekommst dein Geld.» Trixi kramte in ihrer Tasche, zog eine, diesmal silberne, Geldbörse hervor und entnahm ihr einen Schein. Dann schritt sie langsam, wie auf einer Bühne, zu Adam hinüber und reichte ihm mit einer ausholenden Bewegung die Banknote. «Hier», sagte sie. «Mehr hab ich grad nicht dabei.»

Adam stopfte sich das Geld in die Hosentasche. «Am ersten Drehtag, bevor wir anfangen, gibst du mir den Rest.»

Trixi ließ sich wieder auf den Teppich sinken, lehnte sich an einen Sessel, auf dem ein fabelhaft zurechtgemachter Transvestit saß, zog die Beine an und versteckte sich hinter einer Zigarette. Indessen hatte Kaspar begonnen, unter leisen Brummtönen Notizen in ein Büchlein zu kritzeln. Nacheinander rief er einzelne Personen auf und gab ihnen recht vage Anweisungen. Auch der Guru wurde adressiert: «Darling? Darling, du weißt. Du bist, wie immer, Darling ohne dich geht es nicht.» Große, raumgreifende Geste. «Das ganze Equipment und noch mehr. Die Seele. Es ist alles da?» Der Guru sah von seiner Bastelei hoch und nickte. Kurz darauf stand er auf und verließ in einem umständlichen Bogen hinter den Rücken der Versammelten den Raum. Auch Mona wurde noch einmal angesprochen: «Gloria und Mona. Mona, ja? Auch wenn, was ja nicht weiter, es ist ja egal. Es ist, wie es ist. Ich brauche euch gleich zu Anfang, am Sonntag, wie gesagt, in gleichen Kleidern. Etwas mit Blumen von der Idee her, vom Konzept. Als Bild.»

Während alle anderen offenbar keine Probleme damit hatten, Kaspars Instruktionen zu verstehen, machte es Mona nervös, dass irgendetwas von ihr erwartet wurde und sie keine Ahnung hatte, was eigentlich. Die Besprechung war abgeschlossen, Stimmen, Bewegungen und Geschäftigkeit schwirrten durch den Raum. Bis der Guru wieder auftauchte. In ein lila Gewand gehüllt, stand er schweigend in der Tür, dann sagte er: «Ich nehme eure Beichten ab», und verschwand wieder. Der Transvestit in dem Sessel neben Trixi fasste sich ans Herz und sagte: «Ich hatte es so gehofft!»

«Ich bin nach dir», rief die Dunkelhaarige, wobei sie sich feindselig umsah, dass auch niemand ihr diese Position streitig machte, während Trixi aufstand, sich neben Adam auf das Sofa quetschte, ihren Kopf an seine Schulter legte und eine Melodie zu summen begann. Adam tätschelte kurz ihr Knie, dann wandte er sich an Mona und sagte: «Gehen wir?»

Monas Hals tat immer noch weh, und die Augenlider waren schwer und heiß. Da kündigte sich eine Grippe an. Unangenehm, solange man unter Menschen irgendwo irgendwie funktionieren musste. Aber im Bett liegend, mit Aussicht auf Ruhe und Schlaf fand Mona diese Auszeiten, die sich ihr zuverlässig einmal jährlich aufdrängten, nicht unangenehm. Dieser Erschöpfung nachzugeben, war, wie endlich zu trinken, nachdem man schon eine Weile Durst geschoben hatte. Sie wollte also ins Bett. Problem war nur, dass sie jetzt in einem Film mitmachen sollte, was sie an für sich großartig und immens aufregend und interessant fand, wenn es nur nicht gleich am nächsten Tag hätte sein sollen.

«Was muss ich denn eigentlich tun in diesem Film?», fragte sie Adam auf dem Weg nach unten, dann fing sie an zu husten. «Bekomme ich einen Text? Gibt es ein Drehbuch? Ich muss auch noch ganz dringend klären, wann genau ich nach Deutschland reise und wo Winnetou dann bleibt. Nicht, dass sich das alles überschneidet! Wo bekommen Gloria und ich so schnell gleiche geblümte Kleider her? Ich glaube, ich werde gerade krank. Ich muss ins Bett.» Benommen sah sie ihn an.

«Okay», sagte Adam wie jemand, der zum Glück genau weiß, was nun zu tun ist. «Okay. Ganz ruhig. Mach dir keine Sorgen. Das kriegst du alles auf die Reihe. Ich bringe dich zu Max.»

Nach einer Taxifahrt zur Upper Eastside, bei der Monas Husten gar nicht mehr aufhörte, fand sie sich im Neonlicht einer wenig ansprechenden Arztpraxis wieder, in deren ungemütlichem Wartezimmer trotz abendlicher Stunde noch allerhand Leute um ein niedriges Tischchen mit ein paar zerfledderten Magazinen herumsaßen. Einige von ihnen sahen aus, als kämen sie ebenfalls gerade von einer Filmbesprechung oder einem Kunstevent oder wären auf dem Weg dahin. Andere wirkten wie wohlsituierte Geschäftsleute oder deren Ehefrauen und wieder andere sahen graugesichtig und verloren aus. Eine seltsame Mischung. Hinter einer Plexiglasscheibe thronte eine in die Jahre gekommene Sprechstundenhilfe mit betonierter Hochsteckfrisur. Als Adam auf sie zukam, öffnete Sie das Fenster. Er begann, auf sie einzureden.

«Mis-ter Spen-zer», schrie sie mit schriller Stimme und unverkennbar deutschem Akzent. «Ich gebe dem Doktor Bescheid, aber Sie müssen jetzt erst mal warten im Wartezimmer, ich kann Ihnen nicht sagen, wie lange es dauert, setzen Sie sich, setzen Sie sich, die junge Frau auch, setzen Sie sich!»

«Sie könnte die anderen Leute anstecken, sie ist krank.»

Streng blickte die Frau zu Mona, dann wieder zu Adam. «Sie

wissen doch, was der Doktor davon hält, hier kranke Leute herzubringen.»

«Aber sie wird gebraucht! Wir drehen einen Film, sie hat Verpflichtungen. Sie muss nach Deutschland fliegen.»

Wieder sah sie Mona an. «Nach Deutschland? Wohin denn da?»

«Nach Berlin», antwortete Mona und klang dabei mindestens so elend, wie sie sich fühlte.

«Da kommt sie her», ergänzte Adam.

Die Sprechstundenhilfe setzte ihre Brille ab und musterte Mona, dann sagte sie, mit einem Mal freundlich und auf Deutsch: «Ach watt. Berlinerin, ja?»

Mona nickte.

«Der Doktor ist auch Berliner!» Sie klang nun beinahe aufgeräumt. «Und ich bin in Potsdam aufgewachsen! Warten Sie. Ich werde sehen, ob sich was machen lässt.»

Damit verschwand sie in hintere Räumlichkeiten. Adam zwinkerte Mona zu. Aus dem Wartezimmer schossen ihnen böse Blicke entgegen.

«Adam Spencer heißt du also."

«Wie gefällt dir der Name?»

«Wie mir der Name gefällt? Ist eben ein ganz normaler Name, oder?»

«Klar.»

Die Sprechstundenhilfe kehrte zurück: «Gehen Sie mal gleich durch.»

Adam kannte sich aus. Er führte Mona durch einen Korridor an verschiedenen Türen vorbei bis zu einem größeren Raum, der von mehreren Séparées gesäumt war, hinter deren zugezogenen Vorhängen offenbar weitere Patienten warteten. An diese grenzte ein weiterer, dunklerer Raum. Das Sprechzimmer des Doktors. Im Schummerlicht konnte sie den Mann und das, was ihn umgab, nicht gleich erkennen, aber immerhin war seine Stimme deutlich zu hören: «Adam!» schnarrte sie. Und schon in diesem

Adam! transportierte sich ein ganzer Kosmos – die deutsche Herkunft, die alte Schule, das Wesen eines Menschen, der Achtung und Gehorsam verlangte.

«Adam! Ich dachte schon, du wärst ausgewandert.»

«Max. Ich hatte so viel um die Ohren in den letzten Wochen. Und es ging mir auch rundum gut …»

«Das ist schön. Dann hast du wohl nicht getrunken.»

«Habe ich nicht.»

«Und jetzt bringst du mir eine Berlinerin?» Durch dicke Brillengläser, eingerahmt von einem massiven schwarzen Gestell, fasste der Doktor Mona in den Blick.

«Genau. Das ist Mona. Wir stecken gerade mitten in einem Filmprojekt, und nun schwächelt sie, und sie ist auch Modell und muss demnächst außerdem noch nach Berlin reisen.»

«Ihr habt viel zu tun, das ist gut. Was für ein Film? Hollywood? Welcher Regisseur?»

«Es ist eine New Yorker Produktion …»

«Nicht wieder so ein sinn- und wertloser, wie nennen sie das, Dingsda, Underground-Krempel, hoffe ich.» Ohne größere Umschweife holte der Doktor aus einem Fach in seinem gewaltigen Eichenholztisch eine Spritze, erhob sich und zog Flüssigkeiten aus Gefäßen durch die Kanüle in den Hohlraum. Sein Kittel war mit Flecken besprenkelt. «Komm mit!», rief er Adam zu. «Sie warten hier!», befahl er Mona.

Sie blieb im Sprechzimmer zurück und sah sich um. Die Wand hinter dem großen Schreibtisch war vom Boden bis zur Decke voller Regale, in denen sich Gefäße, Ordner, Bücher und allerlei Undefinierbares drängelten, darunter Gebilde, die aussahen wie Magneten, an denen Metallteile hafteten und dabei merkwürdige Skulpturen bildeten. Manche der Behältnisse waren mit Flüssigkeiten gefüllt, in manchen Flüssigkeiten lagerten kleine Gesteinsbrocken. In anderen Gefäßen schwammen Scheren und anderes medizinisches Gerät in Desinfektionsmittel. Auf dem Tisch standen, zwischen Bergen von Magazinen, Zetteln und anderem Papier, drei Gläser, deren unbestimmbarer, vage organisch anmutender Inhalt Mona verstörte. War das das Fieber? Sie sah dicke Würmer, braun und grün, Batzen schleimig-gelber Fäden. Sie wandte ihren Blick ab und richtete ihn auf die Bilder an den Wänden. Neben den üblichen Diplomen und Urkunden, darunter einige, die noch in Deutschland ausgestellt waren, hing da eine ganze Reihe von Fotos, teilweise signiert. Zum Beispiel von J. Edgar Hoover und vom Präsidenten der Vereinigten Staaten. Irgendetwas mit «Guter Freund» hatte Lyndon B. Johnson daraufgekritzelt. Darunter ließen sich weitere gerahmte Schriftstücke mit präsidialem Wappen ausmachen, eines unterzeichnet von Harry Truman, das andere von Richard Nixon. Darüber hing ein Foto, auf dem neben John F. und Jackie Kennedy auch der Doktor selbst zu erkennen war.

«Max, ich danke Dir für alles. Marlene» stand auf Deutsch über einem Foto von Marlene Dietrich. Andere mit Danksagungen bekritzelte Bilder zeigten Salvador Dalí, die Designerin Tiger Morse, den Sportreporter Robert Cummings, den Sänger Eddie Fisher. Daneben Judy Garland, Musical-Autor Alan Jay Lerner, Leonard Bernstein, Bette Davis, Yul Brynner und Anthony Quinn. Billy Wilder hatte ebenfalls auf Deutsch Dankesworte unter sein Foto gesetzt.

Monas Hals tat inzwischen so weh, dass sie nicht mehr schlucken oder durch den Mund atmen wollte, dazu gesellte sich jetzt ein puckernder Kopfschmerz. Sie lehnte sich zurück und schloss die Augen, ihre Lider fühlten sich noch heißer an als vorher. Durch die offene Tür drang aus dem Nebenraum die Stimme des Arztes zu ihr. Als Kind hatte sie häufig Fieber gehabt, vor allem in der Zeit, bevor sie zur Schule kam. Ihre Mutter versuchte dann, das Fieber mit kalten Wickeln zu senken, abends, wenn die Temperatur anstieg. Im Fieber begann sich die Welt um Mona herum zu verändern. Manche Dinge im Zimmer wurden dann sehr unübersichtlich und kleinteilig, vor allem der Teppich. Der Teppich löste sich auf in eine Unzahl winziger Schlaufen, die ihrerseits aus noch mehr, noch kleineren Fasern bestanden. Sie waren fürchterlich in ihrer Unzählbarkeit. Überwältigend. Auch das Wort «Teppich» war dann eigenartig. Teppich. Ähnliches galt für das Muster der Tapete, das ein Eigenleben aus allerkleinsten Farbpartikeln besaß, was gar nicht wahrnehmbar war, solange man kein Fieber hatte. Deshalb gelang es Mona auch nie, ihren Eltern zu vermitteln, was sie so aus der Fassung brachte. Wenn sie sagte: «Die Tapete hat zu viele Farben», oder: «Der Teppich ist so kompliziert», verstanden sie das nicht. Und der Kinderarzt lachte nur und sagte: «Eine ausnehmend phantasiebegabte junge Dame.» Allerdings passierten damals auch ohne Fieber manchmal eigenartige Dinge, wenn sie allein war mit sich in der Dunkelheit. Wenn der Raum nicht mehr zu sehen war, bekam er andere Dimensionen, wurde zu einer weiten Halle, und ihr eigener Körper konnte sich darin verändern. Mal waren ihre Lippen wie riesige weiche Polster, die nicht ganz zu ihr gehörten, mal waren es die Hände, die sich wie eigenständige Wesen in die Weite des Raums ausdehnten.

«Nicht einschlafen!»

Dr. Max war ins Zimmer zurückgekehrt und saß jetzt wieder hinter seinem Schreibtisch. Er hatte die entsetzlichen Gläser auf seinem Tisch geöffnet, holte aus dem ersten einen dicken braunen Wurm heraus, stippte ihn in das mittlere Glas mit dem Fädengewirr und biss herzhaft hinein. Es roch nach Würstchen und Sauerkraut.

Kauend und auf Deutsch rief er: «Erzählen Sie mir von Berlin!»

Mona öffnete den Mund und bekam kaum mehr als ein Krächzen heraus.

«Aha», sagte Dr. Max. «Dann werde ich Sie wohl erst einmal behandeln müssen.» Bevor er sich wieder erhob, fischte er noch etwas Unsagbares aus dem dritten Glas und schob es sich in den Mund. Er wischte die Hände am Kittel ab, dann griff er wieder nach der Spritze und zog erneut aus verschiedenen Gläsern Flüssigkeiten auf.

«Sie können hier sitzen bleiben. Die Kabinen sind gerade alle voll», bellte er. «Machen Sie den linken Unterarm frei.» Er setzte sich wieder auf seinen Stuhl und rollte mit der Spritze in der Hand durch den Raum hindurch auf Mona zu, kam zum Stehen und schaltete eine zusätzliche Lampe ein, die den Raum endlich etwas erhellte. Dicht vor ihr nahm er ihren Arm und setzte die Nadel an. Mona hasste Spritzen, aber sie spürte nicht einmal einen Piks. Nur eine warme Welle, die sich langsam und mit einem äußerst angenehmen Kribbeln überall in ihr ausbreitete, in den Fußsohlen, in die Fingerspitzen hinein und durch alle Organe hindurch. Ein Gedanke an Sidney durchströmte sie. Oder eher ein Empfinden. Davon, wie er roch und wie er sich anfühlte.

Eine ganze Weile saß der Doktor einfach so vor ihr und sah sie zufrieden an. Sein bohrender Blick, den sie vorher schwer ertragen hatte, störte sie nun gar nicht mehr, ebenso wenig wie der Geruch von Senfgurke, der sie anwehte, als er fragte: «Fühlen Sie sich besser?»

Mit einem kleinen Räuspern vertrieb sie einen letzten kratzigen Rest aus ihrem Hals und sagte dann: «Es geht mir – es geht mir ganz ausgezeichnet.»

«Ausgezeichnet!», rief Dr. Max. «Das ist ein besonders schönes deutsches Wort.»

«Passt zu Ihrem schönen deutschen Essen.»

«Ich bin ganz Amerikaner geworden. Aber Würstchen mit Sauerkraut und sauren Gurken werde ich niemals aufgeben! Und nun reden wir von Ihnen. Was führt Sie von Berlin nach New York? Die Karriere?»

«Ja, die Karriere. Aber ich wollte auch weg. Ich wollte in die USA. Ich hatte in Berlin mal einen amerikanischen Freund, und seitdem wollte ich nach Amerika. Mein Vater wollte mir den Freund damals verbieten, wir hatten einen Riesenkrach. Der Freund wurde dann sowieso irgendwann zurückbeordert, er war in der Army, aber Krach mit meinem Vater hatte ich trotzdem immer weiter. Es war wirklich sehr schwierig, und ich wollte einfach nur fort.» Aufrecht im hellen Schein der Lampe saß sie auf dem Sofa und hätte dem Doktor am liebsten jetzt und hier ihre ganze Lebensgeschichte erzählt. Reden machte Spaß. Deutsch reden war ein Riesenspaß.

«Verstehe», knarzte Dr. Max. «Nun sind Sie mit Adam liiert?»

«Oh, das weiß ich nicht so genau. Wir sind schon ... wir mögen uns schon!»

«Ich kenne Adam. Er ist ein guter Junge. Eine stabile Bindung wäre wichtig für ihn. Ihr jungen Leute schätzt den Wert stabiler Partnerschaften zu wenig. Kommen Sie nächste Woche wieder, dann sehen wir, wie es Ihnen geht. Nicht am Mittwoch, das ist der Tag für meine Multiple-Sklerose-Patienten. Trinken Sie keinen Alkohol.»

Damit schob er sie zur Tür hinaus in das größere Behandlungszimmer. Im Wartezimmer saßen immer noch Leute, größtenteils dieselben wie vorhin schon.

«Und», fragte Adam, «bist du wieder fit?»

«Ich fühle mich absolut großartig.»

Arm in Arm traten sie hinaus auf die Straße. Immer noch strömte warmes Leuchten durch Monas Körper, vielleicht sogar über die Grenzen ihres Körpers hinaus, sodass sich um sie herum eine goldene Aura bildete, und sie verschmolz, durch ihren kaputten Mantel hindurch, mit Adams ebenfalls goldener Aura. Es prickelte ihr auf den Lippen, die sie auf Adams Lippen drückte, die ebenfalls prickelten, dann fuhren sie im Taxi zu ihr nach Hause.

«Ich kann es immer noch kaum fassen», sagte Mona später, während Adam neben ihr im Bett einen Joint drehte, «dass der meine Grippe einfach so weggehext hat. Das gibt's doch nicht. Was ist der, ein Wunderheiler?» Ihre Haut und ihre ganze Person waren immer noch wie von einem Netz zusätzlicher Sensoren durchzogen.

«So was in der Art», sagte Adam und zündete die Tüte an.

«Aber schon ein richtiger Wissenschaftler. Er hat da ein Forschungsinstitut, wo er alles Mögliche untersucht und ausprobiert.»

«Und wieso kennt ihr euch so gut?»

«Ich bin mit vierzehn zu ihm gekommen, als ich noch beim Fernsehen war. Ich war ja irgendwie entdeckt worden fürs Fernsehen, weißt du, so als Typ, weil die meinen Typ wollten ...»

«... weil du so gut aussiehst, Adam!»

«Wenn du meinst. Aber ich war gar nicht so richtig auf Zack, mehr so ein Schluffi. Als es stressig wurde, habe ich auch noch zugenommen. Und dann, während einer Live-Produktion, habe ich mir mal so eine Halsentzündung eingefangen, genau wie du gerade, und da hat Yul Brynner mich zu Max geschickt.»

«Yul Brynner?»

«Ja, der hatte gerade die Regie bei uns übernommen. Stell, dir vor, er war in Paris mal Zirkusakrobat am Trapez. Dann hatte er einen schlimmen Sturz und konnte nicht weitermachen, so wurde er Schauspieler. Und wegen dem Sturz kam er damals zu Max. Der lebte nämlich auch mal in Paris, bevor er nach New York kam.»

«Die Trapeznummern mochte ich im Zirkus immer am liebsten. Wie die so flogen, wie schwerelos. Aber ich hatte auch ständig Angst, dass jemand stürzt, obwohl die immer Netze hatten. Manchmal ist auch einer ins Netz gefallen, das war dann ja gar nicht schlimm.»

«Ich bin halt immer weiter zu Max gegangen. Er hat sich um mich gekümmert, ich hab ihm manchmal im Labor geholfen und auf Reisen begleitet. Du glaubst ja nicht, wer alles zu Max geht. *Alle* gehen zu Max. Er ist aber auch sehr fordernd, richtig streng, das wurde mir manchmal zu viel, gerade in letzter Zeit. Vor so zwei Jahren ist dann seine Frau gestorben, seine zweite Frau, die erste kenne ich auch, die kommt immer noch in die Praxis. Die haben einen Sohn, also die erste Frau und er, der ist auch Arzt, und mit der zweiten Frau hat er eine Tochter. Nina hieß seine

Frau, eine wunderbare Person. Seit sie nicht mehr da ist, ist er noch kauziger geworden.»

Er reichte den Joint an Mona weiter, aber die lehnte ab, weil sie befürchtete, dass davon das Prickeln der Wundermedizin gedämpft werden könnte.

«Wenn du ihm sogar im Labor geholfen hast, dann weißt du auch, was er da reintut, in seine Medizin?»

«Hast du ja gesehen, er mixt das für jeden neu zusammen in der Spritze, aber ich weiß schon ungefähr, was er da so hat in seinen Flaschen.»

«Vitamine?»

«Genau, Vitamine sind die Grundlage. Aber dann gibt es auch ein paar echt verrückte Sachen. Er benutzt menschliche Plazenta ...»

«Igitt!»

«Die Mischung ist prallvoll mit Nährstoffen und Hormonen! Dann experimentiert er aber auch mit Mark aus Rinderknochen oder den Drüsen vom Zitteraal und mit elektromagnetischer Strahlung und so Sachen. Das Zitteraalzeug hat sich aber nicht bewährt, er hat es mal an mir getestet, das war gar nicht gut. Methamphetamin ist natürlich immer dabei.»

«Was ist immer dabei?»

«Methamphetamin. Das macht wach und gibt ganz viel Energie.»

«Ein echt eindrucksvoller Mensch. Hat er wirklich alle diese Leute behandelt? Diese ganzen Präsidenten? Er ist vor den Nazis aus Deutschland geflohen, oder?»

«Klar. Bestimmt. Sag mal, ich muss später noch mal zum Theater. Kommst du mit? Wir könnten vorher noch was trinken gehen.»

«Dr. Max hat gesagt, ich soll nichts trinken.»

«Ja, das sagt er immer.»

Auf dem Weg zum Memphis Room sah Mona aus dem Taxifenster die Stadt. Neben ihr saß Adam und sah auf der anderen

Seite aus dem Fenster, dazwischen berührten sich ihre Hände, weil es undenkbar war, sich nicht zu berühren. Sie hatte sich noch großzügig Berlinduft in den Nacken getupft, und während das Radio im Taxi etwas von den Animals spielte, hatte sie den Eindruck, selbst ein wenig animalisch zu riechen. Je länger sie hinaussah und all die bunten Lichter an ihr vorbeizogen, umso mehr tauchte sie ein in die Vorstellung, sehr schnell neben dem Wagen herzulaufen. Schneller noch als das Auto, getragen von einer maßlosen, unerschöpflichen Energie. Über Wiesen und Felder in die Stadt und durch die Stadt, durch die Häuser und Geschäfte hindurch, vorbei an allen Menschen, die gedankenlos umhereilten oder vor dem Fernseher saßen. Vorbei an Straßenmusikern, Bettlern und an Verbrechen, die gerade passierten. Irgendwo weinte immer ein Kind, weil es allein war, oder jemand saß in seiner Küche und brütete Hass aus. Sie lief an all diesen Menschen vorbei und kehrte dabei alles Böse und Schlechte um in etwas Helles und Wahres. Sie wusste jetzt genau, wie das ging und was man tun musste. Sie füllte alle Leerstellen, denn das Böse ist immer eine Leerstelle, ein Mangel. Sie hatte diese Kraft und Energie, sie lief schnell, aber ohne Eile, und überall, wo sie vorbeikam, gab es danach keinen Mangel mehr. Auch über die langen, breiten Brücken lief sie, und am Fluss entlang, ohne dass irgendetwas sie aufhalten oder irgendwer sie einfangen konnte. Sie fühlte sich an einen Traum erinnert, den sie mit vierzehn oder fünfzehn immer wieder geträumt hatte. Es war ein Gegenteil des Traums, in dem sie weglaufen wollte, aber nicht vorankam, oder nur sehr schleppend, als hätte sie das Laufen verlernt. In diesem Traum stand sie in einem Strandhaus mit dem Rücken zur Wand, vor ihr diverse namenlose Verfolger. Sie hatte nicht die geringste Angst, denn sie wusste, dass sie gleich mit einem Satz an ihnen vorbei und durch die Verandatüren ins Freie entkommen und niemand sie dann mehr einholen würde. Genauso machte sie es auch, dann lief sie über den breiten, leeren Strand, und der Abstand zu ihren Verfolgern wurde immer größer, sie hatten nicht die Idee einer Chance. Es war, als hätte sie die Verbindung hergestellt zu einer Energie, deren Existenz den anderen einfach entging. Am liebsten wäre sie immer so weitergefahren durch die Nacht, mit der Musik aus dem Radio, aber dann hielt das Taxi, und sie stiegen aus.

That Baby can't be blessed
Till she sees finally that she's like all the rest
With her fog, her amphetamine and her pearls
Bob Dylan «Just Like A Woman»

1967

Wieder standen die Leute in einer langen Schlange vor dem Eingang vom Memphis Room, wieder wurde Adam hineingewinkt, wieder war es voll und stickig. Kaspar war da, und zur Begrüßung küsste er sie beide auf den Mund.

«Ich habe hier heute gar nicht, also, als ob es irgendwie nicht passt!», sagte er. «Eigentlich, vorhin noch, nach der Besprechung, es wurde dann ja zu etwas anderem, schön und gut, was auch immer, aber ich bin dann weg. Ihr wart ja auch weg, meine ich. Wo und was auch immer. Ich war jedenfalls bei Dr. Robert *und* bei Dr. Max, und nun fühle ich mich wie gesagt großartig, aber zu gut für das hier, so ist es nun mal, außerdem sind gewisse Leute hier, können sie ja auch, aber lasst uns gehen.»

Soweit Mona ihn verstand, gefiel es ihm hier nicht, und er wollte weg. Außerdem war auch er bei verschiedenen Ärzten gewesen, vielleicht ging diese Grippe ja gerade rum.

«Komm doch gleich noch mit ins Theater, Kaspar», sagte Adam. «Wir proben gerade, und da werden auch Filme gemacht. Aber erst nehm ich einen Drink, so lange musst du warten. Baby, du auch einen?»

Nein, Mona wollte sich an die Anweisung von Dr. Max halten, der sicher seine guten Gründe hatte. Sie trank eine Cola und begann ein Gespräch mit einer sehr kleinen und zierlichen Frau und einem Mann mit melancholischen Augen, wobei es um Kugelschreiberminen, Fehlsichtigkeit, Küchenschaben und weitere Themen ging, über die Mona an dem Abend eine Menge zu sagen hatte. Sie redete, bis Adam das Signal zum Aufbruch gab.

Diesmal gingen sie zu dritt und zu Fuß, und so gern sie vorher im Taxi gesessen hatte, jetzt war auch das Gehen wieder großartig. Sie gingen schnell, dynamisch, wie Teilnehmer einer aufwendigen Choreographie, in der sie manche Passanten überholten, manche ihnen entgegenkamen und manche abbogen in Seitenstraßen, Hauseingänge oder Restaurants, während wieder andere neben ihnen in Autos vorbeibrausten oder hoch über ihren Köpfen in den Häusern saßen, lagen, standen, schliefen, Musik hörten, sich liebten. Als Teile bewegten sie sich durch das Ganze, bis sie schließlich ihrerseits abbogen in einen Hauseingang, eine Treppe nach oben nahmen und durch eine schwere Tür in eine ehemalige Fabriketage hineintraten, in der schon wieder eine Gruppe von Menschen dabei war, im Zusammenspiel etwas hervorzubringen, etwas, das am Ende jede und jeden von ihnen einbinden und doch etwas Eigenes sein würde.

Jemand hatte Kostüme genäht, jemand hatte Musik produziert, eine Kulisse gebaut, die Scheinwerfer eingestellt. Jemand wanderte durch den Raum und warf Glitter in die Luft. Adam und Kaspar wurden diesem Organismus umgehend einverleibt und zu dessen Bestandteilen gemacht. Mona blieb am Rand, aber unter Beobachtung, an sich eine schwierige Position, heute allerdings gar nicht. Sie schnorrte eine Zigarette, ließ sie sich anzünden, setzte sich damit auf ein zerschlissenes Sofa in der Ecke und fand sich dekorativ. Schließlich löste sich aus dem Gewusel vor ihr jemand heraus und nahm neben ihr Platz. Wortlos strich er über ihren geflickten Mantel und sagte: «Wunderschön.» Es war ein hübscher, schmaler Junge, aber mit gruseliger Aura.

«Musste leider genäht werden», sagte Mona.

«Ich musste auch schon mal genäht werden», sagte der Junge, dabei sah er sie starr von der Seite an. Zum Glück hatte Mona die Zigarette, um sich daran festzuhalten. An die Lippen führen, ziehen, den Rauch auspusten und dabei die Augen leicht zusammenkneifen. In die Ferne blicken, während die Zigarette zwischen Zeige- und Mittelfinger balanciert, etwa auf Kinnhöhe, und rauchige Schnörkel zur Decke schickt. Zigarette anblicken und mit einer routinierten kleinen Bewegung des Zeigefingers die Aschespitze abklopfen, dann Zigarette wieder zu den Lippen. Irgendwann war nur noch ein Stummelchen übrig. Laute Opernmusik setzte ein, italienisch. Da beugte sich der Junge an ihr Ohr und flüsterte: «Schläfst du mit Adam?» Sein Atem roch nach Schnaps.

«Was, warum?»

Wieder sah er sie an, plötzlich verunsichert. «Irgendwas ist mit dir.»

«Was soll mit mir sein?»

«Du bist gefährlich.»

Es klang absurd, aber aus irgendeinem Grund leuchtete es Mona auch ein. Weiter hinten im Raum war derweil ein Streit ausgebrochen. Es wurde gebrüllt und geschubst. Währenddessen projizierten die Scheinwerfer ein überlebensgroßes Schattenspiel an die gegenüberliegende Wand, von ein paar nicht auszumachenden Figuren zu den Klängen der Oper improvisiert, wobei zwei männliche und ein weiblicher Umriss sich Kleidungsstücke auszogen. Mona ließ den Jungen mit der unguten Aura sitzen und seine Frage unbeantwortet. Sie schlang den geflickten Mantel eng um den Körper, sah sich noch einmal nach Adam um, entdeckte ihn nicht und verließ diesen Ort so, wie sie ihn betreten hatte, durch die schwere Tür und über die schmalen Betontreppen zurück nach unten. Sie wusste nicht genau, wo sie sich befand, aber sie hatte es nicht eilig und bewegte sich in die richtige Richtung. In Manhattan konnte man sich nicht verlaufen wie in Berlin oder Paris. Die Straßen hatten Nummern, und überall war immer irgendein hohes Gebäude als Orientierungspunkt in Sichtweite. Eine Uhr an einem Geschäft zeigte an, dass sie noch ein paar Stunden hatte, bis Winnetou aufwachen und sich über ihre Gesellschaft, frisches Wasser und Futter freuen würde. In dieser Zeit wollte sie tanzen. Warum in überfüllten Bars herumstehen oder auf Sofas neben miesen Typen sitzen, wenn man tanzen konnte. Tanzen war noch besser als rauchen. Irgendwo nicht weit entfernt musste dieser etwas ominöse Club sein, an dem sie schon mehrmals vorbeigekommen war.

Jemand rempelte sie an. Jemand, der vorher nirgendwo zu sehen gewesen war. Es war ein Mann, er blieb vor ihr stehen, und er hatte ein Messer. Mona wusste, was zu tun war, sie nahm ihre kleine Umhängetasche von der Schulter und reichte sie dem Mann.

«Uhr!», sagte er. Und: «Schmuck!»

Vom Finger zog sie den Ring mit dem Bernstein ab, den sie von ihrer Oma hatte, dann zeigte sie ihre Handgelenke, sie hatte keine Uhr. In der Tasche, das fiel ihr jetzt ein, war auch ihr Hausschlüssel. Der Mann stand dicht, sie fühlte die Messerspitze durch den Mantelstoff, sein Atem ging schnell. Ein Junkie, der würde durchaus zustechen, das sah sie. Und sie sah noch mehr. Wo er herkam und wo er hinwollte und dass es einen Punkt in seinem Leben gegeben hatte, an dem das anfing, was ihn heute räubernd durch die Straßen ziehen und ihr hier ein Messer gegen den Bauch halten ließ. Sie wollte es ihm gerade sagen, reden war ja vielleicht ein Weg, zumindest, um ihren Schlüssel zurückzubekommen, sah seinen Blick, erschrocken wirkte der, ähnlich wie der des Jungen vorhin auf dem Sofa, da gab er auch schon einen beinahe tierischen Laut von sich, er warf die Tasche und den Ring zu Boden, auf das vermüllte Straßenpflaster, und rannte davon. Am anderen Ende der Straßenschlucht hing ein buttergelber Halbmond zwischen den Häusern, umwickelt von Wolkenschleiern.

Der Eingang zu dem Club, den sie gesucht hatte, war von einem Baldachin überspannt. *Le Club* stand an der Tür und «Nur für Mitglieder». Hinter einer kleinen Gruppe von Gästen huschte sie mit hinein. Das Publikum stand in denkbar scharfem Gegensatz zu der Veranstaltung, die sie gerade verlassen hatte. Die Damen trugen Pelz und Perlen, die Männer Krawatten und teures Schuhwerk. Getanzt wurde nur wenig, es war wirklich nicht ganz ideal, aber Tanzen war jetzt absolut notwendig, sonst hätte sie nicht mehr gewusst, wohin mit sich. Allein schob sie sich zwischen zwei miteinander tanzende Paare auf die Tanzfläche, Musik und Gliedmaßen stellten sich von selbst aufeinander ein, und Mona überließ sich für die Dauer einiger Musikstücke einem äußerst wohltuenden Energiefluss, bis sie fühlte, dass es reichte. Dann suchte sie nach ihrem Mantel, den sie achtlos über irgendeinen Sitz gelegt hatte, und stellte fest, dass ihr Blicke folgten.

«Möchten Sie nicht noch etwas trinken?» Ein klassisch europäisch anmutender Herr mit seidenem Einstecktuch, pomadisiertem Haar und feinem Schnurrbart fing sie auf dem Weg zur Tür ab. Seine Stimme klang sanft und perlig. «Geht aufs Haus, Madame.» Als sie «trinken» hörte, bemerkte sie, wie durstig sie war. «Gern ein Glas Wasser bitte.» Mit einem großen Glas kehrte der feine Herr zu ihr zurück und verwickelte sie in eine angenehm geschmeidige Konversation. Als sie ausgetrunken hatte, rief er ihr ein Taxi, das sie nach Hause brachte und das sie nicht zu bezahlen brauchte.

Winnetou schlief noch, aber nicht mehr tief, hin und wieder hob er schon eine Kralle an oder plusterte das Gefieder. Schließlich schüttelte er sich, und als er die Augen öffnete, lachte Mona ihn schon an, sagte: «Guten Morgen, Winnie!» und der Vogel krächzte «Heppeppepp». Dann säuberte sie seinen Käfig samt Gittern und Sitzstangen, spülte herumstehendes Geschirr, trocknete und räumte es weg, wobei ihr auffiel, dass es auch in einigen Schränken und Schubladen reichlich krümelig aussah. Jeder Krümel war Nahrung für die omnipräsenten Kakerlaken, also leerte und reinigte sie alle, dann zog sie das Bett ab, lüftete die Decken aus, fegte und wischte den Boden, räumte allen herumliegenden Kram auf, wuschelte mit dem Staubwedel durch die Regale und zog frische Bettwäsche auf.

Gegen Mittag war die Wohnung tipptopp, und Mona ging zum Einkaufen. Sie besorgte Lebensmittel und Drogerieartikel und nicht nur das Billigste und Nötigste, sondern auch ein paar schöne Dinge, einen guten Tee, viel frisches Obst, eine luxuriöse Handcreme und ein Modemagazin. Bei einem Optiker fielen ihr die Sonnenbrillen in der Auslage auf, sie konnte eine gebrauchen, das Licht war mit einem Mal so grell.

Zu Hause setzte sie sich an den Tisch und schrieb all die aufgeschobenen Briefe nach Deutschland, und danach, apropos Deutschland, rief sie bei Sidney an. Es meldete sich eine glockenhelle Frauenstimme.

«Ich wollte mit Sidney sprechen», sagte Mona. «Ist er da?»

«Ja, aber er duscht gerade. Soll ich etwas ausrichten?»

«Bitte sagen Sie ihm, dass Mona angerufen hat. Es geht um Berlin. Er soll mich zurückrufen.»

Kaum hatte sie aufgelegt, klingelte es an der Wohnungstür. Davor stand Mrs. Propper von oben, zusammen mit ihrem Enkel.

«Entschuldigen Sie, Fräulein Mona. Mein Enkel möchte so gern einmal den Vogel sehen, den wir manchmal krächzen hören. Er fragt schon immer! Nun haben wir am Fenster gesehen, dass Sie vom Einkaufen gekommen sind, und dachten, vielleicht ...» – Da kam er auch schon angeflogen, setzte sich auf Monas Schulter und sah sich von oben herab das Kind an, das mit begeistert aufgesperrtem Mund vor ihnen in der Tür stand.

«Natürlich! Sehen Sie, schon ist er neugierig.»

Am Blick des Jungen sah Mona, dass er Deutsch wohl nicht verstand. Sie führte die beiden ins Zimmer, froh darüber, dass alles so frisch geputzt und aufgeräumt war.

«Wenn du ihm deinen Arm entgegenstreckst», sagte Mona zu dem Jungen, «hüpft er vielleicht drauf. Versuch es mal.»

Er streckte den Arm aus, und Winnetou hüpfte drauf, worauf der Junge den Arm vor Schreck gleich wieder wegzog und Winnetou unter Gekreisch durch den Raum flatterte. Zugleich begann im Korridor das Telefon zu läuten.

«Du hast angerufen?», fragte Sidney.

«Ja, Hallo. Wegen Berlin.»

«Du kommst mit?»

«Ich..., ja. Ich würde mitkommen.»

Sidney hörte im Hintergrund wahrscheinlich das Stimmengewirr von Mrs. Propper, ihrem Enkel und Winnetou. Er klang kurz angebunden, was womöglich an der Gegenwart der Frau mit der glockenhellen Stimme lag. Manchmal versuchte Sidney sich in anderen Beziehungen. Eine Zeitlang gab es diese Engländerin, eine gewisse Jil, aber so, wie er sein neues Verliebtsein gegenüber Mona beteuert hatte, klang es eher nach Beschwörungsformeln. Danach folgte eine Italienerin namens Giulia (ein Hang zu Europäerinnen war nicht zu übersehen), zwischenzeitlich war aber auch mal von einer Patty aus Illinois die Rede. Er erzählte diese Dinge immer ungefragt.

«Müsste natürlich noch wissen, wann genau das wäre.»

«Okay. Ich ruf dich später noch mal an, ja? Dann besprechen wir das.»

Während des kurzen Telefonats hatten sich Winnetou und der Enkel offenbar angefreundet. Der Junge saß auf dem Fußboden, der Vogel hüpfte auf seine Knie und wieder herunter, umrundete ihn, und beide kreischten sie vor Begeisterung.

«Du kannst Winnetou gern öfter besuchen», sagte Mona.

«Er heißt Winnie Puuh!», rief der Junge.

Später am Nachmittag holte Mona ihr Nähkästchen hervor und begann, lose Knöpfe an Blusen, Jacken und Bettwäsche und Aufhänger an Handtüchern anzunähen. Sie stopfte kleine Löcher in Strumpfhosen und besserte ein paar Nähte aus, bis es draußen dunkel wurde, Winnetou war bereits eingeschlafen. Etwas irritiert stellte sie fest, dass sie kein bisschen müde war, obwohl sie schon die Nacht nicht geschlafen hatte. Dabei war Schlafengehen der Plan gewesen, andere Pläne gab es nicht, sie fröstelte und hatte keine Lust, vor die Tür zu gehen. Ihr fiel ein, dass Sidney sich noch nicht zurückgemeldet hatte, um den Berlin-Trip zu bereden. Kurz spielte sie mit dem Gedanken, ihn anzurufen und vielleicht sogar zu einem spontanen Treffen zu überreden, aber sie befürchtete, dass die Person mit der hellen Stimme wieder abheben oder ihr sonstwie einen Strich durch diese Rechnung machen könnte. Also legte sie eine Platte auf, ganz leise, um den Vogel nicht zu wecken, und tanzte ein wenig im Zimmer herum. Später holte sie noch ihr Bügeleisen hervor.

Am nächsten Tag fühlte sie sich komplett erschöpft, aber als sie sich wieder hinlegte, konnte sie immer noch nicht schlafen. Es war, als ob eine glänzende Lackschicht von ihr abblätterte, und darunter war alles wund. Sogar ihre Halsschmerzen waren zurückgekehrt. Sie bereute, bei diesem Film zugesagt zu haben, sie bereute, Sidney den Trip nach Berlin zugesagt zu haben. Sie stand kurz davor, es zu bereuen, jemals nach New York gezogen zu sein. Es war ein großer Katzenjammer, der sich da ihrer bemächtigte. Gern hätte sie jetzt einen Fernseher besessen. Der hätte das Problem vielleicht absorbiert. Die nächstbeste Möglichkeit war das Kino.

In der Matinee lief ein älterer französisch-brasilianischer Film, eine traurige Geschichte, in der sich ein Junge und ein Mädchen während des Karnevals verlieben, und dann sterben beide, erst das Mädchen, dann der Junge. Das war nicht, was Mona sich zur Zerstreuung ihrer Trübsal vorgestellt hatte, aber immerhin gefiel ihr die Musik. Muss ich Sidney mal nach fragen, dachte sie und setzte sich anschließend noch in eine italienische Kaffeebar auf einen Espresso, um nicht gleich wieder nach Hause gehen zu müssen. Während das Koffein die Schwermut ein wenig aufwirbelte, überlegte Mona, was der Wahrheit der Welt denn wohl näher kam: die Traurigkeit oder die Freude. Im Moment schien ihr Traurigkeit etwas Grundlegendes zu sein, wie der Boden, auf dem wir alle stehen. Die Freude kommt nur manchmal vorbeigetanzt. Die Freude muss immer aufwendig inszeniert und am Leben gehalten werden, sonst löst sie sich auf, und zum Vorschein kommt wieder die Traurigkeit.

Zumindest freute sich Winnetou, als sie zur Tür hereinkam. Und dann rief Sidney endlich an.

«Entschuldige, dass ich mich so spät zurückmelde. War viel los.»

«Kein Problem.»

«Ich wollte nur sagen», er klang ganz euphorisch, «wie schön, dass du es nun doch einrichten kannst, mit mir nach Berlin zu kommen!»

Wie er das so sagte, merkte Mona, dass sie eigentlich schon mit etwas anderem gerechnet hatte. Sie hatte gedacht, er würde nun seinerseits absagen. Ihr Herumgeeiere, ihr Schweigen, das Mädchen mit der glockenhellen Stimme; es wären ausreichend Gründe denkbar gewesen. Ob das wirklich schlimm gewesen wäre, konnte sie gerade nicht richtig einschätzen, aber es fühlte sich schlimm an. Als sei eine drohende Katastrophe gerade eben noch abgewendet worden, und darüber traten ihr nun die Tränen in die Augen und in die Stimme.

«Was ist los?», fragte Sidney

Ihr fiel ein, dass sie letzte Nacht überfallen worden war. Die Traurigkeit war da, und eine tiefe Erschöpfung. Wegen all dem oder wegen noch viel mehr konnte sie nur noch schluchzen.

«Mona, was ist denn? Ich komme jetzt zu dir. Bleib da und mach mir auf, hörst du? Ich lege jetzt auf und fahr los.»

Als Sidney an ihrer Tür klopfte, konnte sie sich vor Müdigkeit kaum noch auf den Beinen halten. Sie öffnete und taumelte dann gleich zurück ins Bett, Sidney strich ihr übers Haar, dann schlief sie bis weit in den nächsten Tag hinein.

Zum planmäßig ersten Drehtag herrschte bei Gloria geschäftiges Treiben. Als Drehort war ihnen nur «Dschungel» genannt worden, und Mona vermutete, dass damit der Großstadtdschungel gemeint wäre. Dem war aber nicht so. Auf das Dach des Hauses, in dem Gloria wohnte, hatte irgendwer ein weiteres Haus hingezimmert, eine Art Gartenlaube, wie Mona sie aus Berliner Kleingartenkolonien kannte. Nur war diese Laube nicht von einem gepflegten Garten umgeben, sondern eben von einem

Dschungel. Er wucherte nicht nur um das Haus herum, sondern füllte auch sein Inneres. Draußen Büsche und Gestrüpp, über dem an diesem Tag ein kalter Regen niederging, innen üppige exotische Pflanzen, in denen bunte Vögel lebten. Sittiche, Kanarienvögel, bestimmt drei Papageien. Kein Kakadu. Große Dachfenster machten die Laube zu einem Gewächshaus, man betrat es durch eine Schleuse, bei der immer eine Tür geschlossen sein musste, wegen der Vögel. Der Herr des Dschungels war ein Mann mit Tweedanzug und Monokel, der die Damen mit Handkuss begrüßte, bevor er sich auf eine sehr meditative Art der Pflege seiner Gewächse widmete. Von irgendwoher kam schon wieder Opernmusik.

«Ah, das ist, passt. Hervorragend. Die Callas also», sagte Kaspar.

Wo war eigentlich Adam?

Die Kamera wurde vom Guru bedient, er wirkte ruhig und konzentriert inmitten des planlosen Trubels um ihn herum, und er stank noch schlimmer als sonst.

«Bestens», sagte Kaspar während er zwischen Pflanzen umherschritt und Richtung Himmel gestikulierte. «Beste Voraussetzungen, wie gesagt, so lässt sich, da können wir anknüpfen. Ihr wisst Bescheid, wir beginnen mit der Szene, in der Trixi Ballett tanzt, bitte.»

Mona hatte keinen Schimmer, wovon er redete, Trixi war nicht mal anwesend.

«Gut. Das ist, dafür hatten wir natürlich bestimmte Dinge, vor allem, wo ist jetzt Trixi?»

Nun fiel es ihm also auf.

«Ich hole sie», rief eilfertig ein Junge, der auch schon bei der Vorbesprechung dabei gewesen war. Man wartete.

Der Guru drehte an seiner Kamera herum, als ein schwarzer Beo auftauchte und sich auf Glorias Schulter setzte. Nachdem er einmal in die Runde gespäht hatte, blieb sein Blick an der Kamera hängen. Er gab einen lauten Ton von sich, der klang, als käme er aus einem Lautsprecher und nicht aus einem Vogel, dann öffnete er noch einmal den Schnabel und sprach mit der Stimme einer jungen Frau: «Das ist laaangweilig.»

Kaspar, der gerade dabei war, summend die Notizen in seinem Heft durchzugehen, fuhr herum: «Das ist wirklich respektlos!», sagte er, erstaunlich knapp und präzise und an Mona adressiert.

«Ich habe das gar nicht gesagt», protestierte sie.

«Ach so, nein? Das ist, dann frage ich mich, wer, wem wohl dann schon laaangweilig ist?»

«Dem Vogel hier», sagte der Guru.

«Ich will das jetzt nicht, aber andererseits weiß ich auch nicht, welchen Vogel bitte?»

«Der Vogel dort auf Glorias Schulter. Der hat das gesagt.»

«Darling, bei allem. Du weißt! Aber wir haben noch nicht mal angefangen, und ich habe jetzt noch keinen Bedarf an Impertinenz!», zeterte Kaspar.

«Es war wirklich der Vogel», sagte Gloria. «Er hat direkt in mein Ohr gebrüllt.»

Alle sahen den Beo an, aber der imitierte nun erstaunlich laut eine Polizeisirene.

Da explodierte Kaspar: «Wer macht hier Terror? Wer? Was soll die Veranstaltung? Will jemand, wer will hier, jetzt schon, torpedieren, oder soll ich sagen, Meuterei? Wo ist Trixi?»

«Das ist laaangweilig», sagte der Beo. Fassungslos sah Kaspar den Vogel an.

«Das ist ein Beo», meldete Mona sich vorsichtig. «Die können Stimmen und Geräusche imitieren.»

«Kamera, Kamera!», rief Kaspar und schnippte mit den Fingern. «Kamera, wie gesagt, auf den Vogel!»

«Laaangweilig», sprach Kaspar dem Beo vor, der sich nun das Gefieder putzte. «Es ist, wie hat er vorher dieses gesagt und jetzt, wie kann man denn ...»

Er hüpfte und tanzte vor dem Vogel herum, machte Schnalzgeräusche und wiederholte immer wieder «laaangweilig», aber der Beo blieb nun, bis auf einen lauten Pfeifton, stumm. Alle schauten schweigend zu. Da kam Trixi hereinspaziert, in einem Leopardenbikini.

«Laaangweilig», sagte der Beo und flog davon, in den unübersichtlichen Zimmerdschungel hinein.

Kaspar machte einen Satz. «Jetzt hat er das wieder, da war es, Kamera! Hattest du …», schrie er, sah gleichzeitig, dass der Guru die Kamera inzwischen auf Trixi gerichtet hatte, und flippte gleich wieder aus: «Hölle und Scheiße! So geht es nun, so stehen die Zeichen, während ich, ich hatte doch noch tausendmal extra gesagt! Kamera auf den Vogel!»

«Reg dich ab», sagte der Guru. «Ich hatte es schon beim allerersten Mal im Kasten.»

«Wovon redet ihr?», fragte Trixi, und Kaspar verschwand wortlos durch die Schleuse nach draußen.

«Nun gut, also, das war, wie gesagt, so weit, so schlecht», sagte der Guru, und Mona war überrascht, dass er witzig sein konnte.

«Wo ist eigentlich Adam?», fragte sie.

«Im Bellevue Hospital», sagte Gloria. Was Adam ins Krankenhaus gebracht hatte, wusste sie nicht so genau, sie wirkte im Übrigen auch nicht besonders alarmiert.

Da Kaspar vorerst verschwunden blieb und die anderen sich ebenfalls verstreuten, beschloss Mona, dass es wichtiger war, sich um Adam zu kümmern, als für einen wahrscheinlich sinnlosen Film nutzlos im Dschungel herumzustehen. Offenbar hatte Trixi den gleichen Gedanken. Sie stand bereits unten vor der Tür und war auf der Suche nach einem Taxi, und so schloss Mona sich an. Ihren zerschnittenen Leopardenmantel hatte Trixi sich wohl nicht zusammenflicken lassen, jedenfalls trug sie jetzt eine hellgraue Nerzjacke, an der noch ein Preisschild baumelte.

«Zum Bellevue, bitte», sagte sie auf eine sehr damenhafte Art zum Taxifahrer, dann schlug sie die Beine übereinander und sah Mona von der Seite mit einem liebevollem Blick an, der Mona ganz ratlos machte.

«Hast du zufällig eine Pervitin?», fragte sie schließlich.

«Eine was?»

«Pervitin? Speed? Ich dachte, in Deutschland heißt das so.»

«Ob ich Speed habe?»

«Hast du?»

«Nein!»

«Wie schade.»

Im Bellevue kannte Trixi sich offenbar aus. Sie wusste, zu welcher Station sie mussten, und fragte eine Krankenschwester nach Adams Zimmer. Sie fanden ihn blass und mit Schweiß auf der Stirn in einem Raum mit drei anderen Patienten, von denen einer vor sich hin schaukelte und ein anderer mit offenem Mund in Helikopterlautstärke schnarchte. Trixi setzte sich ans Fußende des Bettes, schlug die Decke zurück und wackelte an Adams großem Zeh.

«Was ist passiert?», fragte sie.

Adam starrte durch sie hindurch.

«Frag du ihn mal», sagte Trixi.

«Hi, Adam. Wie geht's dir?»

Er sah sie an. «Okay.»

«Was ist passiert?»

«Keine Ahnung. Angeblich habe ich einen Feueralarm ausgelöst.»

«Schon wieder?», sagte Trixi, und Mona fragte: «Würde man dafür nicht eher auf die Wache kommen als ins Krankenhaus?»

«Exakt. Erst ging's auf die Wache. Nur ging's mir da so schlecht, dass ich ins Krankenhaus musste.»

«Brauchst du was?», fragte Trixi.

«Ja.»

Sie öffnete ihre Handtasche und breitete, wie schon auf Glorias Esstisch, Dinge vor sich aus, diesmal auf Adams Bettdecke. Dicht beschriebene oder mit winzigen Zeichnungen bedeckte Zettel, zwei Kugelschreiber, drei Lippenstifte, eine Nagelfeile, Tampons, Handcreme, Notizblock, Nagellack, einen Toupierkamm, zwei

Paar Ohrringe, ein Kartenspiel, eine lange Perlenkette, drei Kajalstifte, drei Lidschatten und ein Puder, eine Taschenlampe, Kosmetikpinsel, Kaugummis und vier kleine Pillendöschen. Letztere sortierte sie an die Seite, dann packte sie alles andere sorgfältig zurück in die Tasche. Adam wirkte immer nervöser, was ihr entging oder egal war. Sie öffnete eines der Döschen, dann ein anderes, aus dem pickte sie drei Pillen heraus, die aussahen, als hätte ein Kind sie aus Knete geformt, und reichte sie Adam. Eine spülte er sofort runter.

«Doktor Robert?», fragte er.

«Oui.»

«Gib mir noch zwei, dann sind deine Schulden beglichen.»

Trixi überlegte, öffnete ein anderes Döschen und sagte: «Hier. Drei Obetrol.»

«Die blauen? Was ist mit den orangefarbenen?»

«Hab nur blaue.»

«Wer's glaubt.»

«Soll ich Max Bescheid sagen?»

«Nein.»

«Weshalb bist du denn nun hier?», fragte Mona.

«Nervöser Zusammenbruch. Überlastet. Weiß ich.» Seine Hände zuckten auf der Bettdecke herum, wie Mona es schon nachts bei ihm beobachtet hatte.

«Wir haben dich bei den Filmarbeiten vermisst», sagte Trixi.

«Ach, dieser bekloppte Film.»

«Willst du nicht mehr dabei sein?»

«Nein.»

«Warum nicht?»

«Der hat doch einen Schaden, Kaspar.»

So negativ kannte Mona Adam gar nicht.

«Allerdings», sagte Trixi. «Und außerdem: hast du für den letzten jemals irgendwas bekommen?»

«Geld?»

«Zum Beispiel.»

«Natürlich nicht.»

Der bislang vor sich hin schaukelnde Zimmerkollege saß jetzt kerzengerade auf seinem Bett und starrte zu Mona herüber. «Was glotzt du so?», fuhr Adam ihn an. «Ist irgendwas?»

«Was ist das für ein Dialekt?», fragte der Mann mit brüchiger Stimme.

«Das ist gar kein Dialekt», schnauzte Adam, «Das ist ein Akzent, ein deutscher Akzent. Du hast übrigens selbst einen Akzent, also halt die Klappe.»

Aber das tat der Mann nicht. Stattdessen sprang er auf und schrie: «Sie soll gehen! Sie soll abhauen! Hau ab!»

Eine Schwester und ein Pfleger kamen hereingeeilt. «Beruhigen Sie sich, Mr. Belzer», sagte der Pfleger, aber Mr. Belzer beruhigte sich nicht. Er schlug um sich, ein weiterer Pfleger wurde herbeigeholt, er musste Mr. Belzer festhalten, damit die Schwester ihm eine Beruhigungsspritze geben konnte. Es schien Mona ratsam, den Raum zu verlassen.

Draußen auf dem Krankenhausflur wurde sie von einer alten Frau mit bunt bemaltem Papierhut auf dem Kopf angesprochen: «Wann genau soll's denn losgehen?», meckerte sie. «Ich warte schon seit Stunden!»

«Entschuldigung», sagte Mona, «ich arbeite hier nicht.»

«Können Sie sich ausweisen?»

«Ich fürchte, nein, ich habe jetzt keinen ...»

Die Frau hob die Arme in Richtung der weiß beleuchteten Krankenhausflurdecke, von der die Farbe abblätterte: «Es ist immer dasselbe! Immer dasselbe! Und ich warte hier seit Stunden!»

Zum Glück öffnete sich neben ihr die Tür, und Trixi trat, gefolgt von Adam, aus dem Krankenzimmer.

«Mrs. Jones», sagte Adam zu der Frau mit dem Papierhut, «warten Sie immer noch auf die Pressekonferenz?»

«Ja, selbstverständlich! Was soll denn wieder die Verzögerung?»

«Gehen Sie zurück in Ihr Zimmer. Sie haben sich im Tag geirrt.»

«Das ist völlig unmöglich!», zeterte die alte Dame hinter ihnen her, während sie zu dritt schon im Fahrstuhl verschwanden.

Draußen winkte Trixi wieder ein Taxi herbei, und sie nahmen zu dritt auf der geräumigen Rückbank Platz. Adam begann in der Mitte sitzend in seinen Jackentaschen zu nesteln und zog aus jeder mehrere Schachteln hervor.

«Dafür war's immerhin gut», sagte er.

«Dafür ist es immer gut», sagte Trixi. «Zeig mal her.» Sie nahm sich zwei Schachteln, drehte erst die eine und dann die andere nach allen Seiten und las die Beschriftung. «Das hier sind Benzos», sagte sie und legte sie in ihren Schoß. «Und das hier, wow, da hast du richtig was erwischt, war der Giftschrank offen oder wie?»

«Lag einfach auf dem Medikamentenwagen.»

«Feinstes Morphin.»

Adam nahm ihr beide Schachteln weg und verstaute sie wieder in seinen Taschen.

«Keine Sorge», versprach Max. «Ich mach dich wieder fit.»
Eddie Fisher

1967

Ihren zweiten Besuch bei Dr. Max trat Mona allein an, und ohne Adam musste sie in dem schäbigen Wartezimmer Platz nehmen und dort warten wie die anderen Patienten auch. Gleich morgens nach dem Frühstück war sie hingefahren. Die Sprechstundenhilfe war diesmal eine andere, wenn auch ähnlichen Kalibers, und auf den zierlichen Stühlen im Raum saßen schon diverse Gestalten, darunter zwei Damen in klassischem Upper East Side Look, onduliert und schmuckbehangen. Vor der Tür waren Mona zwei verkehrswidrig geparkte Limousinen aufgefallen, von denen eine möglicherweise zu dem Geschäftsmann mit der goldenen Rolex gehörte, der direkt neben ihr saß und sich beim Lesen der *New York Times* beständig räusperte. Vor dem Fenster saß eine junge Frau, die mit vor der Brust verschränkten Armen ins Leere starrte, und ein Mann von vielleicht Mitte fünfzig, der ihr vage bekannt vorkam.

Mona griff sich ein schon reichlich zerlesenes *Time Magazine* mit einer Roy-Lichtenstein-Version von John F. Kennedy auf dem Cover und stieß beim Durchblättern auf einen Bericht über protestierende Studenten in Deutschland; so richtig interessierte sie das aber nicht. Neue Patienten kamen herein und setzten sich, manche begrüßten einige der Anwesenden, andere begannen Gespräche untereinander. Aus dem Augenwinkel sah Mona, wie jemand am Warteraum vorbei in die Praxis huschte, so wie sie selbst es vor gut einer Woche mit Adam getan hatte. Eine der Damen von der Upper East Side wurde hereingerufen, später der Mann, der Mona bekannt erschienen war. Der Geschäftsmann neben ihr sah auf seine Rolex. Schließlich faltete er die Zeitung zusammen und sagte zu Mona: «Heute scheint's mal wieder besonders langsam voranzugehen. Wollen Sie vielleicht etwas von der Zeitung?»

«Danke, gern», antwortete sie, obwohl sie keine große Zeitungsleserin war. Der Mann drückte ihr die ganze Zeitung in die Hand und stand auf, um nach seinem Wagen zu sehen. Die übriggebliebene schmuckbehangene Dame holte aus ihrer großen, altrosa Handtasche eine Tüte mit Trauben, von denen sie auch ihren Sitznachbarn anbot. Mona überflog die Schlagzeilen und las schließlich einen Artikel über den Mord an einer jungen Frau in ihrem Alter, einem Mädchen aus privilegiertem Hause, das auf die schiefe Bahn geraten war. Als tatverdächtig galt ein heroinabhängiger Puerto Ricaner, zu dem die Ermordete keine Kontakte hatte, wohl aber ihr ebenfalls ermordeter Begleiter, über den man in dem Artikel sonst aber nicht viel erfuhr. Es ging nur um das Mädchen. Die Geschichte brachte Mona immerhin um fast eine halbe Stunde nach vorn, aber immer noch saßen drei Leute im Wartezimmer, die vor ihr da gewesen waren. Der Frau, die mit verschränkten Armen ins Leere gestarrt hatte, waren inzwischen die Augen zugefallen. Als Nächstes wurde der inzwischen wiedergekehrte Rolexmann in die Praxis gerufen, und eine rundliche, schwer atmende Lady mit schlecht sitzender Perücke ließ sich auf dem freien Stuhl nieder. Die Warterei schien endlos. Mona konnte sich schon gar nicht mehr vorstellen, dass ihr Name irgendwann aufgerufen und sie tatsächlich wieder im Zimmer dieses eigenartigen Doktors sitzen würde.

Als ihr Name dann doch fiel, stand sie auf, ging durch einen Gang, und dann saß sie wieder da, vor Dr. Max. Der sie forschend ansah, mit derselben beunruhigenden Intensität wie beim letzten Mal.

«Was macht der Hals?»

Bei Tag war es heller im Behandlungszimmer, und diesmal hatte der Doktor auch kein Essen auf dem Tisch herumstehen. Sein weißer Kittel allerdings war wieder von Flecken übersät, was bei Licht noch viel mehr auffiel.

«Kratzt manchmal noch etwas, und da ist immer noch ein leichter Husten, aber ich fühle mich nicht mehr krank eigentlich», sagte Mona.

«Eigentlich.»

«Ja. Also, eigentlich alles okay so weit.»

«Also eigentlich.»

«Ja.»

«Sagen Sie: Es geht mir gut, bis auf einen leichten Husten. Sie brauchen kein ‹also› und kein ‹eigentlich›.»

«Nein, eigentlich nicht. Also, Nein. Braucht man nicht.»

Er sah sie an. Streng, aber gütig. Dann fragte er: «Wir geht es Adam?»

Die Frage verunsicherte Mona noch mehr. Was sollte, konnte, durfte sie ihm erzählen? Und dann auch noch ohne *also* und *eigentlich.* Lange fand sie keine Worte. Schließlich sagte sie, beinahe wahrheitsgemäß: «Als ich ihn das letzte Mal gesehen habe, ging es ihm gut.» Sie wollte erst «ganz gut» sagen, verkniff sich dann aber das «ganz», und auch das vorangegangene weniger Gute verschwieg sie vorsichtshalber.

«Er braucht Stabilität», sagte Dr. Max.

«Gut möglich.»

«Nicht möglich. Sicher. Sie sind ein freundliches, intelligentes und hübsches Mädchen. Bieten Sie ihm Stabilität.»

«Ich weiß gar nicht, ob ich in der Position bin, wir sind kein so richtiges Paar, ich kann ihm nicht etwas aufdrängen, wenn er –“

«Genau davon rede ich. Kein richtiges Paar, nicht in der Position, er muss ja erst mal, und so weiter. So wird das nichts.»

Nun wusste Mona überhaupt nicht mehr, was sie sagen sollte. Betreten betrachtete sie ihre Hände.

«Nun gut», fuhr Dr. Max fort. «Was kann ich heute für Sie tun?»

«Ich weiß nicht, Sie sagten ja, ich sollte noch mal wiederkommen, deshalb –»

«Ich sehe schon. Sie brauchen dringend mehr Energie, mehr Selbstvertrauen und Klarheit. Habe ich recht?»

«Doch, ja, das ist sicher richtig. Klarheit, Selbstvertrauen, das wäre bestimmt gut.»

Der Doktor war aufgestanden und hatte wieder damit begonnen, Flüssigkeiten aus Flaschen in eine Spritze zu ziehen, wobei Mona sich nicht erinnern konnte, ob es dieselben waren wie beim letzten Besuch.

«Ohne Energie, Klarheit und Selbstvertrauen werden Sie nichts erreichen.»

Wieder hatte er sich mit seinem Stuhl zu ihr herangerollt, und wieder stach er ihr die Nadel schmerzfrei in den Arm. Wieder war die Wirkung überwältigend. Unvergleichlich. Allenfalls wie mit Sidney im Bett eines Strandhauses, nachdem ihnen einen Tag lang die Sonne das Meerwasser von der Haut getrocknet hatte und sie sich abends in der Pfanne einen frischen Fisch gebraten und dazu Wein getrunken hatten, während sich nun der Deckenventilator über ihnen drehte und Wind machte, der sich anfühlte wie eine zusätzliche Berührung, und Sidneys ganzes Werben und Wollen und Bemühen nicht mehr angestrengt und anstrengend war, sondern im Gegenteil etwas in ihr auslöste und dort, wo es um nichts weiter ging als den Augenblick, endlich auf ihre Gegenliebe stieß. Eine Gegenliebe, von deren Intensität und Süße sie selbst überrascht war. Und die sie vermisste, manchmal ganz schrecklich und schmerzlich vermisste, nachdem sie ihr wieder abhandengekommen war.

«Nehmen Sie gleich heute die Dinge in Angriff», sagte der Doktor. «Alles, was wichtig ist. Gehen Sie es an.»

«Das werde ich tun.»

«Sollte irgendwann etwas mit Adam sein. Sollte er in Schwierigkeiten geraten, krank werden, erschöpft oder traurig wirken, dann geben Sie mir umgehend Bescheid. Ich bin sein Freund und kann ihm helfen. Manchmal vergisst er das.»

«Das werde ich tun.»

Draußen war es kalt, aber sonnig, und sie beschloss, eine Weile zu Fuß zu gehen. Das kannte sie nun schon, diese Lust am Gehen, die Verschmelzung mit der Stadt und ihrer Dynamik, die Farben, Geräusche, Gerüche, die Energie der Menschen, die ihr entgegenkamen, an ihr vorbeigingen, ihren Weg kreuzten, von ihr überholt wurden. Die Anziehungskraft der Dinge in den Schaufenstern, die Zuversicht.

Zu Hause angekommen, rief sie bei Sidney im Büro an.

«Da bist du ja», sagte er. «Ich war in Sorge. Du bist total erschöpft zusammengeklappt letztens. Ich hab mir schon Vorwürfe gemacht, dass ich nicht bei dir geblieben bin. Was war los mit dir?»

«Nichts weiter. Übermüdet. Tut mir leid.»

«Ich wollte morgen die Flüge buchen. Kurz vor Ostern soll's losgehen.»

«Ostern. Alles klar.»

«Können wir uns bald mal treffen?»

«Heute Abend!»

Sidney war überrascht. «Da habe ich leider ein geschäftliches Essen. Wie wäre es morgen?»

Mona wollte Sidney nicht morgen treffen, sie wollte ihn heute noch sehen. Seit sie sich vom Sofa in Dr. Max' Behandlungszimmer erhoben hatte, wollte sie ihn sehen. Unbedingt.

«Wann ist denn das Essen?»

«Um acht.»

«Dann komme ich vorher zu dir.»

«Eigentlich wollte ich zwischendrin gar nicht noch mal nach Hau... na okay. Ich sehe zu, dass ich gegen sechs da bin.»

«Prima.»

«Also, schön! Dann sehen wir uns nachher!»

Anschließend gab es wieder allerhand zu putzen, aufzuräumen und zu sortieren, aber während sie die Stifte, Radiergummis, Füller, Patronen, Briefmarken, Postkarten, Zettel und Papiere ordnete, die in der Tischschublade herumlagen, fiel ihr Dr. Max und seine Sorge um Adam ein. Zwar wusste sie nicht genau, was sie für ihn tun könnte, aber irgendetwas tun wollte sie nun doch.

Deshalb rief sie, nachdem sie mit der Schublade fertig war, bei Gloria an und bat sie um ein Treffen. Und ihr fiel noch etwas ein, das geplant sein wollte. Dafür klingelte sie oben bei Mrs. Propper und fragte sie, ob das mit der Obhut für den Vogel wirklich so machbar wäre, über Ostern. Mrs. Propper jedenfalls erklärte, sowieso immer zu Hause zu sein, und gern würde sie sich um Winnetou kümmern, sie könnte ihn auch zu sich nehmen, wobei abzuwarten wäre, wie er sich mit der Katze verstünde.

«Sie haben eine Katze?»

«Jaja. Eine ganz liebe.»

Dass Winnetou für eine Woche ganz allein in der Wohnung bliebe und nur mit Futter versorgt würde, fand Mona kaum denkbar. Er würde durchdrehen vor Einsamkeit und ihr hinterher noch lange Vorwürfe machen, auf seine Kakaduart. Aber mit einer Katze im Haushalt?

«Und Ihr Enkel? Vielleicht könnte der Winnetou ja zu sich nehmen.»

«Fräulein Mona», sagte Mrs. Propper und legte ihr beide Hände auf die Schulterm, «Ich werde ganz bestimmt gut für das Kerlchen sorgen. Sie müssen sich überhaupt gar keine Sorgen machen. Fliegen Sie mal schön nach Berlin und genießen Sie es. Na, ist ja noch bisschen hin.»

Die Katze, ein schmales Tier mit rötlichem Fell, kam herbei und strich erst Mrs. Propper und dann Mona um die Beine, wobei sie mit einem freundlichen Lächeln zu ihr nach oben blickte und schnurrte.

Um noch einen Schlenker zu Macy's zu schaffen, ging Mona frühzeitig los, in der vagen Hoffnung, doch noch einmal die Parfümfrau zu finden. Außerdem brauchte sie Unterwäsche. Das Parfüm blieb verschwunden, aber nebenan in der Schmuckabteilung sah sie, gebettet auf ein dunkles Samtkissen, eine mehrreihige Kette aus Perlen und Opalen. Die Perlen waren nicht wie die von Glorias Ohrringen, sondern wirkten wie gerade aus dem Meer geholt, prall und unrund, und die Opale waren wie der Ozean, aus dem sie gekommen waren. Diese Kette sollte hier nicht sein, dachte Mona. Sie sollte hier nicht so profan und käuflich herumliegen, denn diese Kette war ein Heiligtum, man musste nur genau hinsehen.

«Soll ich die mal für Sie herausholen?»

Die Verkäuferin war bildschön. Ein Gesicht wie Natalie Wood.

«Das ist ein Unikat», sagte sie und reichte Mona einen runden Handspiegel mit langem Griff und Perlmuttintarsien in Blumenform. Die Kette sah atemberaubend aus an ihrem Hals. Sie verwandelte Mona in eine Königin. Eine Meereskönigin. Ob und wie sie geschminkt war, welche Kleider sie trug, was ihre Haare machten – mit dieser Kette alles egal. Sie sah sich damit im Memphis Room, umgeben von Hysterie, Spektakel und Chaos. Es konnte ihr nichts anhaben. Sie leuchtete. Bei einem Casting. Vielleicht würde sie den Job nicht bekommen, aber man würde sie respektvoll behandeln. Bei einer bizarren Theaterprobe. Sie war nicht irgendwer im Gefolge von Adam, sie war die Meereskönigin, ganz offensichtlich. Die Kette war wie etwas, das gefehlt hatte an ihr, ein Puzzleteil, mit dem das Bild, das sie abgab, vollständig wurde.

«Die ist ja wie für Sie gemacht», sagte die Verkäuferin.

«Ich weiß.»

Nicht ganz überraschend war, dass die Kette weit mehr kostete, als Mona in ihrem Portemonnaie bei sich trug; dabei hatte sie gar nicht so wenig eingesteckt.

«Ich möchte sie mir zurücklegen lassen. Ich müsste erst Geld holen.»

Die schöne Verkäuferin machte ein trauriges Gesicht. «Das geht leider nicht. Aber wenn Sie morgen wiederkommen, ist sie ganz bestimmt noch hier.»

«Ich möchte diese Kette unbedingt kaufen.»

«Das sollten Sie auch unbedingt tun!»

«Bitte geben Sie sie nicht weg. Bitte. Ich komme wieder.»

Tatsächlich kostete die Kette ungefähr so viel Geld, wie Mona überhaupt im Moment zur Verfügung hatte, und nachdem sie sich wie geplant Unterwäsche (nicht billig) und außerdem noch einen Gürtel, Nagellack, Strumpfhosen und einen Haarreif gekauft hatte, kostete sie mehr als das.

Auf dem Weg zu Sidney drehte sie noch eine Runde durch den Park. Dabei trug sie in Gedanken die Kette. Obwohl sie noch bei Macy's lag, in der Obhut von Natalie Wood, gehörte die Kette bereits zu ihr, auf eine ganz selbstverständliche Weise, sie war *zu ihr gekommen*. Nicht Mona hatte sich die Kette ausgesucht, sondern die Kette hatte Mona gewählt, das spürte sie ganz deutlich. Und war es nicht immer so gewesen? Dass die Welt zu ihr kam, und sie nur achtgeben musste, es zu erkennen und im richtigen Augenblick zuzugreifen? So war sie doch auch in New York gelandet. Und Sidney? Der war auch zu ihr gekommen. Sie war noch nicht lange in der Stadt, und es war an diesem besonderen Tag gewesen. Deshalb war sie ja ins Museum gegangen. Schon das Duschen an dem Tag war wunderbar gewesen, sie duschte immer gern, Wasser das von oben herabprasselt, warm und erfrischend gleichzeitig, das empfand sie immer wieder aufs Neue als Luxus. Zu Hause war meistens gebadet worden, und wenn geduscht, dann im Sitzen in der Wanne, wo man aufpassen musste, nicht den Boden nass zu spritzen. An dem Tag war das Wasser extra spritzig gewesen, nein, wohl nicht das Wasser, sondern ihre Haut hatte das Aufprallen der Tropfen stärker gefühlt, wie eine kribbelnde Massage, oder vielleicht war ja doch das Wasser anders gewesen, wer weiß. Und als sie später in den Spiegel gesehen hatte, fand sie, dass etwas aus ihr strahlte, dass alles, was schön war an ihr, heute besonders schön war, während ihre Makel in den Hintergrund traten.

Leider hatte sie keine Termine an diesem Tag, die sie raus und unter Menschen gebracht hätten, auch kein Casting. Also ging sie ziellos durch die Straßen, einfach weil sie ihr Leuchten da rausbringen wollte, fing ein paar Blicke ein, lächelte. Irgendwann stand sie vor dem Metropolitan Museum. Es war

Wochenende, aber die Menschenmengen, die sich auf der Treppe vor dem Eingang und in der kathedralenhaften Halle dahinter noch gedrängelt hatten, verloren sich in dem riesenhaften Gebäude. Mona musste nicht lange überlegen, sie wollte keine antiken Artefakte, keine Kostüme und keine Rüstungen und auch keine ozeanische oder asiatische Kunst sehen, vielleicht später noch Malerei, aber zuerst wollte sie zur Fotografie, und dieser Gedanke war genau richtig, denn hier fand sie all die alten Bilder ihrer neuen Heimat. Dabei vergaß sie sogar, warum sie ursprünglich aus dem Haus gegangen war. Die Stadt selbst war jetzt zur Bestimmung geworden, das Schauen von New York, wie es mal gewesen war, Bilder vom Bau des Chrysler Buildings, Ende Zwanziger, Tänzerinnen um die Jahrhundertwende. Als sie sich umdrehte, begegnete ihr Blick dem eines jungen Mannes, der schräg hinter ihr gestanden und sie wahrscheinlich schon eine Weile angesehen hatte. Zwar war sie aus dem Haus gegangen, um gesehen zu werden, aber sie wollte auch nicht, dass man sie anstarrte, und der Typ gefiel ihr nicht. Genau solche Typen mag ich nicht, dachte sie noch, während sie das Gebäude durchquerte, hin zur amerikanischen Malerei, da sah sie, dass er ihr folgte. Das habe ich nun davon, dachte sie. Oberhalb der Treppe verschwand sie so schnell wie möglich durch die erste Tür und machte ein paar sinnlose Biegungen, wie ein Hase, der Haken schlägt. Sie landete in einem Raum mit verschiedenen Porträts, von denen eines unzweifelhaft dominierte, obwohl es nicht das größte war. Es zeigte eine sehr blasse Frau in einem eher schlichten, wenn auch raffiniert dekolletierten schwarzen Kleid und mit leicht snobistisch vom Betrachter abgewandtem Blick. Spitze Nase, hochgestecktes Haar. Komisch. Anziehend und abstoßend zugleich. Weitere Besucher betraten den Raum, eine Frau zeigte gleich auf das Bild. Mona trat zur Seite und sah sich die anderen Porträts an, aber als die Leute weitergegangen waren, stellte sie sich noch einmal vor die elegante Dame.

«Madame X. Von John Singer Sargent.» Es war ihr Verfolger.

«Ja», sagte sie. «Steht auch auf dem Schild.»

«Eines der berühmtesten Werke im Metropolitan. Es zeigt die Amerikanerin Virginie Gautreau und hat einen Skandal ausgelöst, als es in Paris erstmals ausgestellt wurde. Merkwürdig, nicht?»

«Ich kann da nichts Skandalöses erkennen.»

«Es war ungewöhnlich für die Zeit, und das lag auch an der Porträtierten. Sehen Sie sich andere Bilder an – die Frauen tragen aufwendige Kleider und viel Schmuck, jedenfalls die Damen der Gesellschaft. Madame Gautreau galt als schön und kapriziös, und auf diesem Bild kommt in der scheinbaren Einfachheit etwas Schamloses zum Ausdruck. Etwas Dekadentes.»

«Interessant», sagte Mona und wandte sich leicht ab. «Vielen Dank.»

«Sehr gern», sagte er und lächelte auf eine Art, die wohl verführerisch sein sollte, aber so abgeschmackt wirkte, so affektiert, ihre Mutter hätte gesagt: stutzerhaft, dass Mona ein Schauder über die Arme lief. Zum Glück ging er danach von sich aus weiter. Mona versuchte noch, sich auf ein paar Bilder einzulassen, aber irgendwie war es damit vorbei. Die anderen Räume durchquerte sie nur noch.

Er wartete ans Geländer der breiten Steintreppe gelehnt, die zum Erdgeschoss hinunterführte. Ihm auszuweichen war nicht möglich, deshalb lief Mona einfach zügig zur Treppe, sagte im Vorbeigehen freundlich «Goodbye» und machte sich dann schnell auf den Weg nach unten.

Er hinterher. Überholte sie. «Halt, bitte!» Jetzt wirkte er nicht mehr so selbstsicher.

«Entschuldigung», sagte Mona, «aber ich muss wirklich weiter.»

«Sind Sie aus Deutschland?»

«Ursprünglich, ja.»

Fehler. Sie hätte jetzt leicht behaupten können, Touristin zu sein und morgen wieder weg.

«Ich würde Sie gern auf einen Kaffee einladen. Hier oben gibt es ein sehr schönes Bistro.»

«Ich kann wirklich nicht.»

«Ein andermal?»

Etwas speziell Amerikanisches hatte sich in sein Äußeres eingeprägt, ein über Generationen geführtes Leben in stabilem Wohlstand, mit viel sportlicher Aktivität an frischer Luft und solider Bildung. Seine Augen waren von einem melancholischen Graublau, mit Wimpern, die sie selbst gern gehabt hätte. Unter dem Fischgrätmusterjackett trug er einen feinen Rollkragenpulli. Außer Sieglinde kannte sie kaum jemanden in der Stadt, schon gar keine echten New Yorker. Vielleicht war das ja einer, vielleicht sollte sie nicht so sein, dies war ihr neues Leben, sie musste ihn ja nicht heiraten. Nicht einmal küssen müsste sie ihn.

«Na gut.»

Er strahlte. «Sagen Sie mir Ihre Telefonnummer? Ich habe nichts zum Schreiben, aber ein ganz gutes Gedächtnis.»

«Ich habe noch keinen Anschluss.»

«Dann die Adresse?»

Mona zögerte.

«Ich verspreche Ihnen, wenn Sie mich hinterher nie wiedersehen möchten, werde ich Sie auch nie wieder belästigen. Ich lösche Ihre Adresse aus meinem Gedächtnis!»

Obwohl er ihr gerade eben noch so unsympathisch gewesen war, schätzte sie ihn doch als vertrauenswürdig ein. Glaubhaft. «Anständig», hätte ihre Mutter gesagt. Nach einer kleinen Pause und einem Seufzer nannte sie ihm also ihre Adresse und ihren Namen. Er wiederholte alles sehr sorgfältig und bemühte sich, ihren Namen besonders korrekt auszusprechen. *Mona Friedrich.* Begleitete sie nach draußen, wo er eine Karte aus der Innentasche seines Jacketts zog und ihr überreichte.

Zu Hause holte Mona sie hervor: *Sidney A. Gordon. Gordon & Sons Ltd.* Darunter eine Telefonnummer.

Zwei Tage später fand sie in ihren Briefkasten einen Umschlag mit diesem Namen als Absender. Darin war eine Postkarte aus dem Museumsshop des Metropolitan mit dem Bild der *Madame X.* Ihr Name war vollkommen korrekt geschrieben. Außerdem stand da: «Ich reserviere einen Tisch bei Teddy's für Samstag. Hole dich um halb sieben ab. Ruf mich an, wenn es nicht passt. Ich freue mich sehr. Sidney.»

Am Samstag wartete er vor einem cremeweißen Studebaker Avanti. «Du siehst wundervoll aus», sagte er und öffnete ihr die Tür. Mona gefiel sein ruhiger Fahrstil. Ruppige, nervöse Fahrer waren ihr ein Gräuel. Er fragte, wie ihr Tag gewesen war, und erklärte die Gebäude, an denen sie vorbeikamen. Im Restaurant half er ihr aus dem Mantel. Mona trug ihr einfaches grünes Etuikleid und flache Schuhe, die Haare hatte sie nachlässig hochgesteckt und sich kaum geschminkt. Sie wurden zu ihrem Tisch geführt und nahmen über Eck auf der weich gepolsterten Bank Platz. Sidney trug einen dunkelblauen Anzug und eine braun und blau gemusterte Seidenkrawatte.

«Möchten Sie einen Aperitif?», fragte der Kellner.

Sidney ließ Mona den Vortritt. «Okay», sagte sie. «Gern.»

«Einen Martini? Einen Campari?»

Sie zögerte.

«Für mich bitte einen Negroni», sagte Sidney.

«Nehme ich auch.»

Da saß er nun also, dieser Sidney, und sah sie an, und zwar zu direkt und zu forschend.

«Ich bin sehr glücklich, dass du hier bist», sagte er nach einer Weile, mit zu viel Pathos, sie kannten sich schließlich kaum.

Die Negronis und die Speisekarten wurden gebracht, Sidney erhob sein Glas und prostete dezent und ohne anzustoßen, aber sein Blick blieb weiter auf sie gerichtet, auch noch, als Mona die Karte aufschlug und darin las. Zum Essen bestellte er kennerhaft eine Flasche Wein, den er dann ebenso kennerhaft ankostete. Beim Essen bedrängte er Mona dann mit persönlichen Fragen, als wolle er zwischen Negroni und Dessert möglichst alles über sie erfahren, darunter auch indiskrete Merkwürdigkeiten wie «Was träumst du nachts?» oder «Was ist dein größter unerfüllter Wunsch?», und als sie die Stirn kräuselte und zurückfragte, warum er das wissen müsse, nahm er ihre Hand und antwortete: «Weil ich dich kennenlernen möchte!»

Schließlich fragte sie ihn ihrerseits nach der *Gordon & Sons Ltd* auf seiner Visitenkarte. Er tupfte sich die Lippen mit der Serviette. «Das ist unser Familienunternehmen.»

«Aha? Und was ist das so für ein Unternehmen?»

«Kaffeehandel im Wesentlichen.»

«Und da arbeitest du mit?»

«Ja. Wobei ich mich vor allem um unsere Stiftung kümmere.»

«Und was ist das für eine Stiftung?»

«Wir unterstützen Kunst und Kultur in New York. Aber auch Bildungsprojekte. Zum Beispiel Kooperationen zwischen Schulen und Museen.»

«Das ist ja ganz schön!»

«Oh ja! Wir machen wunderbare Sachen. Ich kann dir gern mehr darüber erzählen. Interessierst du dich für Musik?»

«Ja, klar.»

«Was hörst du gern?»

«Alles Mögliche. Ich mag Soul. Aretha Franklin, Temptations und die Supremes und so. Aber auch Nancy Sinatra und die Beatles natürlich. Ach, vieles.»

Wieder legte er seine Hand auf ihre und machte dazu ein Gesicht, als habe sie ihm gerade ihre Liebe gestanden. «Das ist wunderbar! Und Jazz?»

«Jazz mag ich auch.»

«Einmal in der Woche moderiere ich eine Musiksendung, bei einem kleinen Collegesender. Da spiele ich hauptsächlich Soul und Jazz.»

«Wirklich?» Wenn er denn mal was von sich erzählte, war das überraschend interessant. «Wann denn immer?»

«Dienstag Abend von neun bis elf.»

Eine Hilfe für Mona war auch der Wein. Beim zweiten Glas konnte sie schon entspannter mit diesem komischen Typen umgehen und seine Geschraubtheiten mit Humor nehmen; immerhin war er weder dumm noch langweilig. So ließ sie sich gern auf seinen Vorschlag ein, anschließend noch in einen Jazzclub zu gehen, zumal sich Sidney, nachdem er verstanden hatte, dass sie seine Fragen nicht als tiefempfundenes Interesse, sondern als unangenehm empfand, um etwas mehr Dezenz bemühte. So wurde es insgesamt ein guter Abend, auch wenn das meiste, was er tat, merkwürdig künstlich und immer etwas zu dick aufgetragen wirkte. In dem Club saß er dichter bei ihr als im Restaurant, und weil es laut war, mussten sie ihre Köpfe noch näher zusammenstecken. Dabei fiel Mona sein angenehmer Geruch auf, und zusammen mit seiner angenehmen Stimme dicht an ihrem Ohr, der Musik und dem Drink fand sie ihn gelegentlich beinahe anziehend.

Am Ende fuhr er sie wieder nach Hause. Dort angekommen, ging er um den Wagen, um ihr die Beifahrertür zu öffnen, aber da war Mona schon ausgestiegen, und so verabschiedete er sich tatsächlich mit einem Handkuss.

Am Dienstag schaltete Mona die Sendung ein. Mit seiner nicht tiefen, eher etwas jungenhaften, aber trotzdem leicht angerauten Stimme erzählte er gleich als Erstes von ihrem Abend im Jazzclub. Natürlich redete er über die Musik, flocht aber mehrmals seine «entzückende Begleiterin» ein, und als ersten Song spielte er *Mona (I Need You Baby)* von Bo Diddley. Ein Stück, von dem Mona bislang gedacht hatte, es sei von den Rolling Stones. *Uuuhhh Mona* kam es aus dem Radio, und als Sidney wieder zu hören war, wiederholte er die Textzeilen *Hey Mona/Listen to my heart go bumpity-bum.*

Am Mittwoch fand sie ein kleines Päckchen im Briefkasten, darin ein grün-gelb gemustertes Seidentuch und ein klein zusammengefalteter Brief:

«Die Farbe erinnerte mich so sehr an dein Kleid, dass ich nicht daran vorbeigehen konnte. Ich hoffe, es gefällt dir. Wie wäre es mit einem Wochenendausflug in die Berkshire Mountains? Ruf mich an! Sid»

Es war das erste von vielen Geschenken, die er ihr noch schicken oder mitbringen würde. Bücher, Platten, kleine Kunstdrucke für ihre Wohnung. Er merkte sich, wenn sie etwas suchte, brauchte oder schön fand, und trieb es auf. Dabei lag er geschmacklich immer richtig, manchmal hatte Mona fast den Eindruck, er könne Dinge besser für sie aussuchen als sie selbst. Sein Angebot zum Ausflug in die Berge schlug sie aus, aber es kamen weitere Vorschläge, und zwei Wochen später folgte sie einer Einladung zu den New Yorker Philharmonikern, Leonard Bernstein dirigierte Mahler. Und obwohl auch das ein schöner Abend wurde, fand sie Sidney weiterhin seltsam, bestenfalls anrührend eigen, doch dieses Anrührende reichte aus, um ihn immerhin ein bisschen zu mögen oder vielleicht auch nur, um sie davon abzuhalten, ihm endgültig den Laufpass zu geben. Und so blieb er am Ball, er schrieb, er rief an (irgendwann hatte sie ihren Anschluss), und er huldigte ihr durchs Radio.

Im Frühling traf sie ihn im Park, sie gingen lange, und auf einer sonnigen Bank - seine Stimme, sein Geruch, die blaugrauen Augen mit dem etwas traurigen Blick und den dichten Wimpern - folgte auf einen vorsichtigen ersten ein langer, tiefer Kuss. Zwei Tage später ging sie nach einem Konzert mit zu ihm in seine erwartungsgemäß geschmackvoll eingerichtete Wohnung, in der es neben dem Schlafzimmer noch ein kleines Arbeitszimmer und ein sehr großzügiges, salonartiges Wohnzimmer voller teuer aussehender Kunst, deckenhohe Regale mit Bildbänden und eine ganze Wand mit sorgfältig geordneten und katalogisierten Schallplatten gab.

Seine infolge dieser Nacht gewachsenen Hoffnungen und Erwartungen konnte sie nicht erfüllen. Sie konnte sich dem nur durch vergrößerte Distanz entziehen. Bis zu der Gartenparty auf

Long Island, wo sie Gloria kennenlernte, und den anschließenden Tagen und Nächten in den Hamptons.

Aber nun war sie auf dem Weg zu Sidney, mit einer ungewöhnlich glühenden Sehnsucht nach ihm.

Jacobson hat weder ein Mittel gegen Leukämie entdeckt, noch könnte er Herzkrankheiten heilen. Aber Tausende von zufriedenen Patienten beteuern, dass er ihnen bei Beschwerden geholfen habe, die als unheilbar, und bei Krankheiten, die als tödlich gelten. Und er habe damit ihre Hoffnungen in einen Berufsstand wiederhergestellt, den sie schon gänzlich abgeschrieben hatten.

Roger Rapoport

1969

Nach allem, was Dr. Baden über den Fall Mark Shaw bislang herausgefunden hatte, wäre er überrascht gewesen, kein Methamphetamin in der Apothekerflasche aus Mark Shaws Badezimmer vorzufinden. Der üppige Anteil, den die Laboranalyse zutage gefördert hatte, erstaunte ihn deshalb weniger als die Wundertüte sonstiger Substanzen, die außerdem aufgelistet waren, darunter Vitamin A, E, D und der ganze Komplex der B-Vitamine, Cortison, Kalzium, organische Substanzen wie Blut- und Gewebezellen, das Lokalanästhetikum Procain, Pyrazolidine, Aminosäuren, Steroide und diverse Hormone und Enzyme. Die kleinen Mineralsteine, die in der Mixtur lagerten, enthielten Uran.

Dr. Baden ließ sich die vollständige Akte der von Dr. Jacobson ausgestellten Todesscheine bringen, was erfreulich schnell ging. Morgens hatte er sie angefordert, und nachdem er zurück war von der Begutachtung des Leichnams eines Selbstmörders, lag schon alles auf seinem Tisch. Es waren natürlich zahlreiche Todesfälle, die da vorlagen, aber keineswegs ungewöhnlich viele, nicht mehr als bei anderen Ärzten. Dr. Baden versuchte, ungewöhnliche Häufungen zu entdecken, entweder was die Todesursache anging oder das Alter oder gar Wochentage und Jahreszeiten, aber es ließen sich keine Muster ausmachen. Er beschloss, stichprobenartig drei jung Gestorbene herauszusuchen, deren Tod noch nicht allzu lange zurücklag, und dort Nachforschungen anzustellen. Der letzte Todesfall eines Mannes unter fünfzig war ein Autounfall, ein weiterer war ertrunken. Schließlich fand Dr. Baden eine im Alter von 24 Jahren verstorbene Frau, deren Todesursache von Jacobson selbst mit «Drogen-Überdosis» verzeichnet war. Claudette Brown. Sie sollte die Erste sein.

Dr. Baden machte die Telefonnummer ihrer Mutter in Florida ausfindig und rief sie an. Eine Frau mit spanischem Akzent hob ab und sagte, sie würde durchstellen zu Mrs. Brown. Danach dauerte es eine ganze Weile, bis er sie endlich dranhatte.

«Mrs. Brown, mein Name ist Dr. Michael Baden von der forensischen Pathologie der Stadt New York. Ich möchte Ihnen, wenn Sie dazu bereit wären, gerne ein paar Fragen zu Ihrer verstorbener Tochter Claudette stellen.»

«Über Claudette?» Sie klang müde.

«Ja. Mein aufrichtiges Beileid, Mrs. Brown. Wissen Sie noch, wann Sie Ihre Tochter vor deren Tod zum letzten Mal gesehen haben?»

«Claudette?»

«Genau. Können Sie sich erinnern?»

«Claudette ist tot.»

Sie war nicht müde, sie war blau.

«Das weiß ich, Mrs. Brown, und darum rufe ich auch an. Ich bin forensischer Pathologe, Gerichtsmediziner. Ich untersuche Todesfälle, und ...»

«Äh, einen Moment, Mr. Patolo.» Dr. Baden hörte ihr gedämpftes Lallen: «Nein, nicht das. Das andere. Das an-de-re!» Dann ein Poltern und unklares Gezeter. Er wollte gerade auflegen, da war sie wieder am Apparat.

«Ja, hallo, äh, Mr. Patolo?»

«Baden mein Name. Dr. Michael Baden.»

«Ich sprach gerade mit einem Patolo.»

«Ich bin Pathologe.»

«Entschulligen Sie, hier ist grad viel los.»

«Vielleicht sprechen wir dann besser ein andermal, Mrs. Brown. Wann würde es Ihnen denn passen?»

«Ja, später.»

Dr. Baden vermutete, dass sich die Dame später in keinem besseren Zustand befinden würde, und außerdem wollte er bald nach Hause. Erst am nächsten Morgen unternahm er noch einen Versuch, mit ihr zu sprechen, aber obwohl sie da vergleichsweise nüchtern klang, war auch dieses Gespräch wenig aufschlussreich, denn Mrs. Brown schien nicht viel über ihre Tochter zu wissen. Sie hatte Claudette ab der neunten Klasse auf ein teures Internat in Massachusetts geschickt, wo sie im letzten Schuljahr rausgeflogen war. Weswegen, wurde nicht ganz klar. Danach hatten sie offenbar nicht mehr viel Kontakt. Mrs. Brown wusste zu berichten, dass Claudette als Kind wunderbar rosige Haut hatte und eine Puppe namens Melone.

«Hochinteressant», sagte Dr. Baden. Aber das half hier auch nichts.

«Bei jungen Leuten, insbesondere bei jungen Leuten mit Problemen, musst du mit den Freunden sprechen», erklärte ihm seine Frau später am Abend. «Eltern haben doch meistens keine Ahnung. Selbst wenn sie bei Sinnen sind.»

Aber wie sollte er diese Freunde finden? Freunde waren nirgends verzeichnet.

Danach forschte Dr. Baden einem genau wie Mark Shaw angeblich an Herzversagen gestorbenen Mann mittleren Alters hinterher, konnte aber auch nur herausfinden, dass dieser nach einem Aufenthalt in Indien schon länger gesundheitlich angeschlagen und sein Tod daher alles andere als überraschend gekommen war. Ein weiterer Kandidat namens Dan Kolb war gar nicht bei Jacobson in Behandlung gewesen. Den Todesschein hatte der nur ausgestellt, weil Kolb zum Zeitpunkt seines Todes gerade zu Besuch bei seinen Eltern war und diese eben zu Jacobsons Patienten gehörten. Knapp zwei Jahre war das her.

Besser als nichts, dachte sich Dr. Baden und bat Frau Kolb um einen Termin.

Weil es schon wieder schneite und weil die Kolbs nur ein paar Stationen weiter nördlich wohnten, nahm er die U-Bahn. Dort saß ihm ein dunkelhäutiger Mann mit roter Wollmütze gegenüber, der sich aus Pappe etwas gebastelt hatte, das wie ein kleines Funkgerät aussah. Eine Weile plauderte er fröhlich da hinein, eine perfekt gespielte kleine Konversation mit Nachfragen und Redepausen, in denen er mal aufmerksam nickend, mal lächelnd zuhörte. Schließlich verabschiedete er sich von seinem fiktiven Gesprächspartner und tippte danach auf einigen der aufgemalten Knöpfe am Gerät herum, bevor er das Ding in seiner Manteltasche verstaute und sich anschließend komplett unauffällig verhielt.

Der Eindruck, dass die Praxis von Dr. Jacobson vor allem von den Erfolgreichen und Wohlhabenden bevölkert wurde, bestätigte sich hier nicht. Die Kolbs lebten in einer heruntergekommenen Gegend in der Nähe des East River, wo der Putz von den Fassaden bröckelte und schrottreife Autos am Straßenrand vergammelten. Direkt vor ihrem Haus lief aus einer umgekippten Mülltonne eine dunkle, schleimige Suppe in den frisch gefallenen Schnee. Mrs. Kolb hatte am Telefon darauf hingewiesen, dass die Klingelanlage defekt sei, weshalb Dr. Baden an der Haustür klopfen möge, sie werde dann zum vereinbarten Zeitpunkt unten im Flur stehen. Er schlug also mit der Faust im Lederhandschuh gegen die dicke Tür und tatsächlich, Mrs. Kolb öffnete sofort. Im Mantel hatte sie hinter der Tür bereits auf ihn gewartet.

Die Wohnung lag im zweiten Obergeschoss und erinnerte ihn in ihrer Plüschigkeit an die seiner Großeltern, obwohl die Kolbs eher zur Generation seiner Eltern gehörten oder etwas dazwischen. Beide sahen sie aus wie prototypische europäische Einwanderer, Mrs. Kolb in geblümtem Hauskleid und Mr. Kolb in grauer Strickjacke und Filzpantoffeln. Sehr schwerfällig erhob er sich aus seinem Sessel, um Dr. Baden zu begrüßen.

«Vielen Dank, dass Sie sich Zeit nehmen», sagte Dr. Baden.

«Ich möchte Ihnen noch einmal mein Beileid für den Verlust Ihres Sohnes aussprechen. War er der einzige oder haben Sie weitere Kinder?»

«Wir haben noch zwei Töchter», sagte Mrs. Kolb mit undefinierbarem Akzent. «Und vier Enkel!» Sie strahlte. «Hier!» Sie tat ein paar Schritte hinüber zu einer Kommode, die dicht vollgestellt war mit gerahmten Fotos. Während Dr. Baden sie pflichtschuldig bewunderte, hob sie ein Bild heraus und sagte: «Das ist Dan.» Es zeigte ihn beim Schulabschluss mit Graduiertenhut und Robe, ein Bild, wie es in Millionen und Abermillionen von amerikanischen Haushalten auf Kommoden und Kaminsimsen stand.

«Worüber ich mit Ihnen beiden sprechen möchte», begann Baden und merkte, dass er sich nicht überlegt hatte, wie er die Sache angehen sollte, «ist Ihr Arzt, Dr. Jacobson.»

Mrs. Kolb sah ihn an. «Was ist denn mit Dr. Jacobson?»

Ja, was war denn mit Dr. Jacobson? «Ich kann Ihnen gerade keine Einzelheiten dazu nennen, aber wir von der New Yorker Rechtsmedizin untersuchen ab und zu einige Fälle und sprechen dabei immer wieder auch mit Angehörigen.» Das ergab überhaupt keinen Sinn, und Mrs. Kolb war keine zerstreute Alte, der das entgangen wäre.

«Dr. Jacobson war doch gar nicht Dans Arzt. Er kannte ihn überhaupt nicht», entgegnete sie prompt. «Dan lebte in North Carolina.»

«Richtig», Dr. Baden nickte eifrig. «Ganz richtig. Und es geht tatsächlich auch um einen ganz anderen Fall. Ich möchte einfach nur mit Ihnen als Patienten von Dr. Jacobson sprechen. Mit Dan hat das letztendlich nicht viel zu tun, ich bin nur durch ihn auf Sie gekommen.» Das war keine Aussage, die Mrs. Kolbs Vertrauen wecken konnte. Mr. Kolb saß im Sessel und sah mal Dr. Baden, mal seine Frau und dann wieder die Wand gegenüber an. Dr. Baden hob das Kinn und schaltete sein gewinnendes Lächeln ein: «Ganz bestimmt sind Sie in guten Händen bei Dr. Jacobson.»

Da lächelte auch Mrs. Kolb. «Mein Mann hat multiple Sklerose, wissen Sie. Dr. Jacobson ist auf multiple Sklerose spezialisiert. Er ist …», sie hob die Hände. «Er ist ein phantastischer Arzt und ein ganz wunderbarer Mensch. Stellen Sie sich vor, er nimmt kein Geld von uns!»

«Das ist großartig. Seit wann ist Mr. Kolb denn bei ihm in Behandlung?»

«Schon seit vielen Jahren, nicht wahr, Louie?»

«Bitte, was?»

«Wir gehen schon seit vielen Jahren zu Dr. Jacobson!», schrie Mrs. Kolb.

«Ja. Ich gehe zu Dr. Jacobson, ich habe multiple Sklerose!»

«Bestimmt seit gut fünfzehn Jahren gehen wir schon zu Dr. Jacobson. Er wirkt Wunder, wir sind so froh und so dankbar, dass er immer noch praktiziert, er ist ja auch nicht mehr ganz jung, aber das sieht man ihm gar nicht an, und wir fühlen uns auch immer ganz verjüngt nach einem Besuch beim Doktor.» Sie lachte herzlich, allein der Gedanke an ihn schien sie zu beschwingen.

«Sie strahlen auch wirklich eine gewisse Jugendlichkeit aus!»

«Ja, das höre ich oft.»

«Sicherlich begleiten Sie Louie, wenn er dort hingeht.»

«Natürlich. Immer. Er könnte das nicht allein. Entschuldigen Sie, Dr. Baden, ich hole mal den Kaffee aus der Küche.»

Die Dielen knarrten unter ihren Schritten, dann klapperte es in der Küche, und das Ticken der großen Standuhr rückte in den Vordergrund. Louie sah Dr. Baden durch seine enorm dicken Brillengläser an und nickte ihm zu, als sei er gerade erst hereingekommen.

«Sind Sie ein Kollege von Dr. Jacobson?»

«Ich bin ebenfalls Arzt.»

«Multiple Sklerose!», rief er und deutete auf seine Beine. «Schwierig mit der Treppe!»

«Oh ja, das ist sicher ein Problem.»

«Hat Dr. Jacobson Sie geschickt?»

«Nein. Wir kennen uns nicht persönlich.»

«Er kommt aus Berlin!»

«Ah.»

«Wir sind aus Prag! Seine erste Frau, die war auch aus Prag!»

«Das ist hochinteressant.»

«Sie heißt Alice! Sie geht immer noch zu ihm in die Praxis!» Louie lachte. «Wir haben sie schon kennengelernt!»

Mrs. Kolb kam mit einem Tablett aus der Küche.

«Seine zweite Frau ist gestorben!», rief Louie.

«Louie, hör auf. Das interessiert doch den Herrn Doktor gar nicht.»

«Die war noch keine fünfzig!»

Dr. Baden nahm einen Schluck und verbrannte sich die Zunge. «Ein ganz ausgezeichneter Kaffee, Mrs. Kolb, wunderbar.»

«Das freut mich. Es war wirklich tragisch für Dr. Jacobson mit seiner Frau. Eine schlimme Zeit war das für ihn. Erst die Sache mit Kennedy im November 63 und dann ein halbes Jahr später seine Frau. Furchtbar. Da ging es ihm ganz schlecht.»

«Seine Frau wurde ermordet?»

«Was? Nein. Wie kommen Sie darauf?»

«Es klang grad so. Weil Sie es mit Kennedy verbunden haben vermutlich.»

«Es waren einfach zwei schlimme Verluste nacheinander.»

«Es war für uns alle ein Schock, der Mord an Präsident Kennedy.»

«Kannten Sie ihn?»

«Meinen Sie persönlich?»

«Ja?»

«Nein. Nein, natürlich nicht.»

Völlig schmerzfrei kippte sich Mrs. Kolb ihren brühheißen Kaffee in den Hals. Vielleicht hatte sie Hornhaut im Rachen.

«Sehen Sie», sagte sie. «Aber Dr. Jacobson war ja sein Arzt.»

«Wessen Arzt?»

«Na, vom Präsidenten.»

«Er war der Arzt von Präsident Kennedy?»

«Oh ja.»

Dr. Baden runzelte die Stirn und warf einen Blick rüber zu Louie. Der saß im Sessel und schlürfte seinen Kaffee. Er beschloss, diese unerhörte Information vorerst in eine andere gedankliche Ecke zu verschieben.

«Mrs. Kolb, könnten Sie mir kurz etwas zu der Behandlung erzählen, die Ihr Mann bei Dr. Jacobson bekommt?»

Aus dem Blick, mit dem Mrs. Kolb ihn dabei ansah, erahnte Dr. Baden schon die Rückfrage, die sich da anbahnte, *Wozu wollen Sie das wissen?, Was stimmt denn nicht mit der Behandlung?*, und so setzte er schnell hinzu: «Ich finde seine Methoden nämlich hochinteressant!»

Und ja, der Blick veränderte sich, Mrs. Kolb schwärmte drauflos. Von der Vibrationsmassage mit Magneten, von Dr. Jacobsons selbst hergestellten Salben und vor allem von den großartigen Vitaminspritzen. «Danach ist Louie jedes Mal ein neuer Mensch. Und ich bekomme sie auch!»

«Sie bekommen auch eine Spritze? Auch wenn Sie nicht krank sind?»

«Wenn man alt ist, hat man immer etwas, Dr. Baden. Und die Spritzen von Dr. Jacobson sind nicht nur für Kranke, die sind ja wie eine Kur! Jeder kann davon profitieren. Viele Leute gehen zu ihm, berühmte Leute! Man soll nicht erst zum Arzt gehen, wenn man schon krank ist, der Arzt soll helfen, gesund zu bleiben! Das ist meine Meinung, und es ist auch die von Dr. Jacobson.»

«Wirklich hochinteressant. Und wie genau fühlen Sie sich nach –»

Louie beugte sich in seinem Sessel nach vorn und rief: «Eddie Fisher!»

«Eddie Fisher ist auch Patient bei Dr. Jacobson?»

«Oh ja!»

«Erstaunlich. Aber noch mal zurück zu diesen Spritzen,

Mrs. Kolb. Mich würde mal interessieren, von Ihnen aus erster Hand, wie fühlen Sie sich danach? Was passiert da?»

«Da bin ich zehn Jahre jünger! Ach was, zwanzig!»

«Können Sie das genauer beschreiben?»

Sie lehnte sich zurück, kreuzte die Beine und überlegte. Während sie sprach, richtete sich ihr Blick nach oben, und sie bewegte die Hände, als beschreibe sie eine Vision: «Es beginnt mit einem kleinen Kribbeln. In den Fußsohlen. Das breitet sich dann nach und nach überall aus und fühlt sich warm an, und macht einen ganz dynamisch! Und alle Wehwehchen sind weg, und, wie kann ich das beschreiben, ich bin dann auch so optimistisch! Wie ich als junges Mädchen optimistisch war, als ich mir noch keine Sorgen gemacht habe über irgendwas, wissen Sie?»

Tatsächlich hatte sie auch jetzt, da sie davon sprach, den Blick eines jungen Mädchens. «Ich blicke dann anders in die Welt und bin wieder so verbunden mit allem. Wissen Sie, als ich jung war, da war ich nicht nur kräftiger und hatte mehr Energie und weniger Zipperlein und all das, sondern ich hatte ja auch einen anderen Geist! So eine Neugier und eine Freude an so vielem. Tatsächlich hatte ich schon ganz vergessen, wie ich mich überhaupt gefühlt habe, damals. Aber Dr. Jacobsons Medizin bringt mir das zurück! Es ist ein Wunder! Und dann sehe ich die anderen alten Leute um mich herum und merke diesen Unterschied. Natürlich hält das auch nicht ewig vor, aber, allein schon, dass ich ab und zu wieder daran erinnert werde, das macht einen anderen Menschen aus mir.»

«Und Anthony Quinn!», rief Mr. Kolb aus seinem Sessel. «Den haben wir auch schon gesehen bei Dr. Max!»

«Wissen Sie denn, was da drin ist, in dieser Medizin?»

«Viele Vitamine und Mineralien und so was. Dr. Jacobson hat sein eigenes Forschungsinstitut, wo er das alles selbst erforscht und entwickelt! Wenn man zu ihm kommt, mischt er das jedes Mal neu zusammen, immer ganz gezielt und individuell.» Sie schlug die Hände ineinander: «Besser geht's nicht!»

Auf dem Bahnsteig der U-Bahn spielte jemand Gitarre, und eine Gruppe Blumenkinder in dicken Schaffellmänteln sang dazu. Einem Mann fiel die Milch aus der Einkaufstasche und zerplatzte auf dem Boden. An der Station, an der Dr. Baden ausstieg, rezitierte ein Bettler aus dem Buch der Psalmen.

Weiter in der Gegend herumzuschnüffeln hatte wohl wenig Sinn. Es war an der Zeit, sich mit Dr. Jacobson persönlich in Verbindung zu setzen. Dr. Baden holte sich eine weitere Tasse Kaffee, las ein wenig in der Zeitung, reinigte seine Fingernägel und sah eine Weile aus dem Fenster. Schließlich hob er den Hörer vom Telefon und wählte die Nummer von Jacobsons Praxis.

Nach sehr langem Klingeln hob am anderen Ende endlich jemand ab, und eine schnarrende Frauenstimme mit kantigem Akzent erklärte, der Doktor sei gerade beschäftigt. Dr. Baden, Autorität in der Stimme, bat um schnellen Rückruf, New Yorker Rechtsmedizin, es sei wichtig. Eine gute halbe Stunde später klingelte das Telefon, und eine männliche Stimme mit derselben unbekümmert harten Aussprache stellte sich als Dr. Jacobson vor. Für einen kurzen Moment war Dr. Baden erstaunt, dass es den Mann wirklich gab.

Eine Thermoskanne mit Kaffee, zwei Tassen und ein Schälchen Kekse standen auf Dr. Badens Schreibtisch, wie immer, wenn er Besucher erwartete. Es war jedes Mal dieselbe Thermoskanne und dasselbe Schälchen. Dr. Max Jacobson trat ein, ohne anzuklopfen. Er war groß und kräftig, hatte dichtes, dunkles Haar, trug im Gesicht eine schwarze, klobige Brille und in der Hand eine imposante Arzttasche. Außerdem sah er nicht aus wie ein annähernd Siebzigjähriger. Eher wie Mitte fünfzig.

«Dr. Baden?»

«Richtig. Dr. Jacobson, nehme ich an?»

«Natürlich.»

«Es freut mich, dass Sie kommen konnten, bitte setzen Sie sich. Kaffee?»

«Nein, danke.»

Freundlich und ohne jede Unsicherheit blickte Dr. Jacobson Dr. Baden durch seine großen Brillengläser an.

«Worüber ich mit Ihnen sprechen wollte.» Dr. Baden drehte einen Kugelschreiber zwischen den Fingern. Jacobsons Blick war der eines belustigten Lehrers, der schon wieder ahnt, was für Flausen der kleine Bengel vor ihm gleich vortragen wird.

«Ich habe, wie Sie vielleicht bereits wissen, eine Autopsie an der Leiche Ihres Patienten Mark Shaw vorgenommen.»

«Es ist ein herber Verlust. Mark Shaw war mehr als ein Patient. Er war ein Freund.»

«Mein Beileid.»

Jacobson blickte nun ernster, aber immer noch mit einem Ausdruck von Überlegenheit. «Warum die Autopsie?»

«Wir haben Mr. Shaws Körper von Einstichstellen übersät gefunden. Das war ungewöhnlich genug, um eine Untersuchung einzuleiten.»

«Mark Shaw hatte eine Herzschwäche.»

«Dafür konnte ich keine Anzeichen finden.»

Ohne den Blick von Dr. Baden abzuwenden, krempelte Jacobson erst den einen, dann den anderen Ärmel seines Hemdes hoch. Er stand vom Stuhl auf, hielt Baden seine flächendeckend von kleinen Einstichen überzogenen Arminnenseiten vors Gesicht und setzte sich dann wieder. «Ich lebe ja auch noch», sagte er.

Dr. Baden lehnte sich in seinem Bürostuhl zurück und bemühte sich, Jacobson genauso fest anzublicken wie der ihn. Dann goss er Kaffee aus der Thermoskanne in seine Kaffeetasse und nahm sich einen Keks aus der Keksschale. «Sie sind ein höchst angesehener und gefragter Arzt, Dr. Jacobson. Ich habe schon viel von Ihnen gehört.»

«Und nun wollten Sie den berühmten Mann auch mal persönlich sehen.»

«Was ist das Geheimnis Ihrer sagenumwobenen Injektionen?»

Jetzt lachte er und freute sich, und Dr. Baden hatte gewusst, dass er über diese Frage lachen und sich freuen würde.

«Dr. Baden, in den Injektionen steckt die Summe jahrelanger Forschungsarbeit. Um nicht zu sagen: jahrzehntelanger.»

«Das klingt hochinteressant.»

Jacobson griff nach einem Keks und lehnte sich zurück. «Es gibt Dinge, mit denen befasse ich mich seit Studientagen. Ich höre oft, man sehe mir mein Alter nicht an, also füge ich zu Ihrer Information hinzu, dass meine Studientage weit zurückliegen. In den zwanziger Jahren. Nun rechnen Sie mal. Das sind viele Jahre der Forschung und Erfahrung.»

Er schlug ein Bein über das andere und schob sich den Keks in den Mund. «Ich habe in Deutschland studiert», fuhr er fort. «In Berlin. Das war damals die Hochburg der medizinischen und pharmazeutischen Entwicklung! Ihnen als gebildetem Mann brauche ich nicht zu erklären, warum ich Deutschland verlassen musste. Ich hatte die falsche Herkunft. Und in dieser wundervollen Stadt hier praktiziere ich nun auch schon seit mehr als dreißig Jahren. Vor dreiundzwanzig Jahren habe ich meine eigene Forschungseinrichtung gegründet, die Constructive Research Foundation.»

«Ich habe schon davon gehört.»

«Sie werden weltweit keinen namhafteren Experten für die therapeutische Anwendung von Vitaminen, Aminosäuren, Hormonen und Enzymen finden.»

Vielleicht, dachte Dr. Baden, stimmt das ja sogar. Jedenfalls hatte die Selbstsicherheit, mir der Jacobson sich präsentierte, eine nicht zu leugnende Überzeugungskraft.

«Andere besitzen immer nur Partikularwissen über die jeweilige Einzelwirkung dieser Substanzen. Ich kenne darüber hinaus auch ihr komplexes Zusammenspiel im Körper. Und ihr entsprechendes Potenzial bei der Therapie von neuromuskulären Krankheiten wie multipler Sklerose, rheumatischer Arthritis und Muskeldystrophie. Aber auch die Zusammenhänge mit Altersbeschwerden und Überlastung durch Stress.»

«Multiple Sklerose, Rheuma, Altern, Stress – das sind alles Leiden, für die es keine Heilung gibt.»

«Das haben Sie richtig erkannt, Dr. Baden. Und darum werden diese Leiden von der Medizin auch so häufig vernachlässigt. Ich aber kümmere mich darum, die damit verbundenen Beschwerden zu reduzieren. Und zwar durchgreifend und effektiv.»

«Sie befassen sich also mit Vitaminen, Hormonen, Enzymen et cetera und stellen daraus Präparate als Injektionslösung her, um vielfältige Beschwerden zu mindern.»

«Das ist eine durchaus richtige, wenn auch grob vereinfachende Zusammenfassung. Darüber hinaus stelle ich meine Grundstoffe zum großen Teil selber her, weil es sonst keiner tut. Dafür ist wiederum eigene Forschung nötig. Die Gewinnung an sich ist das kleinste Problem. Die Herausforderungen beginnen bei der Aufbereitung der Substanzen, damit der Körper sie nicht abstößt.»

Dr. Baden sah, dass Jacobson an dieser Stelle einen gewissen Eifer entwickelte und allzu gern weiter über seine Forschungen zur Aufbereitung von Substanzen elaboriert hätte. Es war zwar nicht das, was ihn selbst interessierte, aber es war gut, ihn mal reden zu lassen.

«Das ist hochinteressant», sagte er also. «Und welche Methoden haben Sie da entwickelt?»

«Ich verarbeite unter anderem Rinderblut und Knochenmark und die extrem wertvollen Bestandteile menschlicher Plazenta. Früher habe ich mit Ultraschall homogenisiert, parallel aber bereits an besseren Methoden geforscht. Das Lasermikroskop habe ich mitentwickelt, es bietet heute viel effizientere Möglichkeiten, aber auch die habe ich weiterentwickelt, ich arbeite inzwischen mit einer Kombination aus Tieftemperaturtechnik, starken Magnetfeldern und der Fluoreszenz von Mineralien.»

Wieder dieser Blick. Der Blick sagte: *Da staunen Sie, was?* Und tatsächlich staunte Dr. Baden. Er staunte so sehr, das er nicht wusste, worüber er zuerst staunen sollte oder ob das Ganze überhaupt ernst gemeint war. «Sie haben das Lasermikroskop mitentwickelt?»

«Vor ungefähr zehn Jahren, ja.»

«Vor zehn Jahren haben Sie schon ein Lasermikroskop entwickelt?»

«Natürlich. Ich verstehe auch nicht, warum die Dinger erst jetzt gebaut werden und dann auch noch schlechter.»

«Sie haben ein besseres Lasermikroskop entwickelt als die, die es gibt?»

«Oh ja.»

«Vor zehn Jahren.»

«Ich weiß, was Sie denken, Dr. Baden. Sie denken, wenn dieser Jacobson vor zehn Jahren so ein tolles Lasermikroskop entwickelt hat, warum gelten Lasermikroskope dann jetzt erst als allerneueste Errungenschaft, und warum sollten sie schlechter sein als seines? Die Antwort ist, mein damaliger Kompagnon war leider unzurechnungsfähig und ist mitsamt der Erfindung einfach verschwunden. Es war ein fürchterliches Debakel.»

«Verstehe.» Dr. Baden fühlte sich nun ausreichend verwirrt. Er musste seine Gedanken neu ordnen. «Und, was sagten Sie gerade auch noch, ach ja, Sie reinigen also Bestandteile von Rinderblut, Knochenmark und Plazenta mit Hilfe von Magnetfeldern und fluoreszierenden Mineralien?»

«Durch Fluoreszenz und Magnetismus verändern sich die molekularen Strukturen. Ich kann damit Substanzen lösen, die bislang als nicht lösbar galten. Es ist ein hochinnovatives Verfahren.»

«Das ist alles, das ist wirklich hochinteressant, Dr. Jacobson. Ich ...» Er durfte jetzt nicht nachlassen. «Noch einmal zurück zu Mark Shaw. Er bekam also ebenfalls Ihre Spritzen mit all diesen Ingredienzien, und das verabreichen Sie sich ja auch selbst, nicht wahr, und aus welchem Grund kam Mr. Shaw als Patient zu Ihnen, mit welchen Beschwerden und welcher Diagnose war das verbunden?»

«Wissen Sie, Dr. Baden. Viele meiner Patienten leisten Außergewöhnliches, sie stehen unter enormem Druck. Ich behandle zahlreiche hochrangige Politiker, Geschäftsleute und Künstler, darunter viele Größen aus dem Showgeschäft. Diese Leute müssen auf einem kontinuierlichen Niveau Höchstleistungen erbringen und können sich keine Schwächelei erlauben. Wenn Sie morgen eine Premiere am Broadway oder in der New Yorker Oper haben, wollen Sie sichergehen, dass Ihnen genau dann auch alle Ihre Kräfte und Ressourcen zur Verfügung stehen. Wenn Sie morgen eine entscheidende geschäftliche Verhandlung führen oder nächste Woche ein Buch fertig haben müssen, dann können Sie sich heute nicht mit Erkältung ins Bett legen oder auch nur mal bisschen müde sein. Mark war einer der profiliertesten Fotografen des Landes. Er musste heute in Paris arbeiten und morgen auf Hawaii, er hatte zahlreiche und wichtige Aufträge. Und er hatte, wie jeder von uns, seine persönlichen gesundheitlichen Schwachpunkte. Schwachpunkte, die ich ausgleichen konnte.»

Dr. Jacobson griff nach seiner Arzttasche, die neben dem Stuhl auf dem Boden stand, und erhob sich. «Ich hoffe, dass ich Ihre Fragen beantworten konnte, Dr. Baden. Jetzt muss ich weiter, denn auch ich habe heute noch sehr viel Arbeit vor mir, und mein Bruder wartet unten im Wagen.»

An der Tür reichten sie sich die Hände, und Dr. Baden bedankte sich bei Dr. Jacobson für den Besuch. Der Kaffee war lauwarm geworden, und wohin jetzt mit den Keksen?

Ring, my friend I said you'd call Doctor Robert
Day or night he'll be there any time at all
Doctor Robert
The Beatles, «Doctor Robert»

1967

Die Haare breiteten sich wellig über das Kissen und ihre Schulterblätter, in einer Farbe, die der des Parkettbodens glich, wie in feine Fäden geschnitztes, elastisches Holz. Was plötzlich in Mona gefahren war, verstand Sidney nicht, aber er vermied es, darüber zu grübeln und sich damit um das Glück des Augenblicks zu bringen. Das Glück des Augenblicks war bereits eingeschränkt genug dadurch, dass er jetzt gleich wegmusste zu einem leider wichtigen geschäftlichen Essen, wo er seinen Vater vertreten sollte, der auf Reisen war.

Seltsam ekstatisch war sie bei ihm angekommen, aber schon wie sie darauf beharrt hatte, ihn noch am selben Tag zu sehen, war sehr ungewöhnlich gewesen. Zur Begrüßung hatte sie ihm eine Hand an die Wange gelegt und ihm einen Kuss gegeben, auf den Mund, und jetzt lag sie hier neben ihm, wie zuletzt im Sommer, im Strandhaus in den Hamptons, während dieser Tage, an die er immerzu dachte. Es war verwirrend. Er befürchtete, dass sie nicht mehr hier sein würde, wenn er von dem Termin zurückkam, obwohl sie es versprach.

«Komm doch mit, wenn du magst», hörte Sidney sich deshalb sagen.

Eigentlich ging das nicht. Eigentlich war es so nicht vorgesehen und der alte Alvaro würde eine Braue heben, wenn Sidney zu geschäftlichen, womöglich vertraulichen Gesprächen mit einem unbekannten Mädchen aufkreuzte. Aber jetzt hatte er es gesagt. Mona stützte sich auf und sah ihn an. Die grüngrauen Augen, die Nase, die Lippen, etwas rissig heute, die kleine Zahnlücke dahinter. Warum er von alldem besessen war anstatt, zum

Beispiel, von Betty Harrison, mit der er schon zum Abschlussball der Highschool gegangen war und die ihn weiterhin regelmäßig anrief, fragte er sich nicht mehr, es lag außerhalb seines Willens.

«Oder hast du schon gegessen?», fragte er.

«Nein. Ich hab noch gar nicht richtig gegessen heute. Hab aber auch keinen großen Appetit.»

«Dann versprich mir bitte, dass du hier wartest. Dass du da bist, wenn ich zurückkomme.»

«Ich begleite dich gern zu dem Essen.»

Ihre neue Exaltiertheit nahm Mona gleich mit in das gediegene Ambiente des Restaurants. Schon ihr Gang und die Art, wie sie sich zwischen Tisch und Sitzbank fädelte, signalisierten Grandezza. Natürlich war der Tisch nur für drei reserviert, und nun waren sie vier. Alvaro reagierte wie erwartet, dezent indigniert. Nachdem er Mona formvollendet begrüßt hatte, ignorierte er sie, was wiederum den Gast aus Brasilien sichtlich irritierte. Und weil Sidney alles, was er tat, stets und immer bestmöglich getan haben wollte, versuchte er, die Angelegenheit ab jetzt ganz besonders professionell, aber gleichzeitig auch charmant und selbstbewusst zu regeln. Der Brasilianer war Kaffee-Zwischenhändler und für ein paar Tage in der Stadt, um Geschäftspartner zu treffen; es ging um wichtige Abstimmungen zwischen Handel, Logistik und Distribution, von der sie alle profitieren sollten.

«Ich bin sehr glücklich, Sie endlich persönlich kennenzulernen», begann Sidney feierlich. «Mein Vater hat schon viel von Ihnen erzählt.»

Sidney war jung, Alvaro alt und der Brasilianer irgendwo dazwischen. Seine Haut, seine Gesten und seine Augen sprachen von einem Leben in einer anderen Klimazone. Er nahm einen Schluck Wein und lächelte in die Runde: «Ich komme immer gern nach New York. New York, New York! Es ist immer wunderbar!»

Mona und Sidney lächelten zurück, aber Alvaro war offenbar entschlossen, belanglosem Geplänkel von Anfang an keinen

Raum zu lassen. Er kam gleich demonstrativ geschäftsmäßig zur Sache und begann, von Margen und Zöllen und Vertragsklauseln zu reden. Ohnehin hatte er Sidney noch nie viel Wertschätzung entgegengebracht; er ließ gern durchblicken, dass der wohl nicht aus dem Holz seines Vaters geschnitzt war mit seinem lächerlichen Abschluss in einem geisteswissenschaftlichen Fach.

Nachdem der Brasilianer Alvaros Ausführungen eine Weile nickend, aber nur mit halber Aufmerksamkeit zugehört hatte, wandte er sich unvermittelt an Mona. Woher sie komme. Was sie denn mache. Ob sie ihm ein Geschäft empfehlen könne, wo er schicke Mitbringsel für seine Frau und die beiden Töchter finde. Und Mona antwortete, überlegte, kam ins Plaudern. Sie berichtete von sich und von ihren Jobs, von denen, die sie hatte, genauso wie von denen, die sie nicht hatte. Sie streckte ihre langen Beine unter dem Tisch hervor, als sie von der Strumpfhosenwerbung erzählte, und brachte den Brasilianer ins Staunen mit der Diätpillengeschichte («Ach, so machen die das!»). Sie zählte ihre liebsten Läden und Boutiquen auf, und dann, als er nachfragte, ob sich denn ein Besuch bei Macy's lohne, pries sie deren Wäsche-, Schmuck- und Parfümerieabteilung, und schwärmte am Schluss ausgiebig von einer sensationellen Halskette, die sie dort erst heute entdeckt hatte.

Sidney staunte. Es war sonst nicht Monas Art, so viel und so schnell zu reden. So wie es bislang auch nicht ihre Art gewesen war, zu ihm zu kommen und ihm die Kleider vom Leib zu reißen. Und obwohl ihm beides gefiel, saß er hier mit gemischten Gefühlen: einerseits unterhielt und charmierte sie den Brasilianer, andererseits echauffierte sie den alten Alvaro noch mehr als sowieso schon. Ums Geschäftliche ging es längst nicht mehr. Der Drops war gelutscht. Der Brasilianer würde morgen Abend abreisen und den Tag vorher mit Shopping verbringen. Alles, was er jetzt noch hoffen konnte, war, Mona nach dem Essen behalten zu dürfen für den Rest dieser Nacht.

Zumindest das gelang. Zwar kam sie nicht noch einmal mit zu

ihm, weil sie ihren Kakadu versorgen wollte, aber sie nahm ihn mit zu sich nach Hause, wo Sidney die außerordentliche Ordnung und Sauberkeit auffiel, und zum zweiten Mal an diesem Tag war sie sehr schnell darin, ihm das Hemd aufzuknöpfen, während sie sich mit ihren Lippen an ihm festsaugte. Wieder stürzten sie in einen Taumel, aber anders als der Taumel des Sommers, der gefühlvoll und rhythmisch gewesen war wie Soul Jazz. Heute war es mehr ein eiliger Bebop. «Jazz», «Bebop», «Rock 'n' Roll» – waren diese Begriffe nicht ohnehin und immer schon Codes für Sex?

Später in der Nacht war Sidney müde und erschöpft, konnte aber nicht zur Ruhe finden, weil Mona sich neben ihm wälzte und mehrmals aufstand. Einmal schien sie länger fortgeblieben zu sein, in dieser Zeit war Sidney endlich eingeschlafen, aber als sie zurück unter die Decke schlüpfte, wachte er wieder auf. Er streckte einen Arm nach ihr aus, sie schmiegte sich an ihn, und diesmal wurde es zu einem somnambulen Cool Jazz.

Kurze Zeit später, frühester Morgen noch, fuhr Mona hoch, als falle ihr etwas ein, und begann sich anzuziehen.

«Wo musst du hin, so früh? Hast du schon ausgeschlafen?»

«Ich weiß nicht genau.»

«Wollen wir nicht noch zusammen einen Kaffee trinken?»

«Was? Doch, klar, ich mache Kaffee.»

Die Sonne ging gerade erst auf.

«Was ist los, Mona?», fragte Sidney, als sie am Tisch saßen und ihren Kaffee tranken.

«Nichts.»

Er griff nach ihrer Hand. «Wir haben noch gar nicht über Berlin gesprochen. Nachher wollte ich ja unsere Flüge buchen. Komm doch mit, das wäre das Beste. Ich brauche auch noch ein Hotel, da könntest du mich beraten. Außerdem hatte ich dir ein Honorar angekündigt und bestehe auch darauf. Das könnten wir dann gleich mitregeln, ich bräuchte dafür deine Kontonummer und ein paar Daten von dir.»

«Okay. Gut. Dann komme ich nachher zu dir?»

«Wir sollten das in meinem Büro machen. Fahr doch einfach gleich mit mir mit.»

«Ich müsste vorher noch woandershin.»

«Kann ich dich irgendwo absetzen?»

«Nein, danke. Hab nur ein paar Besorgungen zu machen.»

«Lass uns das zusammen erledigen, und dann fahren wir ins Büro!»

«Sidney, nein! Ich komme später in dein Büro.»

Müde und in der Kleidung vom Vortag fuhr Sidney allein ins Büro. An seiner Haut haftete Monas Geruch.

Das Kaufhaus hatte noch nicht einmal geöffnet. Unmöglich hätte Mona Sidney erklären können, dass sie einfach nur Panik hatte, der Brasilianer könnte heute als Erstes zu Macy's gehen und ihr die Kette vor der Nase wegkaufen. Nach ihrem ganzen Benehmen gestern, dem überfallartigen Besuch, hätte es womöglich so ausgesehen, als sei es ihr von Anfang an um die Kette gegangen, darum, dass Sidney sie ihr kauft. Dabei war das Gegenteil der Fall; für ihren Geschmack machte er ihr zu viele unerbetene Geschenke.

Einen Plan, wie sie die Kette für sich retten konnte, hatte sie allerdings nicht. Sie setzte sich in ein Café, und während sie da saß, spürte sie, wie sich eine vertraute Ratlosigkeit anschlich. Was sollte das jetzt schon wieder mit Sidney? Es hatte doch keine Zukunft. Nichts von all dem, was sie gerade trieb, hatte eine Zukunft. Dieser Alvaro gestern, der mochte Sidney nicht. Die Ablehnung war mit Händen zu greifen gewesen. Und Mona konnte ja nachvollziehen, was den so nervte, sie wusste und kannte es ganz genau, es waren dieselben Dinge, die auch sie an Sidney nervten und die wahrscheinlich dafür verantwortlich waren, dass sie immer wieder weglief. Und dennoch fand sie Alvaro ungerecht, denn dieser Mann sah nicht den ganzen Sidney, sah nicht dessen große, ungeschützte Liebenswürdigkeit.

Über dem zweiten Kaffee gelang es Mona, ihre Zweifel etwas zu zerstreuen, und kurze Zeit später stand sie erneut vor der Kette mit den magischen Opalen und vor der Verkäuferin, die heute etwas weniger aussah wie Natalie Wood.

«Da sind Sie ja wieder», sagte sie. «Haben Sie sich entschlossen?»

«Könnte ich», fragte Mona, «könnte ich die Kette wohl anzahlen? Und dann in den nächsten Tagen voll bezahlen und abholen?»

«Da müsste ich mal fragen.»

Die Verkäuferin beriet sich mit einer älteren Kollegin, die danach ihrerseits hinter einer Tür verschwand. Derweil imaginierte Mona sich mit der Kette um den Hals und überlegte, dass sie ab jetzt einfach lange nichts anderes mehr kaufen würde, weil sie nämlich auch nichts anderes mehr brauchte. So würde sich die Kette amortisieren. Die ältere Verkäuferin kehrte zurück und kam direkt auf Mona zu. Man könne das mit der Anzahlung ausnahmsweise machen, erklärte sie, werde die Kette aber nur eine Woche lang reserviert halten.

Ihre Verabredung hatte Gloria offenbar vergessen. Als Mona bei ihr ankam, wollte sie gerade das Haus verlassen. «Komm einfach mit», sagte sie. «Ich werde sowieso ewig im Wartezimmer herumsitzen.»

Es überraschte Mona, dass Gloria ein Auto besaß, und wie sie entlang der Eastside Richtung Norden fuhren, fragte Mona sich, ob sie überhaupt einen Führerschein hatte. Gloria tat, als gehörten die Straßen ihr allein, und störte sich nicht am Hupen und den wütenden Gesichtern hinter den Windschutzscheiben der anderen.

«Fahren wir zu Dr. Max?», fragte Mona.

«Du kennst Dr. Max?»

«Adam hat mich zu ihm gebracht, als ich so krank war, vorletzte Woche.»

«Verstehe. Grundsätzlich gehe ich zu Max, aber jetzt nicht. Jetzt gehe ich erst mal zu Dr. Robert.»

«Hast du irgendwas? Oder geht man zu dem auch wegen Spritzen?»

«Wegen Spritzen.»

Unter leichtem Schleudern bog Gloria den Wagen in die 78. Straße und fand einen Parkplatz direkt vor dem Eingang mit einem goldverzierten, schmiedeeisernen Tor, das von zwei auf Säulen thronenden steinernen Drachen bewacht wurde. Sie betraten gediegene Räumlichkeiten, die Schwester am Empfang war jung und gepflegt. Im Wartezimmer, das deutlich besser ausgestattet und angenehmer beleuchtet war als das von Dr. Max, hockten schon viele Wartende. Um einen kleinen Tisch herum saßen zwei Mädchen und vier junge Männer von der blasiertreichen Sorte, einer mit gemustertem Seidentuch begrüßte Gloria beiläufig.

«Ein Öl-Erbe!», raunte Gloria Mona ins Ohr, «Bei den beiden Mädels handelt es sich um eine Moderedakteurin und einen Broadwaystar. Grässliche Leute. Alle sechs.»

Der Öl-Erbe war ungefähr in Monas Alter. Keine drei Sekunden konnte er still sitzen. Er wippte mit beiden Beinen, rutschte auf dem Stuhl hin und her, sprang auf, setzte sich wieder, wippte weiter mit den Beinen, reckte die Arme nach oben, sprang auf und so weiter. Etwas abseits saß ein in sich zusammengesacktes Mädchen, ebenfalls in ihrem Alter, die vor sich hin stierte und überhaupt aussah, als säße sie in einer luftdichten Verpackung.

«Und die?», fragte Mona.

«Die arbeitet als Bunny im Playboy Club. Angeblich ein Super-Job.»

Mona fiel die Karte des Werbeagenturtypen wieder ein, sie hatte sie erst letztens beim Aufräumen wieder in der Hand gehabt. Ihnen direkt gegenüber saßen zwei ältere Männer, offenbar eineiige Zwillinge und identisch gekleidet, sie hielten sich an den Händen. Zwischen ihnen, dem Öl-Erben mit seiner Crew und dem Bunny verteilten sich weitere Wartende. Kurz nachdem sich Gloria und Mona gesetzt hatten, kam ein dunkelhäutiger Mann unbestimmbaren Alters in den Raum gesprungen und begann, mit seinem Gehstock gegen einen unsichtbaren Kontrahenten zu fechten. Als die Schwester herbeieilte und ihn zurechtwies, setzte er sich sofort auf einen freien Stuhl wie ein gescholtenes Kleinkind.

Vielleicht lag es an dem bedrückenden Anblick des Playboybunnys, vielleicht auch am mangelnden Schlaf, aber wie sie da so saß, fühlte Mona sich gar nicht gut. Schon vor ein paar Stunden, im Café gegenüber von Macy's, und dann auf dem Weg zu Gloria hatte sich das immer wieder angeschlichen, mal als kleine Melancholie, zwischendrin aber auch wie der Blick in einen tiefen, dunklen Krater. Jetzt und hier schien der Krater sich auszudehnen, und ein Gefühl großer Sinnlosigkeit breitete sich in ihr aus. Außerdem war das Licht so grell, und sie hatte keine Sonnenbrille dabei.

«Geht es um Adam?», fragte Gloria unvermittelt, und als könnte sie mit Mona zusammen in ihren Krater blicken.

«Adam? ich weiß nicht, ich bin etwas müde, glaub ich.»

«O.k., du bist also müde. Aber worüber wolltest du mit mir reden? Am Telefon meintest du, du müsstest unbedingt mit mir reden. Deshalb sitzen wir hier.»

Jetzt fiel es Mona auch wieder ein. «Richtig. Über Adam», sagte sie und nickte. «Ich wollte über Adam reden.»

«Ich schätze, ich weiß auch nicht mehr als du», sagte Gloria. «Kalifornien, möglicherweise.»

«Was meinst du mit Kalifornien?»

«Na, da könnte er hin sein.»

«Wann?»

«Na jetzt.»

«Ich wusste gar nicht, dass er weg ist.»

«Worüber wolltest du dann reden?»

«Na, ich weiß nicht, allgemein über Adam. Wieso er keine Wohnung hat. Warum er Feueralarm auslöst und dann im Krankenhaus landet.»

Gloria sah sie verständnislos an. Der Mann mit dem Stock hatte angefangen, vor sich hin zu murmeln, eine stark geschminkte

Frau mit Nerzmantel war hinzugekommen, außerdem ein smarter Mittdreißiger in eng geschnittenem Anzug und mit schmaler, schwarzer Krawatte sowie eine beleibte Dame in Begleitung eines noch dickeren Kindes. Dafür waren die Zwillinge zusammen mit einer Frau, die sich vorher hinter einer weit auseinandergebreiteten Zeitung vergraben hatte, ins Innere der Praxis gerufen worden. Das Bunny hielt die Arme dicht verschränkt, als würde sie sich selbst festhalten. Der Krater, in den Mona bislang nur hinabgeblickt hatte, verschluckte sie nun ganz. Sie begann, leise zu schluchzen.

«Nicht dein Ernst», sagte Gloria. «wolltest du ihn heiraten oder was?»

«Nein.», blubberte Mona. «Ich heule gar nicht wegen Adam.»

Der Öl-Erbe und ein paar andere sahen nur mäßig interessiert zu ihnen hinüber.

«Und weshalb heulst du dann?»

«Weiß nicht.»

«Dann hör bitte auf.»

«Ich fühle mich in meinem eigenen Leben wie eine Nebenfigur.»

Ohne Sie anzusehen, hielt Gloria ihr ein mit Schmetterlingen besticktes Stofftaschentuch vor die Nase. Nach dem Schneuzen bemühte Mona sich um Contenance, aber das gestaltete sich schwierig; die Schleusen waren geöffnet. Gloria stöhnte.

«Wann warst du zuletzt bei Dr. Max?»

«Am Mittwoch.»

«Und warst du zwischendrin noch mal woanders? Hast du die Diätpillen genommen?»

«Was?»

«Ob du dein Speedlevel aufgefrischt hast seitdem?»

«Was?»

«O.k., alles klar. Du stürzt gerade ab. Das ist normal. Zum Glück sitzen wir schon im Wartezimmer. Du kommst mit rein.»

«Ich stürze wirklich gerade in ein ganz tiefes Loch!»

«Sage ich ja.»

Der Öl-Erbe und seine Gang wurden in die Praxis gerufen. Kurz blickte Mona zu ihnen auf, dann tupfte sie sich mit einem trockenen Taschentuchzipfel die Augen.

«Mein Leben funktioniert nicht», sagte sie tonlos.

«Alles verschmiert», sagte Gloria.

«Was?»

«Die Wimperntusche. Geh ins Bad und wisch dir das ab. Durch die Tür und dann nach links.»

Mona tat wie geheißen. Als sie zurückkam, setzte sie sich und fragte: «Was ist mit dem Typen, der hinter der goldenen Tür sitzt, dem Guru?»

«Was soll mit ihm sein?»

«Er wohnt in deiner Besenkammer?»

«Mehr oder weniger.»

«Warum tut er das? Wo war er vorher?»

«Kann ich dir beides nicht beantworten.»

Wieder verfiel Mona in haltloses Schluchzen, woraufhin das Playboybunny sich die Ohren zuhielt.

Kurz darauf wurden sie alle drei, Mona, Gloria und Bunny, von der Schwester aus dem Wartezimmer geholt und in ein geräumiges Behandlungszimmer geführt, wo sie nebeneinander mit baumelnden Beinen auf einer Liege saßen. Das Bunny, stellte Mona fest, roch nicht gut. Die Tür stand leicht offen, aus dem Gang drangen Gelächter und heiteres Plaudern zu ihnen, dann löste sich eine besonders gut gelaunte Stimme aus dem akustischen Knäuel und rief: «Hallo, ihr lieben Kinder!»

Der Mann, der nun eintrat, begrüßte Gloria und das Bunny, plauderte kurz mit beiden und fragte dann, wer die dritte junge Dame sei. Glorias Schwester?

«Das ist Mona, und wir sind nicht verwandt», sagte Gloria. «Nehmen Sie die doch bitte zuerst ran, es geht ihr nicht gut.»

Der Doktor fasste Mona bei dem Schultern und blickte ihr aus warmen, freundlichen Augen ins Gesicht.

«Mona», sagte er. «Ich bin Dr. Freymann. Dann kommen Sie mal mit.»

Das Bunny schnaubte böse. «Mach hier ja keinen Stress, du Null», zischte Gloria sie an.

Im Behandlungszimmer war es hell und gediegen modern. Nachdem Dr. Freymann Mona einen eiförmigen Sessel zugewiesen hatte, setzte er sich mit halbem Hinterteil auf seinen Schreibtisch und fragte: «Was führt Sie zu mir, Fräulein Mona?»

«Eigentlich bin ich nur zufällig hier, weil ich mit Gloria reden wollte, deshalb habe ich sie begleitet, aber nun geht es mir mit einem Mal schlecht, und da meinte Gloria, Sie könnten mir wohl helfen.»

Während sie sprach, hatte der Doktor sich aufgerichtet und lächelnd die Fäuste in die Hüfte gestemmt.

«Sind Sie etwa aus Deutschland?», fragte er. Auf Deutsch.

«Ja, bin ich», antwortete Mona, ebenfalls auf Deutsch.

Da zog er sie aus dem Sessel hoch und umarmte sie herzlich.

«Wie schön!», rief er. «Eine so junge deutsche Frau! Woher kommen Sie?»

«Berlin.»

«Phantastisch! Ich habe auch mal in Berlin gelebt!»

«Das ist ja interessant», sagte Mona. «Genau wie Dr. Jacobson. Kennen Sie den? Der hat seine Praxis gar nicht weit von hier.»

Dr. Freymann winkte ab. «Ich weiß. Ich weiß, wer Dr. Jacobson ist.»

Der Name rief erkennbar wenig Begeisterung hervor, und Mona bereute, ihn überhaupt erwähnt zu haben. Gerade noch hatte sich die Freude des Doktors ein bisschen auf sie übertragen, jetzt zog der Dämpfer sie gleich wieder runter in finsterste Tiefen.

«Warum sind Sie nicht jetzt bei Dr. Jacobson, wenn Sie einen Arzt brauchen?», fragte Dr. Freymann.

«Wie gesagt, ich wollte ursprünglich gar nicht zum Arzt, ich habe nur Gloria begleitet, und dann bin ich im Wartezimmer plötzlich –» Wieder brach sie in Tränen aus. «Ich weiß ... ich weiß gar nicht, was los ist, ich ...»

«Ganz ruhig», sagte Dr. Freymann, dann öffnete er einen Medizinschrank und bereitete eine Spritze vor. Schon der Anblick stimmte Mona ruhig. Die Nadel glitt sanft und glatt in ihren Arm, ganz wie bei Dr. Max, und die Wirkung war auch ähnlich, ein bisschen milder vielleicht. Eine warme Welle durchspülte sie von innen, und kleine Funken explodierten unter ihrer Haut wie bei einem Feuerwerk. Das finstere Loch, in das sie sich eben noch hinabstrudeln sah, die ganze Verzweiflung, die sie gerade noch gepackt hatte, waren nicht nur aufgelöst, verschwunden, weggewischt, es war ihr schon jetzt kaum mehr vorstellbar, dass sie sich vor wenigen Augenblicken überhaupt in irgendeiner Weise unwohl gefühlt haben sollte.

«Besser?», fragte der Doktor.

«Viel besser.»

Er lächelte. «Was hat Sie nach New York verschlagen?»

«Ich wollte als Fotomodell arbeiten.»

«Und läuft es gut?»

«Mal so, mal so. In letzter Zeit war es schwierig.»

Dr. Freymann nickte verständnisvoll. «Die Konkurrenz hier ist größer als irgendwo anders auf der Welt. Wie sind Sie zu Dr. Jacobson gekommen?»

«Vor einigen Wochen hatte ich so eine schlimme Infektion. Da hat mich ein Freund zu ihm gebracht.»

«Konnte er Ihnen helfen?»

«Oh ja. Zumindest vorübergehend.»

«Wenn Sie so einen Absturz, wie Sie ihn gerade erlebt haben, künftig vermeiden wollen, kommen Sie übermorgen wieder zu mir. Dann unterhalten wir uns weiter. Es freut mich, Ihre Bekanntschaft gemacht zu haben. Verleben Sie noch einen wunderbaren Tag.»

Mit diesen Worten schob er Mona sanft zur Tür und verabschiedete sie mit einer väterlichen Umarmung.

Im Wartezimmer saßen immer noch dieselben Patienten wie vorhin. Hinzugekommen waren eine Dame mit dem Aussehen einer gealterten Primaballerina, eine kleine, dicke Frau mit Bart, ein älteres Ehepaar, ein müder dunkelhäutiger und ein arrogant dreinschauender rotblonder Mann. Die Auren der Leute waren schon wieder interessant, die kleine Dicke hatte eine dunkelrote Kirschaura, die des müden Dunkelhäutigen war beige.

Schließlich stand Gloria in der Tür und sagte: «Gehen wir.»

«Ich brauche noch einen Termin, ich soll übermorgen wiederkommen», fiel es Mona ein, aber Gloria sagte: «Es gibt hier keine Termine, geh einfach hin, wann du willst.»

Draußen summte die Luft vom herannahenden Frühling, Gloria und Mona rochen es beide. Alles war herrlich, nur die Sonne schien entschieden zu hell.

«Komm, wir drehen noch eine Runde durch den Park!», rief Mona und machte dabei einen kleinen Sprung, wie ein Kind, woraufhin Gloria mit nur zwei Schritten Anlauf eine vollendete Eislauf-Pirouette in der Luft drehte. «Na gut», sagte sie. Und dann: «Das nächste Mal kümmerst du dich gefälligst rechtzeitig um Nachschub oder einen Fallschirm.»

«Einen Fallschirm?»

Gloria verdrehte die Augen. «Himmel. Kind! Speed ist eine feine Sache, vor allem in dieser ärztlichen Profivariante direkt ins Blut, du fliegst in den Himmel, aber wenn du ohne Absturz runterkommen willst, dann brauchst du einen Fallschirm. Valium. Diazepam. Benzos. Bekommst du perfekt dosiert beim Doc, solltest du aber immer auch auf Vorrat zu Hause haben.»

«Also doch Speed? Adam meinte, das sei nicht zu vergleichen, wegen all der Vitamine, die Dr. Max da mit rein ...»

«Jajaja, die Vitamine. Kann sein. Mir egal. Bestimmt vermixen die da sonstwas, Vitamine, Mineralien, Extrakte, Pflanzen, Tiere, Katzenpisse, aber am Ende ist da immer noch eine feine Portion Meth drin, damit kenne ich mich aus, Schätzchen. Crank, Hexamine, Heropan, Pervitin, nenn es, wie du willst, das Zeug kommt doch aus deinem Land, dachte ich. Und jetzt hält es New York am Laufen. Laufen, Laufen, Tag und Nacht, also, wenn du da mal anhalten willst, ohne gegen eine Wand zu knallen, dann musst du vorher eben bremsen. Gegen Chemie hilft nur Chemie.»

Sie näherten sich dem Park, weiter oben zu ihrer Rechten tauchte das Metropolitan Museum auf. «Da drin hab ich Sidney kennengelernt», sagte Mona. «Das ist der Typ, der mich damals zu dieser Gartenparty mitgeschleppt hatte, wo wir uns das erste Mal begegnet sind, weißt du noch? Der Cousin der Gastgeberin.»

«Ich erinnere mich dunkel.»

«Dunkel? Du hast ihn angeflirtet.»

«Natürlich hab ich das.»

«Er verwirrt mich. Ich finde ihn so anstrengend und verspannt und ungelenk, dabei ist er eigentlich auch ganz interessant und süß und reizend, trotzdem kann ich ihn manchmal kaum ertragen! Monatelang bin ich ihm aus dem Weg gegangen, aber jetzt war ich die letzten beiden Nächte bei ihm, vielleicht ein Fehler. Immer höre ich mir seine Radiosendung an, die mag ich, er hat eine schöne Stimme, obwohl es mich auch dann wieder nervt, wenn er mich da immer erwähnt, aber dann zieht es mich wieder zu ihm hin, und solange wir allein sind, ist es meistens auch gut, in Gesellschaft wird es dann schwierig. Weißt du, auf dem Weg zu ihm bin ich auch so durch den Park gegangen wie wir jetzt, und da habe ich darüber nachgedacht, wie die Dinge eher zu mir kommen als umgekehrt, verstehst du, was ich meine? Ich habe das Gefühl, dass die Welt immer zu mir kommt, New York, Sidney, Adam, dass ich nicht wähle, sondern gewählt werde, manchmal sogar von Dingen, von dieser irrsinnig schönen Halskette zum Beispiel, die ich bei Macy's gesehen habe, weißt du was ich meine?» Mona redete schnell und schirmte ihre Augen mit der Hand. Sie hätte eine Sonnenbrille mitnehmen sollen, wie Gloria.

«Hör auf zu schwafeln, das ist völliger Blödsinn. Dass die Welt zu dir kommt, Mumpitz. Bin ich zu dir gekommen oder du zu mir? Reine Wahrnehmungssache. Vielleicht sind Menschen auf unterschiedlichen Straßen und in unterschiedlichen Geschwindigkeiten unterwegs, und da begegnen sich eben eher diejenigen, die auf derselben Straße in ähnlichem Tempo fahren.»

Mona nickte begeistert. «Und was ist jetzt mit Adam? Warum ist er plötzlich in Kalifornien? Und wer ist eigentlich diese Trixi? Hatten die mal was?»

«Ach, Trixi. Kommt aus Kalifornien, reiche Familie, ein mir bekanntes Problem: Hatte ordentlich was auf dem Konto, als sie nach New York kam, das hat sie in Windeseile ausgegeben, für Restaurants, Taxis, Klamotten, Kosmetik und ihre Feelgood-Ärzte. Jetzt ist wohl nicht mehr viel übrig.»

«Adam ist mit ihr nach Kalifornien?»

«Was? Nein, weiß ich doch nicht.»

«Du hast gesagt, er wär nach Kalifornien.»

«Ich vermute es, das letzte Mal war er in Kalifornien. Trixi hatte damit nichts zu tun, er ist da zu Hippies auf eine Farm oder was. Adam ist wie ein kleines Kind. Trixi natürlich auch.»

«Er hat noch Sachen bei mir.»

«Hat er bei allen.»

«Er ist so schön! Ich finde, er ist fast zu schön, um sexy zu sein, weißt du, was ich meine? Manchmal ist es ist mir beinahe unangenehm, ihn anzusehen, es kommt mir vor wie etwas Verbotenes. Und wenn wir zusammen sind, dann fühle ich mich neben ihm plötzlich wie das hässliche Entlein. Nur als wir bei Dr. Max waren, da war das hinterher völlig egal, da gab es dieses Leuchten und so eine Leichtigkeit. Und einmal, da hatten wir Sex während Sidneys Radiosendung, da war es dann, als wäre Sidney irgendwie ...»

«Spar mir doch bitte die Details. Du liebst deinen Sidney halt dafür, wie er dich liebt. Typisch hübsches Mädchen.»

«Sagt die, die mir so ähnlich sieht!»

«Genau deshalb kenne ich mich ja aus. Komm, wir gehen shoppen, du brauchst eine Sonnenbrille.»

«Guck, das ist sie.» Mona zog Gloria vor die Vitrine, in der ihr Schatz aus Perlen und Opalen lag.

«Wunderschön. Wirklich. Aber wenn mich nicht alles täuscht, liegt die noch hier zum Verkauf und nicht um deinen Hals.»

«Ich habe sie bereits angezahlt.»

«Angezahlt? So was kann man hier machen?»

«Ausnahmsweise.»

«Die Verkäuferin da sieht aus wie Natalie Wood.»

«Ich weiß.»

«Lass dir mal bitte dieses Armband da hinten zeigen und frag, was es kostet.»

«Warum fragst du sie nicht selber?»

«Sie schüchtert mich ein.»

Für das Ergebnis der Anfrage interessierte Gloria sich hinterher nur wenig, und während sie in der Kosmetikabteilung Lippenstifte und Lidschatten ausprobierten, erzählte Mona auch noch von dem nicht aufzutreibenden Parfüm namens Berlin. «Lustig», sagte sie, «jetzt wo ich dir das erzähle, fällt mir auf, dass es ja auch so heißt wie du.»

«Frag mal Kaspar danach. Mit Parfüms kennt der sich aus.»

«Kaspar kennt sich mit Parfüms aus?»

«Man glaubt es nicht, aber so ist es. Seine Mutter hatte eine Parfümerie, damit ist er aufgewachsen.»

«Was wird nun mit seinem Film?»

«Keine Ahnung.»

«Wo kann ich seine anderen Filme mal sehen?»

«Manchmal zeigt er sie irgendwo. Ich sag dir Bescheid.»

Später, nachdem sie einmal durch alle Etagen des Kaufhauses gewirbelt waren und wieder in Glorias Wagen saßen, öffnete die ihren Mantel und zog zuerst zwei Lippenstifte und einen violetten Lidschatten von Chanel aus einer Innentasche. Dann fummelte sie eine leichte Seidenbluse und ein Unterkleid aus dem Ärmel, und schließlich holte sie irgendwo noch etwas hervor, das sie Mona beiläufig in den Schoß warf. Es war die Kette.

Mona konnte nicht glauben, was sie da sah.

«Du hast das alles geklaut?»

«Nur meinen Krempel. Die Kette war ja schon angezahlt.»

«Um Himmels willen! Die denken doch jetzt sofort, dass ich das war!»

Gloria steckte sich eine Zigarette an und startete das Auto. «Ach ja», sagte sie und zog eine Sonnenbrille von Dior aus dem anderen Ärmel. «Die ist auch noch für dich.»

Nachdem Mona die Brille aufgesetzt und sich einigermaßen gefasst hatte, ließ sie die Kette durch die Finger gleiten. Die Opale glitzerten in der Sonne. Doppelt gewickelt passte sie auch um ihr Handgelenk.

Auch Drogen folgen der Mode; sie bilden substantielle Entsprechungen zu geistigen Wendungen, die vielleicht nur kleine Marken in der Stilgeschichte hinterlassen und sich doch einzeichnen.
Ernst Jünger

1968, im April

Was ist das für eine Kette?», fragte Sidney.

Da flogen sie bereits über den Atlantik.

«Gefällt sie dir?»

«Sie ist umwerfend. Wie für dich gemacht. Wo hast du die her?»

«Eine Freundin hat sie mir geschenkt.»

«Wow. Welche Freundin schenkt dir denn so ein wertvolles Stück?»

«Es ist eine lange Geschichte, Sidney.»

«Perfekt für einen langen Flug! Ist es die Kette, von der du dem Brasilianer mal erzählt hattest? Bei dem Essen?»

Mona schloss die Augen und schwieg. Erstmals traute sie sich, die Kette außerhalb ihrer eigenen vier Wände offen zu tragen. Auf einem Flug nach Berlin würden ihr hoffentlich keine Angestellten aus der Schmuckabteilung von Macy's begegnen. Wie ein Totem lag sie um ihren Hals, ein Verbindungsstück zwischen ihr und dem tiefen blauen Ozean dort unten. Es sagte viel aus über diese Kette, dass Sidney sich das Kompliment nicht verkneifen konnte, obwohl er doch sichtlich bemüht war, sich distanziert und professionell zu verhalten. Monas letzte Eskapade vor einigen Wochen hatte er nicht mehr so einfach weggesteckt wie sonst. Nach ein paar Tagen Funkstille war er ohne Vorankündigung bei ihr aufgekreuzt und hatte klare Verhältnisse gefordert. Es war ein denkbar ungünstiger Moment gewesen, Mona wollte gerade los zu Dr. Robert und hatte wenig Sinn für Verzögerungen. Aber da stand er und wollte reden.

«Du bist ja selbst nicht klar!», hatte sie ihm kurzerhand entgegnet. «Du hättest mich ja auch wegschicken oder später nicht auch noch mit zu mir kommen können!»

«Nein, Mona, ich bin klar. Ich weiß, was ich will. Ich will dich, ich will, dass du bei mir bleibst und meine Freundin bist. Klarer geht es nicht. Also. Was willst *du*?»

Sie schwieg.

«Du musst jetzt etwas sagen. Ich gehe nicht ohne eine Antwort.»

Sie wandte sich ab, rang die Hände, fuhr sich durchs Haar. Dann sagte sie: «Ich will dich – manchmal.»

«Das geht nicht.»

«Du wolltest eine Antwort.»

Danach war er wortlos gegangen, und einen Moment lang stand Mona weiter so da, bevor sie Schuhe und Mantel anzog, um sich ihrerseits auf den Weg zu machen. Im Wartezimmer von Dr. Robert schlug ihr die Szene plötzlich doch noch auf den Magen. Ihr gegenüber saß ein Trio von Jazztypen, zwei Schwarze, einer mit Bart und Mütze, der andere mit großer getönter Brille und als Dritter im Bund ein Weißer in schmalem dunklem Anzug. Den hatte sie hier nun schon mehrmals gesehen, und er warf ihr Blicke zu. Auch die älteren Damen mit den vielen Klunkern und die Frau, die sich ständig Notizen machte, sah sie hier zum wiederholten Male. Den androgynen Mann rechts neben sich hatte sie noch nie gesehen, aber er war einer von vielen, die ihr hier begegneten. Mit einem hatte sie sich mal länger unterhalten und erfahren, dass Doktor Robert auch Hormonbehandlungen anbot. Außerdem saßen auch wieder mehrere sehr dünne Mädchen im Raum, vielleicht Modelle, vielleicht auch nicht. Dünne Mädchen und Frauen mit Klunkern waren auch für das Wartezimmer von Dr. Max nicht untypisch, aber die vielen nach Jazzclub aussehenden Männer waren eher charakteristisch für Dr. Robert. Bei Dr. Max saßen auch deutlich weniger dunkelhäutige Personen als hier. Dann schweiften ihre Gedanken wieder zu Sidney. Dass er Klarheit eingefordert hatte, war nicht neu, das hatte er schon ein, zwei Mal getan, aber an diesem Tag hatte er deutlich ernster und verletzter geklungen. Umso mühsamer und ermüdender fand sie es, sich wieder mit seinen Erwartungen auseinandersetzen zu müssen. Sollte er sie doch einfach vergessen! Sollte er doch mal aufhören, durchs Radio mit ihr zu reden! Und war Berlin jetzt abgeblasen? Mona hatte ihrer Mutter bereits einen Besuch angekündigt.

Wie immer freute sich Doktor Robert darüber, mit ihr auf Deutsch plaudern zu können. Er klagte über das Wetter, die Politik und die Disziplinlosigkeit einiger Patienten sowie über deren Erwartung, er könnte alle ihre Probleme weg- und ihr Leben einfach in Ordnung spritzen. «Aber besser, sie kommen zu mir, als sich mit Drogen, Alkohol und ungesunder Lebensweise zugrunde zu richten. Manchen muss man über eine schwere Phase helfen, manchen versuche ich beizubringen, besser auf sich selbst zu achten, und manche brauchen nur ab und zu ein bisschen Unterstützung. Oder Ermahnung.» Entsprechend bemängelte er Monas nachlässig zusammengebundene Haare, sagte ihr, sie sollte sich jeden Tag aufs beste um sich und ihr Aussehen kümmern, es sei doch schade, wenn so ein hübsches Mädchen unter den eigenen Möglichkeiten bleibe. Nach der Behandlung fühlte auch Mona sich wieder verstärkt in Plauderlaune und fragte ihn: «Täusche ich mich, oder sehe ich in Ihrer Praxis immer auffallend viele Musiker?»

Dr. Robert schnippte mit den Fingern. «Richtig beobachtet. Ich habe wirklich viele Musiker unter meinen Patienten. Das finde ich ganz wunderbar!»

«Und wie kommt es dazu?»

«Ach, das fing vor längerer Zeit mal an. 1955, um genau zu sein. Ich habe eine treue Patientin, die Baronin Pannonica de Koenigswarter, geborene Rothschild, eine wirklich interessante Persönlichkeit, kann ich Ihnen sagen. Sie hat mal in München Malerei studiert, dann war sie Pilotin in Frankreich. Und das ist wirklich eine Musikbesessene, eine große Förderin von Jazzmusikern. Sie bewohnte damals eine Suite im Stanhope Hotel direkt neben meiner alten Praxis. Eines Tages wurde ich dorthin gerufen, und da lag ein schwerkranker Mann in ihrem Zimmer. Leider konnte ich ihm nicht mehr helfen, er starb wenige Tage später, aber während dieser Tage lernte ich seine Musik kennen. Es war Charlie Parker, der ...»

«Charlie Parker!»

«Ja, der große Charlie Parker. Ich muss gestehen, ich kannte ihn damals nicht. Aber die Baronin, sie hat von da an alle ihre Freunde zu mir gebracht, und dann hat es sich immer mehr herumgesprochen unter Musikern, dass man bei mir in guten Händen ist.»

«Waren die Beatles bei Ihnen?»

«Sie fragen wegen des Liedes.»

«Ja! *Doctor Robert*!»

«Nein. Nicht, dass ich wüsste. Aber gerade eben war Thelonious Monk hier drin.»

«Den kenne ich nicht.»

«Das ist ein Versäumnis, das sie wettmachen müssen, Fräulein Mona.»

Am Dienstag schaffte Sidney es tatsächlich, ihr keinerlei offene oder codierte Botschaften durchs Radio zu senden. Aber als hätte er einen geheimen telepathischen Zugang zu ihr, spielte er ein Stück von Thelonious Monk. Am Mittwoch rief er sie an, um über Berlin zu reden. Er wolle sie nach wie vor gern mitnehmen, aber vorher müssten klare Abmachungen getroffen werden. Dafür verabredeten sie sich schließlich doch noch in seinem Büro.

Die Firma Gordon & Sons residierte in einem dreistöckigen Haus mit schlichter weißer Fassade. Unten im Foyer wurde Mona von einer abstrakten Messingskulptur empfangen, danach führte ein weicher, dunkelblauer Läufer über eine Treppe nach oben, wo Sidney sie schon erwartete. In seinem Büro hingen an einer Wand übereinander zwei imponierende Gemälde, an einer anderen ein großer Druck, auf dem Orangen in unnatürlichen Farben zu sehen waren. Der Raum war nicht sehr groß, neben dem Schreibtisch mit Sessel dahinter befand sich darin nur noch ein Stuhl und ein kleines hellgraues Sofa mit einem Tischchen davor. Alles wirkte auf gediegene Weise modern. Wäre dies eine Arztpraxis gewesen, dann die von Dr. Robert. Sidney hatte Tee und Gebäck auf das Tischchen gestellt, und Mona nahm auf dem Sofa Platz. Mit einer ans Lächerliche grenzenden Förmlichkeit begann Sidney, mögliche Flugdaten und andere logistische und organisatorische Details mit ihr zu besprechen. Er hatte sich bereits nach Hotels erkundigt und ließ Mona entscheiden, ob er im Kempinski, im Hilton oder im Hotel am Zoo reservieren solle und ob sie ebenfalls ein Zimmer brauche oder bei ihren Eltern wohnen wolle.

«Wenn es in Ordnung ist, hätte ich lieber auch ein Zimmer im Hotel», sagte Mona, und Sidney nickte. Nachdem ihre Wahl nach einigem Hin und Her schließlich aufs Kempinski gefallen war, räusperte Sidney sich und lenkte das Gespräch in umständlich mäandernden Sätzen auf die «klare Abmachung», die er mit ihr treffen wollte.

«Ich möchte», sagte er schließlich, «dass wir bis dahin auf Abstand bleiben. Natürlich werden wir ein paarmal telefonieren müssen, aber –», er streckte ihr beide Handflächen entgegen, «– aber wir sollten uns nicht unbedingt sehen.»

«Okay.»

«Und dann, es ist ja auch eine Geschäftsreise, also wir werden im selben Hotel wohnen, klar, aber wir verhalten uns professionell.»

«Sicher.»

«Gut. Das ist also klar abgemacht, ja?»

«Natürlich. Eine klare Abmachung.»

Dabei war es geblieben. Bis zum Tag der Abreise hatten sie sich nicht mehr gesehen, lediglich zweimal kurz und sachlich miteinander telefoniert, und nur einmal hatte Sidney im Radio so etwas wie eine Anspielung gemacht, indem er Marlene Dietrich spielte mit «The Ruins of Berlin».

Vor ein paar Tagen dann war Adam wieder aufgetaucht. Sie wollte gerade los zu Dr. Robert, als er vor der Tür stand, aber anders als Sidney wollte er nicht über ihre Beziehung reden oder Abmachungen treffen, er wollte einfach nur schlafen. Seine schönen Haare waren sehr dilettantisch abgeschnitten. Hose und Jacke waren speckig vor Dreck, und er stank wie die Obdachlosen in der U-Bahn, darum sagte Mona, bevor sie aufbrach: «Kein Problem. Und du kannst gern auch duschen!»

Als sie zurückkam, lag er ungeduscht und voll bekleidet, aber im Tiefschlaf in ihrem frisch bezogenen Bett.

Er war nicht in Kalifornien gewesen, sondern bloß irgendwo in Connecticut, versackt in irgendjemandes Haus am Meer, wo zeitweise auch Kaspar aufgetaucht war und seinen Film weitergedreht hatte, aber auch das war offenbar schon eine Weile her. Die letzten Tage hatte er, soweit sich das nachvollziehen ließ, wieder in der Stadt verbracht, unter anderem war von einer «Haarschneideparty» die Rede und dass man bei irgendwem ein Zimmer mit Seiten aus Comic-Heften tapeziert hatte. Dass er jetzt bei ihr herumhing, hatte Mona eigentlich nicht in den Kram gepasst. Für ihre Abwesenheit war alles arrangiert, Mrs. Propper wollte sich um Winnetou kümmern, und Sieglinde hatte den Zweitschlüssel, weil sie Besuch von ihrer Schwester erwartete, die sie für ein paar Tage bei Mona einquartieren wollte.

Aber immer noch erlag sie dieser Faszination, trotz Geruch und verschnittener Haare. Also ließ sie beim Schlosser um die Ecke einen weiteren Schlüssel anfertigen und informierte Adam darüber, dass Winnetou von Mrs. Propper versorgt und die Wohnung zwischendrin für ein paar Tage von Sieglindes Schwester belegt sein würde. «Die restliche Zeit kannst du gern hier wohnen, aber bitte keine Haarschneidepartys und die Wände nicht mit Comics tapezieren», sagte sie halb scherzhaft, auf keinen Fall wollte sie spießig erscheinen.

«Ich werde keine Menschenseele mit hierherbringen», sagte Adam. «Ich bin doch froh, hier ein Refugium zu haben.»

Es erschien ihr einigermaßen glaubhaft.

In Berlin zog gerade der Frühling ein. Bis in die letzte Woche hinein sei es noch eiskalt gewesen, hatte ihnen die Stewardess im Flugzeug berichtet. Jetzt stiegen die Temperaturen, und die Sonne schien. Aus den Zweigen der Bäume wuchsen kleine, hellgrüne Blättchen und weiße und rosa Blüten, an den Straßenrändern kamen Primeln und Tulpen zum Vorschein, der vertraute Geruch der Brautspiere lag in der Luft. Mona hatte es ihrer Mutter gegenüber so dargestellt, als hätte sie den Zeitpunkt ihres Besuchs extra auf ihren Geburtstag gelegt, und so saß sie gleich am Tag ihrer Ankunft inmitten einer festlichen Kaffeetafel. Am späten Nachmittag waren sie vom John F. Kennedy Airport gestartet. Während des gesamten Fluges war Mona wach geblieben, mal wieder konnte sie sich nur darüber wundern, wie andere Menschen in dieser absurden Situation schliefen, in einer durch die Luft rasenden Kiste, unter ihren Füßen kilometerweit nichts. In Berlin war es bei Landung früher Morgen, aber mit Hilfe einer energiespendenden Diätpille hatte sie keinerlei Probleme damit, den Tag durchzuhalten.

Nach der Landung war sie mit Sidney per Taxi zum Hotel gefahren, hatte ihr Zimmer bezogen und ihre Sachen aus dem Koffer geholt. Dabei hatte sie festgestellt, dass sie ihren Kulturbeutel zurückgelassen hatte, schön fertig gepackt lag er in ihrem Bad in New York. Im Hotelbadezimmer fand sie eine Reisezahnbürste, Zahnpasta, Seife, Shampoo, und sogar ein kleines Nähset, aber natürlich keinerlei Schminksachen. Zumindest Wimperntusche, Kajal und etwas Puder brauchte sie schon, und eine Haarbürste, aber das würde sich in einem Drogeriegeschäft leicht organisieren lassen. Leider befand sich im zurückgelassenen Kulturbeutel auch ihr Pillendöschen. In ihrer Handtasche hatte sie zwar noch ein paar Diätpillen, aber Dr. Roberts phantastische Vitaminbomben lagen in New York, zusammen mit ein paar Fallschirmen.

Auf dem Tisch bei ihren Eltern stand die vertraute Kuchenplattform aus geriffeltem Glas mit einem goldenen Papieruntersatz und einem Käsekuchen darauf, auf dem ebenfalls vertrauten ovalen Porzellanteller mit Goldrand war ein geschnittener Mandelkuchen vom Blech gestapelt, und zwischen den beiden hatte ihre Mutter noch jeweils zwei mit Schokoladenkuvertüre übergossene Marmorkuchen aus der Kastenform platziert. Darunter lag die in zarten Rosa- und Gelbtönen geblümte Tischdecke. Tante Margot und Onkel Norbert waren da und Tante Lore mit ihren Söhnen, Monas Cousins, Dieter und Udo. Ihre Cousine Vera, die Tochter von Tante Margot und Onkel Norbert, wollte später noch dazukommen.

«Was studiert sie noch mal?», fragte Monas Vater.

«Geschichte!», bellte Onkel Norbert zurück.

«Und was will sie damit werden? Geschichtslehrerin?»

Vor Vera hatte niemand in der Familie eine Universität besucht, und für Monas Vater schien es ganz befriedigend zu sein, dass seine ausgewanderte Tochter mit dem unseriösen Beruf nun nicht mehr die Einzige war, für die man sich genieren musste. Ihrer Mutter war es egal, sie glühte vor Freude und blickte die Tochter immer wieder stolz von der Seite an.

«Na, erzähl doch mal von Amerika, was du so machst», sagte Tante Margot, während sie sich Kaffee aus der Porzellankanne mit dem Rosendekor in ihre Tasse aus dem selben Service goss.

«Ich hatte so ein paar Werbekampagnen in letzter Zeit.»

«Und für was?»

«Ein paarmal für Strumpfhosen und einmal für Diätmittel.»

«Das passt ja, mit deinen langen Beinen», sagte Tante Lore, «und wo du so dünne bist.»

«Viel zu dünn!», schnaufte ihr Vater.

«Und damit verdient man genug?», fragte Onkel Norbert.

«Es reicht aus», sagte Mona.

«Aber hier hast du doch jetzt auch beruflich zu tun», warf ihre Mutter ein, und ergänzte auch gleich: «Mona ist nämlich als Dolmetscherin hier, mit einem amerikanischen Geschäftsmann!»

Onkel und Tanten nickten anerkennend, Monas Vater guckte weiterhin skeptisch, die Cousins schaufelten noch mehr Kuchen in sich rein und begannen dann, von ihrer Mutter nur halbherzig zur Ordnung gerufen, sich unter dem Tisch gegen die Beine zu treten, bis Onkel Norbert schließlich mit einem autoritären «Jetzt reicht's aber mal hier!» dazwischenbolzte, worauf Dieter und Udo ihn einen Moment lang mit offenen Mündern anstarrten, um dann untereinander amüsierte Blicke auszutauschen, was Onkel Norbert nicht entging. Es klingelte.

«Das wird Vera sein», sagte Tante Margot, und Monas Mutter stand auf, um zu öffnen.

Beim Gedanken an Vera fiel Mona als Erstes ein, wie sie damals in der Badewanne um die Wette getaucht waren. Ihre Mutter war auf Kur gewesen, und Mona war für die Zeit zu Tante Margot und Onkel Norbert gebracht worden. Es war der letzte Abend, die Mädchen sollten nacheinander ein Bad nehmen. Während Vera in der Wanne lag, saß Mona daneben auf dem Toilettendeckel, aß einen Apfel und zählte die Sekunden, die Vera unter Wasser durchhielt. Wenn sie wieder auftauchte, sprach Mona jedes Mal das Urteil: «Zu kurz.»

Tante Margot kam mit frischen Nachthemden herein und erschrak, als sie Vera unter Wasser sah. Sie zog sie mit einem Handgriff heraus, dabei hatte Vera gerade zum ersten Mal die 25-Sekunden-Marke geknackt. Vera hustete und schnappte nach Luft.

«Also, sage mal!», rief Tante Margot. «Bist du noch ganz bei Trost!»

«Siebenundzwanzig Sekunden», sagte Mona.

Danach tauschten sie die Positionen, und Vera saß im Nachthemd neben der Wanne.

«Ich glaub, ich hab zu lange getaucht», sagte sie. «Mir ist immer noch ganz schwindelig.»

In der Wanne drehte Mona sich auf den Bauch und ließ sich langsam unter Wasser gleiten. Sie fühlte, dass ihre Haare über ihr schwebten wie Seegras, und stellte sich vor, durch einen Ozean zu gleiten, über Korallen und bunte Fischschwärme hinweg, als wäre sie selbst eine Art Fisch, bis sie aus diesem wunderbaren Zustand schließlich herausgerissen wurde. Es war Vera, die sie herauszog, so, wie ihre Mutter gerade eben Vera herausgezogen hatte. Nur schimpfte sie nicht, stattdessen hatte sie Tränen in den Augen und rief: «Das ist zu lang!»

Vera trug die Haare halblang und offen, wie sie waren, weder aufgedreht noch mit Haarspray gefestigt und mit einem Pony, der ihr seitlich übers rechte Auge fiel. Sie umarmte Mona zur Begrüßung und setzte sich an den Tisch.

«Na, wo kommst du denn her?», fragte Monas Mutter.

«Ich hatte noch ein Treffen für die Uni.»

«Sonntags? Na, sage mal.»

«Wir mussten für morgen noch etwas vorbereiten.»

«Hoffentlich nicht nur Proteste und Firlefanz», grummelte Onkel Norbert.

«Nein, Papa. Einen Vortrag.»

«Soso, einen Vortrag.»

Während sich alle anderen einen Themenwechsel wünschten, fragte Tante Lore interessiert nach: «Und was ist das für ein Vortrag?»

«Es geht um europäische Auswanderung in die USA zur Jahrhundertwende.»

«Na, darüber kann dir Ramona doch aus erster Hand berichten», sagte Monas Vater, worauf Mona einwandte, zur Jahrhundertwende habe sie ja noch nicht gelebt. «Nein», rief ihr Vater, «das ist mir klar! Aber mit Auswanderung in die USA, da kennst du dich ja wohl aus!»

Nach der Kaffeetafel setzten sich Monas Vater und Onkel Norbert, ausgerüstet mit Lupe und Pinzette, nach drüben in die Sitzecke, wo sie sich über ihre Sammelalben mit Briefmarken beugten. Die drei Frauen brachten das Geschirr in die Küche, Udo und Dieter begannen ein Kartenspiel, und Mona machte sich mit Vera an den Abwasch.

«Wie lange bist du hier?», fragte Vera.

«Ostermontag fliege ich zurück.»

«Wenn du Zeit hast, dann komm doch am Donnerstag mit zu einer Bootstour. Ein Freund von mir, ein Ami, feiert da seinen Geburtstag. Der freut sich immer über interessante Gäste.»

Außerdem interessierte Vera sich dafür, wie Mona die Ermordung von Martin Luther King vor ein paar Tagen erlebt hätte. Das Thema schien ihr sehr nahe zu gehen, und Mona war es peinlich, so wenig darüber zu sagen zu haben. Natürlich hatte sie es mitbekommen, zuerst aus den Schlagzeilen der Zeitungen, und natürlich war sie darüber schockiert gewesen, aber über Umstände und Hintergründe wusste sie wie üblich sehr wenig, und interessante eigene Gedanken hatte sie schon mal gar nicht zu bieten.

Im Bad öffnete Mona den Spiegelschrank über dem Waschbecken und die Schubfächer des Schränkchens. Viel Schminkzeug und Kosmetik hatte ihre Mutter nie besessen, dennoch hatte sich einiges angesammelt, teilweise kaum benutzt, wahrscheinlich Dinge, die Tante Lore ihr aus der Drogerie mitgebracht hatte, in der sie halbtags arbeitete.

«Mama», sagte Mona, bevor sie aufbrach, «ich habe meinen Kulturbeutel in New York vergessen.» Beinahe hätte sie «zu Hause vergessen» gesagt. «Kann ich mir bis Ostern vielleicht eine Haarbürste von dir leihen?»

«Ach Mona! Deinen ganzen Kulturbeutel vergessen? Na Mensch. Dann brauchst du doch auch eine Zahnbürste und ...»

«Nein, nein, da ist eine im Hotel.»

«Na, komm mal, nimm dir mit, was du brauchst.»

Neben einer Bürste gab Monas Mutter ihr fast alle ihre Schminkutensilien mit. «Ich benutz das doch gar nicht», sagte sie. «Guck mal, hier habe ich sogar noch einen verschließbaren Puderpinsel zum Reisen, das ist doch praktisch für dich.»

«Danke.»

«Behalt das ganze Zeug bloß. Und sag mal, leidest du jetzt nicht auch unter der Zeitumstellung? Guck mal, ich hab hier so Tabletten, die machen bisschen munter, willst du eine haben?»

«Danke, ich hab schon was genommen.»

«Na, dann ist ja gut.»

«Aber vielleicht hast du noch was, damit ich abends auch einschlafen kann?»

«Natürlich!»

Monas Mutter war beruhigt. Offenbar konnte ihre Tochter gut für sich sorgen.

Abends in ihrem Hotelzimmer nutzte Mona den Umstand aus, einen eigenen Fernseher zu haben, und glotzte vom Bett aus bis zum Sendeschluss um 23 Uhr, auch wenn es nichts sonderlich Interessantes zu sehen gab. Danach nahm sie die Fallschirmpille von ihrer Mutter und legte sich schlafen, bis Sidney sie dann um halb neun wie vereinbart mit einem Anruf weckte. Viel zu früh, sie hätte noch stundenlang weiterschlafen können, aber das Frühstück endete um zehn, und der Tag war mit einem Touristenprogramm für Sidney voll verplant. Ku'damm, Brandenburger Tor mit Mauer, Siegessäule, Kongresshalle, Schloss Charlottenburg. Während der gesamten Unternehmung nervte er sie mit seinem nachdrücklichen Interesse an allem und jedem, er wollte alles verstehen und alles korrekt nachsprechen, und das, wo sie kaum die Augen offen halten konnte. Unterwegs im Taxi rätselte sie über die merkwürdige Distanz zwischen dem, was sie war, und wofür Sidney sie hielt. Sie schloss ihre Augen für einen Moment und versuchte, sich den Zustand der Müdigkeit einzuprägen. Vielleicht könnte sie das Gefühl bei der nächsten Schlaflosigkeit ja wieder abrufen. Die Müdigkeit, fand sie, saß vor allem hinter den Augen und im oberen Brustraum. Von dort aus verbreitete sich etwas Schweres, das sie mit Macht nach hinten zog, und gleichzeitig etwas Flirrendes, das sich immer entzog, wenn sie es befragen wollte. Fast schlief sie darüber tatsächlich ein.

Erst beim Abendessen strömte wieder Leben in ihren Körper und ihren Kopf, und Mona bekam Lust, sich noch in eine Bar zu setzen, so eine, wo junge Leute wie sie selbst saßen, junge Berliner. Nun war aber Sidney müde, der Jetlag, und für den nächsten Tag stand einer der wichtigen Geschäftstermine an, derentwegen sie schließlich angereist waren. Plötzlich wünschte sich Mona, es wäre Adam, dem sie das hier alles zeigen könnte. Anstatt im Kempinski würden sie in einem einfachen Hotel oder einer Jugendherberge wohnen. Sie würden in das Berliner Nachtleben eintauchen, und Adam würde dabei richtig was hermachen mit seinem fabelhaften New Yorker Look und seiner ganzen Lässigkeit.

Stattdessen warf sie in ihrem Zimmer schon wieder das Beruhigungsmittel von ihrer Mutter ein und drehte den Fernseher an. Im Ersten lief eine britische Serie, im Zweiten begann gerade die Sendung «Filmforum», in dieser Ausgabe mit einer Reportage über das «amerikanische Untergrund-Kino». Mona schaltete nicht weiter, sie streckte sich auf dem Bett aus und sah zu, wie New York über den Bildschirm flimmerte. Sie sah Anti-Vietnam-Demonstrationen und einen Filmemacher, der eine Szene mit vier alten Ladys inszenierte, wie sie in ihren pompösesten Garderoben von einem als Bären verkleideten Mann ausgeraubt werden. Die Damen fuchtelten mit den Armen und kreischten und erweckten dabei nicht unbedingt den Eindruck, wahrhaft von Angst und Schrecken ergriffen zu sein. Eher schienen sie sich richtig ins Zeug zu legen in der Hoffnung, auf ihre alten Tage noch für Hollywood entdeckt zu werden. Ein anderer Filmmensch sprang mit der Kamera über eine Wiese, und eine Regisseurin schickte Kinder mit Mikrophonen auf die Straße, wo sie Passanten danach fragten, ob sie die Hippies mochten. Es folgte eine ewig lange Einstellung von einem unter der Dusche knutschenden Paar, dann erzählte der dazugehörige Filmemacher in einem Diner irgendetwas über seine künstlerischen Ideen. Es klopfte.

«Ich wollte dir nur Bescheid sagen, dass da was über Underground-Filme in New York kommt im deutschen Fernsehen.» Sidney trug einen Bademantel über einem blauen Flanell-Schlafanzug. «Ach, läuft bei dir sowieso schon», sagte er mit Blick auf den Bildschirm, wo nun wieder ein anderer Typ mit Kamera ein Mädchen dabei filmte, wie sie sich komplett auszog und dann auf einem Bett lustvoll rekelte, während ein junger Mann neben ihr auf der Bettkante saß und ein Gedicht rezitierte, in dem auch der Starnberger See vorkam.

«T. S. Eliot», sagte Sidney. «The Waste Land.»

«Ich dachte, du schläfst längst», sagte Mona.

«Versuche ich ja.» Einen Moment lang sah er sie unentschlossen an, dann sagte er «Gute Nacht» und drehte ab.

Im Fernseher redete nun der Mann, der gerade das nackte Mädchen gefilmt hatte, über seine Arbeit. Er sagte: «Sex ist die prägende Metapher unserer Zeit und löst den Tod als dominierende Metapher ab.» Mona dachte an ihre eigenen Begegnungen mit dem New Yorker Untergrund-Film, und als sie kurz die Augen schloss, begegnete ihr dahinter wieder das flirrende Gewicht der Müdigkeit – war es genauso wie vorhin, oder hatte es sich verändert?

Sonnenstrahlen fielen durch die Ritzen im Vorhang auf den Boden, im Fernsehen lief die Tagesschau. Mona lag angezogen auf dem Bett und hatte einen schlechten Geschmack im Mund. Es war kurz nach zehn, sie hatte das Frühstück verpasst, Sidney hatte sie nicht geweckt. Im Bad sah sie in den Spiegel. Ihr Augen-Make-up war verschmiert, und sie hatte Kissenabdrücke im Gesicht. Als sie das Wasser aufdrehte, fielen ihr die Stoppeln auf. Das Waschbecken war voller Bartstoppeln. Ihr erster Gedanke war: Warum hat Sidney sich hier rasiert? Ihr zweiter: Wie ist er hier reingekommen? Sie spülte alles weg. Duschte, zog sich an, schminkte sich, verließ das Zimmer. Bei Sidney öffnete niemand, er hatte sicher schon gefrühstückt und war auf eigene Faust losgegangen, der Geschäftstermin stand erst am Nachmittag an. In einem Café setzte sie sich mit einer Zeitung an einen

Tisch und bestellte Kaffee und ein Butterhörnchen. Bundesregierung, Gewaltverzichtserklärung, Warschauer Pakt, Bildungsrat, öffentliche Ausgaben, bis auf den Artikel über die Beisetzung von Martin Luther King in Atlanta las sie nur die Schlagzeilen. Zwei Stunden lang bummelte sie an Schaufenstern vorbei, betrat ab und zu ein Geschäft, kaufte einen kleinen Osterschmuck für ihre Mutter und für Gloria eine Schneekugel mit der Aufschrift «Berlin».

Ein bisschen glamourös fühlte sie sich dann doch, wie sie da mit ihren Einkäufen als regulärer Hotelgast durch das Portal ins Kempinski zurückkehrte. In der Lobby saß Sidney hinter einer Tasse Tee und einer englischen Zeitung, die er zusammenfaltete, als er Mona hereinkommen sah.

«Ich dachte, ich lass dich mal schlafen heute», sagte er.

«Das war ein guter Gedanke. Tatsächlich bin ich gestern bei laufendem Fernseher eingenickt.»

«Hast du denn noch dieses Mädchen gesehen, das wir bei der Gartenparty von meiner Cousine mal getroffen hatten? Die, die dir ähnlich sieht, nur dass sie ...»

«Gloria?»

«Ich habe vergessen, wie sie hieß.»

«Wie gesehen? In dem Film gestern im Fernsehen?»

«Ja, da war sie zu sehen.»

«Sag bloß! Was hat sie gemacht?»

«Nichts Besonderes, sie lag neben irgend so einem Filmemacher auf einem riesigen Sofa, und sie hat auch etwas gesagt, aber frag mich nicht, was genau, ich war auch schon am Wegdämmern.»

«Ach, Mist! Das hätte ich gern gesehen.»

Mona hatte mit Sidney nie über Gloria geredet. Oder über Adam, Kaspar oder den Guru hinter der goldenen Tür.

«Sag mal, hast du dich bei mir im Bad rasiert?»

«Bei dir rasiert?»

«Mein Waschbecken war voller Bartstoppeln.»

«Ich habe dein Bad nicht betreten. Wie oder wann sollte ich das getan haben?»

«Ich wundere mich ja auch, aber da waren eben Bartstoppeln in meinem Waschbecken. Ich dachte, wer weiß, vielleicht hast du ja einen Schlüssel.»

«Zu deinem Zimmer? Natürlich nicht! Und was wäre das auch für eine Idee, mit meinem Rasierzeug zu dir zu gehen, mich zu rasieren und dann wieder rauszugehen? Außerdem spüle ich meine Stoppeln weg.»

«Dann verstehe ich das nicht.»

Sidney sah sie an, als zweifle er an ihrem Verstand. «Ich leg mich jetzt auch noch mal für eine Stunde aufs Ohr», sagte er dann. «Treffen wir uns um halb fünf wieder hier unten?»

Im Fernsehen liefen *Flipper* und *Die Kinder von Bullerbü*. Viertel fünf ging Mona noch einmal ins Bad, sie warf einen Blick ins Waschbecken. Es lagen Stoppeln drin. Nicht so viele wie am Morgen, aber doch ein paar, sichtbar genug.

Sidney öffnete ihr ausgehfertig seine Zimmertür und folgte ihr quer über den Gang.

«Was siehst du hier?», fragte Mona.

Er beugte sich über das Waschbecken. «Bartstoppeln?»

«Ja, und vorhin waren es noch deutlich mehr, aber die hatte ich schon weggespült.»

Ratlos blickte er ins Waschbecken. «Vielleicht hat das Zimmermädchen was damit zu tun?»

«Zimmermädchen rasieren sich aber nicht.»

«Vielleicht haben sie hier auch Zimmerjungs.»

«Ich habe nur Frauen gesehen.»

In ihrer Vorstellung war Mona immer davon ausgegangen, dass Sidneys geschäftliche Beziehungen nach Berlin mit den hier stationierten Amerikanern zu tun hätten. Stattdessen war es nun ein ganz unamerikanischer Berliner Geschäftsmann, der sie erwartete. Ein polteriger Händler und Gastronom namens Kern, der sie in seinem Lokal in Wilmersdorf empfing und dort, ohne nachzufragen, riesige Mengen Essen und mehrere Flaschen Wein auftischen ließ. Er palaverte über seine drei geschiedenen Ehen, den neuen Mercedes, seine Anwaltskosten und über Politik. Er hatte starke Meinungen zu Frauen und Autos, zu Contergan und Vietnam, Martin Luther King, Fidel Castro und Alexander Dubček, und natürlich zu den Studenten. Und wie schon zuvor beim Geburtstagskaffee hatte Mona zwar das deutliche Gefühl, nicht einverstanden zu sein mit den allfälligen Äußerungen, aber leider auch viel zu wenig zu wissen, um etwas dazu oder gar dagegen sagen zu können.

«Frage», sagte Herr Kern zwischendrin an Mona gewandt. «Welche Vögel sind Ihnen lieber, Störche oder Nachtigallen?»

«Äh ...»

«Vor der Hochzeit Nachtigallen, nach der Hochzeit Störche, was? Haha!»

Mona übersetzte auch dies für Sidney und fügte hinzu, dass es sich um einen Witz handele, damit Sidney wusste, dass er lachen sollte. Manchmal radebrechte Kern auch Englisch drauflos, sagte Sachen wie: «In Berlin no Kompass! Kompass, understand? No Kompass! Always east!» Da er selbst aber kaum etwas verstand, wenn sie und Sidney sprachen, ergänzte Mona ihre Übersetzungen ab und zu um kleine, fiese Bemerkungen, über die Sidney dann wirklich lachen musste, wovon alle profitierten. Reichlich abgefüllt verließen sie schließlich das Lokal und gingen zu Fuß zurück Richtung Ku'damm, wobei sie sich noch einmal die dümmsten Kern-Sprüche nacherzählten, so lange, bis Mona sich vor Lachen an einer Laterne festhalten musste. Aber je näher sie dem Kurfürstendamm kamen, umso stärker wurde ihre Heiterkeit von einer entzündlichen Atmosphäre unterwandert, die sich schließlich in Gestalt von Polizeiwagen, lauten Sprechchören und der kopfschüttelnden Entrüstung älterer Passanten manifestierte, bevor am Ku'damm die Demonstranten selbst ins Blickfeld gerieten. Sidney musste nicht groß nachfragen, worum es hier ging, das Wort «Vietnam» sagte alles. Langsam bewegten sie sich in entgegengesetzter Richtung an dem Zug entlang. Bei Sidney schwand die gute Laune.

«Warum demonstrieren sie nicht gegen die, die hier an der Mauer Leute erschießen?»

«Na ja, die US Army ist schließlich auch hier in der Stadt präsent», wandte Mona ein. Sidney blieb still und zog das leicht gekränkte Gesicht, hinter dem er meistens nach einem Kompromiss oder einer Übereinstimmung suchte. Nie wollte er recht haben, immer wollte er Harmonie. Schließlich kam er mit einer ganz anderen Idee an: «Ich habe mir überlegt, dass wir vielleicht die Zimmer tauschen sollten.»

«Warum das jetzt?»

«Wegen dieser Sache mit den Bartstoppeln. Das ist doch schon ein bisschen gruselig.»

Mona nickte. «Gut. Gute Idee.»

Ihre Bettwäsche hatten sie nicht mitgetauscht. Das Kissen roch nach Sidney, der Wein pulste ihr noch angenehm durch den Körper, das Bild des nackten Mädchens aus dem Film kam ihr in den Sinn, erst jetzt verstand sie, dass der Mann neben ihr sie mit dem Gedicht berührt hatte, dass sie sich von den Worten streicheln ließ, als wären es Hände. Hatte sie selbst nicht auch schon die Erfahrung gemacht, dass Sidneys Stimme sie streicheln konnte?

Weder sie noch Sidney fanden am nächsten Morgen Bartstoppeln oder andere Überraschungen in ihren Zimmern vor. Zum Frühstück erschien Mona auf den letzten Drücker, Sidney hatte bereits gegessen, saß aber noch da mit einer Berliner Zeitung, die er nicht lesen konnte. Er begrüßte sie und in seinem Blick war zu lesen, dass er die Nacht in einem Bett verbracht hatte, das noch ihren Geruch bewahrte. Mona setzte sich ihm gegenüber und fragte: «Welche Termine stehen in den nächsten Tagen noch an?»

«Ach, ich habe ein paar Dinge auf der Liste, die ich vielleicht gern noch sehen und unternehmen würde. Aber da bin ich flexibel. Wenn du noch was zu erledigen hast, dann tu das. Du musst nicht mein Kindermädchen sein, ich finde mich auch mal allein zurecht. Aber wenn du magst, dann lass uns doch heute irgendwas Entspanntes zusammen machen. Etwas, das du sonst auch unternehmen würdest, als Berlinerin. Das Touristenprogramm kann ich morgen noch alleine durchziehen.»

Dieses eine belanglose Essen mit diesem Kern gestern konnte ja wohl nicht als ausreichend wichtiger Geschäftstermin durchgehen, damit zwei Leute dafür extra über den Atlantik fliegen mussten, dachte Mona, sprach es aber nicht aus.

«Okay», sagte sie. «Dann nehme ich morgen eine Einladung von meiner Cousine an. Und heute gehen wir einfach in den Zoo. Danach essen wir was, und dann machen wir einen Spaziergang im grünen Süden der Stadt, vielleicht am Grunewaldsee, ist ja so schönes Wetter. In der Ecke wohnen auch die amerikanischen Soldaten, und da gibt es ein Kino, eigentlich nur für die Leute von der Army, aber vielleicht kommen wir als amerikanische Touristen ja auch rein. Wir versuchen es einfach mal, da können wir dann einen Film sehen, auf Englisch.»

«Im Hotelzimmer habe ich gestern im Fernsehen noch einen James Bond gesehen, alles auf Deutsch, wirklich faszinierend. Gut gemacht, ich hatte immer gedacht, dass die Lippenbewegungen dann gar nicht mehr passen, aber es sah echt okay aus.» Er streckte den Rücken durch, sodass er ganz aufrecht saß, legte die Hände auf den Tisch und sagte, wie zu einem Kind: «Das klingt nach einem wirklich guten Plan, Mona. So machen wir das. Geh du morgen mal zu deiner Cousine.»

In Monas Erinnerung war es etwas Magisches gewesen, wenn sie früher in den Zoo gegangen war, wo ihr die großen Tiere plötzlich gegenüberstanden, echte, lebendige Elefanten, Giraffen und Löwen. Obwohl man das erwartet hatte, war es dann doch frappierend, wenn sie wirklich da waren, mitten in der Stadt, wie in der Wirklichkeit angekommene Fabelwesen. Der Effekt war jetzt nicht mehr so stark, und als sie vor der Bärenanlage standen, in der ein amerikanischer Schwarzbär wie aufgezogen hin und her, von links nach rechts und wieder zurück trabte, erzählte Sidney, wie er beim Wandern im Clearwater-Nationalpark solche Bären in freier Natur gesehen hatte. «Es ist schon ein bisschen traurig, wenn der so hin- und herläuft in seinem kleinen Gehege», sagte Mona.

Eine ganze Weile gingen sie, bevor sie einen Bus nach Süden nahmen, ganz im Sinne der Tagesdevise, wie normale Berliner zu sein. Im Oberdeck fuhren sie die Clayallee hinunter, stiegen an der Pücklerstraße aus und spazierten durch die ungewöhnlich warme Frühlingsluft unter früh blühenden Kastanien, Pappeln und Buchen zum Grunewaldsee.

«Sind wir noch in der Stadt?», frage Sidney.

«Natürlich sind wir das. Diese Stadt kann man nicht einfach so verlassen, schon vergessen?»

«Tatsächlich vergessen, ja.»

Spazieren gehen war etwas, das gut ging mit Sidney. Nebeneinander sein. Wenig reden. Sich zusammen bewegen. Nichts erklären.

Im Outpost-Kino ließ Mona ihn die Karten kaufen. Auf die Frage nach seinem Armeeausweis antwortete Sidney, sie würden hier Familie besuchen. Eigentlich konnte er nicht lügen, nicht mal flunkern, aber Mona hatte ihn vorher instruiert. Auch hatte sie ihm schon erzählt, dass vor jedem Film die amerikanische Nationalhymne eingespielt wurde, damit er sich darauf einstellen und nicht wieder mit offenem Mund dasitzen und vollkommen erstaunt hundert Fragen stellen würde. Was er dann trotzdem tat. Sie sahen *2001: A Space Odyssey*, und Sidney war ganz außer sich vor Begeisterung, vor allem über die Musik, während Mona sich insgeheim ein bisschen langweilte.

Als das Saallicht wieder anging, tippte ihr von hinten jemand an die Schulter. Schon beim Eintreten ins Kino hatte sie überlegt, ob es denn eine gute Idee gewesen war hierherzukommen;

sie hatte keine Lust, einem der vielleicht noch immer hier stationierten Freunde von Steve über den Weg zu laufen. Zweimal waren sie zusammen hier gewesen, einmal gab es einen Film mit Jack Lemmon und Walter Matthau, das andere Mal eine Dokumentation über zwei Surfer aus Kalifornien. Beide Male hatten sie sich in die hinterste Ecke gesetzt, um in Ruhe den Film durchzuknutschen, von Matthau und Lemmon hatte sie deshalb auch nicht viel mitbekommen, aber die Bilder aus dem Surferfilm hatten sich trotzdem oder erst recht bei ihr festgesetzt und zogen in unregelmäßigen Abständen durch ihre Träume. In der kalten Jahreszeit war es nicht leicht gewesen, Orte zu finden, an denen Steve und sie allein sein konnten. Er wohnte in der Kaserne, sie bei ihren Eltern, mit einem Vater, der sie als Amiflittchen beschimpfte.

Als sie sich umdrehte, saß da Vera. Ihr Begleiter war der amerikanische Fotograf, an dessen Geburtstagsbootstour Mona am nächsten Tag teilnehmen wollte. Der Mann nannte sich Jimi, und in seinem Auto fuhren sie zu viert von Zehlendorf zurück nach Norden, um in einer Charlottenburger Kneipe schon mal in Jimis neues Lebensjahr hineinzutrinken.

«Wow, was für ein Film», sagte Sidney, während sie im Auto saßen.

«Ja, Mann», sagte Jimi. «Diese Bilder!»

«Und die Musik! Ligeti neben Johann Strauss! Und zu Johann auch noch Richard Strauss!»

«Du kennst dich ja fabelhaft aus», sagte Vera in holprigem Englisch, aber mit echter Anerkennung. Auf dem Rücksitz neben Mona lag ein ziemlich beeindruckender Fotoapparat.

«Bist du in der Army?», fragte Mona.

«Nicht mehr. Ich bin mit der Army nach Deutschland gekommen, aber jetzt studiere ich hier an der Kunsthochschule», sagte Jimi.

«Fotografie?»

«Bildhauerei. Fotografieren kann ich schon.»

Sofort saß Sidney ganz aufrecht da und wollte von Jimi alles über sein Studium wissen und wie und warum ausgerechnet hier. Mona fand es schon wieder zu viel, aber Jimi gab gern Auskunft.

«Berlin ist großartig», sagte er. «Aufregend. Lebendig. Ich wollte einfach hier leben. Zumindest ein paar Jahre lang. Für morgen habe ich eine Bootstour organisiert, kommt doch beide mit.»

Das hatte Mona befürchtet. Sie wollte nicht, dass Sidney sich da mit einklinkte, sie wollte dieses Erlebnis für sich haben, für ein paar Stunden mit jungen Berlinern durch ihre Stadt ziehen, nichts erklären und nichts übersetzen. Aber nun gut.

In der Kneipe fanden sich noch weitere Freunde von Jimi ein, ob zufällig oder dorthin bestellt, war nicht ganz klar. Und genau so eine Szenerie hatte Mona gesucht, seit sie hier angekommen war. Das Publikum hatte einen ganz anderen Stil als in ähnlich gearteten Lokalitäten in New York, das Glamouröse fehlte hier, man kultivierte eher das Unscheinbare. Trotzdem war es die Berliner Jugend, und es war, wie Jimi gesagt hatte: aufregend und lebendig. Einige der Anwesenden hatten am Tag davor offenbar an der Demonstration teilgenommen, die ihnen am Ku'damm begegnet war, und diskutierten nun über Strategien, Möglichkeiten, Fehler und Gefahren. Einer war kurzfristig in Polizeigewahrsam gekommen, ein Mädchen hatte einen Riss im Mantel davongetragen. Beim Gedanken an ihren eigenen zerschnittenen Mantel erschien Mona die dazugehörige Party, obwohl so lang nicht her, wie aus einem anderen Leben, und auch die Idee, Adam hier zu haben, fand sie heute abwegig. Dann fiel ihr Blick auf einen Typen mit gewisser Adam-Ähnlichkeit, die vor allem darin lag, wie die dunklen Haare ihm wellig vor das rechte Auge fielen, was bei Adam seit der Haarschneideparty allerdings nicht mehr der Fall war. Auch sonst wirkte der Berliner Adam deutlich besser beieinander, eloquenter und feinsinniger. Aus ein paar Gesprächsfetzen hörte Mona einen französischen

Akzent heraus. Sidney saß derweil etwas isoliert neben ihr. Das Schulenglisch der meisten reichte nicht weit, schon gar nicht bei erhöhtem Lärmpegel nach mehreren Bieren und Schnäpsen, und so verabschiedete er sich schließlich ins Hotel. Nachdem er weg war, setzte sich Vera zu Mona und sagte: «Ich glaube, dein Geschäftsreisender ist in dich verliebt.»

«Ich weiß.»

«Und? Ist er nicht dein Typ?»

«Ich weiß nicht.»

«Ich finde ihn ganz nett. Kommt ihr zur Bootsfahrt?»

«Ich würde jedenfalls gern kommen.»

Zwei Jungs setzten sich dann noch zu Mona, der eine roch muffig und hatte ein Tamburin dabei, der andere trug ein dunkelrotes Cordsakko und einen mächtigen Schnurrbart. Die beiden wollten sie davon überzeugen, ihnen in ein anderes Lokal am Hardenbergplatz zu folgen, während ein weiterer Gast, der eher nicht zu Jimis Gesellschaft gehörte, sie unentwegt anstarrte. Mona gelang es nicht, den Blick des mutmaßlichen Franzosen einzufangen, der hochkonzentrierte Konversation betrieb und zwischendrin den Rauch seiner Zigarette zur Decke blies.

Sehr langsam ging Mona später durch die Nacht zurück zum Kempinski, die Kantstraße entlang und in die Fasanenstraße hinein. Kühlere Luft zog jetzt vom Zoo und Tiergarten her durch die Straßen, aber die Wege und Gebäude strahlten noch die Sonnenwärme des Tages aus.

Am Morgen suchte sie gleich das Café auf, in dem sie schon vor zwei Tagen ihren Kaffee getrunken hatte, für das Hotelfrühstück war es schon wieder zu spät, außerdem hoffte sie, Sidney nicht über den Weg zu laufen. Nun war er zur Bootsfahrt zwar eingeladen, aber er wusste nicht, wann und wo man sich einzufinden hatte. Sie ließ sich Zeit mit ihrem Kaffee und versteckte sich hinter der Zeitung. Regierender Bürgermeister Schütz sagt, US-Präsident Johnson kündigt an, in der Volkskammer der DDR wurde gestern, in Paris sind wieder, Präsidentschaftskandidat Robert F. Kennedy bezieht Stellung zu.

«Möchten Sie vielleicht noch einen Kaffee?»

«Ja, bitte.»

Mona hatte gar nicht bemerkt, dass es nicht der Kellner war, der ihr die Frage gestellt hatte. Der Mann setzte sich ihr gegenüber und bestellte nun beim Kellner zweimal Kaffee. Verdutzt legte sie die Zeitung zur Seite.

«Hartmut Finkel mein Name. Bitte entschuldigen Sie die Störung, aber ich konnte Sie nicht übersehen.»

«Aha?»

«Ja, obwohl Sie sich alle Mühe geben.»

«Kennen wir uns?»

«Nein. Ich will Sie auch gar nicht groß aufhalten und keine langen Reden halten. Ich vermittle Mannequins für Modeschauen.» Der Kellner kam mit dem Kaffee. «Und ich könnte mir vorstellen, dass Sie da eine ausgezeichnete Figur machen würden.»

Mona überlegte, ob sie etwas Aufklärendes dazu sagen sollte.

«Darf ich Sie fragen, was Sie so machen? Haben Sie einen Beruf, sind Sie in Ausbildung, studieren Sie?»

«Ich bin Dolmetscherin.»

«Ein toller Beruf! Welche Sprachen?»

«Englisch.»

«Great! Wissen Sie, als Mannequin kann man jederzeit auch nebenberuflich arbeiten. Sich was dazuverdienen. Ganz ordentlich sogar. Modeschauen sind oft abends oder am Wochenende. Und man kommt auch ein bisschen rum, ich vermittle bis nach Westdeutschland!» Aus der Innentasche seines Jacketts holte er ein Mäppchen, aus dem er eine Visitenkarte herauszog.

Niemals in fast anderthalb Jahren war ihr so etwas in New York passiert, hier nun wieder sofort, innerhalb von Tagen, so wie früher. Es verhielt sich eben doch so: Ihre Chancen in Berlin waren um den Faktor besser, um den die Konkurrenz in New York größer war. Und die Konkurrenz in New York war kolossal,

Dr. Robert hatte völlig recht. In Berlin gab es hübsche Berliner Mädchen. Nach New York kamen die Schönsten und Ehrgeizigsten nicht nur aus ganz Deutschland, sondern aus der ganzen Welt. «Ich vermittle bis nach Westdeutschland» – in diesem verlockend gemeinten Zusatz steckte für Mona all das, was sie vertrieben hatte. Beschauliche Wochenend-Modeschauen in Baden-Baden. Ein hübscher Zusatzverdienst. Am liebsten wäre sie sofort zurück nach New York geflogen. Wie es wohl Winnetou ging? Hoffentlich wurde er nicht von Mrs. Proppers Katze beschädigt.

Draußen vor dem Café zündete sie sich eine Zigarette an und überlegte, wie sie die Zeit bis zur Bootstour überbrücken sollte. Ein paar Meter neben ihr standen untergehakt ein Mann und eine Frau von vielleicht sechzig. Die Frau zeigte hierhin und dorthin und redete in amerikanischem Englisch mit einem jüngeren Paar: «Hier haben wir im zweiten Stock gewohnt, und Tante Tilli mit Hanna und Leo wohnten da gleich nebenan. Deren Haus war weggebombt, da haben sie jetzt neu gebaut. Das alte Haus war deutlich schöner.»

«Klingel doch mal», sagte der Mann, «vielleicht kannst du reingehen und gucken, ob eure Möbel noch da sind.»

«Hör bloß auf!», sagte die Frau, plötzlich auf Deutsch und mit feuchten Augen.

Gern wäre Mona jetzt zu Doktor Robert gegangen. Das hätte sie gut gebrauchen können, einen Schub, ein bisschen Unterstützung, um klarzukommen in ihrer alten Heimat, nachher mit diesen Studenten, die sie interessant fand, die sie aber auch verunsicherten, mit Sidney, und mit ihren Eltern, mit denen sie vor der Abreise noch die Ostertage zu verbringen hatte und die ihr wieder ununterbrochen vorbeten würden, dass sie zu dünn sei.

In der Filmbühne Wien lief ein deutscher Film in der Matinee, «Zur Sache Schätzchen». Der Titel gefiel ihr nicht, sie löste trotzdem eine Karte.

«Wo ist Sidney?», fragte Vera.

«Ehrlich gesagt weiß ich es nicht. Ich habe ihn beim Frühstück verpasst und seit gestern Abend nicht gesehen.»

Mindestens dreißig Personen drängelten sich auf dem kleinen, offenen Boot, als es am Landwehrkanal ablegte. Ein paar Leute hatten Instrumente dabei, eine Gitarre, eine Ukulele, zwei Tamburine, eine Trompete, und sie jammten gleich los. Auf dem Wasser war es kühler als erwartet, Mona fröstelte und bekam von einem aufmerksamen Banknachbarn eine Jacke umgehängt. Weiter vorn, auf der gegenüberliegenden Seite des Bootes, nahe bei den Musikern, entdeckte sie den Franzosen, heute im Rollkragenpulli, wie er hier von so vielen getragen wurde. Unter freundlichem Motorengebrumm und unter Brücken hindurch ging es auf dem Kanal nach Osten, durch den Tiergarten und am Lützowufer entlang, die Luft roch nach Wasser und Baumblüten, vom Ufer winkten ihnen die Leute zu, und sie winkten zurück. Es gab Wein, Bier und Fassbrause. Fassbrause! Zwischen Schöneberger und Reichpietschufer fingen einige zu singen an, Songs von den Beatles und Bob Dylan, auch deutsche Lieder, die Mona gar nicht kannte. Dann machten die Musiker eine Pause, jemand schaltete ein kleines Transistorradio ein und drehte sich durch die Frequenzen. «S-F-Beat!», forderte ein Mädchen, «Erst um halb sieben», antwortete ein anderes, dann schrie plötzlich einer: «Seid doch mal still alle!», während sich diejenigen, die in Radionähe saßen, dichter vor das Gerät hockten und es entsetzt ansahen, als wäre es ein garstiges kleines Männlein, das Gemeinheiten ausspuckte. Ein hübsches Mädchen mit dicken schwarzen Lidstrichen und France-Gall-Frisur wandte sich um und rief: «Sie haben auf Dutschke geschossen!»

She goes running for the shelter of her mother's
 little helper
And it helps her on her way, gets her through her
 busy day
Doctor, please, some more of these
Outside the door, she took four more
What a drag it is getting old
The Rolling Stones, «Mother's Littler Helper»

1968, im April

Die fröhliche Bootstour war nach der Radiomeldung zu Ende, sie waren umgekehrt, niemand sang mehr, nur der Junge mit der Gitarre zupfte ein paar Melodien, während um ihn herum Fassungslosigkeit herrschte und das kleine Radio auf allen Frequenzen nach Neuigkeiten durchsucht wurde.

Jeder wollte jetzt irgendwohin. Der Typ, der Mona sein Jackett geliehen hatte, sagte, man gehe jetzt «erst mal zu Karol», wo oder wer immer das war, und sehe dann weiter. Offenbar betrachtete er die Jacke als Pfand dafür, dass Mona zusammen mit dem Kleidungsstück mitkommen würde. Einige andere wollten gucken, was auf den Straßen los war, und Vera wollte zusammen mit ein paar Bekannten zu Jimi gehen.

Mona fühlte sich plötzlich unverhältnismäßig niedergeschlagen, dabei war sie auf diesem Kahn wohl die Einzige gewesen, die nicht so recht wusste, wer dieser Dutschke war. Den Ausschlag dafür, sich Vera und der Jimi-Gruppe dann doch anzuschließen, gab der Franzose. Mona zog die Jacke aus und gab sie ihrem enttäuschten Besitzer zurück.

Jimi hatte in der Crellestraße in Schöneberg eine Wohnung mit zwei großzügigen Zimmern, wie man sie in New York als Student sicher nicht hätte bezahlen können. Zuerst gab es einen Ansturm auf die Toilette, weil auf dem Schiff keine vorhanden gewesen war, und als Mona an der Reihe war, musste sie an den

Guru hinter seiner goldenen Tür denken, obwohl das Bad nichts Goldenes hatte. Das kleine Oberlicht war von Jimi mit schwarzem Karton abgeklebt worden, um den Raum als Dunkelkammer nutzen zu können. In der Wohnung deutete nicht viel auf Bildhauerei hin, allerdings hing an einer Wand eine große, bunte Plexiglasinstallation.

«Also, was tun?», fragte ein kleiner sommersprossiger Typ in die Runde, nachdem alle in dem größeren der beiden Zimmer zusammengekommen waren und sich auf den wenigen Sitzgelegenheiten und dem Fußboden verteilt hatten.

«Was können wir jetzt schon tun?», meinte ein Mädchen mit schwarzer Brille. «Es ist ja passiert.»

«Mein Gott, ja. Natürlich können wir jetzt nichts rückgängig machen. Aber es muss doch irgendwie reagiert werden.»

«Ja, wie willst du denn jetzt reagieren?»

«Das frage ich ja!»

«Ich rufe Bernd an», sagte der Franzose, stand auf und verließ den Raum. Aus dem Korridor hörte man die Wählscheibe surren, dann kam er wieder zurück: «Keiner da.»

«Es wird Proteste geben», sagte Jimi, «aber die organisieren nicht wir.»

Nun redeten alle durcheinander: «Proteste gegen wen?» «Erst mal abwarten.» «Was abwarten?» «Na wer geschossen hat und warum. Die ganzen Hintergründe!» «Ich bin einfach nur traurig!» «Das hilft keinem!» «Spinnst du, lass sie doch traurig sein!» «Mach doch noch mal Radio an!»

Gerade, als Jimi das Radio anschalten wollte, klingelte es an der Tür. Herein kamen zwei Männer, einer mit zauseligem Bart und ein anderer mit vielen Locken, mit denen er zwar etwas wilder und weniger gesittet aussah als die anderen, aber auch nicht so wie ein New Yorker. Die beiden traten ins Zimmer, blieben gleich hinter der Tür stehen und riefen: «Wir stürmen das Springerhaus.»

Alle im Raum sahen sie an.

«Gemeinsamer Beschluss. Da sitzen die wahren Mörder.»

«Ist er tot?», fragte das Mädchen mit der schwarzen Brille, und die anderen folgten ihrem Entsetzen.

«Wer?»

«Na, der Dutschke.»

«Wissen wir nicht.»

Plötzlich sprang der Franzose auf und rief: «Das ist so typisch! Es ist euch ganz egal, ob er tot ist oder lebt. Oder worum es überhaupt geht! Hauptsache, ihr habt einen Grund zum Marschieren und Steine schmeißen. Ihr wärt gute Soldaten!»

In diesem Moment stellte Mona fest, dass es ihr wiederum bestürzend egal war, wer hier wohin wollte oder worum es überhaupt ging. Viel interessanter fand sie die Gestik des Franzosen bei seinem Wutausbruch, wie elegant und verwegen zugleich ihm dabei die Haare schon wieder ins Gesicht fielen, und die entzückende Bewegung, mit der er sie sich danach aus der Stirn strich. Das gab ihr ein wenig Auftrieb. Eine weitere Eskalation blieb aber aus. «Arschloch», erwiderte der Zauselbart, und der Lockenkopf fragte ungerührt: «Also, wer kommt mit?»

Der kleine Sommersprossige schnappte sich seinen Mantel, und noch zwei weitere Jungs und ein Mädchen schlossen sich ihnen an.

«So», sagte Jimi, nachdem die Tür sich wieder geschlossen hatte. «Die Frage, wer hier Protest organisiert und gegen wen, wäre damit beantwortet.»

«Scheiße», sagte Vera. «Es stimmt ja, sie haben das ja tatsächlich herbeigehetzt bei der Bildzeitung.» Und als der Franzose wieder zum Sprechen ansetzte, schob sie hinterher: «Nein, nein. Ich weiß. Du hast ja recht, Gilbert.»

Gilbert also.

Als das Mädchen mit der schwarzen Brille verkündete, dass sie für ihren Teil nun nach Hause gehe, schlossen sich ihr ein paar weitere an, zurück blieben nur Jimi, Vera, Mona, Gilbert und ein unauffälliger Junge mit blondem Seitenscheitel, der sich eine selbstgedrehte Zigarette anzündete, sie roch deutlich wahrnehmbar nach Haschisch. Jimi kochte eine Kanne Pfefferminztee. Sehr deutsch, dachte Mona.

«Wo genau kommst du her?», fragte Mona ihn, als er ihr eine dampfende Tasse reichte.

«Philadelphia.»

Ostküste, nicht sehr weit von New York, mehr wusste Mona nicht über Philadelphia. Warum fragte sie überhaupt danach, außer New York kannte sie nichts von Amerika. Sie deutete auf das Plexiglasgebilde:

«Ist das von dir?»

«Ja. Es heißt *Speedlimit.*»

«Das Speedlimit in Amerika ist viel strenger als hier, hab ich gehört», sagte der blonde Junge.

«Das ist zwar richtig, aber es geht bei dem Ding gar nicht um Autos und Straßen.»

«Worum dann?»

«Um Drogen», sagte Jimi. «Aber andere als das, was du da rauchst. Bunte Pillen.»

«Oder Spritzen», hörte Mona sich sagen. Jimi sah sie erstaunt an.

«Und wie wirken die?», fragte der Blonde.

«Wie Aufputschmittel.»

«Ah. Weckamine», der Junge nickte. «Haben meine Eltern früher immer genommen.»

«Weckamine!» Jimi freute sich. «Das Wort kannte ich noch nicht. Aber genau deshalb habe ich mich dafür interessiert und diese Skulptur gebaut. Weil es diese historischen Wechselwirkungen gibt. Hier in Berlin wurden vor dem Krieg riesige Mengen Methamphetamin produziert. Unter dem Namen Pervitin.»

«Pervitin, genau. Und das soll eine Droge sein? Na, ich weiß ja nicht. Ich hab das auch schon mal genommen, hat mein Vater mir vor dem Examen gegeben. Hilft ganz gut bei der Konzentration.»

«Pillen sind *immer* Drogen», sagte Gilbert, der dabei war, den Joint des Blonden zu Ende zu rauchen. «Speed und Koks sind Kapitalismusdrogen. Cannabis ist antikapitalistisch.»

Schweigend betrachteten sie alle fünf die Skulptur an der Wand. Tatsächlich erinnerten die vielen kleinen runden Scheiben in ihren Boxen an die bunten Pillen, von denen es so viele gab, von so vielen verschiedenen Herstellern. Für einen von ihnen hatte Mona gerade gearbeitet.

«In New York machen manche Leute beides», sagte sie. «Speed und Marihuana.»

«Das sind dann die antikapitalistischen Kapitalisten», sagte Gilbert in einem Anflug von Humor.

Jimi legte eine Platte auf, seinen Namensvetter Hendrix, und tanzte auch gleich mit bestechender Selbstverständlichkeit zu *Purple Haze* durch den Raum. Nach ein paar Takten zog er zuerst Vera und dann Mona an den Händen von ihren Sitzen hoch, dann stand der blonde Junge von allein auf, drehte die Lautstärke hoch und tanzte mit. Schon klar, dass Gilbert cool danebensitzen muss, dachte Mona, aber zu *Manic Depression* erhob er sich dann, sagte. «Pardon» und setzte die Nadel eine Rille weiter auf *Hey Joe*. Dazu bewegte er sich nun mit, eher verhalten, aber unwahrscheinlich sexy, stöberte dabei durch Jimis andere Platten und wechselte nach Ende des Songs zu Aretha Franklin. Sie tanzten alle zu *Respect*, dann drehte er die Platte um, und während *Dr. Feelgood* lief, hämmerte es von unten gegen die Decke.

«Spießer!», rief der blonde Junge, aber Gilbert drehte die Lautstärke runter und sagte: «Wer Ruhe braucht, soll sie haben. Manche Leute müssen morgen arbeiten.»

Der Geburtstag war beinahe vorbei. Als alle ihre Mäntel anzogen, dachte Mona, man ginge nun nach Hause, aber Jimi zog sich ebenfalls an und verließ zusammen mit den anderen seine Wohnung. Im Treppenhaus verständigte man sich kurz über das Weiter. «Leydicke?», fragte der Blonde, und Jimi nickte. Es war kein Abend zum Schlafengehen. Nicht für sie, und für viele andere ebenfalls nicht. Das Leydicke war rappelvoll, sie fanden keinen Tisch und standen mit ihren Gläsern an der Bar. Außer Mona fingen alle gleich an, sich mit anderen Gästen zu unterhalten, Vera und Jimi wurden sofort in Unterhaltungen verwickelt, auch Gilbert und der Blonde schienen ein paar Leute zu kennen, blieben aber in Monas Nähe, und nachdem sie einen klebrig-süßen Likor ausgetrunken und das Glas abgestellt hatte, nahm jemand ihre rechte Hand. Sie sah sich um, es war Gilbert. Er stand neben ihr, plauderte mit einem älteren, schon stark alkoholisierten Mann und hielt dabei einfach ihre Hand. Niemand konnte es sehen im schummrigen Gewühl. Einen Moment lang war Mona elektrisiert, dann passierte etwas Eigenartiges, jemand griff nun auch nach ihrer linken Hand. Ähnlich nonchalant wie Gilbert hielt der Blonde in der anderen Hand ein Glas und tat, als sei nichts, nur kurz beugte er sich zu ihr und streifte ihr Haar mit der Stirn. So stand sie nun da wie eine Kindergartentante, die ihre Schützlinge festhält, damit sie nicht auf die Straße laufen. Zwischenzeitlich bewegte Gilbert seine Hand, er lockerte den Griff, aber nicht, um sie wegzuziehen, sondern um ein Stück an ihrem Handgelenk hochzugleiten und wieder zurück zu den Fingerspitzen, an ihrer Handfläche entlang. Weil sich das gut anfühlte, drückte Mona unwillkürlich mit ihrer anderen Hand die vom Blonden, der sich, davon ermuntert, wieder zu ihrem Hals beugte, was nun auch Gilbert sah.

«Du musst dich wohl entscheiden», sprach er in ihr Ohr und war sich dabei schon ziemlich sicher, für wen.

Mona war klar, dass niemand mehr von ihr erwartete, zu leben wie ihre Eltern, mit ihrer typischen Kriegsehe, eilig geschlossen zwischen zweien, die sich kaum kannten, bevor der Mann an die Front musste, und dann jahrelang auf Eis gelegt. Irgendwann war er wieder da, sie bekamen ein Kind, und er bewachte mit Eifersucht seine Frau, die mit den Jahren schöner wurde, während er vorzeitig alterte. In kürzester Zeit hatte sich die Gesellschaft verändert, noch vor ein paar Jahren gab es eine Riesenaufregung, wenn in einem Film eine unbekleidete Frau zu sehen war, und nun sprang einen überall nackte Haut an, sogar im Fernsehen. In den Kreisen, in denen Mona sich bewegte, war es sowieso kein Skandal, zwei Geliebte zu haben und keinen Ehemann. Dennoch fand Mona die Situation schwierig. Sobald sie darüber nachdachte, fühlte sie sich unendlich müde, sie hatte kaum noch Appetit, Diätpillen brauchte sie nur für den Energiekick. Besonders Sidney machte ihr zu schaffen, sie wusste ja, dass sie sich entscheiden musste, ganz für oder ganz gegen ihn. Dieses Hin und Her hatte er nicht verdient, dafür war er nicht gemacht, er war nicht wie Adam. Nur wusste Mona einfach nicht, wofür *sie* gemacht war.

Leise schloss Gilbert die Wohnungstür und legte einen Finger auf die Lippen, offenbar wohnte er nicht allein, aber nach einem Blick hinter eine angelehnte Zimmertür sprach er normal laut: «Alles klar, keiner da.» Warum und wie eine Lösung für sie darin liegen sollte, ihm hierherzufolgen, war ihr jetzt nicht mehr ganz klar, andererseits aber auch egal. In seinem Zimmer standen kaum Möbel, auf dem Boden stapelten sich Bücher, neben der Matratze stand eine Schreibmaschine. Vielleicht konnte sie durch ihn etwas herausfinden. Oder etwas aufbrechen. Oder die Karten neu mischen. Er gefiel ihr, war gar nicht wie Adam, aufmerksamer, intensiver, und unbekleidet redete er lieber französisch, obwohl Mona nichts verstand, oder weil sie nichts verstand, weil es sich bei ähnlichen Gelegenheiten vielleicht als Aphrodisiakum erwiesen hatte. Eigentlich wollte sie irgendwann mitten in der Nacht wieder aufbrechen, um vor dem Morgen zurück im Hotel zu sein, aber Gilbert hielt sie zurück, Berlin sei nicht New York, sie werde kein Taxi mehr bekommen um diese Zeit. Sie schwankte noch in ihrer Entscheidung, da polterte es hinter der geschlossenen Zimmertür. Ohne sich etwas überzuziehen, öffnete Gilbert die Tür zum Korridor und begann, mit jemandem zu reden.

«Mein Wohnungsgenosse», sagte er, nachdem er sich zurück unter die Decke gelegt hatte, «es gab Krawalle in der Stadt, sagt er.»

Das Wort «Krawalle» schreckte Mona nun doch davon ab, jetzt hinauszugehen ins Dunkel, aber vor allem war sie plötzlich unendlich müde, müder als eine Kuh, dachte sie noch, bevor sie einschlief.

Als sie aufwachte, war sie allein. Gemessen an dem Durcheinander, das sie am Abend getrunken hatte, fühlte sie sich erstaunlich fit. Eine Weile betrachtete sie die Poster vor sich an der Wand, ein großes rotes Plakat vom Sozialistischen Studentenbund mit der Aufschrift «Alle reden vom Wetter. Wir nicht», daneben in Rot-Weiß-Blau die Darstellung zweier Männer; unter dem linken stand in blauen Buchstaben «Malcolm X, born: May 19, 1925», unter dem rechten «Ho Chi Minh, born: May 19, 1890», dann setzte sie sich auf. Auf dem Dielenboden neben der Matratze lag ein Zettel mit einem schwungvoll geschriebenen «Bonjour …» und einem Herz daneben. Die Wohnung war kalt. Sie trank ein Glas Leitungswasser in der ungemütlichen Küche, dann ging sie hinaus, wo es viel wärmer war. Die Standuhr an der nächsten Kreuzung behauptete, es sei drei Viertel vier.

Im Hotel traf Mona keinen Menschen an, was sie nicht überraschte, denn tatsächlich war es inzwischen halb fünf, auch andere Uhren hatten das bestätigt. Es waren noch zwei Pillen übrig, sie überlegte, entweder beide zu nehmen oder gar keine, um entweder kein Risiko einzugehen oder aber abzuwarten, wie die Dinge sich entwickelten, vielleicht war es ja nicht mehr so dramatisch, nun, nachdem sie ein paar Nächte viel geschlafen hatte. Sie entschied sich fürs Abwarten. An der Rezeption fragte sie, ob eine Nachricht für sie hinterlegt sei, und man gab ihr ein Couvert mit einer auf dem hauseigenen Briefpapier geschriebenen Notiz von Sidney. Er sei unterwegs und werde am frühen Abend im Hotelrestaurant auf sie warten.

Geduscht, umgezogen und mit ihrer Kette um den Hals betrat Mona um halb sieben das Restaurant. Sidney saß bereits an einem Tisch für zwei, mit einem Glas Wein vor sich. Er strahlte, als er sie sah.

«Hast du heute schon wieder das Frühstück verschlafen!»

«Hab ich. Was hast du unternommen?»

«Ich war wieder da unten im Süden der Stadt und habe das Brücke-Museum besucht.»

«Was ist das?»

«Das ist wahnsinnig toll, da sind die Werke der Künstlergruppe *Die Brücke* ausgestellt, die haben Anfang des Jahrhunderts den Expressionismus mitgeprägt. Nächstes Jahr müssen wir wieder herkommen, wenn die Neue Nationalgalerie eröffnet hat. Ein toller Bau von Mies van der Rohe. Was hast du gemacht?»

«Ich habe echt lange geschlafen und dann nicht viel. Gewissermaßen esse ich jetzt Frühstück.»

«Dann ist es wohl spät geworden gestern.»

«Ja, es war spät.»

«Du wolltest mich nicht dabeihaben, stimmt's?»

«Quatsch. Tut mir leid, hatte gestern ja auch schon das Frühstück verpasst und dann habe ich dich irgendwie nicht gefunden. Du hast aber auch nicht viel verpasst.»

Das war nicht überzeugend, und Sidney wirkte auch nicht überzeugt. Mona versuchte sich in gelöster Heiterkeit und redete mehr als sonst, merkte aber, dass es ihr immer schlechter gelang, ihr fehlte der Schwung, es entsprach nicht ihrer Stimmung, die nun merklich ins Melancholische schwappte.

«Bin gleich wieder da», sagte sie, nachdem sie bestellt hatten, Mona nur eine Kleinigkeit, kein Appetit. Im Bad spülte sie die zwei Pillen runter. Unten stand das Essen schon auf dem Tisch, sie aß langsam, und ganz langsam fühlte sie sich auch wieder der Situation gewachsen. Sie redete, was ihr in den Sinn kam, konnte Charme wieder angemessen dosieren und Funken sprühen. Dafür war sie Sidney in diesem Moment sehr dankbar, denn sie stellte fest, dass es zum Funkensprühen auch ein passendes

Gegenüber brauchte. Jemanden, der es so zulässt, in dessen Gegenwart man an sein eigenes Bestes herankommt.

«Wollen wir noch etwas unternehmen?», fragte er schließlich. «Heute bin ich endlich nicht mehr ganz so müde. Gibt es hier interessante Musikclubs? Ich kann ja Berlin nicht verlassen, ohne einen Musikclub gesehen zu haben!»

«Ich bin auch nicht so ganz auf dem neuesten Stand mit dem, was hier los ist, aber nicht weit von hier, in der Nürnberger Straße gibt es einen Club. Da hat wohl sogar mal Louis Armstrong gespielt, ist aber lange her.»

Auch an diesem Abend spielte eine amerikanische Band, kein Louis Armstrong, aber Jazz. Sidney war vollkommen aus dem Häuschen. Eigentlich hätte Mona sich fragen lassen müssen, warum sie nicht von allein darauf gekommen war, mit ihm hierherzugehen. Natürlich musste Sidney einen Jazzclub besuchen! Der Laden war voll, viele amerikanische GIs saßen im Publikum. Mona und Sidney fanden einen Tisch in der Ecke, es war stickig, verraucht und laut, und sie tranken Whiskey Cola. Lange hatte Mona Sidney nicht so entspannt gesehen, lange war sie selbst wohl nicht mehr so entspannt gewesen und so einverstanden mit sich und dem Moment.

Von hier an war es ihr schlicht nicht mehr möglich, den weiteren Verlauf der Nacht, wie er sich immer erkennbarer anbahnte, noch irgendwie abzuwenden. Alle Vernunft war vernebelt von Musik und Whiskey, und noch nicht einmal der Zorn, der draußen durch die Straßen tobte, während sie beide, weil es gar nicht mehr anders möglich war, Arm in Arm zum Hotel zurücktaumelten, konnte dem etwas anhaben. Unten vor ihrem Fenster mochte es brennen, mochten Barrikaden aufgetürmt werden, Steine fliegen, Sirenen heulen, Menschen durcheinanderrennen, Wasserwerfer auffahren; all das änderte nichts daran, dass Mona Friedrich und Sidney Gordon ihre klare Abmachung brechen mussten, mit Glanz und Gloria und Pauken und Trompeten.

«Und wann sehen wir dich mal wieder?», fragte ihre Mutter am Ostersonntag, in ihrem schönen gelben Kleid. Sie konnte Gelb tragen wie kaum jemand, der Braten war wie immer etwas zäh, aber die Soße lecker, weshalb Mona fast nur Rotkohl und Klöße aß, was ihre Mutter wieder mit Missfallen sah («Na komm, iss doch bitte noch ein bisschen von dem guten Fleisch!»), die Sonne schien, ihr Vater wirkte müde.

«Mal gucken», sagte Mona, eine Antwort, die ihre Mutter sich auch selbst hätte geben können. Zwischen Mittagessen und Kaffee nahm man auf der Sitzgruppe Platz, ihre Mutter rauchte eine Zigarette, ihr Vater nahm sich die Zeitung, schüttelte beim Lesen beharrlich den Kopf und brummte: «Diese Idioten!»

Weil sie nach dem Kuchen sehen wollte, verschwand ihre Mutter nach der Zigarette in die Küche, und Mona griff sich ein Magazin vom Couchtisch. Liselotte Pulver mit ihren zwei Kindern am Genfer See. Warum Chris Howland sich in einer Krise befindet. Cartoons zum Thema «Moderne Erziehung» (die natürlich schlimm war, der Untergang des Abendlandes). Ob die Pille den Busen voller macht. Was die Träume über eine Frau verraten. Ihre Mutter kam zurück ins Wohnzimmer und strich mit den Fingerspitzen über die Kette an Monas Hals. «Also, die ist ja bezaubernd! Wie für dich gemacht.» Mona presste die Kette gegen ihre Haut wie einen Talisman. Manchmal träumte sie, sie sei aus irgendwelchen Gründen gezwungen, zurückzukehren, ihr altes Kinderzimmer wieder zu beziehen. Was die Träume wohl verraten. Sie brauchte dringend einen Kaffee.

Der Apfelkuchen war lecker, der Kaffee auch, alle drei kippten sie ihn tassenweise in sich rein.

«Mama», Mona war aufgestanden, um ins Bad zu gehen. «Hast du vielleicht doch noch ein, zwei von diesen Pillen für mich, diese Muntermacher?»

AN 1 hießen diese hier, braun waren sie, wie aus gepresstem Kakaopulver.

Speed ist asozial, macht paranoid, nervt, schlecht für den Körper, schlecht für den Geist, längerfristig unkreativ und eine Plage für die gesamte Drogenszene. Diese Frankensteinmonster-Speedfreaks sind ständig am Klauen und Leutefertigmachen, und die ganzen freundlichen, sanftmütigen Kiffer bekommen es ab.
Allen Ginsberg

1969

Wieder einmal standen sie beisammen auf Dr. Badens Arbeitstisch im Institut für Forensische Pathologie, die Thermoskanne mit dem Kaffee und das Schälchen mit den Keksen. Dr. Baden saß hinter dem Tisch und sah zum wiederholten Mal auf die Uhr. Sein Gast war entweder unpünktlich, oder er hatte den Termin ganz verstrudelt. Ehrlicherweise hatte Dr. Baden schon damit gerechnet, als er diesen verwirrten jungen Mann um ein Gespräch gebeten hatte. Während eines Abendessens bei Freunden hatte die Gastgeberin ihn erwähnt, einen gewissen Adam Spencer. Sie waren auf ihn gekommen, nachdem Dr. Baden von seiner Begegnung mit Max Jacobson berichtet hatte, die ebenfalls hier in seinem Büro stattgefunden hatte. «Er strahlt eine derartige Autorität aus», hatte er erzählt, «ich hatte Mühe, entspannt und selbstbewusst zu bleiben.»

Seine Frau konnte das kaum glauben. «Du? Du bist doch immer entspannt und selbstbewusst!» Sie wollte mehr wissen. «Was hat er gesagt? Wie erklärt er diese Sache mit den Amphetaminen?»

«Amphetamine hat er mit keinem Wort erwähnt. Er hat abenteuerlichstes Zeug erzählt darüber, wie er seine Medizin zusammenbraut und welche superwichtigen Leute zu ihm kommen und dass er vor zehn Jahren das Lasermikroskop erfunden hätte. Dabei sind Lasermikroskope nun wirklich eine brandneue technische Entwicklung.»

Darauf hatte der Gastgeber fast seine Suppe über den Tisch geprustet. «Vor zehn Jahren? Also bevor überhaupt der erste Laser gebaut war?»

«Ist das so? Vor zehn Jahren gab es nicht mal Laser?»

«Ich bin mir ziemlich sicher, dass ein Typ aus Kalifornien irgendwann Anfang der Sechziger den ersten Laser konstruiert hat.»

«Ja, also, er hat ein Lasermikroskop entwickelt ohne Laser, und es war übrigens auch leistungsfähiger als die Lasermikroskope heute.»

«Und wo ist dieses phantastische Gerät?»

«Sein geistesgestörter Kollege ist damit untergetaucht.»

Und dann fiel der Gastgeberin etwas ein: «Unser Sohn hatte einen Schulfreund, der hat schon als Kind bei einer Fernsehserie mitgemacht, und der ging später auch ständig zu so einem Vitamindoktor. Der wurde richtig sein Guru, und irgendwann ging es dann bergab mit dem Jungen, Selbstmordversuch, Psychiatrie und so was. Und ich meine, also ich glaube, der nannte den Dr. Max. Kann natürlich Zufall sein. Aber ich weiß noch, eines Abends kam der mal hier an, und unser Sohn war nicht zu Hause, und der Junge sah so furchtbar aus und wirkte so ungesund, da habe ich ihm eine Suppe warm gemacht und gefragt, ob alles okay ist, und da kam der so ins Reden, und wie der diesen Doktor beschrieben hat, das klang einfach sehr ähnlich wie das, was du da erzählst, Mike. Ein bemerkenswert hübscher Junge war das eigentlich. Adam. Genau, Adam hieß der.»

«Das ist wirklich hochinteressant», hatte Dr. Baden gesagt. «Meinst du, du könntest den Jungen für mich ausfindig machen? Wie alt wird der jetzt sein?»

«Na, so etwa wie unser Sohn eben. Vierundzwanzig, fünfundzwanzig?»

Es hatte dann eine Weile gedauert, weil dieser Adam Spencer offenbar keinen festen Wohnsitz hatte und mal hier und mal dort zu erreichen war oder auch nicht. Als Dr. Baden ihn endlich selbst an die Strippe bekam, hatte er auch keinen besonders soliden Eindruck gemacht. Nun, wenn er kam, dann kam er, und wenn nicht, dann würde er ihn eben nochmals anrufen.

Die Pforte klingelte durch, sie meldeten seinen Besucher. Der junge Mann sei zu ihnen nach unten zurückgekehrt, sagten sie, nachdem er Dr. Baden nicht in seinem Büro angetroffen habe.

«Ja, aber ich war doch ununterbrochen hier», sagte Dr. Baden. «Egal. Ich komme runter und hole ihn ab.»

An die Wand gelehnt, die Hände in den Hosentaschen, stand er da, ein etwas verwahrloster junger Mann mit glänzenden dunklen Haaren.

«Mr. Spencer? Ich bin Dr. Baden. Tut mir leid, dass es kompliziert war, mich zu finden. Kommen Sie, wir gehen in mein Büro.»

Der Mann hob einen großen und offenbar schweren, von dickem schwarzem Klebeband zusammengehaltenen Müllsack auf, der neben ihm am Boden gelegen hatte, und folgte Dr. Baden.

«Was schleppen Sie denn da?»

«Ich hab ein paar Papiere mitgebracht.»

«Papiere?»

«Ja. Beweise.»

Der Sack wurde neben seinem Schreibtisch wieder abgestellt, und Dr. Baden goss Kaffee ein, dazu schob er seinem Besucher die Keksschale entgegen. Der griff gleich zu.

«Also, schön, dass Sie gekommen sind.»

«Was sind Sie noch mal genau? Gerichtsmediziner?»

«Richtig. Es ist meine Aufgabe herauszufinden, woran eine Person gestorben ist.»

«Sehr gut. Ist jemand an seinem Zeug gestorben?»

«Sie meinen Dr. Jacobson?»

«Max ist tot?»

«Was? Nein, ich bezog das auf ‹sein Zeug›, dass Sie meinen, ob ein Patient daran ...»

«Ja, so meinte ich das.»

«Nun ja, das ist eben nicht ganz klar. Aber tatsächlich habe ich einen ehemaligen Patienten von Dr. Jacobson untersucht und gewisse Auffälligkeiten gefunden. Ich gehe dem nun nach.»

«Wen?»

«Das darf ich Ihnen nicht sagen.»

«Mark Shaw? Bestimmt Mark. Er war komplett vollgepumpt mit dem Gift. Irre war der. Vielleicht der Irrste von allen. Fragen Sie mal die Tochter von Max. Wenn er seine Ration wieder zu schnell verballert hatte, tauchte der bei denen zu Hause auf, zu jeder Uhrzeit. Okay, dass Max Patienten bei sich zu Hause rumsitzen hatte, das war immer so, normal, und Uhrzeiten gab es ja sowieso nicht bei ihm – aber Mark? Der hat manchmal die ganze Familie terrorisiert, wenn Max nicht da war. Der war vollkommen neben der Spur.»

«Eine Tochter?»

«Ja, aus zweiter Ehe, die Tochter von ihm und Nina. Nina ist ja auch schon tot, auch von Max vergiftet, nehme ich an. Eine ganz feine Person war das, Nina. Malerin. Aus einer immens reichen Familie, die Hagens. Auch aus Deutschland geflohen. Er hat noch einen Sohn aus erster Ehe, der ist ebenfalls Arzt.»

«Hochinteressant. Ich sehe, sie kennen ihn tatsächlich sehr gut.»

«Oh ja.»

«Wie kam es dazu? Sie waren Patient?»

Adam Spencer nahm einen großen Schluck Kaffee und noch zwei Kekse, die er mit auf die Knie gestützten Ellenbogen schnell hintereinander in seinen Mund schob. Dann zog er seine schwarze Lederjacke aus und knüllte sie auf den Müllsack neben sich.

«Ich kam als Patient. Ich wurde zu ihm gebracht. Von Yul Brynner.»

Dr. Baden hob die Brauen.

«Da war ich vielleicht vierzehn. Ich spielte damals in einer TV-Serie mit, erfolgreiche Serie, Yul hat manchmal Regie geführt. Und dann hat er mich zu Max geschleppt, zum großen Guru.»

«Aus welchem Grund?»

«Ich hatte wohl irgendwas mit der Stimme oder so, aber sowieso war ich denen zu phlegmatisch, ich hatte nicht so den Biss und den Ehrgeiz, und dann hab ich auch noch zugenommen.»

«Wie ging es dann weiter mit Ihnen und Dr. Jacobson?»

Adam Spencer lehnte sich zurück und blickte eine Weile aus dem Fenster. Dann sagte er: «Max ist ein übergeschnappter Quacksalber. Jemand muss ihm das Handwerk legen.»

«Ich bin jetzt erst einmal dabei, mir ein Bild zu machen, Mr. Spencer.»

«Er ist so ein Typ, wissen Sie. Die Leute sind besessen von ihm. Man ist ihm ausgeliefert. Ich glaube, noch bevor man süchtig ist nach seinem Zeug, ist man besessen von ihm. Weil er ja auch besessen ist.»

«Vor ein paar Wochen habe ich ihn kennengelernt. Er saß da, wo Sie jetzt sitzen.»

«Tatsächlich? Wie fanden Sie ihn?»

«Durchaus eindrucksvoll. In jedem Fall hat er etwas Dominierendes, da haben Sie schon recht.»

«Allerdings. Er dominiert sogar noch die, die sonst selbst immer die Dominierenden sind. Aber er ist auch älter geworden. Sie hätten ihn vor zehn Jahren sehen sollen!»

«Sie gingen also als Patient zu Dr. Jacobson. Bekamen Sie seine Spritzen?»

«Was? Ja, natürlich. Alle bekommen Spritzen von ihm, er ist doch Doktor Piks. Was anderes macht er nicht. Piks, piks. Wie eine Mücke. Ich fand ihn natürlich grandios, diese Vaterfigur, wissen Sie. Ein imposanter, gütiger, strenger, von allen bewunderter Vater, der mich auf Vordermann bringt. Ich konnte immer zu ihm kommen, und er hat mich auch ständig irgendwohin mitgenommen. Keine Ahnung, wie viele Stunden und Tage meines Lebens ich in diesem Wartezimmer verbracht habe. Das Wartezimmer ist wie ein Club. Man kennt sich. Ich saß da mit Showstars und Politikern und Wirtschaftsbossen, Sie glauben es nicht. Es gab da sogar Aufführungen. Eddie Fisher hat Privatshows gegeben. Sie glauben es nicht. Bei Eddie war es ja ganz ähnlich wie bei mir, für den war Max auch so ein Gottvater. Also, wirklich, wie ein Gott. Er hat mich nie untersucht! Nie! Schaute mich an, sah in mich rein, wusste alles, und – zack: die Spritze. Da bist du ganz obenauf! Energie! Selbstbewusstsein! Ideen! Und wenig Appetit.»

«Sie haben nie gefragt, was Sie da bekommen?»

«Ich bitte Sie. Fragen Sie Ihren Arzt: Was genau ist das, was ist da drin? Na gut, Sie sind selbst Mediziner, Sie interessiert das vielleicht, aber normalerweise vertraut man doch dem Experten. Er nennt die Dinger Vitaminspritze, und das ist ja auch nicht gelogen, da sind Vitamine drin, hochdosiert, ist ja nicht so, dass man keine Vitamine bekäme. Ist nur eben auch noch bisschen Meth mit drin. Irgendwann wusste ich das sogar, andere vielleicht auch, aber, wie gesagt, seine Ausstrahlung, diese Ruhe, diese Stimme. Er kann das genau erklären, er hat alles im Griff! Meth ist gut für dich, wenn es so eingebunden ist, dann ist es kein böses Speed! Dann hilft es dir, und es hilft den Vitaminen, sich noch besser zu entfalten! Fairerweise muss ich auch sagen, dass er das selbst glaubt. Er meint es so. Er spritzt sich das Zeug mehrmals am Tag. Seit Jahrzehnten! Sie glauben es nicht, er schläft nicht! Also, nicht wie man es normal tut, so mit abends ins Bett gehen. Er ist immer wach, und dann duselt er so ab und zu mal ein bisschen weg. Im Sitzen oder im Stehen. Einmal ist er weggeschnarcht, während er mich gespritzt hat, mit der Spritze noch in meinem Arm drin. Ich musste ihn wach rütteln. Oder ich komme ins Zimmer, und dann steht er da vor dem geöffneten Kühlschrank, in diesem blauen Kühlschranklicht, eingeschlafen im Stehen.»

Dr. Baden begann, sich Notizen zu machen, um die Dinge ein wenig zu ordnen und nicht den Überblick zu verlieren. Adam Spencer redete weiter:

«Aber es hat mir nichts genützt. Im Gegenteil, ich wurde als Schauspieler immer unbrauchbarer. Vorher kannte ich wenigstens meine Schwächen und versuchte, daran zu arbeiten, aber nach den Spritzen dachte ich ja, ich wär der Größte. Immerhin hab ich abgenommen. Aber sonst? Zu hibbelig, ungeduldig und immer einen trockenen Mund. Irgendwann war ich raus, und Max hat mir einen Job in seiner Praxis angeboten.»

«Sie haben für ihn gearbeitet?»

«Oh ja.» Adam Spencer schlug ein Bein über das andere und grinste. «Oh ja», wiederholte er.

Dr. Baden sah ihn erwartungsvoll an, Spencer nahm sich noch einen Keks, die Schale leerte sich.

«Ich hab die Mixturen zusammengeschüttet, sogar Spritzen sollte ich geben. Ohne jede medizinische Qualifikation. Hab ich auch entsprechend schlecht gemacht. In die Vene durfte ich nach Beschwerden dann doch nicht mehr, nur noch intramuskulär. Siebentagewoche. Kein Problem, ich hab ja immer schön Energie bekommen. Oft war ich auch mit im Labor, wo er Zeug ausprobiert hat. Constructive Research Foundation, haha. Da war ich dann auch öfter mal das Versuchskaninchen. Mal hat er was aus Zitteraaldrüsen gemischt, mal aus Plazentazellen und mal aus Rinderknochenmark. Manches ist mir nicht bekommen, ich hab Ausschläge gekriegt, Fieber, Taubheitsgefühle. Wir haben da auch diese Creme zusammengerührt. Da kamen dann einfach alle Reste aus dem Labor rein. Vitamine, Hormone, Extrakte, Knochenmark. Ab in den Mixer mit Nivea Creme. Verkaufte sich blendend. Max hat das bei allem verschrieben, Akne, Falten, Pilzbefall, trockene Haut, fettige Haut. Wir nannten es ‹MJ's Hühnerschmalz›.»

«Hochinteressant! Können Sie das alles belegen?»

Adam Spencer beugte sich zur Seite, nahm seine Jacke von der Tüte runter, knautschte sie auf den Boden und stellte die stark lädierte Tüte vor Dr. Baden auf den Tisch.

«Hier», sagte er. «Das kann ich Ihnen vorläufig überlassen.»

Dr. Baden hob den Sack vom Tisch, verdammt schweres Ding, und stellte ihn hinter sich an die Wand, während Spencer unermüdlich weiterredete.

«Es gibt noch andere. Andere Ärzte. Die können auch Amphetamine in Spritzen füllen, ist ja keine Hexerei. Aber Max' Rezepturen sind tatsächlich einmalig, er schießt dich einfach höher. Allerdings kann man danach auch entsprechend tief fallen, in ein tiefes, schwarzes Loch. Der Trick ist deshalb, es nicht so weit kommen zu lassen. Wenn du drei Tage rumgeflippt bist und immer noch nicht schlafen kannst, gibt Max dir was zum Runterkommen, dann schläfst du. Vierundzwanzig Stunden Minimum. Danach bist du einigermaßen wiederhergestellt. Es gibt auch Patienten, die kommen nur ab und zu, vor einem wichtigen Termin oder einer Premiere oder so was. Und dann gibt es auch welche, die bleiben immer gut eingepegelt, und Schlaf war gestern. So wie Max selbst. Oder Marlene Dietrich.» Er lachte, weil ihm dabei etwas einfiel: «Erinnern Sie sich, als Van Cliburn berühmt wurde?»

«Ja, wie war das noch, er hat einen Pianistenwettbewerb in Moskau gewonnen, nicht wahr?»

«Genau. Vorher hatte er noch an der Musikschule studiert und in Bars gespielt. Er kam wegen einer fiesen Darmentzündung zu Max und blieb dann da hängen, wie so viele. Ich muss dazu sagen, Max war nie hinter Geld her. Natürlich ging es ihm gut, aber das war nicht sein Antrieb. Er hätte viel reicher sein können. Viel reicher! Von hoffnungsvollen jungen Künstlern wie Van hat er kaum was genommen. Er wollte einfach nur König sein über seine illustre Gefolgschaft. Was wollte ich jetzt eigentlich erzählen?»

Dr. Baden sah auf seine Uhr.

«Ach ja, Marlene Dietrich. Also, Van Cliburn hatte nun diesen Riesendurchbruch und sollte zu einem zweiten Konzert nach Moskau. Ich fing da gerade in der Praxis an. Er war damals schon komplett abhängig von Max, also sollte Max mit nach Moskau. Nur hat Max kein Visum bekommen. Zig Leute haben sämtliche Hebel in Bewegung gesetzt, aber die Russen blieben stur. Und dann kam die Dietrich an, wie immer nachts, setzt sich an Max' Schreibtisch, macht einen Anruf, und am nächsten Tag hatte er sein Visum.»

Heute Abend, dachte Dr. Baden, kann ich meiner Frau einiges erzählen.

«Als Van zurück war aus Moskau, hatte er so eine leichte Entzündung an der Nagelhaut am Finger. Da hat Max fürchterlich dran rumgepfuscht, und Van musste der Finger dann per Notoperation im Krankenhaus vor einer Amputation gerettet werden. Stellen Sie sich vor, bei einem Pianisten! Aber noch unglaublicher war es, dass Van, kaum dass er aus der Klinik raus war, gleich wieder zu Max pilgerte.» Er schnaubte empört durch die Nase. «Genau wie ich. Immer wieder zurück in die Höhle des Löwen.»

«Haben Sie jemals mitbekommen, dass Dr. Jacobson Präsident Kennedy behandelt hat?»

«Ja klar.» Es schien Spencer allerdings weniger zu interessieren als die Sache mit Marlene Dietrich.

«Ich hab ja die fette schwarze Arzttasche ins Carlyle Hotel geschleppt, mehrmals. Das war natürlich das Tollste für Max, so ein direkter Draht ins Weiße Haus. Genau sein Ding. Und als er im Präsidentenflugzeug zum Gipfeltreffen nach Wien mitdurfte, ist er fast geplatzt vor Stolz.»

«Zum Treffen mit Chruschtschow?»

«Mit dem russischen Obermufti, genau.»

«Hat er Kennedy dort Spritzen verabreicht?»

«Was sonst.»

«Gibt es dafür auch Belege?»

Spencer deutete auf die Tüte, die vor der Wand hinter Dr. Baden in sich zusammengesackt war. «Wussten Sie eigentlich, dass JFK seinen berühmten 50-Meilen-Geländemarsch mit einer Wette verbunden hatte?», fragte er.

«Nein.»

«Tausend Dollar, wenn sie es schaffen, die Zeit seines Bruders Bobby zu unterbieten. Das waren 18 Stunden. Und seine Schwester hat noch mal tausend draufgelegt. Mark Shaw ist auch mitgelaufen.»

«Zweitausend Dollar an wen?»

Spencer grinste. «An die Stiftung von Dr. Max.»

«Mr. Spencer, Sie haben mir sehr weitergeholfen. Ich danke Ihnen für Ihre Mühe. Ich werde mich jetzt mal in Ruhe mit diesen Papieren befassen, die Sie mir freundlicherweise mitgebracht haben, und mich dann wieder bei Ihnen melden.»

Adam Spencer stand auf und sagte: «Er ist kein böser Mensch. Er ist nur außer Rand und Band. Er hat vielen geholfen. Besonders früher, während des Krieges, danach auch. Er hat Leute aus Deutschland rausgeholt und beim Start in ein neues Leben unterstützt. Später hat er viel für Überlebende getan.»

«Natürlich.»

«Ich will ihm gar nicht schaden. Ich will nur ...»

«Ich verstehe. Ich begleite Sie nach unten.»

Adam Spencer wirkte eigenartig erschöpft.

«Wie ging es für Sie persönlich weiter?», fragte Dr. Baden, während er die Bürotür hinter sich schloss und neben Adam langsam den Gang hinunterging. «Sie haben dann irgendwann bei Dr. Jacobson gekündigt?»

Spencer blies Luft durch die Lippen. Ein paar Schritte lang schien er in Erinnerungen versunken, bevor er am Treppenabsatz stehen blieb.

«Ich bin immer mehr auseinandergefallen. Ich war ein schlafloses Wrack. Regelmäßig gearbeitet habe ich schon lange nicht mehr, es gab keine formale Kündigung oder so was, ich bin da so nach und nach rausgetröpfelt, hab dann was mit einer Theatergruppe gemacht und mit Experimentalfilmen. Es gab da alle möglichen Zusammenbrüche, Unfälle und Eklats. Eine Zeitlang habe ich dauernd irgendwo Feueralarm ausgelöst, wenn ich betrunken war. Zweimal bin ich danach verhaftet und in diese Sammelzellen gesteckt worden. Da hab ich dann Krämpfe und Schreianfälle bekommen und bin in der Klinik gelandet. Beim ersten Mal kam Max direkt da hin und hat mich gleich wieder fit gespritzt. Im Krankenhaus. Irgendwann letztes Jahr hatte ich einen Riesencrash.Ich bin nach Kalifornien abgehauen und hab da ein paar Monate lang aufs Meer gestarrt.»

Nach diesen Worten verabschiedete sich Adam Spencer. Die schwere Tüte mit dem Papierkram blieb in Dr. Badens Büro und musste an die Wand gelehnt bis zum nächsten Morgen warten.

Ich war mir nie sicher, ob in den Sechzigern mehr passierte, weil die Leute länger wach waren (weil so viele auf Amphetamin waren), oder ob die Leute anfingen, Amphetamine zu nehmen, weil so viel los war, dass sie länger wach bleiben mussten, um mitmachen zu können. Wahrscheinlich beides.
Andy Warhol

1968

Etwas mulmig war Mona, als sie den Schlüssel im Schloss zu ihrer Wohnung drehte und die Tür öffnete. Drinnen müffelte es ein wenig, aber alles war an seinem Platz. Bis auf den Tisch mit den Stühlen, der war in die Nähe des Fensters gewandert, was Mona sofort einleuchtete, er hatte dort einen viel besseren Platz. Außerdem war etwas hinzugekommen, eine ziemlich große Pflanze, sie stand in Monas rotem Plastikeimer, ebenfalls in Fensternähe neben der Wand. Um das Fenster zu öffnen, musste Mona jetzt einen Stuhl beiseiteziehen und sich über den Tisch beugen.

Die Wohnung von Mrs. Propper hingegen roch nach frisch gebackenem Kuchen und nach Kaffee. Kaum war Mona eingetreten, kam ihr Winnetou in Begleitung der roten Katze entgegengeeilt. Er flatterte Mona auf die Schulter, und während die Katze um ihre Beine strich, miaute er leise in ihr Ohr. Offenbar hatte er in ihrer Abwesenheit eine neue Sprache gelernt.

Sowohl der Kuchen als auch der Kaffee von Mrs. Propper schmeckten wunderbar. Die Küche, obwohl direkt über Monas Küche gelegen, war größer und anders geschnitten, nur das Fenster sah genauso aus wie bei ihr, der Blick nach draußen ein wenig verschoben. Und natürlich besaß Mrs. Propper viel mehr Kochutensilien; sie hatte Töpfe, Kellen und Rührlöffel, Schalen, Mörser und Reiben. Außerdem lag eine Decke auf dem Tisch, und vor der Fensterscheibe hing eine Gardine. Mrs. Propper selbst trug eine geblümte Kittelschürze und wollte alles über Berlin hören. Wie die Mauer aussah, ob noch Trümmer herumlagen, wie die Menschen, insbesondere die jungen, waren, wie sie redeten und dachten, die politische Stimmung, das Wetter. Mona erzählte von den Demonstrationen und von dem Attentat, und Mrs. Propper hörte ihr gespannt zu. Sie selbst, sagte sie, sei in Halberstadt in der damals noch preußischen Provinz Sachsen geboren und aufgewachsen, hatte aber auch mal Familie in Berlin. «Am Zionskirchplatz wohnten die, kennen Sie den?»

Mona überlegte. «Wo ist das?»

«Ja, ganz zentral eigentlich. In Mitte.»

«Ich glaube, das ist jetzt im Osten.»

«Möglich. Ich habe leider niemanden mehr dort. In Halberstadt würde ich sicher noch Leute kennen. Schulfreunde. Nachbarn.»

«Sind Sie denn geflohen damals?»

Die Katze sprang zu Mrs. Propper auf den Schoß und rollte sich dort zusammen. Winnetou kam wieder auf Monas Schulter geflattert und knabberte ihr am Ohr. Mrs. Propper lachte: «Ich hab ihn richtig liebgewonnen, dieses lustige Kerlchen. Sie hätten mal sehen sollen, wie er sich mit Tuesday angefreundet hat, das war so goldig!»

«Die Katze heißt Tuesday?»

«Sie ist mir zugelaufen, an einem Dienstag.»

«Winnetou ist mir auch zugeflogen. Ich weiß aber nicht mehr, was für ein Wochentag das war.»

«Ja», sagte Mrs. Propper und kraulte die Katze, die dabei schnurrte, «ich bin geflohen. Mein Mann war ja schon abgetaucht, weil er Kommunist war. Und dann das mit dem Ariernachweis, also, das war ganz absurd. Ich krieg das kaum noch zusammen ...» Mrs. Propper kniff die Augen leicht zusammen und nahm ihre Finger zu Hilfe, um daran ihre Vorfahren abzuzählen. «Also, die Mutter meiner Mutter und der Vater meines

Vaters zählten als Juden, ich hatte das gar nicht gewusst, die waren ja beide evangelisch, aber das spielte dann keine Rolle. Man musste immer die Nachweise für alle Großeltern bringen, und da zählte die Religionszugehörigkeit bei Geburt. Meine Eltern mussten demnach ihre Großeltern, also meine Urgroßeltern nachweisen, und dabei stellte sich heraus, dass mein jüdischer Großvater wiederum eine nicht-jüdische Mutter hatte, darum zählte bei meinem Nachweis mein Großvater also als Jude, aber beim Nachweis meines Vaters nicht, oder nur halb, und bei meiner Mutter war es ähnlich kompliziert. Na ja. Aber mein Mann war wohl ziemlich jüdisch und damit auch unsere Tochter. Und dann auch noch ein abgetauchter Kommunist. Da bin ich dann raus mit der Clara, da war sie vier.»

«Und Ihr Mann?»

«Den hab ich später wiedergetroffen, aber er wollte unbedingt in die Sowjetunion, das wollte ich nicht. Wir haben uns getrennt.»

«Lebt er noch?»

«Jaja, der lebt noch. Der ist sogar wieder zurück nach Deutschland, in die DDR. Der hat noch mal geheiratet und ist jetzt irgendwas im Ministerium.»

Der neuen Pflanze näherte sich Winnetou vom Tisch her. Er beknabberte eines ihrer Blätter, dann hüpfte er auf den Rand des Eimers und inspizierte den Stamm. Derweil fand Mona eine Notiz von Sieglinde neben dem Telefon: «Ruf mich um 20 Uhr an! Lass dreimal klingeln und leg wieder auf! Danach rufe ich zurück!»

Mona hielt sich an die Instruktion. «Hallo, Sieglinde, ich bin zurück. Warum dieser Quatsch mit dreimal klingeln?»

«Damit ich weiß, dass du es bist.»

«Dürfen andere nicht mehr bei dir anrufen?»

«Nicht jeder.»

«Wer denn nicht?»

«Das erklär ich dir demnächst persönlich. Wie war Berlin?»

«Ganz schön. Interessant. Aber, noch mal zu dem Klingelnlassen, du hättest ja auch einfach mich anrufen können, dann …»

«Klar. Aber grundsätzlich, wenn du mich anrufen möchtest, dann bitte dreimal klingeln lassen, das ist ab jetzt der Code. Ich könnte dir morgen den Schlüssel bringen und die Sache erklären, passt das?»

Erst als Sieglinde am Tag darauf in der Tür stand, fiel Mona ein, dass sie zwar ein Mitbringsel für Gloria hatte, aber keines für sie. Sieglinde hatte abgenommen, was ihren Hang zu merkwürdigem Styling offenbar noch stärker befeuerte. Auf ihren Augenlidern glitzerte krude aufgetragener Lidschatten in Grün und Lila, ihre Haut war stark gepudert, und über einer gelb-rosa gestreiften Bluse trug sie einen gemusterten Pulli, um den sie sich noch einen breiten Gürtel geschnallt hatte. Sie legte ihre Hände auf Monas Schultern und rief: «Erzähl!»

«Erzähl du erst mal», sagte Mona. «Wie lief es mit deiner Schwester, hat es ihr bei mir gefallen? Was soll das mit dem Telefon-Code? Und weißt du, woher diese Pflanze da kommt?»

Winnetou flatterte ins Zimmer und kreischte herum, Sieglinde setzte sich und holte eine Packung Zigaretten aus ihrer bunt bestickten Stofftasche hervor.

«Du rauchst?»

«Ab und zu.» Mit der Zigarette in der Hand machte Sieglinde eine weite Geste, als würde sie eine riesige Schneekugel glattstreichen. «Also erst mal – danke! Meine Schwester war ja nur kurz hier, Zwischenstopp sozusagen, dann ist sie weiter nach Washington. Eigentlich hätte sie auch genug Kohle gehabt für ein Hotel, ehrlich gesagt, aber na gut, sie wollte es lieber so, und …» Sieglinde lachte und bog sich dabei exaltiert nach hinten.

«Und was?»

«Nein. Alles gut. Aber: Adam.»

«Oh nein! Ist er hier reingeplatzt? Ich hatte es ihm doch extra gesagt!»

«War ja auch der letzte Tag, er dachte, sie sei schon weg, aber sie kam grad aus der Dusche!» Wieder bog Sieglinde sich vor Lachen. «Ich saß hier», sie konnte kaum weitersprechen, «und meine Schwester kommt mit so einem ganz kleinen Handtuch aus der Dusche und fragt mich noch, ob ich ihren Kamm gesehen habe, und dann hören wir plötzlich, wie jemand die Tür aufschließt, und schon steht dieser *Tüüüüp* im Raum und sagt einfach so ganz lässig ‹Hallo›, und meine Schwester – *kreischt*!» Sieglinde klang, als würde sie von einem unfassbaren Abenteuer berichten. «Und er hatte diese Pflanze dabei.»

«Die ist also von Adam.»

«Er hat sich in einer Hotellobby mit ihr angefreundet.»

«Angefreundet.»

«Ja, warum nicht? Er fühlte sich mit ihr verbunden. Er sagte, sie bräuchte Aufmerksamkeit und Elektrizität.» Sieglindes Stimme klang nun wieder vollkommen ernst.

«Elektrizität.» Mona war ratlos.

«Ich zeig's dir.» Sieglinde stand auf, entnahm Monas Hängegarderobe einen Drahtbügel aus der Reinigung und schaltete die Lampe auf dem Regal ein. Dann quetschte sie sich zwischen Pflanze und Regal an die Wand und berührte mit einer Hand die Pflanze, während sie mit der anderen den Drahtbügel gegen die Lampe hielt, offenbar um Elektrizität zu vermitteln.

«Beobachte die Pflanze», sagte sie. «Manchmal bewegt sie sich.»

Davon konnte Mona nichts erkennen. «Und das hat sich Adam ausgedacht?»

Bei Nennung seines Namens kicherte Sieglinde gleich wieder, und die Pflanze wackelte nun tatsächlich ein bisschen.

«Okay. Du kannst die Lampe wieder ausmachen.»

Sieglinde kam wieder aus der Ecke hervor und tat ein paar beschwingte Schritte durch den Raum, hob die Arme, machte eine Drehung. «So, und wie war nun die Reise? Wie war es mit deinem Sidney? Ihr hattet nicht ernsthaft getrennte Hotelzimmer, oder?»

«Doch.»

«Och, wie unromantisch. Oder etwa doch romantisch?»

«Es war eine Geschäftsreise. Aber du wolltest mir noch die Sache mit dem Telefon erklären. Warum du nicht mehr ans Telefon gehst.»

«Es sei denn, man kündigt sich an durch dreimal klingeln!»

«Es sei denn.»

«Also, ich habe so einen nervigen Kollegen, weißt du. Ein Belgier. Er ruft mich ständig an, und manchmal lungert er sogar vor meiner Tür herum.»

«Kannst du den nicht irgendwie loswerden?»

«Wie denn?»

«Sag ihm, du gehst zur Polizei.»

«Ist doch nicht verboten, wen anzurufen.»

«Wenn er auch vor deiner Tür wartet?»

«Damit hat er in den letzten Tagen aufgehört.» Sieglinde grinste. «Ich hab Adam davon erzählt, und er hatte die Idee, dass wir so Arm in Arm zu mir reingehen und einige Zeit später genau so wieder raus. Das hat dem Belgier natürlich gar nicht gefallen!»

Mona überlegte, ob ihr das gefiel. In jedem Fall gefiel ihr nicht, dass Sieglinde überhaupt nicht auf den Gedanken kam, sich diese Frage zu stellen. Sieglinde plapperte unbeirrt weiter: «Dabei sind wir im Flur auch noch meinem attraktiven Nachbarn begegnet, der hat vielleicht Augen gemacht! Der hält sich ja für den tollsten und unwiderstehlichsten Hecht weit und breit, und da stand *ich* ihm nun mit diesem *Adonis* gegenüber, haha!»

«Aber er ruft immer noch an, der Belgier?»

«Vermutlich. Aber ich geh ja nur noch ran, wenn man sich mit dreimal vorklingeln ankündigt.»

«Apropos, hat hier jemand angerufen, als ich weg war?»

«Da war jemand am Telefon, der sich aber nur verwählt hatte, hat meine Schwester gesagt. Ach Gott, und ja, gut, dass du fragst! Irgendwas Berufliches war auch noch, aber das weiß ich nur von Adam, da musst du ihn noch mal fragen.»

Adam, Adam, Adam.

«Ja, da muss ich ihn wohl fragen.»

Sieglinde verschwand ins Bad, und Mona betrachtete die mit Adam befreundete Pflanze. Sie würde ihn bei Gloria oder im Memphis Room suchen müssen. Oder bei Sieglinde? Die kam nun zurück ins Zimmer und fragte süffisant: «Und wer hat sich hier rasiert, hmm?»

«Rasiert?»

«Na, die Bartstoppeln im Waschbecken deuten ja wohl eindeutig auf Herrenbesuch hin!»

Mona war mit wenigen Schritten im Bad und schrie auf. «Hier war keiner! Du bist mein erster Besuch, seit ich zurück bin!»

«Und die Stoppeln? Beine rasiert?»

«Ich rasiere mir doch nicht die Beine im Waschbecken! Aber das Schlimmste ist: In meinem Hotelzimmer in Berlin hatte ich auch schon Bartstoppeln im Waschbecken. Genau solche! Danach habe ich mit Sidney die Zimmer getauscht, da hörte es auf.»

«Das ist ja gruselig.»

«Und es war niemand hier?»

«Nein!»

«Aber du warst mal draußen?»

«Ich war im Waschsalon und oben bei Mrs. Propper.»

«In der Zeit hätte also jemand hier reinkommen können.»

«Heute war ich nur kurz beim Deli an der Ecke.»

«Jemand verfolgt dich. Wundert mich nicht.»

«Bis nach Berlin?»

«Oder umgekehrt. Von Berlin bis nach New York.»

«Wie soll der in meine Räume kommen?»

«Häng lieber immer die Kette vors Schloss! Und du solltest auch einen Code haben für die Türklingel. Bei mir an der Tür musst du zweimal kurz und einmal lang.»

«Also am Telefon dreimal klingeln und an der Tür zweimal kurz und einmal lang?»

«Na, beim Telefon kann man ja die Länge nicht variieren, Mona. Einen Klingelcode für die Tür haben doch die meisten

Leute, wundert mich, dass du keinen hast. Nimm einfach denselben wie ich.»

Aus irgendeinem Grund wollte Mona nicht denselben Klingelcode haben wie Sieglinde. «Nein. Nein, ich nehme einfach fünfmal kurz. Fünf wie die Finger an einer Hand. So kann man sich das gut merken.»

«Ist gesägt.»

Der Anblick im Waschbecken erschien Mona unwirklich, sie selbst fühlte sich unwirklich, sie fühlte sich wie die Hauptdarstellerin in einem Horrorfilm. Zum Glück konnten sowohl Sieglinde als auch Sidney die Bartstoppeln bezeugen, ansonsten hätte sie an ihrem Verstand gezweifelt. Oder aber, die beiden hatten sich gegen sie verschworen. Ein Gedanke, den weniger Mona dachte als vielmehr die Horrorfilmfigur, als die sie sich gerade fühlte, aber da die Wirklichkeit spürbar ins Kippen kam, kippten auch die Kategorien ineinander, und dass Sieglinde sich an Adam rangeschmissen hatte, der sich wiederum mit Pflanzen befreundete, die elektrische Impulse einforderten, machte die Sache nicht besser.

Mona beschloss, Gloria aufzusuchen. Gloria, die über die Fähigkeit verfügte, Dinge in klarem Licht zu sehen. Auf dem Fußboden direkt vor der Wohnungstür arrangierte Mona noch ein paar unauffällige Papierschnipsel zu einem Muster, das ein Unwissender beim Eintreten in die Wohnung leicht zerstören würde. Allerdings könnte auch Winnetou es zerstören, diese Unsicherheit musste sie einkalkulieren.

Bei Gloria machte keiner auf, und Mona wollte schon umkehren, da kam ihr der Gedanke, die Treppen nach oben aufs Dach zu nehmen, zum Dschungelhaus. Auch in New York war der April sonnig und warm, die Kirschbäume im Park trugen extradicke Kugelblüten in verschiedenen Schattierungen von Rosa. Auch die Büsche und Bäume auf dem Dach über Glorias Wohnung ließen sich nicht lumpen, es grünte und blühte und spross. Zunächst war niemand zu sehen, aber hinter dem Gewächshaus mit den exotischen Vögeln lag auf einer Decke die scharfzüngige Dunkelhaarige bäuchlings neben einem Mann in Unterhose, und ein paar Meter weiter streckte sich Gloria auf einem Liegestuhl mit nichts als einer dunkeln Brille bekleidet der Sonne entgegen, neben sich ein Glas mit Eiswürfeln und eine Flasche Wodka. Dazwischen lungerten weitere Personen herum, einer schlief mit offenem Mund, als sei er mitten im Gestrüpp einfach umgefallen, ein anderer saß auf einem Hocker an einem niedrigen Tisch und malte mit bunten Stiften sehr konzentriert kleinteilige Gebilde. Niemand sah auf, als Mona zwischen ihnen umherging und schließlich vor Gloria stehen blieb.

Gloria blinzelte, dann sagte sie: «Geh mir aus der Sonne, deutsches Mädchen.»

«Ich hab was für dich.» Mona hielt ihr die Berliner Schneekugel vors Gesicht.

«Was für ein reizender Kitsch!» Gloria setzte sich auf, goss Wodka auf die schmelzenden Eiswürfel und nahm einen langen Schluck, während Mona sich neben die Liege auf den Boden hockte und das Gesicht zur Sonne streckte.

«Weißt du, wo ich Adam finde?»

«Gibt es mal einen Tag, an dem du nicht nach Adam suchst? Es gibt doch noch andere Männer.»

«Er hat in meiner Wohnung gewohnt, während ich weg war, und Anrufe entgegengenommen.»

«Hat er nichts notiert?»

«Nein. Aber eine Freundin von mir sagte, er habe einen beruflichen Anruf erwähnt.»

«Als Sekretär taugt er wohl noch weniger denn als Liebhaber.» Ob Gloria sich dabei auf eigene Erfahrungen bezog, war nicht ganz klar. «Hey!» Sie warf ein Stöckchen nach dem malenden Mann an dem kleinen Tisch, der erschrocken herumfuhr. «Hast du Adam gesehen?»

«Fish war doch gestern mit Adam unterwegs!», antwortete er in beleidigtem Tonfall und beugte sich wieder über sein Blatt.

Gloria sah zu dem wie tot im Gestrüpp Schlafenden hinüber. «Fish ist gerade nicht ansprechbar.»

Sie nahm einen weiteren Schluck aus ihrem Glas und machte sich wieder auf ihrer Liege lang. Es sah nicht danach aus, als würde der Mann im Gestrüpp demnächst aufwachen, aber Mona blieb trotzdem. Unter Glorias Liege stapelten sich einige Magazine, davon griff sie zwei und setzte sich damit in einen wackeligen Gartenstuhl. Im *New York Magazine* las sie einen Artikel über das Müllproblem, was sie sehr erschreckte. Sieben Millionen Tonnen Müll produzierte die Stadt in einem einzigen Jahr, und die Frage, wo dieser ganze Unrat gestapelt, verscharrt und versteckt werden sollte, wurde immer komplizierter, während die Verpackungen der Produkte immer aufwendiger wurden. Mona mochte schöne Produktverpackungen. Müll mochte sie aber nicht. Wie viel es davon gab, war im Februar überall auf den Straßen zu sehen gewesen, als die Müllabfuhr gestreikt hatte. Ein anderes großes Thema in den Zeitschriften war die Frage, ob Frauen in Restaurants Hosen tragen dürften. Manche Betreiber hatten nichts gegen die neuen, eleganten Hosenanzüge, für andere verstieß es gegen ihre Kleiderordnung, und Frauen in Hosen wurden bei ihnen abgewiesen. Unter diesen beiden Lagern gab es heftige Kontroversen.

Zwischen einigen der anwesenden Personen hatte sich derweil eine Unterhaltung entsponnen, aus der Fetzen zu Mona durchdrangen. Irgendwas mit Astrologie und Filzläusen, Namen, die sie nicht kannte, Orte, von denen sie mal gehört hatte.

«Lass dich nicht von den Gespenstern der Vergangenheit jagen», hörte sie schließlich einen sagen, der jetzt zwischen der Decke mit der Dunkelhaarigen und dem Tisch mit dem Zeichner saß und der rauchend in die Ferne blickte. Er trug eine schwarze Lederhose und hatte schulterlanges, welliges Haar. «Das ist einfach überflüssig.»

Der Zeichner hatte sich zu ihm herumgedreht und nickte versonnen.

«Alle Vergangenheit war einmal Gegenwart, und alle Gegenwart wird Vergangenheit sein. Und die Zukunft ist bald die Gegenwart und wird dann ebenfalls Vergangenheit sein. Diese ganzen kategorialen Trennungen, von wegen Vergangenheit, Gegenwart und Zukunft sind substanzlos, künstlich und verfehlt. In Wahrheit ist die Zeit ein weitgestreckter Raum.»

«Wow, ja», sagte der Zeichner.

«Schwachsinn», schnaubte die Dunkelhaarige; der Mann in der Lederhose lächelte sanft. Der Typ, der neben der Dunkelhaarigen auf der Decke lag, stützte sich auf den Oberarm, sah sie an und fragte: «Warum soll das denn Schwachsinn sein?»

«Weil es hohles Gewäsch ist. Wie immer bei ihm.»

«Ich finde, es ist total wahr.»

«Man kann nicht *finden*, dass etwas *wahr* ist, ihr Hampelmänner. Das kann man nur beweisen. Und die Vergangenheit ist vergangen. Was sie von der Zukunft erheblich unterscheidet. Versuch mal, die Vergangenheit zu verändern.»

«Versuch mal, die Zukunft zu verändern», entgegnete Lederhose, weiterhin sanft lächelnd.

«Man verändert andauernd die Zukunft!»

Sie stand auf und riss irgendein Kraut mit der Wurzel aus dem Boden.

«So. Gerade habe ich für dieses Gewächs hier die Zukunft verändert. Ich könnte jetzt Glorias Schnapspulle austrinken, dann würde ich in der Zukunft kotzen. Wenn ich es nicht tue, dann kotze ich nicht.»

«Stimmt auch wieder», sagte der auf der Decke.

«Aber nur eine der Möglichkeiten wird wahr», räsonierte Lederhose und blickte in die Ferne.

«Ja, und?», schnaubte die Dunkelhaarige. Sie legte sich wieder auf die Decke und murmelte: «Idioten», worauf der Typ in Unterhose ihr zärtlich übers Haar strich und sie dann küsste, als wären sie hier allein.

Leute kamen und gingen. Als auch Gloria irgendwann verschwunden war, schlenderte Mona zurück zum Ausgang, wobei sie nahe am unverändert schlafenden Fish vorbeiging und ihn von oben betrachtete. Im Gesicht hatte er sich bereits einen beachtlichen Sonnenbrand eingefangen, außerdem kam er ihr bekannt vor. Sie ging neben ihm in die Hocke und stupste ihm gegen die Schulter, was in seinem Tiefschlaf verhallte, dann holte sie einen Stuhl herbei und platzierte ihn so, dass ein schützender Schatten auf sein Gesicht fiel. Dabei fiel ihr auch ein, woher sie ihn kannte – es war der Junge, der sie bei der Theaterprobe angesprochen und sie nach ihrem Verhältnis zu Adam gefragt hatte, an dem Abend, an dem sie später noch überfallen wurde. Die Aura von Übel, die ihn damals umgeben hatte, konnte sie jetzt nicht mehr spüren, schutzlos und der Welt abhanden, wie er dalag. Wind kam auf und brachte von der anderen Seite des Gewächshauses her dunkle Wolken näher.

Die Tür zu Glorias Wohnung stand offen, von innen drang Geschrei oder Gelächter heraus, es war nicht genau auszumachen. Mona folgte den Stimmen bis hinein in einen ihr noch unbekannten Raum, der wohl das war, was man ein Ankleidezimmer nannte, denn er enthielt ausschließlich Schränke und große Spiegel. Dort stand Gloria auf einem Stuhl, zog Klamotten aus den oberen Fächern eines Wandschranks hervor und warf sie zwei Männern zu, die inmitten des anwachsenden Stoffbergs standen. Die beiden zogen die Sachen an und aus, begutachteten Hosen, Kleider, Blusen, Röcke, Negligés, Tücher und BHs und diskutieren lautstark, wen was wie kleidete oder wem man dieses oder jenes mitbringen sollte. Gloria trug inzwischen ein Kleid mit eingenähten Lämpchen, die sie umblinkten wie einen Weihnachtsbaum, eine spektakuläre Entsprechung zu dem blinkenden Diadem auf der Gartenparty damals, bei der Mona sie kennengelernt hatte.

«In deiner Größe habe ich leider nichts», rief sie Mona zu.

«Ich wollte auch nur kurz zur Toilette. Sagst du mir Bescheid, wenn du was von Adam hörst?»

«Ich werd's versuchen.»

Auf dem Weg zum Bad kam Mona an der goldenen Tür vorbei. Auch sie stand offen, dahinter war es dunkel. Vorsichtig trat sie vor den Raum und rief ein leises «Hallo?» hinein. Als keine Antwort kam, drückte sie den Lichtschalter. An der Wand lehnte eine dünne Matratze ohne Bezug, davor stand ein kleiner Tisch und ein Stuhl; sonst war da nichts, was auf menschliche Präsenz hindeutete. Keine Bücher oder Papiere, keine Kleidung, überhaupt nichts außer Matratze, Tisch und Stuhl. Allerdings waren die Wände dicht beschrieben und bemalt mit winzigen Figuren, die jeweils von noch winzigeren Ornamenten umrahmt wurden. Die Figuren sahen aus wie vorgeschichtliche Höhlenmalereien, und ihr dominierendes Motiv waren erigierte Penisse, die Ornamentik drum herum wirkte kunstvoll arabesk. Zwischendrin fanden sich auch komplizierte, wahrscheinlich astrologische Diagramme und gedichtartige Zeilen, ebenfalls eingerahmt, aber nur mit einfachen Linien.

Ein lautes Krachen riss Mona aus ihrer Betrachtung. Durch die großen Erkerfenster im Salon sah sie, dass es draußen finster war, es blitzte und krachte noch einmal, dann trommelte Regen gegen die Scheiben. Sie dachte an Winnetou, der sich vor Gewitter fürchtete. Durch die weiterhin offen stehende Tür flüchteten nun die anderen in die Wohnung. Der Mann in der schwarzen Lederhose, der sich gerade noch ein schwarzes Hemd zuknöpfte, die Dunkelhaarige, aber ohne ihren Freund, zwei, drei weitere, dann, fluchend und schon ziemlich nass, der Zeichner, der seine Malutensilien zusammengerafft in den Armen hielt. Den eben noch schlafenden Fish sah Mona nicht, aber bestimmt hatte der Regen ihn geweckt, und sie konnte ihn endlich fragen, wo Adam steckte.

Im Freien war niemand mehr zu sehen. Mona trat durch die Schleusentür in das Dschungelhaus, in das es stellenweise hineinregnete. Den Herrn mit dem Monokel konnte sie heute nicht entdecken, aber gleich vorn saß Fish an einen Kübel gelehnt unter einer Palme und war schon wieder am Einnicken.

«Entschuldige», sagte Mona. «Ich bin auf der Suche nach Adam und mir wurde gesagt, du wärst gestern mit ihm unterwegs gewesen?»

«Ja. War ich.»

«Weißt du, wo ich ihn finde? Oder anrufen kann?»

Matsch klebte ihm an Kleidung und Haaren, seine Schuhe sahen aus wie von einem geistesgestörten Schuster zusammengenähtes Herbstlaub.

«Was willst du denn von ihm?»

«Er hat in meiner Wohnung gewohnt, als ich weg war, und hat wohl Anrufe entgegengenommen.»

«Du bist Mona?»

Sie war sich nicht sicher, ob er sie erkannte oder nicht. Er sah sie kaum an. «Ja.»

«Deine Wohnung ist echt gemütlich.»

«Du warst in meiner Wohnung?»

«Echt gemütlich.»

«Okay, und wo finde ich jetzt Adam?»

«Keine Ahnung, keinen Schimmer, weiß ich nicht, gute Nacht.» Damit schloss Fish seine ohnehin schon auf Halbmast hängenden Augen.

Mona verließ das Haus und steuerte die Praxis von Dr. Robert an.

Wie vorher schon Mrs. Propper wollte er alles über ihre Berlinreise hören, jedes Detail interessierte ihn so sehr, dass er das wie üblich volle Wartezimmer darüber vergaß. Dann erzählte er seinerseits Mona, wie er 1933 aus Deutschland entkommen war.

«Im Sommer war ich an der Universität in Leipzig promoviert worden, meine Doktorarbeit hatte ich über Kontrastmittel bei der rückläufigen Pyelographie geschrieben, damit werden Sie niemals in Berührung kommen, Mona, das ist ein reines Männerthema. Ich war natürlich sehr froh und stolz auf meinen Titel, in meiner Familie waren die Männer schon seit Generationen

Ärzte! Und nun endlich auch ich, trotz aller Schwierigkeiten, *against all odds*, wie man auf Englisch sagt, Ja, und kaum ist es so weit, da kommt die Politik und die große Weltgeschichte und macht mir einen Strich durch die Rechnung.»

Der Doktor blickte versonnen aus dem Fenster.

«Ich hatte schon gehört, dass selbständige jüdische Ärzte ihre Kassenzulassung verloren oder entlassen wurden, wenn sie im Krankenhaus arbeiteten, aber wissen Sie, irgendwie dachte ich noch, das würde auch schnell wieder aufhören, schließlich wurden die Ärzte ja gebraucht, wie sollten die ganzen Patienten denn jetzt versorgt werden? Na, ums Wohl der Menschen ging es bei der ganzen Chose ja sowieso nicht. Jedenfalls hatte ich schon eine gute Stelle im Krankenhaus, da kamen so ein paar SA-Leute an, um den Klinikchef mitzunehmen, weil sie dachten, er sei Jude. War er aber gar nicht, es lag eine Verwechslung vor, eigentlich ging es um mich. Und das war mein letzter Arbeitstag in Berlin. Die nahmen mich mit und sperrten mich zu anderen Männern, die sie eingesammelt hatten, und die munkelten, am nächsten Morgen würden wir abtransportiert und dann erschossen! Sie können sich vorstellen, was da stundenlang in uns vorging. Einige meinten, das sei alles ein schlechter Scherz, andere hielten alles für denkbar. Am nächsten Morgen kam dann tatsächlich ein anderer Trupp von der SS an, und ich dachte schon, das sind jetzt unsere Henker. Aber zwischen den beiden Trupps gab es Streit und Gebrüll, und plötzlich rief jemand meinen Namen. Ich sollte heraustreten. Ich konnte kaum gehen, so weich waren meine Knie, aber dann stand da ein alter Bekannter vor mir, mit dem ich ein paarmal zusammen um die Häuser gezogen war, ein sympathischer Bursche, fand ich immer, hatte auch einen Schlag bei den Frauen. Nun stand er da in dieser Uniform. Es war eine merkwürdige Situation, die SS-Leute schienen die SA zu belehren, dass die Aktion hier unerwünscht und wir freizulassen seien. Mein Bekannter nahm mich dann zur Seite und erklärte mir, wenn ich so etwas nicht noch einmal erleben wolle, dann sollte ich Deutschland besser verlassen, und zwar so schnell wie möglich. Den Rat habe ich befolgt.»

Bis hierher hatte Dr. Robert wie üblich mit halbem Hinterteil schräg auf seinem Schreibtisch gesessen, ein Bein am Boden, das andere frei schwingend. Nun erhob er sich, ging um den Tisch herum und ließ sich in seinen Drehsessel fallen.

«Für die Flucht fehlte mir Geld. Ich habe dann, nach einigen Gesprächen, mehrere Personen gefunden, die Geld außer Landes bringen wollten und die mir eine Kommission anboten, wenn ich das für sie erledigte. Von dem, was ich hatte, kaufte ich mir also ein gebrauchtes Auto und versteckte das Geld im Beifahrersitz. Den habe ich dafür aufgeschnitten, das Versteck mit Brettern und einer Metallplatte verschlossen und den Sitz dann neu aufpolstern und beziehen lassen, man sah wirklich nichts, allerdings war da nun ein ganz neuer Sitz in einem alten Auto. Mein Plan war, bei Trier hinüber nach Frankreich zu fahren. Sind Sie zufällig katholisch?»

«Zufällig, ja.»

«Dann wissen Sie vielleicht zwei Dinge: erstens gibt es in der katholischen Kirche ungefähr alle fünfzig Jahre ein Heiliges Jahr, oder Jubeljahr, und zweitens befindet sich im Dom von Trier eine äußerst kostbare Reliquie, nämlich der Heilige Rock.»

Beides war Mona nicht bekannt, und der Begriff «Heiliger Rock» verwirrte sie, weil sie dabei an Musik dachte.

«Der Heilige Rock gilt als das originale Untergewand Christi, die heilige Helena soll es im dritten oder vierten Jahrhundert nach Trier gebracht haben. Ich hatte einen guten Freund, Franz, mit dem hatte ich mal in einer Band gespielt, der war sehr katholisch, und von dem wusste ich also, dass diese Reliquie in Trier zum heiligen Jahr 1933 ausgestellt werden würde. Millionen pilgerten da hin! Und da Trier direkt an der französischen Grenze liegt, plante ich also, im Strom der französischen Pilger das Land einigermaßen unbehelligt verlassen zu können. Am Sonntagabend fuhren die Leute tatsächlich auch massenweise über die Grenze, die meisten waren Franzosen, aber auch nicht wenige Deutsche, die ihren Sommerurlaub in Frankreich verbrachten. Bei der Grenzkontrolle fühlte ich mich schon ziemlich sicher, da stieß sich doch tatsächlich ein Grenzpolizist an dem neuen Sitzpolster und fing an, das hölzerne Rückteil da auszubauen! Das war natürlich ein Desaster. Für den Fall, dass ich überhaupt irgendwie kontrolliert werden könnte, hatte ich mir ein Päckchen Zigaretten gekauft. Ich habe nie geraucht, aber als ich überlegte, wie ich eine Kontrolle möglichst lässig überstehen könnte, da fielen mir Zigaretten ein. Ich nehme ja an, dass es tatsächlich für viele ein Grund ist, mit dem Rauchen anzufangen, diese Lässigkeit, die einem eine Zigarette verleiht. Und ehe man sich's versieht, hat man eine furchtbare Sucht am Hals. Rauchen Sie?»

«Ab und zu.»

«Lassen Sie's sein. Nikotin ist ein schlimmer Suchtstoff, viel schlimmer als Marihuana.»

Mona nickte.

«Ich bot dem Grenzer also ganz freundlich eine Zigarette an und rauchte dann selbst eine. Ich weiß noch genau, wie ich da an meinem Wagen lehnte und mich mit dem Rauchen ablenkte, wie ich die Raucher imitierte, die ich kannte, die Augen so ein bisschen zusammenkniff und in die Ferne sah. Natürlich konnte ich nur paffen, sonst hätte ich wohl husten müssen.»

«Ich denke, es ist gut ausgegangen, denn Sie sind ja hier», sagte Mona hoffnungsvoll, und Dr. Robert lachte. «Kluges Mädchen! Ja, er hat das Geld nicht gefunden. Ich durfte weiterfahren und als ich weit genug gefahren war, hielt ich irgendwo am Wegesrand und weinte wie ein kleines Kind. Da kam die ganze Anspannung hervor!»

Eine Schwester steckte ihren Kopf durch die Tür. «Dr. Robert, könnten Sie sich wohl bald um die Baroness kümmern, sie ist schon sehr ungehalten, und Mr. Reese hatte einen epileptischen Anfall.»

«Natürlich. Ich bin sofort da.» Er umarmte Mona und begleitete sie zur Tür hinaus. «Beim nächsten Mal erzähle ich Ihnen, wie es weiterging!»

Diesmal stellte sich Mona ans Ende der Schlange vor dem Memphis Room. Hin und wieder ging es einen Schritt voran. Nach einer guten Dreiviertelstunde prasselte der Regen wieder los, was unangenehm war, aber den Vorteil hatte, dass die Leute, die noch vor ihr standen, einer nach dem anderen davonrannten. Nach fünf Minuten war sie nass und drinnen. Sie drängelte sich durch das Getümmel an der Bar bis in den Hinterraum. Dort saß er, zusammen mit Trixi, Kaspar und weiteren Gestalten, die Mona hier oder da schon mal gesehen hatte, darunter auch der fürchterliche, rohrzangenschwingende Mantelzerstörer von der Party im vergangenen Jahr.

Selbst wenn sie nicht auf der Suche nach Adam gewesen wäre, hätte Mona sich an diesem Tag wohl aufgemacht in den Memphis Room, wo sich jeden Abend die Wege derer kreuzten, die auf der Suche nach irgendetwas waren. Viel mehr hatten sie vielleicht gar nicht gemeinsam, die überspannten jungen Mädchen, die zum Teil noch zur Schule gingen, die streitlustigen Künstler und Trinker jenseits der vierzig, die gelegentlichen Film- und Fernsehstars, die gelangweilten Erben und die Erlebnishungrigen aller Altersgruppen und sozialen Schichten. Ihre Erwartungen, Ängste und Neurosen brachten sie genauso mit wie ihre Schönheit, ihre Makel und ihre allerneuesten Klamotten. Trixis linke Hand war von Mullbinden umwickelt, Kaspar redete und redete. Dazwischen saß Adam, ausgeschlafen, gut gelaunt und frisch rasiert. Als er Mona bemerkte, breitete sich ein großes, helles Lächeln auf seinem Gesicht aus, ein Hollywoodlächeln, er rief ihr etwas zu, was aber im allgemeinen Gelärme unterging. Über ihre Frage nach Anrufen musste er erst nachdenken, dann fiel es ihm ein: Ihre Agentur hatte sich gemeldet. Ihr Schlüssel steckte noch in seiner Jackentasche, den konnte er direkt zurückgeben. Und ja, die Pflanze habe er aus einer Hotellobby «gerettet», wo sie unglücklich gewesen sei, und vom Guru wusste er, dass Pflanzen manchmal Elektrizität bräuchten.

«Apropos Guru», sagte Mona, «wohnt er nicht mehr in der Kammer bei Gloria? Ich war heute dort, und der Raum schien so verlassen.»

«Tatsächlich? Das ist interessant. Letztens hat er davon geredet, eine Pilgerreise zu unternehmen. Nach Mexiko, zu den Schamanen.»

Aber nein, in den letzten Tagen sei er nicht mehr in ihrer Wohnung gewesen, auch nicht heute, warum solle er extra vorbeikommen, nur um sich zu rasieren?

«Übrigens», sagte Mona, «habe ich jetzt einen Klingelcode für meine Tür. Fünfmal kurz. Merk dir das bitte.»

Das Szenario war so typisch und einzigartig Sechziger, so eine Arztpraxis könnte man sich heutzutage nicht einmal mehr vorstellen.
Cherry Vanilla

1968

Das Papierschnipselmuster auf dem Boden hinter der Tür war unverändert, niemand hatte die Wohnung in ihrer Abwesenheit betreten, und auch Winnetou hatte sich nicht dafür interessiert. Überhaupt drehte er Mona den Rücken zu, als sie nach Hause kam, beleidigt über ihre lange Abwesenheit und ohne die Gesellschaft von Mrs. Propper oder deren Katze, die er ja vielleicht vermisste, jedenfalls miaute er nach wie vor, wo er früher Heppeppepp gesagt hätte. Mona rief bei der Agentur zurück, gerade noch rechtzeitig, um zu erfahren, dass die Strumpffirma sich wieder gemeldet und ausdrücklich nach Mona gefragt hatte. Es ging um die neue Kollektion und ob sie Zeit hätte, schon übernächste Woche für sommerliche Werbefotos nach Mexiko zu fliegen.

Seit sie, während ihres allerersten New Yorker Vorstellungstermins, dem Gespräch zwischen einem schwedischen und einem brasilianischen Fotomodell gefolgt war, bei dem die Schwedin der Brasilianerin von ihrem letzten Auftrag in Rio erzählt hatte, in welchem Hotel an der Copacabana sie gewohnt und auf wessen Yacht sie eine glänzende Party gefeiert hatte (die Brasilianerin hingegen war gerade in Venedig gewesen), erschien ihr ein Auftrag in exotischen Gefilden als das Nonplusultra einer Modellkarriere. Mexiko! So euphorisch hatte sie sich ganz ohne die Hilfe eines Dr. Feelgood ewig nicht mehr gefühlt.

Von Sidney hörte sie nach der Rückkehr aus Berlin zuerst durchs Radio. Auf dem Flug zurück nach New York hatte er trotz des vorangegangenen hochgradigen Bruches der *klaren Abmachung* keineswegs beunruhigt gewirkt. Nein, vergnügt war er gewesen, während Mona selbst sich mal wieder ratlos fühlte. In seiner Sendung dann tat er etwas, das er noch nie getan hatte. Anstatt seine Ansagen mit Anspielungen zu befrachten, adressierte er sie umstandslos namentlich.

«Das hier ist für Mona», sagte er und spielte *My Eyes Have Seen You,* ein hypnotischer Song von den Doors, den Mona noch nie gehört hatte. Die Doors zählten nicht unbedingt zu ihren Lieblingsbands, aber mit diesem Stück hatte Sidney, treffsicher wie immer, etwas ausgesucht, das Wirkung auf sie hatte. Sie schaltete danach sogar das Radio aus, um die Musik weiter im Raum zu halten, bevor Sidney etwas anderes spielen konnte, was den Sound überlagert und verdrängt hätte, und sang den verklungenen Refrain vor sich hin. Wie gern hätte sie ihn jetzt gleich noch einmal gehört. Sie brauchte unbedingt die Platte. Nach einer Weile entglitt ihr die Musik, und andere Geräusche eroberten ihre Wahrnehmung zurück, das Gluckern in der Heizung, Schritte über ihr, eine Polizeisirene. Winnetous Miau. Mona schaltete das Radio wieder ein, es liefen die Zombies, *Time of the Season,* das mochte sie auch gern. Sie griff nach dem Drahtbügel, hielt ihn gegen die Lampe und berührte mit der freien Hand die mit Adam befreundete Pflanze.

Die Besuche bei Dr. Robert wollte Mona eigentlich zurückfahren, vor allem aus finanziellen Gründen. Er gab ihr zwar schon einen Spezialtarif, trotzdem hatte sie in den letzten Monaten mehr Geld bei ihm gelassen als irgendwo sonst. Für den Trip nach Mexiko allerdings wollte sie sich unbedingt noch ein paar seiner selbst fabrizierten Vitamin-Weckamin-Klumpen abholen, um auch wirklich und zuverlässig in Form zu sein und nicht etwa aufgrund irgendwelcher klimatischen, hormonellen oder anderen unkalkulierbaren Faktoren ausgerechnet dann einen Durchhänger zu haben, wenn es darum ging zu glänzen. Doch sie fand die Pforte mit dem schmiedeeisernen Gitter vor dem Empfang verriegelt. Einfach so, mitten am Tag, mitten in der Woche. Ein Zettel an der Tür teilte den «Lieben Patienten» mit, die Praxis müsste «vorläufig» geschlossen bleiben. Bei ihrem letzten Besuch hatte Dr. Robert nichts dergleichen erwähnt. Jetzt tauchte noch ein weiterer Stammpatient, der zappelige Öl-Erbe in seiner Dandy-Montur, hinter Mona auf.

«Ist geschlossen», informierte ihn Mona.

«Was?» Er las den Zettel, dann wandte er sich mit einer resignierten Geste ab. «Ach, Kacke.»

Mona überlegte. Es war nicht weit zur Praxis von Dr. Max. Sie hatte gehört, dass er manchen Patienten für Reisen oder Arbeitsaufenthalte außerhalb von New York seine Medizin zum Spritzen mitgab, und die war natürlich das Beste, besser noch als Dr. Roberts klumpige Pillen. Allerdings würde er sie nach Adam fragen und mit ihr schimpfen, weil sie nicht gut genug auf Adam aufpasste und ihn nicht gleich mitgebracht hatte. Unterdessen waren zwei weitere Patienten vor dem Eingang aufgetaucht, sie redeten mit dem Öl-Erben, der sich jetzt zu ihr drehte und sagte: «Möchtest du mitfahren?»

«Wohin?»

«Nach Midtown, zu Dr. JB.»

Bei irgendeinem Gespräch im Memphis Room hatte Mona diesen Namen schon mal gehört und für einen der vielen Code-Namen von Dr. Max gehalten. Aber der saß ja nicht in Midtown.

Die Limousine des Öl-Erben wartete auf der gegenüberliegenden Straßenseite. Der Chauffeur lehnte an der Fahrertür und warf seine Zigarette weg, als die vier näher kamen, öffnete die Türen und schloss sie auch wieder.

«Dreiundfünfzigste und Madison», wies der Öl-Erbe ihn an, dann ließ er sich theatralisch in den Sitz fallen und begann, an seinen Nägeln zu kauen. Die anderen beiden waren vielleicht Geschwister, vielleicht aber auch ein Paar, sie sahen sich ähnlich wie Geschwister, kleideten sich aber auch ähnlich, wie Geschwister es eher nicht tun würden.

«Macht er Urlaub, oder was?», fragte das Mädchen, und der Öl-Erbe rief: «Wenn er Urlaub macht, dann gibt er das vorher bekannt!»

«Vielleicht ist er krank?»

«Was. Weiß. Ich. Er war noch nie krank. Er ist doch der Arzt, zum Teufel. Verdammt, jetzt hab ich Hunger. Halt mal da vorne an der Ecke an.»

An der Ecke sprang der Öl-Erbe aus dem Wagen und verschwand in einem Deli. Ziemlich lange. Als er wieder herauskam, stieg der Fahrer aus und öffnete ihm die Tür. Der Öl-Erbe biss in sein Sandwich und verkündete mit vollem Mund:. «Typ sagt, Freymann hat Ärger mit dem Gesetz.»

«Welcher Typ?»

«Typ im Deli.» Aus dem Sandwich tropfte Remoulade auf die dunkle Samthose des Öl-Erben. «Verfluchte Scheiße!», rief er, sprang auf und stieß mit dem Kopf gegen die Wagendecke. «Scheiße!» Er drehte das Fenster runter und warf das restliche Sandwich hinaus auf die Straße. Ein überholendes Taxi hupte. Mona zuckte zusammen, und das Mädchen fragte ungerührt nach: «Also, was genau hat der Typ jetzt gesagt über Freymann?»

«Wohl wegen Abtreibungen», antwortete der Öl-Erbe, der plötzlich erschöpft wirkte.

Wieder drehte Mona sich herum: «Was denn für Abtreibungen?»

«Na Abtreibungen eben. Muss ich dir erklären, was das ist?»

«Freymann macht auch Abtreibungen», erklärte das Mädchen.

An der 53. Straße, Ecke Madison Avenue betraten sie ein Hochhaus, und während sie im eleganten Foyer auf den Fahrstuhl warteten, stellte sich der Öl-Erbe dicht vor Mona, griff ihr mit einer Hand ans Kinn und sagte: «Hübsch, aber dumm, oder wie?»

Die Praxis von Dr. JB war so voll wie ein Bahnsteig nach mehreren ausgefallenen Zügen. Im Anmeldebereich waberte indisch anmutende Musik aus Lautsprechern. Es gab mehrere Wartezimmer, und weil der Öl-Erbe zielstrebig in einen der Räume stakste, nahm Mona einen anderen. In diesem waberte nichts aus den

Lautsprechern, sondern auf einem Hocker am Kopfende saß eine Frau und spielte Gitarre. Nicht versonnen vor sich hin zupfend, sondern routiniert und professionell, wie der Pianist in einer Pianobar; offenbar war sie für genau diesen Job angeheuert. An den Wänden hingen großformatige Gemälde, moderne Kunst, aber auch ein riesiges Poster des Musicals *Hair*, das gerade am Broadway eröffnet hatte, vollgekritzelt mit Autogrammen. Auf einem Sitzsack meditierte ein Mann mit gekreuzten Beinen, geschlossenen Augen und eigenartiger Handhaltung, die Sofas und Stühle waren sämtlich belegt, und viele saßen oder lagen zwischen Kissen auf dem Boden herum. Die meisten waren in Gruppen hier, als wären sie in einer Bar oder bei einer Party und nicht beim Arzt, alle waren jung oder jung geblieben, ältere Damen im Pelz gab es hier nicht. Es roch nach Marihuana.

Mit einem Kissen an die Wand gelehnt, setzte Mona sich auf den Boden und hörte zu, was die beiden Mädchen zu reden hatten, die vor ihr auf dem Parkett herumlagen. Es ging um den Doktor und seine Praxis. Wenn Mona sich nicht verhörte, dann umfasste diese Praxis offenbar auch eine Sauna, einen Swimmingpool und eine Art Diskothek, und der dazugehörige Arzt hegte noch einige extravagante Pläne zum weiteren Ausbau seines Imperiums über mehrere Etagen. Außerdem schienen Sternzeichen hier eine bedeutende Rolle zu spielen. Die Mädchen sagten Dinge wie: «Er sagte, ich bin eine seiner liebsten Steinbock-Patientinnen», oder: «Ich soll möglichst dann kommen, wenn der Mond im Skorpion steht», es war aber auch von einer Wassermannparty die Rede, zu der nur Angehörige des Sternzeichens geladen waren. Anschließend kamen sie allgemein auf Orte zum Ausgehen zu sprechen, dann auf Musik, Bands und Platten, dann auf Radiosender.

«Auf WLIB-FM läuft dienstags immer eine tolle Sendung», sagte die eine, «mit super Musik.»

«Kenn ich», sagte die andere. «Ich bin verliebt in den Moderator, der ist so romantisch.»

«Ja, genau! Total süß. Letztes Mal hat er auch einem Mädchen einen Song von den Doors gewidmet.»

«Echt? Welchen?»

«Weiß nicht mehr, wie der hieß. Kannte ich auch noch gar nicht.»

«*My Eyes Have Seen You*», hörte Mona sich sagen. Die beiden drehten die Köpfe und sahen sie an. «Richtig», sagte die eine. «So hieß das. Hörst du die Sendung auch, ja?»

Mona nickte. «Ja. Eigentlich immer.»

«Groovy. Und merkst dir auch noch die Titel. Schönes Kleid.»

Eigentlich fühlte sich Mona gerade falsch angezogen in ihrem adretten, knielangen Kleid, das für ihren Besuch bei Dr. Robert gedacht war. Sie hätte auch lieber Sachen wie die anderen hier gehabt, aber vielleicht war es ja auch gerade gut so.

«Ich bin Sandy und das ist Jane.»

«Mona.»

Sandy kniff die Augen leicht zusammen und musterte Mona auf ihren Oberarm gestützt. «Mona. Hmm. Und du bist aber nicht auch die Mona, für die er das Lied gespielt hat? Es war doch für eine Mona, oder?»

«Nein», sagte Mona. Und dann: «Doch.»

«Was jetzt?»

«Ja, ich bin sicher die Mona, für die er das gespielt hat.»

«Wow!», rief Jane. «Wie beneidenswert. Erzähl mal, was ist das für ein Typ? Wie sieht er aus?»

«Ach, ganz normal irgendwie. Er hat so hellbraune Haare und ist schlank und nicht viel größer als ich. Schöne Augen hat er. So einen sanften Blick. Gut angezogen. Überhaupt hat er sehr viel Geschmack.»

«Klingt gut. Und ist er dein Freund?»

Ein Name wurde aufgerufen, worauf sich drei Personen von einem Sofa erhoben und den Raum verließen. «Sind die nicht nach uns gekommen?», fragte Sandy.

«Keine Ahnung. Ich hab hier absolut keinen Überblick mehr»,

stöhnte Jane und sah auf ihre Uhr. «Fast drei Stunden durch jetzt.»

«Ihr wartet seit drei Stunden?», fragte Mona.

«So sieht's aus. Und es würde mich nicht wundern, wenn es noch eine dauert. Oder zwei.»

«Das ist ja verrückt. Dann geh ich, glaub ich, lieber gleich», sagte Mona und stand auf. «Ich hoffe, ihr kommt bald dran. Viel Glück.»

«Halt!», rief Jane. «Wir wollen noch wissen, ob er dein Freund ist!»

«Ja», sagte Mona. «Klar.»

Bei Dr. Max war es leider ebenfalls voll. Aber Mona war jetzt besser vorbereitet, sie hatte sich unterwegs ein Magazin, einen Bagel und eine Cola gekauft. Nachdem sie irgendwann mit alldem durch war, musste sie immer noch warten. Sie schloss die Augen und sinnierte über die Frage, ob Sidney ihr Freund war. Vielleicht hatte sie sogar die Wahrheit gesagt, vorhin zu Jane und Sandy, vielleicht war er einfach ihr Freund, auf eine eigene Art. Die Menschen waren so verschieden, warum sollten nicht auch die Beziehungen verschieden sein? Unsinn, sagte eine Stimme in ihrem Kopf, die nach Glorias kriegerischer, dunkelhaariger Freundin klang, so wünschst du es dir, aber so ist es nicht. Frag mal Sidney.

«Soso!», rief Dr. Max. «Unser Fräulein Friedrich aus Berlin! Entsinne ich mich recht, dass Sie kürzlich auf Heimaturlaub waren?»

«Ja, richtig. Über die Ostertage.»

Er sah sie an, mit diesem Blick, dem sie lange ausgewichen war, indem sie zu Dr. Robert ging. Sicherlich hatte sie es verdient, dass er sie jetzt gleich ausschimpfen würde. Sie hatte weder sonderlich gut aufgepasst auf Adam noch ihm irgendwelche Stabilität geboten, und außerdem hatte sie auch noch mit Sidney ihre gemeinsame feste Vereinbarung gebrochen. Sie hatte also nichts verbessert oder gelöst seit ihrem letzten Besuch, und Dr. Max konnte das riechen beziehungsweise sehen mit seinem Spezialblick durch seine magischen Brillengläser.

«Erzählen Sie! Wie war das Wetter?»

«Das Wetter war fabelhaft.»

«Und sonst? Die Mauer?»

«Na ja, sie ist immer noch da. Sie ist sogar gewachsen. Die Touristen gucken sie sich an und sind schockiert.»

«Zu Recht sind sie das!»

«Natürlich. Es ist furchtbar. Wann waren Sie zuletzt in Berlin?»

«Ich war nach meiner Emigration überhaupt nur noch einmal dort. Vor dreizehn Jahren, 1955, zusammen mit Cecil DeMille, dem Regisseur von *Die Zehn Gebote.* Wir hatten zuerst eine Papst-Audienz in Rom, von dort sind wir weiter nach Berlin. Im *Hotel am Zoo* haben wir übernachtet.»

So redselig hatte Mona ihn noch nie erlebt. Es musste an Berlin liegen, sie trug Berlin noch mit sich herum, hatte es noch in den Knochen.

«Ich war froh, bald wieder abzureisen.» Er faltete die Hände und wandte sich zum Fenster.

«Wann sind Sie denn nach Amerika ausgewandert?»

«Im Sommer 36. Davor waren wir noch in Prag, wo Alice herkam. Meine erste Frau. Dann in Paris. War irgendwann alles nicht mehr sicher, da sind wir schließlich in dieses wunderbare, freie Land hier emigriert.»

«Ist Ihre erste Frau gestorben?» Die Frage war in diesem Rahmen etwas zudringlich, aber das fiel Mona erst auf, nachdem sie schon damit herausgeplatzt war. Es interessierte sie einfach. Wie lebte so ein Dr. Max, wie organisierte er seine Beziehungen?

«Nein. Meine zweite Frau ist gestorben. Die erste lebt. Sie kommt sogar regelmäßig in die Praxis.»

«Sie sind also mit Ihrer ersten Frau, die aus Prag stammte, nach New York emigriert, und dann haben Sie hier Ihre zweite Frau kennengelernt?»

«Nein. Nina kannte ich schon aus Berlin.»

Darüber hätte Mona gern mehr gewusst. Er hatte also seine spätere Ehefrau Nina noch während seiner Ehe mit seiner ersten Frau Alice kennengelernt, und dann waren sie irgendwann alle miteinander in New York gelandet, und da hatte er sich von Alice getrennt und Nina geheiratet? Oder hatte Alice ihn verlassen? Leider gab er keine weiteren Erklärungen ab zu diesen faszinierenden Fragen und erzählte stattdessen weiter von seinem Aufenthalt in Berlin von vor dreizehn Jahren.

«Ganz in der Nähe vom Hotel am Zoo, in der Uhlandstraße, hatte ich früher meine Praxis. Aber das Haus war komplett weg, da klaffte ein riesiger Krater. Unfassbar! Der jüdische Friedhof gehört jetzt zum Ostteil der Stadt, Nina und ich haben ihn damals besucht, die Mauer stand ja noch nicht. Ihr Bruder Karl liegt dort begraben, er ist 1948 in Deutschland mit dem Flugzeug abgestürzt, das erste Opfer der Luftbrücke! Auch ihr Elternhaus liegt jetzt in der DDR, die Villa Hagen, ein außergewöhnlicher Bau direkt am Jungfernsee in Potsdam. Ist von der Regierung übernommen worden. Bei einem Besuch in der stark dezimierten jüdischen Gemeinde konnte ich die Ruine der Synagoge an der Fasanenstraße sehen. Inzwischen ist sie wohl abgerissen. Sie verstehen, das war alles kein schöner Anblick für uns. Zerstörte Gotteshäuser, Bombenkrater, Gräber, enteignete Immobilien. Nein, da reise ich lieber an andere Orte. Von Berlin sind wir dann weiter nach Bonn, zu einem Besuch bei Herrn Adenauer.»

«Tatsächlich?»

«Ein eindrucksvoller Mann. Er war ein Freund der Familie meiner Frau. Die beiden hatten sich viel zu erzählen. Danach sind wir noch mit der ganzen Entourage von DeMille nach London geflogen, hatten noch Termine mit Churchill und der Queen. Wie geht es Adam?»

Die Frage war zu erwarten gewesen, kam nun aber doch etwas unvermittelt. «Es geht ihm gut! Ich habe ihn kürzlich gesehen, er war guter Dinge. Er hat sich auch um meine Wohnung gekümmert, als ich in Berlin war. Alles tipptopp.»

«Richten Sie ihm meine Grüße aus.» Weiter insistierte er diesmal nicht. «Und was kann ich heute für Sie tun, Mona?»

«Ich habe in Kürze einen Auftrag in Mexiko. Und ich wollte nur, ich dachte, weil man manchmal ja plötzlich schwächeln kann, bei Klimaumstellung und so, und das soll mir dann nicht passieren, deshalb würde ich ...»

«Sie möchten etwas mitnehmen zur Stärkung.»

«Genau.»

«Nun gut. Normalerweise gebe ich nur erfahreneren Patienten meine Medizin zur ambulanten Einnahme mit, aber ich mache für Sie eine Ausnahme.»

«Danke.»

«Was werden Sie dort brauchen? Konzentration? Ausdauer? Selbstbewusstsein?»

Mona überlegte. Alles natürlich. Am meisten aber fürchtete sie Schwäche und Müdigkeit. «Ausdauer», sagte sie. «Und so ein gutes Körpergefühl. Für die Aufnahmen.»

Dr. Max erhob sich und begann mit dem vertrauten Befüllen einer Spritze. «Versuchen wir es damit», sagte er. «Wenn es passt, dann sagen Sie Bescheid, und wir bereiten Ihnen etwas zur Mitnahme vor.»

Draußen, getragen von einer mittlerweile schon vertrauten Energie, hielt Mona ihr Gesicht in die angenehme Frische des leichten Regens, bevor sie beschwingt die Madison Avenue hinunterschlenderte, bis sie an einem Plattenladen vorbeikam, den sie unbedingt betreten musste, um vielleicht das Lied von den Doors wiederzufinden. In jedem Fall zogen die bunten Plattencover im Schaufenster sie unwiderstehlich an. Drinnen waren ein paar Leute vertieft in ihre jeweilige Suche, blätterten sich Kaugummi kauend oder rauchend durch die alphabetisch sortierten Alben oder hatten eines herausgezogen und studierten die Hülle. Der Betreiber des Ladens war gerade dabei, das Vinyl auf dem Plattenteller zu wechseln. Es knackte leise, dann pusteten die Lautsprecher Musik in den Raum, und alle Anwesenden begannen synchron mit den Köpfen zu wippen. Was hier vorher gelaufen war, wusste Mona nicht, alles, was sie wusste, war: Sie war eingetreten, und dann hatte das hier begonnen. Hallo, guten Tag, jetzt geht's los. Spektakulär. Scharf und präzise. Direkt in den Körper. Sie hatte das Gefühl, selber vom Rhythmus auf einen Plattenteller gehievt zu werden und sich darauf zu drehen. Eine dunkelhäutige Frau hatte die Platte in ihrer Hand zur Seite gelegt, hob die Hände zur Decke und tanzte. Alle drehten sich zu ihr um, der Plattenverkäufer klatschte in die Hände und drehte die Lautstärke hoch, dann tanzte der ganze Laden. Danach trat Mona wortlos vor den Plattenverkäufer, der ihr ebenfalls wortlos das Album reichte.

«Wow, die neue James Brown», sagte Sidney. Auch Winnetou hatte sich gleich für die Musik begeistert, die Platte lief jetzt zum vierten oder fünften Mal durch, und noch immer fand Mona sie unfassbar, den Gesang mit diesen platzierten Schreien, den *Hus* und *Has*, wie die Musik nach vorne ging. Am liebsten hätte sie sie mit nach draußen genommen, um sie zu hören, während sie durch die Straßen lief. Gehen zur Musik, das wär's.

«Ich wollte mir eigentlich die Doors kaufen», sagte sie. «Aber dann lief das hier in dem Plattenladen, und da habe ich stattdessen die gekauft! Als ich das hörte, habe ich mich ganz anders *gefühlt* als bei den Doors und dachte plötzlich: Genau so muss das sein! Es ist verrückt, wie man eine andere Person ist bei anderer Musik!»

Monas Enthusiasmus schien Sidney zu überfordern. Etwas hilflos und schräg stand er im Raum und mahnte, wenn sie sich jetzt nicht beeilen würde, wäre der im 21 reservierte Tisch vergeben. Aber Mona wollte sich erst noch umziehen. Dann musste sie die Platte noch einmal umdrehen, dann wollte sie mit ihm zu James Brown tanzen, dann bekam Winnetou noch einen Knabberkolben, dann suchte sie ihre Kette, dann noch ihr Parfüm. Schließlich war sie ausgehfertig. Der Plattenspieler stand still, der Kakadu rupfte an seinem Kolben, um ihren Hals lag die phantastische Kette und verlieh ihr dieses Funkeln.

«Ich weiß nicht, Mona», sagte Sidney, «es ist total blöd, aber ich glaube, im *21* bestehen sie darauf, dass Frauen Röcke tragen oder Kleider.»

Zum abermaligen Umziehen hatte sie nun aber wirklich keine Lust mehr, außerdem trug sie eine sehr elegante Bluse, das sollte doch genügen. So kamen sie schließlich im Restaurant an, eine gute Stunde zu spät, beide in Hosen. Natürlich war der Tisch weg.

«Nicht schlimm», verkündete Mona, «ich habe sowieso keinen großen Hunger. Setzen wir uns eben an die Bar!»

Ein Kellner nahm Mona den Mantel ab und runzelte sogleich die Stirn, als er ihren Aufzug sah, aber sie ging zügig auf die Bar zu, wo sie sich auf einen von zwei freien Hockern schwang. Sidney folgte ihr und setzte sich daneben, während der Kellner mit dem Oberkellner tuschelte, der kurz darauf hinter ihnen stand. «Meine Dame, mein Herr», begann er, und Mona drehte sich langsam zu ihm herum, zusammen mit ihrem Duft und ihrer Kette. Der Mann geriet kurz aus dem Konzept und blickte hilfesuchend zum Barkeeper, doch der stand als Verbündeter offenbar nicht zur Verfügung. Sidney schlug die Beine übereinander, wie ein Theaterzuschauer, der sich darauf einstellt, einer interessanten Szene zu folgen.

«Meine sehr verehrte Dame», setzte der Oberkellner nach einem Räuspern erneut an. «Ich muss Sie zu meinem persönlichen Missvergnügen darauf hinweisen, dass die Kleiderordnung in unserem Haus keine», er stockte, und sprach das Wort dann aus, als handele es sich um eine Obszönität, «keine *Hosen* zulässt.»

Begeistert blickte Mona ihn an. Gerade erst hatte sie im New York Magazine darüber gelesen, bei Gloria auf dem Dach, und schon war sie selbst mittendrin im Gefecht! Sie freute sich, am bedeutsamen Geschehen der Stadt teilzuhaben, als handelnde

Person live dabei. Der Oberkellner machte eine kleine, entschuldigende Geste.

«Ich darf hier drin keine Hose tragen?»

«Leider nein, aber selbstverständlich können Sie ein andermal gern wieder zu uns kommen, es ist, ...es ist nun einmal unsere Kleiderordnung.»

«Wie unangenehm!»

«Kommen Sie wieder, ich werde persönlich dafür sorgen, dass Sie einen unserer besten Tische bekommen und ein Getränk aufs Haus.»

Mona spürte die Kette auf ihrer Haut, sie verströmte ihren Duft, der heute Abend eine Note von brennendem Holz hatte, und durch ihre Adern sprudelte geballte Energie. Sie zog ihre Schuhe aus, stand, unter den hilflosen Blicken des Oberkellners, von ihrem Hocker auf und begann damit, sich die Hose auszuziehen.

«Das, meine Dame, so ist, so geht, Sie können nicht, Sie müssen leider unser Haus ...»

Schon blickten andere Gäste hinüber, und der Oberkellner versuchte, sich mit abgewinkelten Armen vor Mona zu stellen, um den Skandal unsichtbar zu halten. In zarten Nylonstrümpfen und einer Unterhose aus weißer Spitze schwang Mona sich zurück auf den Barhocker und schlug ihre Beine in geübter Beinmodellpose übereinander. An einem Tisch wurde applaudiert.

«Zwei Martinis bitte!», rief sie dem Barkeeper zu, während der Oberkellner ihre Hose vom Boden klaubte und «Bitte ziehen Sie sich wieder an. Bitte!» zischte.

«Was denn nun?»

Mit Flecken im Gesicht hielt er ihr die Hose hin.

«Na gut. Aber danach möchten der Herr und ich einfach nur in Ruhe unseren Martini genießen.»

Der ging dann auch aufs Haus.

«Und waren Sie zufrieden mit der Rezeptur? Wird es Ihnen helfen bei Ihrer Arbeit in Mexiko?», fragte Dr. Max.

«Absolut. Ich denke, es ist genau das Richtige.»

«Wunderbar. Dann wird Ihnen meine Assistentin gleich alles Weitere erklären, und übermorgen können Sie sich das Präparat hier abholen. Halten Sie sich weiterhin daran, keinen Alkohol zu trinken.»

«Natürlich.»

«Und richten Sie Grüße aus an Adam.»

Auf dem Tisch zwischen Mona und der Assistentin lagen eine Pampelmuse und eine leere Spritze, welche die Assistentin nun in die Hand nahm, um Mona mit Hilfe der Pampelmuse zu demonstrieren, wie die Spritze zu applizieren sei. Nach ein paar Übungsstichen war Mona entlassen. Der Wolkenschleier vom Vormittag war verschwunden, ein knalliges, zuversichtliches New-York-Blau überzog den Himmel, und wo die Sonne hinreichte, da wärmte sie, als sei es schon Sommer. Mona zog aus ihrer Tasche die Sonnenbrille von Dior. Die Praxis von Dr. Robert war nicht weit. Sie beschloss vorbeizugehen, nur um nachzusehen, ob sie immer noch geschlossen war. Vor der Park Avenue Synagoge direkt nebenan standen zwei Männer und eine Frau, die Deutsch miteinander sprachen. Mona überquerte die Madison Avenue, schlenderte die ruhige, baumbestandene Straße weiter bis zum Park, vorbei am Metropolitan Museum, das sie nicht mehr besucht hatte, seit sie dort Sidney kennengelernt hatte, und bog schließlich in die 78. Straße ein. An der Tür hing immer noch dasselbe Schild, und sie war immer noch verschlossen.

Das konnte doch nicht sein, so kommentarlos und ohne Erklärung. Wen sollte sie fragen? Gloria vielleicht. Es war wirklich ganz wunderbar warm. Bestimmt machten sie sich alle wieder einen schönen Tag auf dem Dach, sie konnte hingehen und sich einfach zu ihnen in die Sonne legen. Vielleicht wäre sogar Adam da, sie konnte ihm die Grüße von Dr. Max ausrichten und dann übermorgen nicht so dumm dastehen wie heute. Das schien ihr ein guter Plan. Zu Gloria musste sie allerdings in die entgegengesetzte Richtung, also machte Mona an der Ecke zur Park Avenue eine Kehrtwende. Kaum hatte sie sich gedreht, geschah etwas Unverständliches. Sie sah, wie eine Gestalt entlang der Häuserfassade in die Tiefe fiel. Menschliche Körper bewegten sich immer nur horizontal durch die Welt. Das vertikale Stürzen fügte sich im Augenblick des Geschehens in keinerlei vorhandene Erfahrung ein, auf die Mona hätte zurückgreifen können. Kaum zwanzig Meter vor ihr schlug der Körper auf den Gehweg auf. Mona blieb stehen. Es war ein rundlicher Mann mit kurzem Haarkranz um die Glatze. Strickjacke, Pantoffeln. Er lag auf dem Bauch, ein Bein war verdreht, der Pantoffel am verdrehten Fuß hatte sich gelöst, genauso wie die Brille, die halb unter dem Kopf hervorgerutscht war. Kein Blut.

Von der gegenüberliegenden Straßenseite kamen zwei Leute herübergeeilt, jemand hielt ein vorbeifahrendes Polizeiauto an. Mona stand immer noch bewegungslos da, wo sie sich eben umgewendet hatte. Schließlich kam ein Polizist herbei und forderte sie auf beiseitezutreten, ein weiterer Polizist sprach bei geöffneter Wagentür in sein Funkgerät. Hilflos drehte Mona sich wieder um und setzte ihren Weg in die ursprüngliche Richtung fort, die nicht zu Gloria führte. Irgendetwas musste sie jetzt tun für diesen Mann, der nun nicht mehr lebte, ein Mann, mit dem sie nichts zu tun gehabt hatte vor dem Moment, in dem er direkt vor ihr starb. Noch nie war ein Mensch vor ihren Augen gestorben.

Sie erinnerte sich an eine Radiosendung über Nahtoderlebnisse, in der eine Frau, die bei einem Verkehrsunfall schwer verletzt wurde, berichtet hatte, ein in der Nähe stehender Mann habe still für sie gebetet, und dieses Gebet habe sie erreicht. Mona versuchte, ein Gebet zu dem Mann zu schicken, der da hinter ihr lag, in größer werdendem Abstand. Ein Gegrüßetseistdumaria, bei dem sie im Gehen die Lippen mitbewegte und am Schluss beinahe überrascht feststellte, dass es ja endete mit der Zeile «... jetzt und in der Stunde unseres Todes.» Sie sah auf die Uhr, es war kurz nach zwei – die Stunde des Todes des rundlichen Mannes mit der Glatze und den Pantoffeln.

Sie ging lange, dann nahm sie einen Bus, verpasste im Vorbeifahren ihre Station und lief zu Fuß wieder zurück.

Mit einer Tasse Kaffee saß sie in dem Sonnenfleck auf ihrer Couch. Wenn sie die Augen schloss, tanzte das Licht hinter ihren Lidern in kaleidoskopischen Formationen weiter. So ruhig und schwebend hatte sie sich lange nicht gefühlt, erlöst von Gedanken, Fragen und Plänen. Erst als die Sonne aus ihrem Zimmer verschwunden war, stand sie auf und trat ans Fenster, wo sie andere Fenster sah. Hinter einigen war Licht; in einem der beleuchteten Kästchen tauchte eine Frau mit Lockenwicklern auf, in einem anderen schräg darunter der Mann, der so oft bis spätnachts an seinem Schreibtisch saß. Bei Mona klingelte das Telefon, aus dem Hörer drang die beinahe vertraute Stimme des unbekannten Blumenhändlers, und Mona war eigenartig froh, sie zu hören. Nach seinen üblichen verstolperten Entschuldigungen, Erkundigungen und Floskeln frage Mona ihn, wie es ihm gehe heute, wie sein Tag war, wie er den Abend verbringen werde. Von dem fallenden Mann erzählte sie nichts.

Ein weiteres Gespräch mit dem Doktor war nicht vorgesehen, als Mona sich in der Praxis einfand, um das für sie zusammengemixte Präparat abzuholen. Dabei hätte sie es sich diesmal gewünscht. Sie wollte ihn nach Dr. Robert fragen. Es konnte doch nicht sein, dass diese beiden Auswanderer, deren jeweilige Arztpraxen keine fünfzehn Gehminuten voneinander entfernt lagen, die so viel gemeinsam hatten, sogar viele Patienten, dass die sich nicht kannten, nicht trafen, nicht austauschten und keinerlei Interesse füreinander hatten? Wusste Dr. Max vielleicht irgendetwas über die rätselhafte Schließung der Praxis von Dr. Robert?

Aber sie bekam den Doc nicht zu Gesicht. Eine grummelige Assistentin händigte ihr Spritzen und einen Vorrat an Kanülen sowie ein bauchiges Glasfläschchen aus, das mit Monas Initialen beschriftet war, und in dem kleine Brocken lagen. Die gesamte Praxis wirkte aufgescheucht und noch wüster als sonst, und dem Getuschel zwischen zwei weiteren Mitarbeitern entnahm Mona, dass es irgendwelche Durchsuchungen gegeben hatte; von der Drogenaufsicht war die Rede und von fehlenden Unterlagen.

Ich war Mitglied einer kleinen Gruppe von sogenannten Jetset-Fotografen und angetrieben von Speed - Reisen war ein Rausch - Limousine zum Kennedy-Flughafen - der Taxifahrer lädt die Taschen aus - mein Assistent trägt die die alte Louis-Vuitton-Kameratasche - zwei Gin-Tonics in der Flughafenlounge - Boarding und ein Gangplatz in der ersten Klasse - im Flugzeug Champagner und Valium zum Runterkommen - niemals ohne Sonnenbrille - am nächsten Tag ein Schuss mit B12 und Speed in den Hintern gegen den Jetlag -
Bob Richardson

1968

Für die Strumpffirma schien es gut zu laufen. Bei der Unterbringung ihrer Foto-Crew in Acapulco hatten sie jedenfalls nicht gegeizt. Ein Fotograf mit Assistent, eine Visagistin, ein Stylist, drei Modelle, davon eines männlich, ein Vertreter des Unternehmens und einer von der Werbeagentur wohnten in einem sehr neuen, terrassenförmig angelegten Hotel mit opulenter Ausstattung und Blick aufs Meer. So weit nach Süden war Mona noch niemals gekommen, und so eine Landschaft hatte sie auch noch nie gesehen. Palmen kannte sie nur von Fotos in Magazinen und aus dem Botanischen Garten in Lichterfelde. Zum Hotel gehörte ein riesiger Pool, dessen Form entfernt an den Schlachtensee erinnerte, nur eleganter geschwungen und mit einem künstlichen Wasserfall dabei.

Außer dem Fotografen und seinem Assistenten hatten sie bereits alle im selben Flugzeug gesessen und waren dort zusammen den Turbulenzen ausgesetzt gewesen. Der Stylist hatte sich übergeben, der Mann von der Firma war im Gang gestürzt, und das männliche Fotomodell, ein Puertorikaner, hatte laut und auf Spanisch gebetet. Mona hatte sich nicht gefürchtet, sie hatte unendliches Vertrauen in die Technik und die Piloten, obwohl sie, wie die anderen auch, wusste, dass in Texas gerade erst ein Flugzeug in einem Gewitter auseinandergebrochen und abgestürzt war. Aber sie dachte nicht ans Abstürzen des Flugzeugs, viel mehr sah sie in diesen Minuten noch einmal den fallenden Mann vor sich. Wie leblos er schon im Fall ausgesehen hatte. Sie fragte sich, ob ihr Gebet wohl bei ihm angekommen war und warum er seine Hausschuhe anbehalten hatte.

Vor dem gemeinsamen Abendessen im Hotelrestaurant bezogen alle ihre Zimmer und nutzten die Gelegenheit, sich auszuruhen und frisch zu machen. Diesmal hatte Mona ihren Kulturbeutel nicht vergessen. Sie schminkte sich ein bisschen nach und nahm frühzeitig den Fahrstuhl nach unten, um sich draußen noch ein bisschen umzusehen. Die samtige tropische Abendluft glich der Atmosphäre nach einem Sommerregen an einem sehr heißen Tag, nur dass es hier gar nicht geregnet hatte. Immer noch saßen die Hotelgäste am Pool oder an der Poolbar, die meisten von ihnen Amerikaner, aber Mona hörte auch Französisch, wobei sie nicht hätte sagen können, ob es sich um Franzosen handelte oder Kanadier. Ihr fiel ein, dass sie keine passende Pool- und Strandkleidung besaß, sie hatte nur einen einzigen Badeanzug, und der war klar sportlich gemeint, zum Schwimmen in einem Schwimmbad.

Der im Flugzeug gestürzte Mann von der Strumpffirma erschien zum Essen mit einem Pflaster an der Stirn, und jetzt war auch der Fotograf zu ihnen gestoßen, ein Mann mit markanten Zügen und intensiven hellblauen Augen, Typ Steve McQueen, während sein zappeliger Assistent sie an Roman Polanski in *Tanz der Vampire* erinnerte, vielleicht aber auch nur, weil der da auch einen Assistenten spielte. Am nächsten Tag wollten sie gleich früh mit der Arbeit beginnen, um das Morgenlicht zu nutzen, vorher mussten die drei Modelle noch geschminkt werden, vor allem Mona und Shirley, eine schneewittchenhafte Engländerin mit langen dunklen Locken und grünblau gesprenkelten Augen, neben der sich Mona gleich wieder unansehnlich fühlte. Sie würden keine Ausflüge machen, erklärte der Mann von der Werbeagentur, man habe präzise dieses Hotel gebucht, weil man hier am Pool, an der Bar und auf der Dachterrasse arbeiten wolle. Der Stylist wirkte immer noch mitgenommen vom Flug und verabschiedete sich als Erster auf sein Zimmer, aber auch die Visagistin, Mona, Shirley und der Puertorikaner hielten es für ratsam, nicht zu spät ins Bett zu kommen, und ließen den Fotografen mit den Firmenleuten und ihren Margaritas allein im Hotelrestaurant zurück.

In ihrem Zimmer erwartete Mona ein spektakulärer Blick auf den Sonnenuntergang über dem Ozean, dem großen, anderen, in dem sie noch nie gebadet und den sie noch nie überflogen hatte. Sie überlegte, wie das noch mal genau war, mit der Erde und der Sonne. Die Erde wanderte doch um die Sonne herum – und zusätzlich drehte sie sich noch um sich selbst. Wie praktisch, dass man davon gar nichts merkte, sonst wäre es einigen Menschen wohl permanent übel, wie im Flugzeug. Trotzdem schien ihr der Gedanke, auf einer im Weltraum rotierenden Kugel herumzukrebsen, kurz beunruhigend, und so ging sie mal lieber ins fensterlose Bad, um sich zum Schlafen fertig zu machen. Vor dem Spiegel gab sie etwas Öl auf ein Wattebäuschchen und wischte sich die Tusche von den Wimpern, dann hielt sie ihre Zahnbürste unter den Wasserstrahl, und dabei sah sie die Stoppeln im Waschbecken.

«Ich brauche ein anderes Zimmer!»

Der Portier hinter dem Tresen in der Empfangshalle sah Mona mit professioneller Betroffenheit an. «Es tut mir sehr leid, dass Sie nicht zufrieden sind mit Ihrem Zimmer, Miss. Darf ich fragen, woran es mangelt?»

«Es ist alles gut, es mangelt an nichts, ich muss einfach das Zimmer wechseln, und zwar so unauffällig wie möglich.»

«Unauffällig?»

«Es soll möglichst keiner mitbekommen.»

«Verstehe. Leider haben wir keines mehr in derselben Kategorie. Nur noch einfachere, ohne Meerblick.»

Das war ihr nicht ganz egal. Der Blick aufs Meer sollte ihr helfen beim frühen Aufstehen, sie hatte sich schon gesehen, wie sie im Morgengrauen als Erstes das Fenster weit öffnete und das Meer sah, ein paar tiefe, salzige Atemzüge nahm, die sie vielleicht mehr erfrischten als die Weckaminspritze. Sie seufzte.

«Dann eben das einfache Zimmer ohne Meerblick.»

Noch einmal sah der Portier sie an, diesmal etwas freundlicher. «Sie können sich das andere Zimmer gern zunächst einmal ansehen, bevor Sie sich entscheiden.»

«Nicht nötig. Ich ziehe direkt um.»

Ein Hotelpage, der nicht älter wirkte als allerhöchstens fünfzehn, trug Monas Tasche vom alten Zimmer ins neue und übergab ihr den Schlüssel. Sie drehte ihn von innen im Schloss und schob zur Sicherheit noch einen Sessel vor die Tür. Den Ozean sah sie nun nicht mehr, aber den Pool und die Palmen, die Gebäude und Felsen dahinter, und die Berge in der Ferne. Doch dann duckte sie sich schnell weg vom Fenster und zog vorsichtig die Vorhänge zu, wobei sie darauf achtete, sich hinter dem Vorhang versteckt zu halten.

Lang ausgestreckt auf dem Rücken liegend starrte sie in den Ventilator über dem Bett und versuchte, einen klaren Gedanken zu fassen. Ganz rational an die Sache heranzugehen. Bartstoppeln. Im Hotel in Berlin, zu Hause in New York, im Hotel in Acapulco. So würde sie nicht einschlafen können. Sie stand auf, ging ins Bad, inspizierte das Waschbecken, es war sauber, betrachtete sich, die Armaturen, ihren Kulturbeutel. Entnahm ihm die Packung mit den Schlaftabletten, legte sich eine in den Mund und spülte sie im Zimmer mit einem Schluck Wasser hinunter.

Mona wurde als Erste geschminkt, während bei Shirley zunächst die Haare und die Kleider dran waren. Mit geschlossenen Augen hörte sie, wie die anderen hinter ihr durch das Zimmer der Visagistin wuselten. Es fiel ihr schwer, ruhig zu sitzen. Noch schwerer war ihr das Aufstehen gefallen, fast hätte sie den Weckruf nicht gehört. Ihr Schlaf war ein Koma gewesen, und als ihr schließlich klar wurde, dass das Telefonklingeln etwas zu bedeuten hatte und dass es auch nicht einfach wieder aufhören würde, brauchte sie übermenschliche Kräfte, die Augen zu öffnen, sich aufzurichten und den Hörer abzunehmen. Nach einer Minute der Sammlung auf der Bettkante zog sie Dr. Max' Präparat in eine Spritze und drückte sich die Nadel ins Hinterteil, wie die Sprechstundenhilfe es ihr geraten und wie sie es an der Pampelmuse geübt hatte. Der irgendwie mineralisierte Stein tanzte noch in der Flasche, als sie diese wieder abstellte. Darauf kehrte Leben in sie zurück. Nicht so schnell und euphorisierend wie nach einer intravenösen Injektion beim Doc, aber doch fühlbar und überaus nützlich an diesem Morgen.

Nur jetzt beim Stillsitzen war es wenig hilfreich. Als sie versuchte, die angestaute Energie durch ein wippendes Bein abzuleiten, schnalzte die Visagistin missbilligend, und als Mona danach mit den Fingern auf der Armlehne trommelte, herrschte sie Mona an: «Wenn du hier fertig werden willst, dann musst du jetzt verdammt noch mal stillhalten!» Mona versuchte, sich zu entspannen, vielleicht so etwas wie einen Rest von Müdigkeit zu nutzen, irgendeinen Ort der Ruhe, aber dahinter lauerte wieder der Anblick der Bartstoppeln in ihrem Waschbecken, die Panik.

Beim Frisieren war es etwas besser. Immerhin konnte sie dabei reden, was sie ausgiebig tat, und sie freute sich, dass auch der Stylist schon in Plauderlaune war, während Shirley und die Visagistin noch mit den Zumutungen der frühen Stunde rangen. «Ich fürchte mich jetzt schon vor dem Rückflug», sagte er. «Gott, war das furchtbar. Ich musste noch nie kotzen im Flugzeug, aber früher als Kind oft bei Autofahrten, das war auch schlimm.»

«Schön, dass ihr beiden schon so munter seid», sagte Shirley, und der Stylist erklärte: «Ich war immer schon ein früher Vogel. Dafür werde ich heute Abend irgendwann einfach umfallen.»

Zwischendrin gab es Kaffee und köstliches Obst; einige Früchte hatte Mona noch nie gesehen. Auf den Schinken und die Marmeladenhörnchen hatte sie keinen Appetit. Als der Puertorikaner zu ihnen stieß, war Mona mit allen Stylings fertig, es fehlten nur noch die Strumpfhosen. Der Mann von der Firma hatte beim Abendessen einen kleinen Vortrag über die neuen Herstellungsverfahren und Materialien gehalten, von dem Mona nicht mehr viel behalten hatte, nur dass diese neuen Teile wie Make-up fürs Bein sein sollten, «kaum spürbar für die Trägerin, während die Haut gleichmäßig und eben wirkt mit einem leichten Schimmer.»

Mona wäre lieber ohne Nylons geblieben in der warmen Tropenluft. Die erste Strumpfhose zerriss sie gleich beim zu ungeduldigen Anziehen, aber beim zweiten Versuch gelang es, Mona rollte den zarten, durchscheinenden Stoff vorsichtig und hingebungsvoll an ihrem Bein hoch, erst am rechten, dann am linken. Tatsächlich hatte die Struktur einen zarten Schimmer, von dem Mona ganz begeistert war. Sie konnte den Blick kaum von ihren Beinen wenden, sie drehte und bog sie in verschiedene Posen, wie jemand, der gerade erst entdeckt, was man mit Beinen so alles anstellen kann.

«Die sind wirklich phantastisch!», rief sie dem Mann von der Strumpffirma zu, als er ihnen in der Lobby entgegenkam.

«Das freut mich! Welche Farbe tragen sie da gerade? Müsste die 14 sein.»

«Ja, die 14», bestätigte der Stylist.

«14? Die Farbe heißt 14?»

«Ja, unsere neuen Sommermodelle sind die 12, 14 und 15.»

«Wie unpassend und phantasielos! Diese Farbe hier sollte Champagner heißen! Oder Sternenstaub!»

Der Mann blieb stehen und nickte. «Da sagen Sie was.»

Ein Hotelmanager hatte sich eingefunden, und alle folgten sie ihm, die Visagistin und der Stylist mit ihren Köfferchen voll Utensilien, in den Fahrstuhl und dann über eine geschwungene Treppe hinauf zur Dachterrasse, wo sich die Sonne gerade mit ihren ersten Strahlen zeigte, in denen der Morgentau glitzerte.

«Na endlich. Los, los!», rief der Fotograf, der seine Apparaturen bereits aufgebaut hatte. «Wir wollen sofort anfangen, das Licht ist perfekt!»

Die Idee war, dass drei junge, schöne Menschen, die offensichtlich noch in Abendgarderobe steckten, in den frühen Morgenstunden in Acapulco immer noch makellos aussahen, nicht zuletzt dank hervorragender Strumpfhosen. Der Mann trug zwar keine, aber er hatte das Privileg, sich in Begleitung zweier eleganter Damen zu befinden, deren Eleganz ganz wesentlich mit ihren Strumpfhosen in Zusammenhang stand, und die weibliche Zielgruppe konnte sehen, dass ein derart gutaussehender und gutgekleideter Mann sich gern in der Nähe von Frauen aufhielt, die solche Strümpfe trugen.

Mona wusste genau, wie sie sich dafür inszenieren musste, sie hatte das Bild, den Blick des Fotografen, das gesamte Konzept im Kopf. Sie war konzentriert, energiegeladen, selbstsicher.

«Wunderbar! Großartig!», rief der Fotograf, und die Visagistin puderte hin und wieder in ihrem Gesicht herum.

Als das frühe Morgenlicht in kräftigeren Sonnenschein überging, schraubte der Assistent des Fotografen die Gerätschaften auseinander, Visagistin und Stylist packten ihre Pinsel, Dosen und Kämme ein, und Mona, Shirley und der Puertorikaner mussten sich umkleiden, bevor die Arbeit unten am Pool wiederaufgenommen wurde. Das Konzept war nun, dass junge, elegante Damen in leichten Sommerkleidern auch in tropischer Mittagssonne noch eine ausgezeichnete Figur machten, wenn sie die richtigen Strumpfhosen trugen. Die Rolle des Puertorikaners blieb im Wesentlichen dieselbe. Anders als auf der morgendlichen Dachterrasse waren sie nun aber nicht mehr allein und unbeobachtet, sondern eine Art Zirkus für die anderen Hotelgäste. Manche gafften, manche tuschelten, und einige, vor allem Männer, imitierten ihre Posen. Eine ältere Dame, deren Gesicht unter einem riesigen Sonnenhut und einer ebenfalls riesigen Sonnenbrille kaum zu erkennen war, legte ihr Buch zur Seite, zündete sich eine Zigarette an und beobachtete das Geschehen mit einer Art klugem Interesse, wie es Mona schien.

Anfangs saßen Mona und Shirley auf Barstühlen im Schatten eines Strohdachs, wo sie mit Margaritas in der Hand posierten, von denen sie auch einige tranken. Monas Augen hatten leider beträchtliche Schwierigkeiten mit der hellen Mittagssonne; solange sie im Schatten sitzen durften, war es noch erträglich. Als sie aber doch noch in die Sonne mussten, kam das Licht ihr vor wie ein Angriff. Immer wieder schützte sie ihre Augen mit beiden Händen, was natürlich den Fotografen aufbrachte, doch die strahlende Helligkeit machte sie blind und schwindelig.

«So geht das nicht», stöhnte der Fotograf. «Setz dich hin und trink ein Glas Wasser!»

Während sie das tat, trat die Dame mit dem großen Hut zu ihr und reichte Mona ihre Sonnenbrille. «Nehmen Sie die», sagte sie mit tiefer Stimme und New Yorker Akzent. Mona setzte sie auf und sah die Frau an. «Steht Ihnen. Geben Sie sie mir zurück, wenn Sie hier fertig sind.»

Mit Hilfe von Wasser und Brille ging es tatsächlich besser, und der Fotograf freute sich sogar über den Look: «Hervorragende Lösung!», rief er. «Sieht absolut glamourös aus. Wie Holly Golightly. Super.»

«Ich will auch so eine Brille!», sagte Shirley.

«Hast du aber nicht», antwortete Mona.

Vor dem nächsten Ortswechsel beschloss Mona, die nach dem Zwischenfall mit dem Sonnenlicht nicht wieder ganz zur morgendlichen Form zurückgefunden hatte, ihre eigene Sonnenbrille aus dem Zimmer zu holen und dabei zur Sicherheit noch einmal etwas aus der Wunderflasche mit dem Steinchen nachzulegen.

«Es ist nicht leicht», sagte die Dame, als Mona ihre Sonnenbrille zurückgab.

«Was meinen Sie?»

«Dieser Beruf. Das alles? Ich hab das auch mal gemacht. Fotomodell. War noch sehr exotisch damals. Irgendwann, mein liebes Mädchen, da kommt das Alter. Du denkst, es läge in weiter Ferne, aber das täuscht. Plötzlich ist es da, und du kannst es nicht abwenden, und es zertrümmert dein Kapital. Nun ja.» Sie setzte ihre Brille wieder auf und lächelte maliziös.

In ihrem Zimmer betrat Mona zuerst das Bad, um das Waschbecken zu überprüfen. Es war sauber. Allerdings war das Zimmermädchen zwischenzeitlich da gewesen, und so bestand die Möglichkeit, dass eventuelle Stoppeln von ihr beseitigt worden waren. Mona blieb auf der Hut. Der Fahrstuhl verschwand gerade, als sie zurück auf den Gang trat, und überhaupt hatte sie jetzt viel mehr Lust, sich zu bewegen, die Treppen hinunterzutanzen, die gesäumt waren von Mosaikfenstern, auch wenn sie noch die hohen Schuhe trug, die nicht ihre eigenen waren. Egal, auch das war ein interessantes Gehgefühl. Springen ging nicht, aber Balancieren machte auch Spaß. Doch dann passierte etwas. Eine Stufe auf der Treppe verfehlen, das kam ja mal vor, aber diesmal konnte sie sich nicht wieder fangen. Nicht zurück in die Vertikale stolpern. Stattdessen verlagerte sich ihr Schwerpunkt so weit nach vorn, dass es irgendwann kein Zurück mehr gab. Das ist schlecht, dachte sie. Was kann ich jetzt noch tun, um zu verhindern, dass der Boden immer näher kommt? Nichts konnte sie tun. Sie schlug auf und purzelte dann noch ein paar Stufen abwärts bis zum Treppenabsatz. Sicher gab es schlimmere Treppen zum Stürzen, diese war immerhin mit einem Läufer überzogen. Ein Hotelpage kam herbeigeeilt und half ihr auf die Beine. Alles war okay, außer der Strumpfhose, die war gerissen, aber es ging jetzt sowieso erst wieder ans Umkleiden.

In der Garderobe gab es auch ein paar Snacks, Sandwiches, kleine Tortillas und wieder das herrliche Obst. Mona knabberte eine halbe Tortilla und hielt sich sonst an Ananas und Kokosnuss. Sie war guter Dinge. «Hey, kennt ihr das Lied von der Kokosnuss?», fragte sie in den Raum hinein, um es auch gleich vorzusingen. «*Die Affen rasen durch den Wald …*»

«Wovon handelt das?», fragte Shirley.

«Von einer Affenbande, die ihre Kokosnuss vermisst.»

«Verstehe ich nicht», sagte der Puertorikaner. «Wo es Kokosnüsse gibt, da wachsen viele. Nicht nur eine.»

«Es ist ja auch ein Quatschlied.»

Immer noch verständnislos sah er sie an, dann sagte er: «Was hast du da am Bein?»

Mona blickte an sich herab. Am rechten Schienbein hatte sich ein Bluterguss gebildet, noch rötlich und mit leichter Schwellung.

«Oh nein!», rief sie. «Ich bin vorhin auf der Treppe ein bisschen umgeknickt. Ich dachte, es sei nichts passiert.»

«Das ist ganz schlecht», sagte der Puertorikaner. «Ganz, ganz schlecht.»

Shirley holte die Visagistin herbei. «Sieh mal», sie wies auf Monas Hämatom. «Kannst du das überschminken?»

Die Visagistin wiegte den Kopf hin und her.

«Wird schwierig», sagte sie.

Diesmal hatte der Fotograf an der Strandbar seine Apparate aufgebaut, es kam ihm jetzt auf die Abendsonne und den Sonnenuntergang an. Mona, Shirley und der Puertorikaner trugen wieder die Abendgarderobe, die sie schon am Morgen getragen hatten, und jetzt waren sie drei junge schöne Menschen mit genug Geld für elegante Kleidung und Reisen nach Acapulco, wobei die Damen auffällig tolle Beine hatten, Dank hervorragender Strumpfhosen.

Die Visagistin platzte gleich damit heraus: «Es gibt ein Problem!»

«Was?»

Sie zeigte auf Monas Bein. «Bluterguss.»

«Wo?»

«Da! Ich hab's überschminkt, so gut ich konnte.»

Und wieder passierte Mona etwas, das sie nicht hatte kommen sehen. Sie brach in Tränen aus. Shirley nahm sie in den Arm. «Jetzt macht sie nicht noch fertig!», rief sie, und zum Fotografen gewandt: «Sie ist umgeknickt auf der Treppe.»

«Kein Drama, kein Drama!», sagte der Fotograf. «Jetzt ist das Licht erst mal gnädig, und hinterher können wir auch retuschieren. Machen wir ja sowieso.» Dann legte er Mona eine Hand auf die Schulter und sagte: «Du machst Sachen.»

Anschließend lief es wieder rund, wenn Mona auch bemüht war, ihre Beine so zu positionieren, dass die Blessur verdeckt blieb, und die Visagistin unter Augenrollen das von Tränen lädierte Make-up richten musste.

Beim Abendessen erklärte der Fotograf, er sei insgesamt zufrieden mit der Arbeit des Tages und den zu erwartenden Ergebnissen und halte deshalb keine zusätzlichen Fotosessions am nächsten Tag für nötig.

«Gut, wir vertrauen ganz Ihrer Einschätzung, Rick», sagte der Mann von der Werbeagentur, und der von der Strumpffirma nickte. «Dann kann vor dem Rückflug morgen jeder den Tag nach eigenem Gusto verbringen. Der Bus zum Flughafen geht um zwei, wir treffen uns in der Lobby.» Er blickte in die Runde. «Alles klar?»

Mona war froh, denn zusätzlich zu dem Bluterguss am rechten Schienbein war nun noch ein blauer Fleck hinten am unteren Oberschenkel erschienen, und die rechte Hand schmerzte etwas, vielleicht eine Stauchung oder Prellung. Vor allem aber konnte sie den Abend genießen, ohne sich Gedanken um ihren Schlaf zu machen. Deutlich länger als am Vortag blieb die Runde nach dem Essen zusammen und trank Margaritas. Zuerst verabschiedete sich der Stylist, dann die Visagistin, dann der Strumpfmann. Der Puertorikaner verschwand erst zum Telefonieren und dann zu einem Treffen mit irgendwelchen Bekannten. Der Assistent des Fotografen sackte irgendwann zur Seite. «Geh schlafen», sagte der Fotograf zu ihm, worauf er sich wieder berappelte, um kurze Zeit später erneut wegzusacken. Leise schnorchelnd blieb er auf der Sitzbank liegen, während das verbliebene Quartett aus Mona, Shirley, dem Fotografen und dem Mann von der Agentur in die Hotelbar umzog.

Dort breitete der Fotograf die Arme aus. «Was ist denn das für ein herrlicher Ort!?», rief er. «Warum haben wir hier nicht gearbeitet?»

Die zentralen Designmotive des Hotels, die getönten Mosaikfenster, die geschnitzten Holzventilatoren und die traditionell mexikanischen Muster auf Stoffen und Teppichen waren hier zu einem überwältigenden Ganzen verdichtet, wie in einer kleinen Kathedrale. Der Werbemann war zerknirscht, er hatte das Ganze schließlich vorher inspiziert. «Das ist mir entgangen», sagte er knapp. «Vielleicht könnte man hier morgen doch noch etwas machen?»

«Kann man versuchen.» Der Fotograf steckte seine Hände in die Hosentaschen und kniff die Augen zusammen. «Aber hier hätten wir das Abendlicht gebraucht.»

Mona entdeckte einen freien Tisch und setzte sich auf die mit rotem Samt bezogene Bank. Neben ihr nahm der Agenturmann Platz, Shirley und der Fotograf setzten sich in die beiden schweren Sessel gegenüber. Ein Kellner brachte Käse, Oliven und Nüsschen und nahm ihre Getränkeorder auf. Die beiden Männer wollten jetzt Tequila. Zuletzt hatten sie sich einen Wettstreit in Lässigkeit, Anekdoten erzählen und Sprücheklopfen geliefert, aber jetzt war Mona an der Reihe. Da konnten sie einfach nichts machen, gegen ihren munteren Redefluss kamen sie nicht mehr an. Sie erzählte von dem Kakadu, der ihr zugeflogen war, von ihrem Diätpillenjob, von einem eigenartigen Parfüm, das sie nirgendwo mehr finden konnte, von Pflanzen, die Elektrizität brauchen, und von Rudi Dutschke. Shirley lachte und staunte, der Fotograf versuchte, auch mal zu Wort zu kommen, und der Werbemann legte seinen Arm hinter sie, zuerst auf die Lehne der Bank, dann um ihre Schulter. Als Mona zwischendrin ihr Glas vom Tisch nahm, um einen Schluck zu trinken, bellte der Fotograf: «Was macht dieser Arm da, Bob? Soll der da sein?» Mona sah sich kurz um und redete dann über einen Mann, der bei einer Freundin in der Abstellkammer gewohnt hatte und nun verschwunden war. Als Nächstes erzählte sie von dem Selbstmörder, der vor ihr auf dem Gehweg aufgeschlagen war, und dann von den wiederkehrenden Bartstoppeln in diversen Waschbecken und dass sie deshalb schon das Zimmer gewechselt hatte. Shirley riss die Augen auf und schlug eine Hand vor die Brust. «Oh Gott, wie schrecklich! Eigentlich wollte ich gerade schlafen gehen, aber jetzt habe ich richtig Angst!»

«Soll ich Sie begleiten?», fragte der Werbemann, nachdem er schon länger nichts gesagt und auch seinen Arm hinter Mona weggenommen hatte, und nun schlingerte seine Stimme schon reichlich unkontrolliert. Shirley verdrehte die Augen. «Nein, danke, das schaffe ich schon. Aber wenn ich jetzt nicht gehe, dann ende ich so wie unser Freund unten im Restaurant und kippe einfach zur Seite. Gute Nacht.»

Der Werbemann stand trotzdem auf, bog dann aber in einem etwas planlos wirkenden Bogen ab, vermutlich Richtung Toilette, und als er weg war, sagte der Fotograf zu Mona: «Komm, wir hauen ab.»

«Was, wohin?»

«Ans Meer.»

Wie konnte es sein, dass sie nicht selbst darauf gekommen war? Wie konnte sie stundenlang in diesen Räumen hocken, während doch draußen das Meer war, zusammen mit dem Mond und der Luft, die sich dicht und weich anfühlte wie Balsam? Die Schuhe ließen sie beide auf der Terrasse stehen, Strumpfhosen hatte Mona schon zum Essen nicht mehr angehabt, und so gingen sie barfuß über den Strand bis hin zum Wasser. «Ich kann nicht glauben, dass wir das erst jetzt machen!», rief sie, durch den Sand hüpfend.

«Es ist jetzt fast halb drei», sagte der Fotograf. «Wir sind alle um fünf aufgestanden und haben den ganzen Tag gearbeitet. Nach und nach sind alle müde geworden. Nur du nicht. Nicht mal ansatzweise.»

«Und du? Du bist doch auch noch wach.»

«Richtig.»

«Bei mir liegt es daran, dass ich mir von meinem Arzt so ein Präparat geholt habe, damit ich auch wirklich fit bin. Ich wollte das hier nicht vermasseln. Na ja, und zur Strafe bin ich gefallen und hab's doch noch vermasselt!»

«Hast du nicht. Es werden prima Bilder, und alle werden glücklich sein. Pillen oder Spritzen?»

Die Frage erstaunte Mona. «Spritzen.»

«Dr. Max?»

Sie blieb stehen. «Bist du auch bei Max?»

«Nicht mehr.»

«Warum nicht?»

«Es war nicht gut für mich.»

«Warum nicht?»

«Ich war früher mal oft bei ihm. Sehr oft. Bin sogar mit ihm gereist. Er hat mal eine Auszeichnung verliehen bekommen von einem südamerikanischen Botschafter, da hat er mich zum Fotografieren mitgenommen. Wir waren ganz dicke miteinander, Max und ich. Und, na ja, ich will nicht für andere sprechen, aber für mich war das nicht gut, jedenfalls nicht die Mengen an Speed, die er mir da genehmigt hat. Das ist nämlich Speed. Ich hoffe, du weißt das.»

«Inwiefern nicht gut?»

«Übergeschnappt war ich. Launisch. Unberechenbar. Paranoid.» Er sah sie an. «Wie jemand, der plötzlich in Tränen ausbricht oder meint, überall Bartstoppeln zu sehen.»

«Da waren wirklich Bartstoppeln! Ich habe Zeugen! Nicht hier, aber in Berlin und bei mir zu Hause haben das auch andere gesehen. Es ist wirklich gruselig, ich wünschte, du hättest das nicht gesagt.»

«Tut mit leid.»

«Was kann man hier jetzt noch unternehmen?»

«Willst du durchmachen?»

«Ich komme bestimmt nicht so schnell noch mal nach Acapulco. Und schlafen kann ich sowieso nicht.»

«Nimm dir ein Taxi und lass dich ins La Perla bringen. Vielleicht triffst du da Frank Sinatra oder Johnny Weissmüller.»

«Du sollst mitkommen.»

«Ich bin schon lange müde. Ich verberge es nur ganz gut.»

«Ich habe noch genug von Dr. Max' Wunderwasser übrig. Ich könnte dir was abgeben.»

Frank Sinatra war nicht zu sehen, aber Mona hätte sich nicht darüber gewundert, er hätte hervorragend in das Ambiente gepasst. Sie passte aber auch selbst ganz gut hierhin an diesem Abend, mit ihrem ganzen professionellen Foto-Styling. Eigentlich hätte sie lieber so etwas wie ein mexikanisches Pendant zum Memphis Room gesehen, einen Ort, an dem die jungen Leute zusammenkamen, oder etwas Traditionelles, wo eine Kapelle mit großen Hüten Mariachimusik spielte und Frauen in bunten Kleidern dazu tanzten. Aber egal, nun war sie eben in einem Club für die internationale Schickeria gelandet. Der Fotograf stellte ihr sogar den Besitzer vor, einen weißhaarigen Schweizer, der behauptete, er sei als Saxophonist in den dreißiger Jahren mal der «Swing King» von Berlin gewesen. «Berlin begegnet einem wirklich überall», sagte Mona, und der Fotograf erwiderte: «Inzwischen nennt man ihn Mister Acapulco.» Dann tanzte sie noch mit einem Österreicher, der ihr bald zu aufdringlich wurde, woraufhin sie sich nach dem Fotografen umsah und ihn mimisch dazu aufforderte, ihr zu Hilfe zu kommen. Im Morgengrauen verließen sie den Schuppen wieder und wanderten, die Schuhe in der Hand, an den Klippen entlang zu einem malerischen Aussichtspunkt. Auf dem Meer glitzerten Tausende von Diamanten, und durch die Luft flogen unsichtbare Duftkissen, die bei der Berührung mit

Monas Nasenspitze aufplatzten und Parfüms freisetzten, die keinen Cent kosteten. Während sie dastanden, brachte Mona ihre Klage vor, dass sie eigentlich lieber etwas Authentisches kennengelernt hätte.

«Ich biete hier Unterhaltung, Glamour und die beste Aussicht, und die Dame ist unzufrieden?», beschwerte sich seinerseits der Fotograf. «Bis vor kurzem war Acapulco noch ein Fischerdorf, hier gibt es keine große Auswahl an Ausgehmöglichkeiten.»

«Dann möchte ich etwas von dem Fischerdorf sehen», sagte Mona. Und tatsächlich fanden sie eine kleine Bar, wo es unter den scheppernden Klängen eines alten Radios etwas zum Frühstücken gab. Und wie sie dasaß mit einem starken Kaffee, ihr gegenüber der Fotograf, an die Wand gelehnt, mit seinem verwitterten, müden Gesicht, das Kommen und Gehen der Leute, die etwas tranken und dabei laut auf Spanisch redeten, die Helligkeit draußen und die warme Luft, der Ventilator in der Ecke, da fühlte sie sich wie im Inneren des Glücks gelandet. Nicht schlimm, wenn alles nicht hinhaut oder irgendwann das Alter kommt, dachte sie, dann mache ich eben ein Café in Acapulco auf.

Im Hotel duschte sie, schminkte sich nur minimal und packte ihre Sachen zusammen. Langsam kam die Traurigkeit angekrochen, sie hatte keine Lust abzureisen. Vorsichtshalber nahm sie eine Diätpille. Als Letztes packte sie die Sachen im Bad zusammen, sie war schon etwas spät dran, da sah sie wieder Stoppeln im Waschbecken. Nicht so viele wie am Tag zuvor, aber doch klar erkennbar.

Alle anderen hatten sich bereits in der Lobby eingefunden, als Mona aus dem Fahrstuhl gestürzt kam und mit panischem Ausdruck und brechender Stimme kreischte: «Bartstoppeln! Im Waschbecken!»

Unter dem Protest des Agenturmannes fuhr sie zusammen mit Shirley und dem Fotografen noch einmal zurück nach oben.

«Da. Da sind sie.»

«Tatsächlich», sagte der Fotograf. «Rotbraune Stoppeln.»

Mona machte zwei Schritte aus dem Bad heraus und sackte dann auf dem Teppichboden zusammen. Sekunden später kam sie wieder zu sich, als Shirley ihren Kopf leicht anhob und ihr mit der flachen Hand gegen die Wange klopfte.

«Ist hier irgendwo noch Wasser?», fragte sie.

Die ganze Fahrt zum Flughafen über nörgelte der Agenturmann vor sich hin. «Wir hätten heute noch eine Session in der Bar machen sollen, wir hätten sie ganz für uns gehabt.»

«Das Licht hätte nicht gepasst», grummelte der Fotograf hinter seiner Sonnenbrille.

«Das hätten wir uns zumindest zusammen ansehen und einen Versuch unternehmen können.» Er saß mit verschränkten Armen neben der Visagistin und blickte finster nach draußen ins gleißende Licht. «Aber die Herrschaften waren ja nicht anwesend.»

«Wenn wir verabreden, dass die Arbeit getan ist, dann verlasse ich mich darauf und möchte nicht am anderen Tag angepflaumt werden, weil ich was anderes unternommen habe. Überleg dir das beim nächsten Mal früher. Und wenn du schlechte Laune hast, weil du letzte Nacht bei den Mädels nicht landen konntest, dann mach das bitte mit dir selbst aus. Nicht mein Problem.»

Der Agenturtyp fuhr herum und packte den Fotografen am Kragen. Ein kleines Handgemenge entstand. «Aufhören!», rief der Stylist, und die Visagistin verdrehte genervt die Augen.

Das Flugzeug neigte sich nach dem Start nach links, wo Mona am Fenster saß. Von oben strahlte die Küste in einer unwirklichen Schönheit, das Meer glitzerte weiterhin in der Sonne. Neben ihr saß Shirley, und während sie ruhig und gleichmäßig durch die Luft nach Nordosten glitten, sah sie Mona von der Seite an und fragte: «Hast du Rouge aufgetragen heute?»

«Ganz leicht.»

«Kommst du an deinen Kosmetikbeutel ran?»

«Ja, warum?»

«Darf ich mal deinen Pinsel sehen?»

Mona holte den Beutel aus ihrer Tasche und den Puderpinsel aus dem Beutel, den eindrehbaren Reisepinsel von ihrer Mutter, und während sie das tat, dämmerte es ihr bereits. Shirley drehte den Pinsel aus der Metallhülle heraus, er hatte rotbraune Haare.

Die Sechziger waren wie eine heitere und wundervolle Party, die um 1964 herum so richtig Fahrt aufnahm und dann immer wilder und lebhafter wurde, alles drehte sich schneller und schneller, bis schließlich - wie es nun einmal ist mit Partys, wenn der Morgen kommt - alle müde wurden und die Feier zu Ende ging. Die Feiernden nahmen ihre Spaßhüte ab und gingen nach Hause.
A. E. Hotchner

1969

Am Tag nach dem Treffen mit dem desolaten jungen Mann hatte sich Dr. Baden über den ihm anvertrauten Müllsack voller Unterlagen hergemacht. Er musste die Tüte aufreißen, weil sie ganz mit Klebeband umwickelt war, und das kunterbunte Durcheinander an Quittungen, Akten und Notizen, von denen ihm nicht wenige zunächst komplett erratisch erschienen, ermüdete ihn schnell, deshalb hatte er die Sache vorerst aufgeschoben. Kurz darauf hatte er gleich zwei komplizierte Fälle zu bearbeiten, die seine zeitlichen, aber auch seine psychischen Kapazitäten voll ausschöpften. Einmal die Geschichte mit dem aufstrebenden Aktienhändler, der offenkundig bei sadomasochistischen Sexspielen umgekommen war, und dann den Tod einer diabeteskranken Alkoholikerin, bei der zunächst unklar blieb, ob sie am Alkohol oder einer Überdosis Insulin gestorben war, und als sich geklärt hatte, dass es am Insulin lag, ob sie sich das Insulin selbst injiziert oder ob ihr bekanntermaßen eifersüchtiger Lebensgefährte sie auf diese Art getötet hatte. Im letzteren Fall hatte es heftigen Streit gegeben mit einem Kollegen, der den Mann im Unterschied zu Dr. Baden für schuldig hielt. Am Ende konnte Baden die Unschuld des Mannes beweisen, der Kollege musste klein beigeben. Solche Fehler und Fehleinschätzungen trieben Dr. Baden immer wieder um, sie waren zu folgenschwer, um ignoriert zu werden, und er merkte, wie sein berufliches Umfeld ihm zunehmend mit einer gewissen Furcht begegnete.

Im Juni landete der Fall Shaw noch einmal offiziell auf seinem Tisch, als die aktualisierte Sterbeurkunde endgültig ausgestellt werden konnte. Er musste die Todesursache erneut bestätigen und das Dokument unterzeichnen. Anstelle des vorher eingetragenen Herzversagens wurde jetzt als Todesursache eine *akute und chronische Amphetaminvergiftung* beurkundet.

Zu diesem Anlass holte er auch das Tütenungetüm wieder hervor. Er sortierte die Zettel, trennte Wichtiges von Unwichtigem und vertiefte sich in die administrative Welt einer florierenden Arztpraxis. Zunächst ging es ihm vor allem um die Abrechnungen und Bestellungen der kolossalen Methamphetaminmengen, zu denen er gewissenhaft Notizen machte und Berechnungen anstellte. Doch irgendwann ertappte er sich dabei, wie er mit großer Faszination an der Patientenkartei hängen blieb, einem veritablen *Who is Who*, voll mit Künstlern, Geschäftsleuten, Politikern, europäischen Adligen, internationalen Diplomaten, Ganoven, Wissenschaftlern, aufsteigenden Talenten und abgehalfterten Ex-Stars, Alten und Jungen, der Kreis ging weit über die Grenzen von Manhattan und New York hinaus. Bis nach Kalifornien und sogar nach Europa und Lateinamerika reichte das Feelgood-Imperium des Dr. Jacobson. Nur, was er nun mit diesen Erkenntnissen anfangen sollte, war ihm noch immer nicht ganz klar. Bei Ärzteaufsicht und Drogenbehörde war Jacobson bereits aktenkundig, Dr. Baden konnte höchstens noch einmal darauf dringen, dass man sich dort erneut oder eingehender mit dem Fall befasste. Dass das auch passierte, dafür hatte er indes keine Druck- oder Sanktionsmöglichkeiten. Versuchen wollte er es aber.

Die Lage war, wie üblich, geprägt von schlimmster behördlicher Verworrenheit. Die Ärzteaufsicht gehörte zur allgemeinen Berufsaufsicht, welche wiederum dem Bildungsministerium unterstand. Nach mehreren vergeblichen Telefonaten erklärte ihm ein stark heiserer Mann mit Südstaatenakzent sehr langsam und umständlich, die Behörde könne «erst in Zusammenarbeit mit der Staatsanwaltschaft konkrete Ermittlungen einleiten». Dafür wiederum müssten Beweise und Zeugenaussagen vorliegen.

«Liegt doch beides vor!», ranzte Dr. Baden ihn an. «Es gibt seit Jahren Beschwerden von Patienten, und im letzten Jahr wurden bei einer Durchsuchung durch die Drogenaufsicht auch immense Mengen an Methamphetamin beanstandet!»

«Es muss alles seinen ordnungsgemäßen Weg gehen, Dr. Baden.»

«Das ist ja auch ganz wundervoll, diese ordnungsgemäßen Wege, und sie sind mir durchaus bekannt, aber *wann* wird dieser hochinteressante Weg denn nun beschritten?»

«Das erklärte ich Ihnen ja bereits, erst wenn die Staatsanwaltschaft …»

«Ja, Sie erklärten dies bereits, und genau deshalb müssen Sie es jetzt auch nicht wiederholen. Ich möchte ein Datum haben! Fristen!»

«Dr. Baden?»

«Ich höre.»

«Sie sind weder die Berufsaufsicht noch die Drogenaufsicht, noch das Bildungsministerium oder die Justiz. Sie haben schlicht nicht die Kompetenz, uns hier Fristen zu setzen.»

«Sie sollen sie ja auch selber setzen, Herrgott!»

«Wir tun unsere Arbeit, Dr. Baden. Tun Sie Ihre. Auf Wiederhören.»

Es war ihm schon klar, dass er hier in Sachen Taktik und kluge Gesprächsführung versagt hatte, aber mit diesen Sesselfurzern verlor er einfach schnell die Geduld. Etwas konstruktiver verliefen die Nachfragen bei der Drogenaufsicht. Tatsächlich wurde von dort eine weitere Durchsuchung der Praxis zugesagt und sogar zügig umgesetzt, mit den gleichen Ergebnissen wie im Jahr zuvor. An Jacobsons unermüdlichem Fortwirken änderte das jedoch nichts.

Seine Frau war am Telefon, während Dr. Baden zwischen den Kindern auf dem Sofa saß und ihnen ihr neuestes Lieblingsbuch vorlas, in dem ein Junge namens Max in einem Wolfskostüm herumtobt, bis die Mutter ihn ohne Abendessen ins Bett schickt, worauf er auf wundersame Weise auf eine Insel gelangt, die von riesigen Monstern bewohnt wird, zu deren König er sich krönen lässt.

«Michael», rief seine Frau, «kommst du mal ans Telefon? Lilian will dich sprechen!»

Sie hielt ihm den Hörer hin und machte dabei schon so ein vielsagendes Gesicht. Lilian war Gynäkologin, sie hatte die Schwangerschaften seiner Frau begleitet und die beiden Kinder auf die Welt geholt. Außerdem war sie eine äußerst resolute Person und Freundin des offenen Wortes, seiner Frau darin nicht ganz unähnlich.

«Michael!», rief Lilian. «Ich muss mit dir über diesen Dr. Max Jacobson reden! Judi sagte mir, du hättest ihn getroffen und seist da irgendwie involviert?»

«Ich hatte da einen Todesfall, der mich auf ihn gebracht hat, ja.»

«Das ist doch unglaublich! Hat er jemanden umgebracht?»

«Möglicherweise.»

«Jemand muss diesem Quacksalber endlich das Handwerk legen, diesem dreckigen Hund mit seinen Höllenspritzen! Gerade heute war wieder eine Patientin bei mir, junge aufstrebende Schauspielerin, ihr Name ist dir sicher schon begegnet, sie war auf dem besten Weg zum Ruhm, als Dr. Frankenstein sie in seine Fänge bekommen und mit seinen Methamphetaminspritzen zum Speedjunkie gemacht hat. Sie ist komplett am Ende, Michael. Ausgemergelt, schläft nicht mehr, kurz vorm Durchdrehen. Die saß hier bei mir, ein heulendes Häufchen Elend. Ich musste sie ins Bellevue einweisen! Und sie ist nicht die Erste. Der Kerl gehört hinter Gitter!»

«Ich will ja auch, dass was passiert, aber ich komme einfach nicht weiter, Lilian. Die Kompetenzen sind über mehrere Behörden verteilt, du kannst dir vorstellen, was das bedeutet.»

«Herrje, da muss doch was möglich sein. Ich kann das einfach nicht akzeptieren! Hast du denn gar nichts in der Hand?»

«Leider nein, nicht so richtig. Ich hatte ein Treffen mit einem ziemlich kaputten jungen Mann, erst war er Patient, dann hat er für Jacobson gearbeitet, und der hat mir so eine Tüte voller Zeugs dagelassen. Alles ganz interessant, aber nichts davon ist neu. Außer vielleicht die Patientenkartei, die ist zwar absolut sensationell, aber nicht justiziabel.»

Dr. Baden kehrte zurück zu seinen Kindern aufs Sofa, um die Geschichte von dem Jungen zu beenden, den es auf die Insel zu den wilden Kerlen verschlagen hatte. Am Ende war der wieder in seinem Zimmer, wo ihn schließlich doch noch sein Abendessen erwartete, sogar noch warm.

Das Telefon klingelte, wieder rief seine Frau: «Michael? Lilian noch mal.»

«Michael, ich habe eine Idee. Wenn die Patientenkartei so sensationell ist, woran ich nach allem, was ich weiß, nicht den geringsten Zweifel habe, dann ist das vielleicht nicht justiziabel. Aber die Presse würde sich umso mehr dafür interessieren! Und das wiederum würde öffentlichen Druck erzeugen. Du hast doch Kontakte zur Presse, Michael.»

Ja, er hatte Kontakte zur Presse, beziehungsweise die Presse hatte Kontakt zu ihm. Im Gegensatz zu vielen Kollegen hatte er das öffentliche Interesse an seiner Arbeit immer begrüßt und bereitwillig mit den Journalisten kooperiert. Viel herumtelefonieren musste er deshalb nicht, eher musste er sich entscheiden, wem er dabei den Vorzug geben sollte. Nach kurzem Überlegen entschied er sich für einen umtriebigen Lokalredakteur von der *Times*. Als Baden ihn anrief, steckte der zwar gerade in einer anderen Geschichte, er signalisierte aber sofort Interesse, natürlich. «Ich werde mich nicht gleich morgen darum kümmern können», sagte er, «aber ich hol mir das Zeug auf jeden Fall ab.»

Der Sommer war spektakulär. Überall in der Stadt kaperten die Kinder Feuerhydranten, um sich nach der Schule von den Fontänen nassspritzen zu lassen, die Mädchen trugen unfassbar kurze Kleider, und überhaupt lief die ganze Stadt herum wie kostümiert, selbst ältere Damen der Gesellschaft banden sich Seidentüchlein mit psychedelisch inspirierten Mustern um den Hals. Alle wollten ihren Bissen vom großen bunten Kuchen des jugendlichen Aufbruchs, von Be-ins und Love-ins und spontanen Konzerten im Park.

Der *Times*-Redakteur holte das Material, aber auch danach passierte wochenlang nichts. Schließlich, der August hatte bereits begonnen, telefonierte Dr. Baden der Sache noch einmal hinterher. Er erwischte den Redakteur, der war schon wieder im Stress – vielleicht musste er einfach akzeptieren, dass so ein Speeddoktor in einer Stadt wie New York nur ein Problem, eine Geschichte unter vielen war. Und New York war auch nicht der einzige Ort, an dem fürchterliche Dinge passierten. Die Schlagzeilen und Titelgeschichten aller Zeitungen, ob *Times* oder Yellow Press, blickten in diesen Tagen nach Los Angeles, wo Anhängerinnen einer Sekte ein Massaker angerichtet hatten, bei dem auch eine hochschwangere Schauspielerin ermordet worden war. Dr. Baden ließ seine Zeitung sinken, es gab Fälle, die selbst ihn noch schockierten, und er bedauerte die Forensiker, die sich dieser Sache würden annehmen müssen. Seine Frau war besonders mitgenommen von der Geschichte, und am Abend, als die Kinder endlich im Bett waren, sagte sie zu ihm: «Ich frage mich die ganze Zeit, was das zu bedeuten hat, und wie es zusammengeht mit all dem anderen, weißt du?»

«Nein.»

«Dieser unfassbar barbarische Akt. In Kalifornien, inmitten dieses sogenannten Sommers der Liebe.»

«Es waren irre Sektenanhänger. Psychopathen.»

«Ich weiß, ich bin Psychologin. Aber in pathologischem Verhalten manifestiert sich auch immer Gesellschaftliches.»

«Das ist sicher richtig. Mehr weiß ich aber auch nicht.»

Er stand auf und öffnete das Fenster. Draußen schoss ein Vogelschwarm übermütig hin und her, und Dr. Baden dachte an den Anruf, den er nach dem Tod von Mark Shaw im Januar von dessen Freund bekommen und der ihn erstmals auf Max Jacobson aufmerksam gemacht hatte. Wie hieß der noch? Es fiel ihm nicht ein, und es würde ihm auch nicht mehr einfallen, zu lange her, und notiert hatte er sich den Namen auch nicht. Immer wieder ein Fehler. Seine Frau saß mit einem angewinkelten Bein und den Kopf in die Hand gestützt auf dem Sofa.

«All diese Morde in diesem Jahrzehnt, in dem unsere Kinder geboren sind», sagte sie und starrte an die Wand, als wären die Tiefpunkte der letzten Jahre dort aufgelistet. «Es kommt mir vor, als wäre es gestern gewesen, dass Präsident Kennedy erschossen wurde. Dabei ist so viel passiert seitdem.»

Paul Landis. Da war er plötzlich, der Name des Mannes, mit dem er damals telefoniert hatte. Na so was. Manchmal lohnte es sich, das Fenster zu öffnen.

«Ich glaube, ich bin wieder schwanger», sagte seine Frau.

«Dr. Baden?»

«Am Apparat.» Es war eine Weile her, aber er wusste sofort, wer ihn da anrief.

«Hier ist Pat Suzuki. Wir haben Anfang des Jahres schon einmal telefoniert, ich bin die geschiedene Frau und Mutter des Sohnes von Mark Shaw.»

«Ich erinnere mich. Was kann ich für Sie tun, Mrs. Suzuki?» Miss oder Misses? Er war sich plötzlich nicht sicher, wie eine geschieden verwitwete Frau anzureden war.

«Es geht um die neue Sterbeurkunde von Mark. Ich bin damit nicht einverstanden.»

«Ist etwas verkehrt?»

«Die Änderung der Todesursache. Ich kann das so nicht akzeptieren. Mark war kein Amphetaminjunkie.»

«Mrs. Suzuki, ich weiß, dass es für Hinterbliebene oft schwierig ist, Todesursachen zu akzeptieren, besonders, wenn diese implizieren, dass der Verstorbene seinen Tod selbst mitverschuldet haben könnte.»

«Ich möchte bitte über den Gesamtbefund informiert werden, und ich wüsste gern die genauen toxikologischen Werte, Dr. Baden.»

«Das kann ich Ihnen gern zukommen lassen.»

«Vielen Dank. Bitte nehmen Sie es nicht persönlich.»

«Natürlich nicht. Warum auch?»

«Und noch etwas.»

«Ich höre.»

«Ich wurde darüber informiert, dass im *New York Magazine* demnächst ein längerer und ziemlich reißerischer Artikel über Ärzte erscheinen soll, die Amphetamine verabreichen, die sogenannten Feelgood Doctors. Marks Tod soll darin den traurigen Höhepunkt der Geschichte abgeben, und zwar allein aufgrund der von Ihnen bescheinigten Todesursache. Finden Sie das richtig?»

«Ich höre das nicht gern, aber natürlich bin ich es durchaus gewohnt, dass die Presse Todesfälle, mit denen ich zu tun habe, plakativ ausschlachtet. Das liegt in der Natur der Sache, und ich kann es auch nicht verhindern.»

«Das meine ich auch nicht. Aber wenn als Todesursache nicht das angegeben wird, was Sie da angeben wollen, dann kann die Presse Ihren Befund auch nicht böswillig ausschlachten.»

«Es geht in meinem Beruf leider nicht darum, was ich gern will. Forensik ist eine Wissenschaft, und ich halte mich daran, was ich herausfinde. Wie gesagt, Mrs. Suzuki, ich verstehe Ihren Kummer. Aber abweichend von den Ergebnissen das Protokoll schreiben, das wäre nun wiederum Manipulation.»

«Mein Sohn hat seinen Vater verloren. Er ist neun und ein sehr aufgeweckter Junge. Ich werde ihm diesen Artikel nicht verheimlichen können.»

«Vielleicht können Sie ja darauf hinwirken, dass Mr. Shaws Name nicht erwähnt wird? Da dürften Sie gute Chancen haben. Aber was die Urkunde angeht – tut mit leid, da kann ich Ihnen nicht entgegenkommen.»

So war das nämlich, und auch deshalb war so ein Max Jacobson jahrzehntelang durchgekommen mit seinen Methoden: Wenn etwas passierte, dann wurde es gern vertuscht, von Opfern oder Hinterbliebenen. Alles andere hätte bedeutet, ein Suchtproblem zuzugeben.

Zwei Wochen später meldete sich Mrs. Suzuki erneut bei ihm. Sie hatte die Befunde und Werte erhalten und einem angeblichen Experten unklarer Provenienz zur Beurteilung vorgelegt. Dieser Mann war, wie sich herausstellte, außerdem ein Freund von Dr. Jacobson. Natürlich fiel das Urteil kritisch aus – es gebe keine vergleichbaren Präzedenzfälle für amphetamininduzierte Todesfälle und auch kaum wissenschaftliche Untersuchungen dazu, man wisse allerdings von Patienten, die über lange Zeiträume weit größere Mengen zu sich nähmen, als Mark Shaw es getan habe, wobei sich keinerlei Vergiftungserscheinungen gezeigt hätten. Es war Dr. Baden kaum möglich, seiner zunehmend aufgebrachten Gesprächspartnerin zu erklären, was für ihn an dieser Kritik nicht stimmte, und sie bestand darauf, ihm den Krempel zuzusenden. Das tat sie dann auch.

Schriftlich waren die Einwände nicht überzeugender als von Mrs. Suzuki mündlich vorgetragen. Es handelte sich um eine Liste mit vier Punkten, die alle nur Variationen ein und derselben Behauptung waren: Mark Shaw habe zwar Amphetamine bekommen, aber nur sehr moderat. Wo darin die Expertise und die ausführliche Recherche liegen sollte, von der Mrs. Suzuki berichtet hatte, war für Dr. Baden nicht erkennbar. Am folgenden Tag rief sie ihn noch einmal an und verlangte ein gemeinsames Treffen mit ihr, dem von ihr ernannten Gutachter, einem weiteren vermeintlichen Experten und Dr. Jacobson höchstselbst.

Vier Besucher – so ein Aufgebot hatte Dr. Badens Büro noch nie gesehen. Er hatte neben Kaffee und Keksen noch drei Stühle herbeischaffen müssen, auf denen sie nun vor ihm saßen: Pat Suzuki, der «Experte», ein weiterer Mensch mit seidener Krawatte, dessen Funktion Dr. Baden nicht klar war, vielleicht ein Anwalt, und natürlich Doktor Max.

«Dr. Baden», eröffnete Mrs. Suzuki, «wir möchten Sie bitten, zu den Einwänden, die ich Ihnen schriftlich vorgelegt habe, Stellung zu beziehen.»

Ein heftiger Widerwillen überkam Dr. Baden. Warum hatte er sich auf dieses unsinnige Tribunal hier eingelassen? Mit überheblicher Miene saß Jacobson ein kleines, aber bedeutsames Stück hinter seinen Anhängern.

«Nun, selbstverständlich werde ich versuchen, Ihnen meinen Befund zu erläutern. Bitte verzeihen Sie, wenn ich das in einer gewissen Kürze tun muss, ich habe heute noch einiges zu tun.»

«Wunderbar», sagte der ominöse Mann mit Seidenkrawatte. «Das gilt sicherlich für uns alle.»

Ja, dachte Dr. Baden, während er seine Gegenüber nacheinander anlächelte, wenn ihr so beschäftigt seid, warum hockt ihr dann hier zu viert herum?

«Wie ich bereits Mrs. Suzuki gegenüber dargelegt habe, beruhen Ihre einzelnen Einwände allesamt auf dem übergeordneten Verweis, dass die toxische Wirkung von Amphetaminen nicht ausreichend bewiesen sei.»

«Darauf wie auf dem Umstand, dass bei Mark Shaw keine Symptome und Verhaltensweisen beobachtet werden konnten, wie sie typisch sind für Menschen, die Speed missbrauchen», warf der vorgebliche Experte ein und blickte sich um zum Doktor.

«Darauf werde ich noch zu sprechen kommen. Sie haben recht, ich bin kein Spezialist für die Wirkung von Amphetaminen. Aber dass es nur wenige offiziell anerkannte Todesfälle durch Amphetaminmissbrauch gibt, ist für mich kein Argument. Erstens existiert parallel zu solchen Zahlen immer eine Dunkelziffer, gerade bei illegalen Drogen, und zweitens ist die Seltenheit einer Todesart kein Ausschlusskriterium. Wenn Sie alle seltenen Todesarten zusammennehmen, sind das wieder ganz schön viele, das kann ich Ihnen aus meiner Praxis versichern.»

«Dr. Baden», sagte jetzt wieder die Seidenkrawatte, «dass man tot ist, wenn man vom Hai gefressen wird oder ein Quecksilberthermometer zerkaut, ist jedem klar, auch wenn es selten vorkommt. Amphetamine werden aber nun einmal recht häufig eingenommen, ohne dass die Leute reihenweise daran sterben. Um zu sterben, müssen Sie Mengen konsumieren, die Mark Shaw nicht zu sich genommen hat. Das verhält sich zueinander wie das Glas Wein, das auch Sie vielleicht manchmal trinken, und eine tödliche Alkoholvergiftung.» Bei näherem Hinsehen bemerkte Dr. Baden, dass die Krawatte mit kleinen Godzilla-Motiven bedruckt war.

«Sehr richtig. Und wenn ich bei Mr. Shaw Alkoholmissbrauch festgestellt hätte, dann wäre eben Alkohol als Ursache in Frage gekommen. Ich erinnere Sie daran, dass ich die Vergiftung als chronisch wie auch als akut bewertet habe. Chronisch, weil Mr. Shaw Dauerkonsument war, was seine zahllosen Einstichstellen bezeugen. Akut, weil er daran verstarb.»

«Und genau hier ziehen Sie eine erkennbar unzulässige Schlussfolgerung!», rief Godzilla-Krawatte. «Die Einstiche kommen von Dr. Jacobsons Vitaminspritzen, wie Sie sehr wohl wissen!»

«Ich weiß, dass diese Spritzen neben Vitaminen auch Amphetamine enthalten, und wir reden hier vom besonders potenten Methamphetamin, und dass Mark Shaw eine Flasche davon zum Selbstinjizieren in seinem Badezimmer hatte und dass weder Sie noch Dr. Jacobson Kontrolle darüber hatten, wie viel er sich davon genehmigt hat.»

«Und hier kommt ins Spiel, und auch das haben wir bereits formuliert, Dr. Baden, dass Mark niemals klinische Anzeichen von Missbrauch gezeigt hat!» Nachdem Krawatte dies ausgesprochen hatte, schlug Mrs. Suzuki den Blick zu Boden. Es entging Dr. Baden nicht. Dies war der perfekte Moment für seinen größten Trumpf.

«Und genau hierzu habe ich andere Informationen», sagte er. «Mir wurde berichtet, dass Mr. Shaw schon lange sehr deutliche Anzeichen von Amphetaminmissbrauch gezeigt hat. Dazu gehörten Zwangsstörungen, Depressionen, starke Stimmungsschwankungen und Paranoia.»

So, das hatte gesessen. Da waren sie jetzt still. Als Erstes sprach danach Mrs. Suzuki: «Wer behauptet so etwas?»

«Die Aussage kommt von Mr. Paul Landis, der nach eigener Aussage ein enger und langjähriger Freund von Mr. Shaw war. Seiner namentlichen Erwähnung hat er explizit zugestimmt.»

Wieder ein Moment der Stille.

«Warum sollte Paul Derartiges behaupten?»

«Weil er es genau so erlebt hat, würde ich vermuten. Warum sollte ich mir das ausdenken? Oder er? Meine Herren, Mrs. Suzuki, ich habe keine Aktien in dieser Sache, wenn ich wiedergebe, was ich herausgefunden habe, bei der Autopsie und in Gesprächen. Ich verstehe Ihr Interesse in der Sache, Mrs. Suzuki und Dr. Jacobson, ich kann es nachvollziehen, aber Interessen ersetzen keine Fakten.»

Es war ein gutes Schlusswort. Dr. Max hatte die ganze Zeit über fast nichts gesagt, und Dr. Baden musste daran denken, dass seine Frau sich dessen Schuld nicht so sicher war wie er oder Lilian. Ihr als Juristin fehlten handfeste Beweise, und als Ärztin, die mit Suchtpatienten arbeitete, argumentierte sie mit dem psychologischen Ursprung von Suchtverhalten. «Wer sich wegschießen und ruinieren will, der wird das immer irgendwie schaffen», hatte sie gesagt. «Mit Alkohol, mit Zigaretten, mit Pillen. Ich persönlich kompensiere ja mit Essen, das ist auch nicht gut. Darum glaube ich nicht, dass Mark Shaw ohne diesen Dr. Jacobson ein gutes, gesundes Leben geführt hätte. Er hätte andere Wege gefunden, sich zugrunde zu richten.»

«Mag sein», hatte er gesagt, «aber jedenfalls hat Jacobson ihm dabei geholfen. Das sollte ein Arzt nicht tun.»

Sie war nicht überzeugt. Es sei eine undankbare Aufgabe, destruktiven Menschen zu helfen. Die meisten Ärzte würden sich damit gar nicht erst abgeben. «Vielleicht würde er ja mal zu einem Vortrag in unser Suchtprojekt kommen», hatte sie noch gemeint und gegrinst. «Könntest du ihn mal fragen?»

Man verabschiedete sich kühl, aber zivilisiert, und als Dr. Baden Dr. Jacobsons Hand schüttelte, sagte er tatsächlich: «Meine Frau leitet ein Programm für Menschen mit Suchtproblemen. Sie fragt, ob Sie dort wohl mal zu einem Vortrag vorbeikommen würden.»

Zum ersten Mal sah Dr. Baden Überraschung in Jacobsons Gesicht. Einen Moment lang sah Jacobson ihn mit diesem ungewohnten Ausdruck an, dann sagte er: «Das werde ich selbstverständlich nicht tun.»

Eine Weile kaufte Dr. Baden alle zwei Wochen das *New York Magazine*, um nachzusehen, ob die Reportage, von der Pat Suzuki am Telefon gesprochen hatte, drinstand, aber er fand nichts dergleichen. Danach achtete er immerhin noch auf das Cover des Magazins, und dann, er hatte es fast schon vergessen, legte seine Frau im Februar '71, anderthalb Jahre nach dem Treffen mit Pat Suzuki und Max Jacobson, die neueste Ausgabe auf den Esstisch. Es war die Titelstory: *«Doktor Feelgood, ich fühle mich so gut. Aber ist das wirklich okay?»*

Die Autorin thematisierte darin auch, warum sie so lange gebraucht hatte, um den Text fertigzustellen.

«Die ersten Feelgood-Ärzte», erläuterte sie, «praktizierten in den dreißiger Jahren in Europa, wo sie Geschichte schrieben mit dubiosen medizinischen Methoden, indem sie Amphetamine ins Blut diverser hochrangiger Nazis spritzten. Ihre Schüler und Nachfolger haben sich seitdem in der ganzen Welt verbreitet.» Es klang wie der Anfang einer Horrorstory.

Dr. Baden blätterte vor und stellte fest, dass sich die Geschichte über zehn Seiten ausbreitete. Nacheinander besuchte die Autorin, eine Fotografin, darin drei Ärzte, die ihr als Feelgood-Docs empfohlen worden waren. Die Namen waren anonymisiert («Dr. A», «Dr. B» und «Dr. C»), aber es gab keinen Zweifel daran, dass es sich bei «Dr. C» um Max Jacobson handelte. «Der berühmteste, um nicht zu sagen *der* legendäre Dr. Feelgood», schrieb sie. «Der, von dem es hieß, er habe Präsidenten, Prinzessinnen, Senatoren und sogar Eddie Fisher behandelt.»

Sie beschrieb eine absurde Szene, in der «Dr. C» ihr nacheinander mehrere Bilder zeigte, Fotos, aber auch Magazindrucke, mit dem Daumen darüberrubbelte und anschließend behauptete, die Bilder seien nun dreidimensional.

Alle drei Ärzte verabreichten ihr «Vitaminspritzen»; in anschließenden Bluttests konnten nach jedem Besuch Amphetamine nachgewiesen werden. Bei Gesprächen im Freundeskreis stellte die Autorin fest, dass die allermeisten von einem Dr. Feelgood wussten oder schon selbst einen aufgesucht hatten, wobei sich diejenigen mit direkter, eigener Erfahrung in zwei Gruppen einteilen ließen: Zum einen waren da die Intellektuellen mittleren Alters, die hingingen, um besser arbeiten zu können, und die entweder nicht wussten oder nicht wissen wollten, dass sie bei ihren daraufhin so flott von der Hand gehenden Tätigkeiten auf Speed waren. Dem gegenüber standen die Jüngeren, für die der Doc einfach eine legale Drogenquelle darstellte und die sein Wartezimmer voller Berühmtheiten einfach aufregend fanden. Die Älteren sprachen von den Vitaminen, die Jüngeren priesen die Amphetamine. Aber sie alle sahen in den Spritzen die Medizin der Zukunft.

Mark Shaw war nicht so leicht zu identifizieren. Hätte Dr. Baden nicht durch Pat Suzuki davon erfahren, dass es in dem Artikel auch um ihren Exmann und Vater ihres Sohnes gehen würde, er wäre von selbst nicht darauf gekommen. Mit ihrer Intervention beim *New York Magazine* hatte sie also womöglich etwas erreicht.

Ihre Befürchtungen waren jedenfalls begründet gewesen, denn Shaw wurde als ernsthaft durchgeknallt beschrieben. Der frühere Mitarbeiter von Jacobson, Adam Spencer, hatte sich ja schon in dieser Richtung geäußert, aber weil der Mann selbst eine so fahrige, desolate Erscheinung abgegeben hatte, war Baden sich nicht sicher gewesen, wie ernst er seine Geschichten nehmen durfte. Wie fabelhaft konfus und verblendet Mark Shaw tatsächlich war, erfuhr Baden nun erstmals hier, schwarz auf weiß, und er fragte sich, welche Rolle Jacobson dabei wirklich gespielt hatte. Hatte er einen völlig gesunden und zurechnungsfähigen Mann mit seinen irren Präparaten in den Wahn getrieben? Oder war der irre Doktor ein Magnet für alle möglichen anderen Irren?

Der Artikel schloss mit Dr. Badens Autopsiebericht.

Das Leben ist voller Überraschungen, die wir uns nicht aussuchen können.
Dr. Robert Freymann

1962

Zehn Jahre nach seinem ersten Auftritt als prominenter Überraschungsgast in der beliebten Ratesendung saß Eddie wieder neben Moderator John Daly und vor dem hinter Augenbinden versteckten Rateteam, dem immer noch dieselben Personen angehörten, bis auf Hal Block, dessen grenzwertiger Humor bei den Sponsoren der Show für Unmut gesorgt hatte. Ansonsten war alles unverändert, als sei die Welt draußen nicht längst eine andere geworden.

Sie kamen ihm schnell auf die Schliche. «Waren Sie gerade im Ausland?», fragte Arlene Francis und direkt danach Bennett Cerf: «Sind Sie mit einem sehr schönen Mädchen verheiratet?»

Das waren die beiden wichtigsten Hinweise. Danach wussten sie, wer er war, schließlich stand in allen Magazinen, dass er gerade bei dem schönen Mädchen in Europa geweilt hatte, wo das schöne Mädchen die Hauptrolle in einem Film spielte, einem gigantomanischen Historienschinken, von dem niemand wusste, ob er jemals fertig werden würde. Theoretisch war er immer noch ein Sänger, aber das spielte keine große Rolle mehr. Hauptberuflich war er jetzt der Mann von Liz Taylor.

Aber das war nicht das Schlimme. Das Schlimme war, dass Liz, mit der er eindeutig verheiratet war und für die er vor gar nicht langer Zeit sogar seine Familie verlassen hatte, gerade fröhlich mit einem anderen schlief, drüben in Europa. Und Dorothy Kilgallen war darüber auch schon bestens informiert. In ihrer omnipräsenten Klatschkolumne hatte sie bereits das Ende seiner Ehe prophezeit.

Wann dieser neue Film mit seiner Frau denn fertig sein werde, fragte John Daly anschließend noch, und ohne Dorothy Kilgallen anzusehen, ließ sich Eddie seinerseits vor laufenden Kameras zu der Prophezeiung hinreißen, darauf komme es nicht an, denn *Cleopatra* werde der großartigste und erfolgreichste Film aller Zeiten sein, und Elizabeth Taylor Fisher werde für die Rolle einen Oscar bekommen. Die Kilgallen lächelte höhnisch.

Eddie beeilte sich, nach der Sendung zurück ins Pierre Hotel zu kommen, wo seine drei besten Freunde auf ihn warteten: die Packung mit den extrastarken Beruhigungspillen, eine Flasche Wodka und das grüne Sofa. Ein weiches, wohlwollendes Wesen, das ihn urteilslos empfing und beherbergte, wofür Eddie dem Sofa gegenüber eine große Dankbarkeit empfand. Die Dinge waren so viel verlässlicher und unkomplizierter als die Menschen.

Leider wusste auch sein väterlicher Beraterstab, bestehend aus Milton und Max, dem Manager und dem Arzt, wo sie ihn finden konnten, und fanden ihn also in seiner Suite, in denkbar schlechtem Zustand ins grüne Sofa vergraben. Max beschlagnahmte mit vorwurfsvollem Blick die noch halbvolle Flasche, Milton plärrte: «Eddie, Eddie, Eddie! Was soll das denn hier werden, hm?»

Max zog die Vorhänge auf, Eddie drehte sich vom Licht weg.

Milton rüttelte an seiner Schulter. «Komm, steh auf, Junge.»

«Nein.»

«Du hast noch Pressetermine heute, Eddie. Steh auf, mach dich frisch. Dann essen wir was.»

«Nein.»

Pressetermine? Undenkbar.

«Eddie. Du hast ein paar Eheprobleme, ich weiß. Aber nichts wird besser, wenn du dich jetzt hier so gehenlässt. Komm. Steh auf. Du reißt das jetzt runter, du bist charmant und gutaussehend, du bist Eddie Fisher! Und du zeigst es ihnen! Stimmt's?»

Nun trat Max ans Sofa. Er drehte Eddie auf den Rücken, drückte seinen Kopf nach links und nach rechts. «Wie fühlst du dich?»

«Furchtbar.»

«Was fehlt? Bist du müde? Traurig? Unmotiviert? Wann hast du gegessen? Milton, bring ein Glas Wasser.»

Eddie hörte das Wasser im Bad rauschen.

«Danke, Milton. Hier, du musst trinken. Setz dich auf.»

Es war unfassbar mühselig, aber Eddie schob sich ein wenig nach oben. Er nahm das Glas, kippte sich zu viel Wasser in den Mund, verschluckte sich und spuckte alles wieder aus.

«Du musst dich richtig hinsetzen.»

Eddie setzte sich aufrecht, mit den Füßen auf dem Boden und dem Rücken gegen die Lehne. Aber er ließ dabei den Kopf hängen und kippte gleich darauf zur anderen Seite zurück ins Sofakissen, wo er mit dem Gesicht nach unten liegen blieb, im Becken eigenartig verdreht, es störte ihn nicht, er wollte einfach genau so verharren. Doch Max ließ ihn nicht. Sanft fasste er ihn an den Schulterblättern und zog ihn mit erstaunlicher Kraft zurück nach oben. Eddie jammerte.

«Du musst ihm was geben», hörte er Milton sagen.

«Er muss zuerst ausnüchtern. Wir nehmen das Gift hier mit und kommen morgen wieder», sagte Max und spritzte ihm dann trotzdem etwas in den Arm, aber was immer es war, es hatte keinesfalls die vertraute Wirkung. Dann legten sie ihn ins Bett. Eddie hörte Glas klirren und dass die Tür geschlossen wurde, danach war es still. Sein Körper sank tief in die Matratze hinein, wobei sich die Matratzenverkäuferin aus Ohio, die ihm bei einem anderen, weit zurück liegenden TV-Auftritt, in einem anderen, weit zurück liegenden Leben begegnet war, über ihn beugte und ihn anblickte, doch er erkannte ganz genau, dass sie von Liz gespielt wurde.

Als er wieder aufwachte, hatte er Durst. Er taumelte ins Bad und trank Wasser direkt aus dem Hahn, dann suchte er nach den anderen Getränken, aber es war nichts mehr zu finden. Die Wodkaflasche war ebenso verschwunden wie der Wein aus dem kleinen Kühlschrank. Händeringend ließ er sich aufs Sofa fallen, blieb für unbestimmte Zeit so sitzen, den Blick auf den Spalt zwischen den Vorhängen gerichtet, durch den die bunten Lichter der Nacht ins Zimmer tanzten. Bis es irgendwann nicht mehr ging.

Als Max und Milton am Morgen zurückkehrten, fanden sie ihn in sich zusammengerollt auf dem Teppich, und als sie ihn ansprachen, wiegte er sich nur leicht hin und her. Durch den Hinterausgang brachten sie ihn aus dem Hotel und verfrachteten ihn in das kleine private Gracie Square Hospital auf der Upper Eastside, wo sie ihn unter falschem Namen eincheckten, damit die Presse keinen Wind davon bekam. Der Trick funktionierte aber nur zwei Tage lang, dann stand es in allen Zeitungen: *Eddie Fisher kollabiert.*

Immerhin war er nach diesen zwei Tagen voller Ruhe und Infusionen schon so weit aufgepäppelt und bei Kräften, dass Max ihn wieder nach bewährter Methode behandeln konnte.

«Du bekommst jetzt die volle Dosis», kündigte er an.

Mir doch egal, dachte Eddie. Macht, was ihr wollt, davon kommt sie auch nicht zu mir zurück. Er sah sie überall auf den Titelblättern der Illustrierten, zusammen mit diesem Grobian Burton. Wie konnte sie nur. Seitdem sie seine Geliebte und dann seine Frau geworden war, hatte er nichts anderes mehr getan, als sich um sie zu kümmern, und das war nicht ganz einfach, mit ihren Ansprüchen und ihren Launen, ihren Pillen und ihren ganzen Zusammenbrüchen. Danke für die Blumen, Liz, danke für meine Zerstörung. Volle Dosis, mir doch egal.

Aber nachdem die Nadel in seinen Arm geglitten war, gab es keinen wahrnehmbaren Übergang zwischen dem bodenlosem Elend von gerade eben und der Euphorie von jetzt. Max schoss Eddie einfach von hier nach dort. Einmal aus dem Keller direkt auf den Mond, in Sekunden.

«Wir haben heute noch eine Pressekonferenz im Pierre», sagte Milton.

Im Sapphire Room des Hotels herrschte Tumult. Reporter prügelten sich um die besten Plätze, Fotografen kletterten auf Tische und Stühle. Eddie hatte sich rasiert, geduscht und umgezogen.

«Ach was, glauben Sie nicht an diese Gerüchte!», rief er ihnen zu. «Richard Burton? Ein wirklich sympathischer, sehr unterhaltsamer und charmanter Mensch, großartiger Schauspieler. Aber der Liebhaber von Liz Taylor ist gleichzeitig ihr Ehemann, und den sehen Sie hier vor sich!»

Vor der Konferenz hatte er noch schnell versucht, sie in Rom zu erreichen. Er wollte sich mit ihr abstimmen, denn schließlich konnte sie ebenso wenig wie er irgendein Interesse an dieser überheizten Gerüchteküche haben, und in übereinstimmenden Erklärungen schafften sie es vielleicht, den Klatsch stillzulegen, zumindest vorläufig. Sie war nicht auffindbar gewesen, aber nun rief sie zurück, mitten in die Pressekonferenz hinein: *Mr. Fisher, Mrs. Fisher Taylor am Apparat für Sie, Ferngespräch aus Rom.*

Sie würde sich seiner Erklärung nicht anschließen, teilte sie ihm mit. Eiskalt auflaufen ließ sie ihn.

Eddie kehrte zurück zur Pressemeute. «Elizabeth wollte sich am Telefon nicht äußern», sagte er mit wegwerfender Geste und fügte hinzu: «Sie wissen ja, wie Frauen sind! Ich vermisse sie und werde in den nächsten Tagen wieder nach Europa und zum Filmset zurückkehren.»

Dann fragte ein Reporter nach dem Titelbild der frisch gedruckten Ausgabe eines italienischen Magazins, das angeblich einen Kuss zeigte, zwischen Liz und Burton. Eddie lachte: «Das glaube ich erst, wenn ich es sehe!»

Es war das Letzte, was er sehen wollte.

Am nächsten Tag traten seine Frau und Richard Burton ihrerseits vor die Presse. Arm in Arm posierten sie vor einer Bar in Rom, in der sie sich laut Bildunterschrift der italienischen Illustrierten gerade bis 3 Uhr morgens hervorragend amüsiert hatten.

Vielleicht verurteilte ein Militärtribunal in Kuba gerade 1179 Personen, die sich im Jahr zuvor an der Invasion in der Schweinebucht beteiligt hatten, zu dreißig Jahren Gefängnis, stimmte die französische Bevölkerung für die Unabhängigkeit Algeriens, öffnete in Seattle die Weltausstellung mit Einweihung der nagelneuen *Space Needle* und stürzte eine Maschine der Air Force während der Eröffnungsfeierlichkeiten ab, gewannen die New York Mets ihr erstes Spiel in der Saison, verursachte die Saturn-I-Rakete unter der Leitung von Wernher von Braun eine riesige Eiswolke und ein künstliches Gewitter in der Ionosphäre, wurde Oskar Schindler in Yad Vashem geehrt, und der junge, attraktive Präsident, Hoffnungsträger seiner Generation, empfing 173 Gelehrte, Wissenschaftler und Schriftsteller, darunter 49 Nobelpreisträger, zu einem Dinner im Weißen Haus. Egal! Das Interesse der Weltöffentlichkeit in diesen Tagen, im Frühjahr 1963, galt Liz Taylor und Richard Burton. Nichts konnte sie aus den Schlagzeilen verdrängen. Das Publikum musste wissen, was sie taten und wann und wo, warum sie es taten, ob sie es tun durften, unter rechtlichen, persönlichen, religiösen und moralischen Aspekten. Es musste erfahren, wer darüber was dachte, und natürlich: wie Eddie Fisher darauf reagierte.

Reagieren war eine Fähigkeit, eine Idee, über die Eddie in dieser Situation nicht mehr verfügte. Sein Zustand war ein skandalöser Schmerz. Vielleicht auch ein Entzug. Der Entzug dessen, was er selbst vorher einmal gewesen war: Herzensbrecher, Frauenliebling, Charmeur, Schürzenjäger. Jetzt: der Verlassene. Vor den Augen einer gaffenden Welt.

«Du darfst dich jetzt nicht eingraben», riet ihm Milton. Eingraben, welch Wohltat wäre das. Durfte er nicht. Sie schickten ihn raus, Milton und Max, und so taumelte er durch Veranstaltungen, Partys, Gesellschaften.

«Ich gebe dir ein paar Röhrchen mit Tabletten mit», sagte Max, «und zeige dir jetzt, wie du dir die Spritzen selbst setzen kannst.»

Bei einem Dinner im Waldorf Astoria fand Eddie sich auf einem Podium zwischen einem Komiker und einem Friedensnobelpreisträger wieder. Wie er da hingekommen war, wusste er nicht mehr genau, und jetzt schwanden seine Kräfte, und er hatte das Gefühl, dass alle ihn ansahen. Was daran lag, dass ihn tatsächlich alle ansahen. Durfte er jetzt einfach weinen?

«Ich weiß ja nicht, wie Sie das gerade aushalten», flüsterte der Nobelpreisträger ihm zu. «Ich könnte das nicht.»

Eddie beschloss, es ebenfalls nicht auszuhalten. Stand auf und suchte die Toiletten, um sich dort einen Max-Schuss zu genehmigen. Es half nur wenig. Vor der Toilette erwarteten ihn mehrere Fotografen. Sie fotografierten, wie Eddie Fisher aus der Toilette kam. Morgen würden die Bilder in den Magazinen sein: Eddie Fisher, von Liz Taylor verlassener Ehemann, kommt aus einer Toilette im Waldorf Astoria. Was für eine weltbewegende Nachricht.

Alle wollten ihm helfen. Frank Sinatra bot ihm sein Flugzeug, sein Boot und sein Haus in Palm Springs an. Audrey Hepburn, die eine Nebensuite im Pierre bewohnte, hörte sich stundenlang sein Gejammer an und versuchte, guten Rat zu geben. Sie alle konnten nichts bewegen. Echte Hilfe brachte nur einer: Dr. Max. Morgens half seine Spritze, um aus dem Bett zu kommen, drei weitere halfen, den Rest des Tages zu überstehen. So vergingen Tage und Monate. Neue Frauen, Romanzen und Affären warteten auf Eddie Fisher, eine neue Ehe, eine weitere Scheidung. Der Ruhm am Verblassen, sein Stern am Sinken – aber immer noch der König der Praxis Dr. Max Jacobson.

Ich besuchte ihn in seiner einfachen Ordination, und kaum war ich eingetreten, fühlte ich schon die Gegenwart einer ungewöhnlichen Persönlichkeit. Es war Dr. Max Jacobson (der später in New York so berühmt geworden ist). Er hatte dunkle, strahlende, durchdringende Augen. Nachdem er einen kurzen Blick auf mich geworfen hatte, sagte er: «Toi, ma fille, du hast Keuchhusten. Ich werde dich in einer Minute kurieren.» Und mit einer einzigen Injektion gab er mir Schlaf und Gesundheit zurück.
Anaïs Nin

1968

Und wieder holte Mona Winnetou und ihre Post bei Mrs. Propper ab. Ihre Mutter hatte Rezepte für Käsekuchen und Rouladen geschickt, es war aber auch ein Brief von ihrer Cousine Vera dabei, die schrieb, dass Gilbert nach ihr gefragt hätte.

Die Freundschaft zwischen Vogel und Katze hatte sich unterdessen so weit gesteigert, dass Mona ihn auch nach oben brachte, wenn sie tagsüber länger weg war oder abends ausging. Wenn er Tuesday zu sehr vermisste, fing Winnetou an zu miauen, und dann holte Mona die Katze manchmal auch zu sich nach unten. Dann liefen sie nebeneinander durch die Wohnung, oder Tuesday lag auf dem Sofa, und Winnetou hüpfte um sie herum, aber oft spielten sie auch so wild miteinander, dass Mona Angst hatte um ihren Vogel. Abgesehen von ein paar Federn, die dann durch die Luft segelten, passiert jedoch nie etwas.

Nicht lange nach ihrer Rückkehr aus Mexiko telefonierte sie mit Sieglinde, die berichtete, einen neuen Freund zu haben, einen Straßenmusiker aus Wales. Der aufdringliche Belgier habe sich seither zurückgezogen. Und Mona konnte berichten, dass die Stoppeln in diversen Waschbecken niemals von irgendwelchen Bärten hergerührt hatten, sondern von einem Kosmetikpinsel, der in einer Schublade ihrer Mutter über die Jahre brüchig geworden war. Von der Erklärung schien Sieglinde ein wenig enttäuscht. Sie versuchte, der Sache doch noch mal einen Dreh zurück ins Bedrohliche abzuringen. «Bist du dir da so sicher, Mona? Wie konnte es denn sein, dass diese Stoppeln mal da waren und mal nicht?»

«Es ist so ein Reisepinsel zum Einklappen. Der gammelt in dieser Hülle vor sich hin, und immer wenn ich ihn rausgeholt habe, sind die mürben Haarspitzen erst mal abgebröselt. Am zweiten Tag auch noch, aber schon weniger. Hier zu Hause habe ich den nur einmal benutzt, als er grad zur Hand war, an dem Tag, als du hier warst. Danach hab ich ihn weggepackt und dann erst wieder in Acapulco benutzt.»

«Na ja, kann ja sein, wäre ja prima, aber trotzdem laufen echt schräge Typen rum da draußen, da musst du unbedingt weiter die Türkette vorlegen und den Klingelcode beibehalten.»

«Tu ich ja.»

«Was von Adam gehört?»

«Nein. Der wird schon wieder auftauchen. Hat ja sein Zeug hier gelagert. Oder einen Teil davon.»

«Grüß ihn von mir. Und dein Sidney?»

«Den treffe ich übermorgen.»

Mona öffnete die Tür trotzdem, als es später am Tag nur einmal klingelte. Es war der Postbote mit einem Paket von der Strumpffirma. Darin befand sich ein Jahresvorrat an Strumpfhosen und Strümpfen, anbei lag eine Notiz: «Vielen Dank für die exzellente Idee – achten Sie auf die neuen Namen!» Die Strumpfhosen waren nun nicht mehr mit Zahlen benannt, sondern hießen tatsächlich «Champagner», «Sternenstaub» und «Acapulco Gold».

Sidney hatte ihr schon angekündigt, dass er sie zu einem Geschäftsessen mitnehmen wolle. Das hatte sie zunächst verwundert, beim letzten Mal schien es ja eher ein Problem zu sein, und nun sollte sie plötzlich. Als er sie am frühen Abend abholte, hatte er die Platte der Doors als Geschenk dabei, und beim Wiederhören von *My Eyes Have Seen You* kehrte auch die Stimmung zurück, in die sie eingetaucht war, als Sidney es im Radio gespielt hatte, und sie dachte auch an die beiden Mädchen im Wartezimmer von Dr. JB, die wissen wollten, ob Sidney ihr Freund war.

Er erklärte ihr, dass sich die Geschäftsbeziehungen sowohl mit Kern in Berlin als auch mit dem Brasilianer nach den Essen in ihrer Anwesenheit derart weiterentwickelt hatten, dass er da ein Muster vermute, und heute treffe man sich mit den Betreibern einer großen Rösterei von der Westküste. Während er redete, betrachtete Mona seinen Mund und seine Hände, die sich so angenehm ruhig und gemessen bewegten.

Nach dem Essen ging Mona mit zu Sidney, und schlief noch lange in den Tag hinein, als er schon längst ins Büro verschwunden war, einen ganz wunderbar sanften, tiefen Schlaf. In der Küche fand sie frische Bagels, Pampelmusensaft und die Zutaten für einen Kaffee vor. Mit der Tasse in der Hand streifte sie durch die Wohnung, ließ sich am Fenster die Sonne ins Gesicht scheinen, blieb vor Bildern, Büchern und Plattenregalen stehen. Später, wieder zurück bei sich zu Hause, erschien ihr die eigene Wohnung seltsam provisorisch und unbehaglich.

«Du hast teilweise ganz schön unruhig geschlafen», berichtete ihr Sidney abends am Telefon. «Rumgezappelt hast du bis in die frühen Morgenstunden.»

Immer wieder begleitete sie ihn nun zu geschäftlichen Essen und anderen Abendterminen, und sie übernahm auch die Kommunikation mit Kern in Berlin. Alles sehr zum Missfallen vom alten Alvaro, der in Sidneys Familie die Meinung verbreitete, dieses deutsche Mädchen nutze den Jungen nur aus.

Es war schon nach zwölf, in einer stickigen Nacht, die auf einen besonders heißen Sommertag gefolgt war, als es bei Mona viermal kurz klingelte. Zuerst war Mona unentschlossen, doch dann drückte sie den Türöffner und spähte hinter vorgehängter

Kette hinaus ins Treppenhaus. Als sie Adam durch den Flur kommen sah, hängte sie die Kette wieder aus und öffnete die Tür. «Fünfmal sollst du klingeln», sagte sie, als er eintrat.

«'tschuldige. All diese Klingelcodes, wer soll sich die merken.»

Mona streckte ihre Hand hoch. «Wie die Finger an der Hand. Fünf. Kommst du mich besuchen oder deine Pflanze?»

«Dich, die Pflanze, den Vogel, meine Hemden. Euch alle.»

Diesmal sah er schon wieder alles andere als frisch und ausgeruht aus, und er müffelte mal wieder.

«Du solltest duschen», sagte Mona.

«Sehr gern.»

Er schritt durchs Zimmer auf die Pflanze zu, berührte sie und sagte: «Blendend siehst du aus.» Und zu Mona: «Ich wusste, du würdest gut für sie sorgen.»

Während Adam einmal den Boiler leerduschte, zog Mona ein paar Zettel heraus, die aus der Gesäßtasche seiner Hose quollen. Eine Kinokarte, eine kaum mehr lesbare Telefonnummer, ein zerknitterter Subway-Plan und eine von irgendwo herausgerissene Zeitungsnotiz, in der sein Name auftauchte. Sie hielt sie noch in der Hand, als er, nackt mal wieder, zurück ins Zimmer kam. «Was ist das?», fragte sie.

«Eine kurze Kritik von unserem Theaterstück. In der ich erwähnt wurde.»

«Ihr hattet schon Premiere?»

«Längst. Ich habe versucht, dich anzurufen. Und geklingelt hab ich unten auch. Vielleicht lag es am falschen Code.»

«Nein. Ich hatte viel zu tun.»

«Das ist gut. Phantastisch.» Er klang müde.

«Max hat ein paarmal nach dir gefragt.»

«Pass bloß auf mit dem.»

«Das habe ich jetzt schon mehrmals gehört. Er scheint zu meinen, dass jemand auf dich aufpassen müsste.»

«Vielleicht hat er damit sogar recht. Nur ist er ganz bestimmt nicht der Richtige dafür .»

«Er ist der Ansicht, ich sollte das übernehmen.»

«Damit er wiederum dich dabei kontrollieren kann vermutlich.» Adam hatte sich aufs Bett fallen lassen und in das Laken eingewickelt.

«Willst du hier schlafen?»

«Das wäre schön. Oder störe ich?»

«Nein. Aber würdest du vielleicht das Sofa nehmen?»

«Kein Problem.»

Mona räumte die Kissen vom Sofa und holte Bettwäsche aus dem Schrank. «Aber was will er denn überhaupt von dir?», fragte sie, nachdem Adam sich vom Bett zum Sofa geschleppt hatte. «Warum kontrollieren?»

«Wer?»

«Na, Max. Du meintest, er will mich dabei kontrollieren, wie ich auf dich aufpasse. Oder wie?»

«Ja, genau.» Seine Stimme klang bereits nach Halbschlaf, doch Mona ließ noch nicht locker.

«Aber warum denn? Adam? Warum?»

Nachdem er einen längeren Brummton von sich gegeben hatte antwortete er leicht schlurrig: «Kontrolle. Das ist so sein Ding. Und Künstler. Er sammelt Künstler. Sie sind seine schillernde, schwierige, zuverlässig neurotische Kinderschar.»

Der Schlaf kam in kleinen, glückseligen Schüben zu ihr, bis sie sich selbst schließlich nicht mehr von ihm unterscheiden konnte und sie in eins fielen, der Schlaf und Mona.

Viel zu früh am nächsten Morgen klingelte es fünfmal kurz an der Tür. Adam schlief wie ein Toter, aber Mona erschrak. Was, wenn es Sidney war? In der Vergangenheit war es ihr fast egal gewesen, ob Sidney in ihrer Wohnung auf Adam traf, aber nun wollte sie das nicht. Nachdem es noch einmal und noch einmal geklingelt hatte, fiel ihr nichts Besseres ein, als zu öffnen. Eine Minute später stand jemand vor der Tür, den Mona erst auf den zweiten Blick wiedererkannte. Der Junge aus dem Theater, der auf dem Dachgarten schlafende Fish. Seine Augen waren gerötet, die Lippen rissig, seine Füße in den grotesken Sandalen fast schwarz, und wie vorher bei Adam ließ auch sein Geruch den Rückschluss zu, dass er sich seit längerem nicht gewaschen oder umgezogen hatte. Mit unruhigem Blick stand er vor Mona und sagte: «Ich suche Adam.»

«Er schläft noch.»

Fish schnaufte verächtlich. «Kann ich reinkommen?»

Es handelte sich eher um eine Aufforderung als eine Frage, und Mona war zu müde für Widerstand. So schob Fish sich an ihr vorbei ins Zimmer, wo Adam, den Kopf leicht nach hinten gebogen, regungslos auf dem Rücken lag. Fish setzte sich daneben auf den Fußboden und blickte ihn von dort eine Weile an wie ein Kind eine komatöse Mutter. Dann lehnte er sich gegen die Couch, zog die Knie zu sich heran und schloss seinerseits die Augen. Mona wusste nicht, was tun, und so legte auch sie sich zurück in ihr Bett und dämmerte eine Weile in einen verwirrenden Halbschlaf hinein. Tatsächlich hatte sie die ganze Zeit den Eindruck, gar nicht wirklich zu schlafen. Erst als sie von dem Gezeter nebenan geweckt wurde, merkte sie, dass sie wohl doch weiter weg gewesen war als gedacht. Ganz weit weg sogar, in Berlin nämlich, wo sie zusammen mit Vera in einer großen leeren Wohnung mit zerschlagenen Fenstern Zuflucht gesucht hatte vor irgendwem und dabei Winnetou festhalten musste, damit er nicht davonflog. Die Geräusche kamen daher, dass Fish und Adam sich angifteten, oder hauptsächlich giftete Fish, während Winnetou oben auf der Rücklehne des Sofas saß und eifrig dazwischenfauchte, offenbar, um Adam zu verteidigen, notfalls auch mit Schnabel und Krallen.

«… und es interessiert dich auch gar nicht, dass Polen-Freddy mich *umbringen* will!», hörte sie Fish zischen. «Du wolltest mir helfen, du hattest es *versprochen*! Ich dachte, ich kann mich auf dich verlassen, ich dachte, du bist mein *Freund*! Und dann lässt du mich jedes Mal stehen, und ich kann dich suchen, und keiner *sagt* mir was!» Seine Stimme zitterte.

Durch ein halb geöffnetes Auge sah Mona, wie Adam sich mit beiden Händen übers Gesicht rieb. «Ich hab dir tausendmal geholfen, Fish», sagte er. «Ich helfe dir ständig.»

«Aber nicht», wimmerte Fish «wenn ich dich wirklich brauche!» Und dann, von Schluchzern geschüttelt: «Ich brauche dich doch!» Adam wandte sich ihm zu und strich ihm über die struppigen Haare, während Fish seinen Kopf zuerst ans Sofa lehnte und ungehemmt heulte, dann Adams Gesicht mit beiden Händen umfasste und darauf herumküsste. Adam warf Mona, die sich nun aufsetzte, einen hilflosen Blick zu. Winnetou kam vom Sofa weg zu ihr geflattert.

Als Mona mit Kaffee ins Zimmer trat, lag Fish mit dem Kopf in Adams Schoß auf dem Sofa. Adam war gerade dabei, einen Joint zu drehen. Den Kaffee tranken sie am Tisch.

«Hast du was zu essen da?», fragte Adam.

«Nee, müsste erst einkaufen. Butter und Marmelade sind da, aber kein Brot.»

Adam drückte den Stummel aus und stand auf. «Ich hol uns Brötchen», sagte er.

«Für mich einen Bagel», sagte Mona und stand ebenfalls auf. In der Tür drehte Adam sich zu ihr um. «Hast du vielleicht noch Kleingeld?»

Dass Adam etwas zum Essen holte, wenn auch von ihrem Geld, war schön, aber nun war sie allein mit Fish, der da ganz eingesackt auf seinem Stuhl saß und argwöhnisch in den Raum blickte. Mona holte Teller und Besteck, Butter, Marmelade und Honig einzeln und so langsam wie möglich aus der Küche und stellte alles auf den Tisch. Danach überlegte sie, was sie noch tun oder verräumen konnte, um Beschäftigung zu signalisieren, da fragte Fish: «Wo ist das Bad?» Sie war froh, dass er aus dem Zimmer verschwand, und hörte anschließend, wie er Wasser in die Badewanne einließ.

Adam und Mona hatten schon angefangen, sich über Brötchen und Bagels herzumachen, als er, etwas verlegen in ein

Handtuch gewickelt, wieder erschien und die saubere Wäsche entgegennahm, die Adam für ihn aus seiner Tüte hervorgeholt hatte. Beim Frühstück blieb Fish hinter seinem gekräuselten Gesicht schweigsam, und Mona überlegte, wie sie ihn möglichst schnell wieder aus ihrer Wohnung hinausschaffen konnte. Am einfachsten wäre wahrscheinlich, wenn sie alle zusammen gingen. «Hey», sagte sie, «im Park läuft nachher ein kostenloses Theaterstück. Lasst uns da mal hingehen.»

«Da laufen immer kostenlose Theaterstücke», presste Fish hervor.

«Ja? Aber das heute interessiert mich.»

«Was denn?», fragte Adam.

«Shakespeare.»

Weil Mona sich über den weiteren Verlauf des Tages nicht sicher war, brachte sie Winnetou vorsichtshalber nach oben zu Mrs. Propper. Unten auf der Straße versuchte Fish sofort, sich mit Adam von ihr abzusetzen. «Und was machen *wir*?», fragte er ihn.

«Ich dachte, wir gehen alle in den Park?», antwortete Adam, entweder blind für Fishs intriganten Stil oder zu lustlos, darauf einzugehen, und so saßen sie zuerst alle zusammen im Bus und spazierten kurze Zeit später durch den sommerlichen Park, vorbei an den Seen und an Menschen, die Zeitung lasen, in der Sonne lagen oder sich zum Picknick getroffen hatten. Ein Gefühl breitete sich in Mona aus, ein Sommergefühl, gespeist vom Geschrei herumrennender Kinder, von flirrendem Licht und dem Geruch von blühendem Gras, ein Gefühl, das sie kannte und von dem sie ahnte, dass es sie ein Leben lang wieder und wieder heimsuchen würde. Tatsächlich hatte sie keine Ahnung, wann, ob und was genau heute gespielt wurde in dem Amphitheater, von dessen Existenz sie nur durch Sidney wusste, der ihr auch erzählt hatte, dass dort immer Shakespeare inszeniert wurde. Aber tatsächlich reihte sich bereits eine lange Schlange vor dem Ticketschalter, was ihrer Idee im Nachhinein Glaubwürdigkeit verlieh. Und es war ihr auch ganz recht, dass Adam angesichts der Umstände (mindestens eine halbe Stunde anstehen, um dann Karten für irgendeinen klassischen Shakespeareklimbim am Abend zu haben) die Lust verlor und sich von ihr verabschiedete, um ins weite Grün zu verschwinden, natürlich gefolgt von Fish.

Eine Weile blieb Mona noch pro forma in der Reihe stehen, dann ging auch sie, sehr zur Freude der Leute hinter ihr, denn die Karten wurden bereits knapp. Sie musste, dachte sie, während sie erneut durch das Spiel von Licht und Schatten unter den Baumkronen in die Tiefen des Parks hineinspazierte, den Klingelcode verfeinern. Wenn Fish ihn schon kannte, war er nicht mehr viel wert, und wer weiß, wem Adam ihn noch schon alles weitergegeben hatte, auch wenn er offenbar selbst nicht mehr wusste, wie oft überhaupt zu klingeln war. Besser wäre es doch, durch den Code schon zu wissen, wer da gerade klingelte. Wenn sie zum Beispiel Adam von Sidney unterscheiden könnte, weil sie verschiedene Codes hätten. Auf einem großen, mit sechseckigen Steinen gepflasterten Platz kaufte sie an einem Eiswagen ein Eis und setzte sich damit auf eine der vielen Bänke im Schatten. Auf der Ostseite des Platzes befand sich eine Konzertmuschel, in der gerade etwas aufgebaut wurde. Techniker verschraubten Notenständer und Mikrophone. Um die Aufmerksamkeit potenzieller Zuhörer konkurrierten vorerst aber ein Folksänger mit Gitarre und Mundharmonika auf der einen und ein einsamer Querflötist auf der anderen Seite des Platzes, und von irgendwo weiter hinten kamen Kinderstimmen, die Happy Birthday sangen.

Mona ließ sich Zeit damit, aus dem Park herauszufinden, und sie ließ sich Zeit, zur nächsten Bushaltestelle zu schlendern. Sie stöberte unterwegs noch in einem Papierwaren- und einem Dekorationsgeschäft und kaufte sich eine Schale Erdbeeren. Durch das Busfenster sah sie Bürgersteige, Bäume und Fassaden vorbeiziehen, und zwei Haltestellen später fiel ihr eine Frau ins Auge. Der seltsame Aufzug, die Bewegungen. Über in altmodische Wellen gelegtem Haar trug sie einen großen Hut, und gerade nahm sie mit langem, schlankem Arm die Sonnenbrille aus dem

Gesicht, um am Bus vorbei in die Ferne zu spähen. Es war die Parfümverkäuferin der unbekannten Marke, von der sie letztes Jahr im Herbst bei Macy's das Fläschchen mit der Probe bekommen hatte. Gleichzeitig mit dem wieder anfahrenden Bus sprang Mona auf und stürzte zur Tür, wobei einige Erdbeeren, die sie sorgfältig aufrecht auf ihrem Schoß gehalten hatte, übermütig aus der Schale und auf den Boden kullerten.

«Ich muss raus!», rief sie.

«Zu spät», rief die Fahrerin.

Zwei Männer wuchteten ein schweres Gerät mit Schläuchen über die Treppe nach oben. «Wohnen Sie vielleicht im zweiten?», fragte der eine, als Mona hinter ihnen auftauchte, und es klang schon so nach Ärger.

In Monas Wohnung war das Wasser bis in den Flur geschwappt, und bei den Nachbarn unten, einem schweigsamen Ehepaar, durch die Decke getropft. «Ich hoffe, Sie sind versichert», schnaubte der Mann. «Der Fernseher war brandneu!»

Von Mrs. Proppers Telefon rief sie bei Sidney im Büro an.

Eines Tages im Jahr 1974 tauchte Lou Reed bei mir auf. Er sah aus wie der Tod auf Latschen und brachte mir bei, mein Leben zu retten. «Los, McCormack, zieh dich an», befahl er und sah sich durch seine ewige dunkle Sonnenbrille in meiner vermüllten Wohnung um. «Draußen wartet ein Taxi, ich bringe dich zu meinem Arzt.»
Ed McCormack

1968

Natürlich kannst du bei mir unterkommen», hatte Sidney gesagt.

Mona hatte das Nötigste in eine kleine Reisetasche gestopft, später fuhren sie noch ein weiteres Mal zu ihr und luden drei eilig gepackte Kartons, eine Pflanze und den Vogelkäfig samt Kakadu in sein Auto.

«Wie soll er jetzt seine Freundin besuchen?», seufzte Mona und erklärte Sidney, der Vogel sei mit der Katze der Nachbarin befreundet. Echte Anteilnahme an diesem Problem konnte Sidney jedoch nicht aufbringen, denn wie es aussah, zog seine sprung- und rätselhafte Freundin, die er wie besessen liebte und die ihn mal zurückliebte und mal nicht und die sich aus dem Kopf zu schlagen er nie fertiggebracht hatte, nicht für zehn Minuten, seit er sie im Metropolitan Museum zum ersten Mal gesehen hatte, Mona, sie zog gerade bei ihm ein. Dem Wasserschaden wollte er von Herzen dafür danken. Praktisch tat er es, indem er ihn bei seiner Versicherung meldete.

Inzwischen war es etwas länger als ein Jahr her, seit ihm ihre Silhouette aufgefallen war. Die lange schmale Erscheinung mit dem Pferdeschwanz, der ihr wie ein bewegliches Ausrufezeichen folgte, immer im Takt ihres elegant schwingenden Ganges. Als sie stehen blieb, um eine Fotografie zu betrachten, blieb er ebenfalls stehen, um sie zu betrachten. Was sie schließlich bemerkte, sodass sie sich zu ihm drehte und ihn ansah. Ein ungewöhnliches Gesicht, fand er, nicht von hier, dachte er, aber auch nicht irgendwo vom Land. Französisches Kanada, vermutete er spontan. Sie ging weiter, in den nächsten Raum. In diesem Moment hätte Sidney sie noch ziehen lassen können und vielleicht schon zehn Minuten später vergessen, aber dann war da wieder dieser Gang. Nichts wirklich Auffälliges oder gar Aufreizendes, nur ein ganz eigener, nachlässiger Swing. Sie zog ihn damit hinter sich her wie in einem Magnetfeld. Er hatte gar nicht vor, ihr tatsächlich zu folgen, das war nicht sein Stil. Er wollte nur noch sehen, wo sie hinging, nur kurz verweilen in diesem Anblick, ein Gefühl, als säße er auf einer Schaukel, und er konnte sich nicht dazu durchringen, abzuspringen, weil das leichte Schwingen so angenehm war, eine kleine Trance. Als Nächstes stand sie vor der Madame X und er neben ihr, und schon hörte er sich altklug daherreden.

Jetzt, wo sie ihre Kartons in seiner Wohnung auspackte, kam es darauf an, dass es nicht nur eine Zwischenstation werden würde. Jetzt musste er irgendwie dafür sorgen, dass sie blieb.

In seinem Bücherregal machte er Platz für ihre Bücher, die fast alle deutsch waren, und in den Schränken für ihre Kleidung. Beim Auspacken eines Kartons sah sie ihn plötzlich über die Schulter an, ein bisschen spöttisch, ein bisschen wissend und ein bisschen besiegt. Sie wusste, er war froh über ihr Malheur. Als sie fertig war, faltete er den Karton zusammen und küsste sie in den Nacken. Es gab vieles, das er nicht von ihr wusste, vieles, was er nicht verstand, was ihn irritierte, manchmal auch verletzte. Aber er wusste ganz genau, wie er sie in den Nacken küssen musste. Wenn sie ihn aus ihrem Leben warf, würde sie nie mehr so in den Nacken geküsst werden. Und er wusste genau, dass sie es genau wusste. Bei ihrem ersten Kuss damals auf der Parkbank hatte er gemerkt, dass die Sache für ihn nicht ganz aussichtslos war. Dass er etwas in ihr entzünden konnte, wenn er Gelegenheit dazu bekam. Aber Mona hatte es immer wieder abgeschüttelt, sprang immer wieder ab, und je intensiver ihre Liebe gewesen war, umso länger blieb sie anschließend weg.

Abends zusammen einzuschlafen war schön, aber der wirkliche Zauber lag darin, morgens neben ihr aufzuwachen. Der Moment des Wiederdaseins, die wiederholte Erkenntnis des Glücks, nachdem die Nacht das Leben kurz verschluckt hatte. Manchmal kam sie dann mit ihm ins Büro und bearbeitete die Korrespondenzen mit Kern und ein paar anderen Geschäftspartnern in der deutschsprachigen Welt, wie sie es schon seit einer Weile tat, und manchmal fuhr sie zum Geschäftssitz eines Herstellers von Strumpfhosen und Unterwäsche, für den sie vorher mal als Modell gearbeitet hatte und den sie nun in Sachen Marketing beriet. Außerdem half sie Sidney dabei, die große Feier zum 50-jährigen Firmenjubiläum vorzubereiten. Bislang hatte er die Vorbereitungen als mühsam und lästig empfunden, aber jetzt, wo er mit Mona zusammen Tischdekorationen und Menüfolge aussuchte, war es eine Freude. Ansonsten ließ er sie ihre eigenen Wege gehen. Auch wenn sie erst gegen Morgen von irgendwoher zurückkam, stellte er keine Fragen, zumindest keine der vorwurfsvollen Art. Stattdessen stellte er ein Frühstück auf den Tisch und hoffte, Mona möge sich an all das gewöhnen und am Ende nicht mehr missen wollen.

Nur der Kakadu wirkte doch oft traurig. Dann saß er auf seinem Vogelbauer, machte sich ganz klein und miaute leise vor sich hin.

An einem Sonntag, als er schon aufgestanden war, während Mona noch im Dämmerschlaf lag, rief Mrs. Propper an, die Nachbarin aus Monas alter Wohnung. Sie erklärte ihm, sie ziehe zu ihrer Tochter nach Connecticut und wolle fragen, ob Mona vielleicht die Katze übernehmen könne. Die Familie habe einen Hund, der sich mit Tuesday leider nicht gut verstehe, und ohnehin habe sie den Eindruck, die Katze vermisse ihren Freund, den Kakadu. «Mrs. Propper», sagte Sidney in seiner verbindlichsten Art, «selbstverständlich ist Tuesday hier herzlich willkommen!

Nicht nur Winnetou, wir alle werden sie sehr gern hier aufnehmen. Wenn es für Sie passt, würde ich Sie mit Tuesday zusammen direkt abholen. Jetzt gleich. Sie könnten Tuesdays neues Zuhause sehen und Winnetou und Mona auch, wir essen etwas zusammen, und danach bringe ich Sie wieder zurück!»

Zuerst schien Mrs. Propper etwas überrumpelt. «Das geht jetzt ein bisschen schnell, aber – na gut!»

Im Bad rauschte gerade die Dusche, als er mit Mrs. Propper und Tuesday im Schlepptau wieder zurückkam. Perfektes Timing. Mrs. Propper setzte die Katze ab, die ein paar vorsichtige Schritte in den Raum tat und sich dann schnell wieder zu Mrs. Propper herumdrehte, um zu sehen, ob sie noch da war. «Geh nur», sagte Mrs. Propper, und Tuesday sagte «Miau».

«Miau!», tönte es da aus einem anderen Raum, und Sekunden später kam Winnetou angeflattert, vor Aufregung verlor er lauter kleine, flaumige Federn. Und als Mona aus dem Bad kam, hüpften Vogel und Katze umeinander herum, während Mrs. Propper mit einer Tasse Kaffee auf dem Sofa saß und sich an dem Treiben freute. Sidney wiederum freute sich an Monas Gesicht, wie sie da stand und lachte, ein Handtuch um den Kopf geschlungen und ein weiteres um den Leib gewickelt. Drei Menschen und zwei Tiere waren glücklich, die Überraschung war ihm gelungen, und die ganze kreischende und miauende Freude wischte die Irritation vom Vorabend zur Seite.

Da waren sie zusammen im *Le Club* gewesen, wohin sie des Öfteren ausgingen. Das erste Mal, als Sidney Mona dorthin mitgenommen hatte, sah sie sich verwundert um und sagte: «Hier war ich schon mal.» Und dann, als er ihr Oleg, den Besitzer, vorstellte, sagten sie beide: «Wir sind uns schon begegnet.»

«Ich war hier mal und habe getanzt», hatte sie erklärt. «Ganz allein. Das war wohl etwas merkwürdig. Als ich gehen wollte, hat Oleg mir noch ein Getränk gebracht. Das war in einer Nacht, in der ich vorher überfallen worden war.»

«Du wurdest überfallen?»

«Ja. Aber dann doch nicht. Dann rannte der Typ plötzlich weg. Auch sehr merkwürdig.»

Dann waren sie auf Frank und seine Verlobte getroffen. Frank Alvaro war kaum ein Jahr älter als Sidney und der Sohn vom alten Alvaro. Sidney kannte Frank von Kindesbeinen an und hatte ihn noch nie gemocht. In ihrer Jugend war er ein dummer Angeber gewesen, und jetzt war er immer noch einer. Für alles Musische und Künstlerische, also jene Dinge, zu denen Sidney sich hingezogen fühlte, hatte er immer nur Spott übriggehabt. Jetzt hatte er irgendeinen wirtschaftlichen Abschluss und eine Verlobte aus angemessen vermögender Familie. Er begrüßte Sidney in einem Ton, der gleich klarmachte, dass jede Form der Kommunikation nach seinen Regeln abzulaufen hatte. Als Sidney ihm Mona vorstellte, nickte Frank Alvaro sie beim Handschlag süffisant an und sagte: «Soso. Das ist also Mona. Habe schon von ihr gehört.» Am liebsten hätte Sidney den Laden gleich wieder verlassen, aber Mona wollte bleiben. Als Sidney sich kurz entschuldigte, folgte ihm Frank.

«Hübscher Fang, deine Süße», sagte er. «Tolle Beine. Und die ist jetzt bei dir eingezogen?»

Sidney wusch sich die Hände und trat hinaus auf den Flur, aber Frank war schon wieder hinter ihm. «Du kannst ja machen, was du willst, Sid. Natürlich sollst du die Puppe flachlegen, wenn sie dich ...»

«Kümmer dich doch bitte um deinen eigenen Kram, ja?»

«Ich sag ja, mach was du willst. Aber jetzt bringst du sie ständig mit zu Geschäftsterminen?»

«Ich frage noch mal, was dich das angeht.»

«Mein Vater arbeitet auch für Gordon & Sons. Uns gehören Anteile.»

«Ja und? Stimmt was nicht mit den Bilanzen? Gehen die Gewinne zurück?»

«Wir machen uns eben Gedanken. Warum bist du nicht mit Betty Harrison zusammengeblieben?»

«Ich war überhaupt nie mit Betty Harrison zusammen!»

«Sie war hinter dir her, Mann. Betty Harrison!»

«Frank. Wir sind beide erwachsen. Ich lebe nicht dein Leben und du nicht meins. Können wir uns darauf einigen?»

Nachdem Mona ihren Drink leergeschlurft hatte, konnte Sidney sie zum Gehen überreden. «Ich musste weg von dem Idioten», sagte er draußen zu ihr.

«Was ist denn mit dem?»

«Er ist einfach ein Idiot.»

«Kann ich bestätigen.»

«Wie? Warum?»

«Kam vorhin an die Bar, als ich da saß, und legt mir, während er bestellt, so anzüglich die Hand aufs Bein.»

Sidney blieb stehen. «Dieses Riesenarschloch. Der hört noch von mir.»

«Oh. So kenn ich dich ja noch gar nicht.»

«Sein blöder Vater macht überall Stimmung gegen dich.» Eigentlich hatte er Mona gar nicht damit belasten wollen.

«Gegen mich? Der Alvaro? Warum?»

«Frag nicht nach rationalen Gründen. Ich bin eben derjenige, der anders ist. Der statt Wirtschaft Kunstgeschichte studiert hat, in Folk- und Jazzclubs geht und eine Radiosendung macht. Dabei hat meine Schwester auch Kunstgeschichte studiert. Aber sie ist eben das Mädchen, und sie hat einen kanadischen Geschäftsmann geheiratet. Mein Bruder setzt ein Projekt nach dem anderen in den Sand, versenkt haufenweise Geld, hat im Suff mehrere Autos zu Schrott gefahren, und dass er mit seinen miserablen Noten überhaupt studieren konnte, war auch nur mit Spenden an das College zu regeln. Aber irgendwie ist das bei ihm alles egal, einerseits, weil von ihm sowieso keiner je etwas Vernünftiges erwartet hat, andererseits weil er sich immerhin als Unternehmer versucht. Das wird respektiert, völlig unabhängig vom Ergebnis. Mit meinem Bruder zieht Frank Alvaro gern mal um die Häuser. Verrückterweise richten sich deshalb aber auch alle Erwartungen immer auf mich, den klugen, besonnenen Jungen, ich sollte eigentlich die Firma leiten und nicht die Stiftung, die war wohl eher für meine Schwester vorgesehen. Und jetzt bin ich nicht mal verlobt mit einem vornehmen Namen aus der Ostküstenaristokratie, sondern lebe ganz unverlobt ausgerechnet mit dir.»

«Wieso ausgerechnet?»

«Na ja. Fotomodell. Aus Deutschland. Ein Onkel von mir ist da im Krieg gestorben, einer wurde verwundet. Außerdem haben die mitbekommen, dass es etwas hin und her ging mit uns. Aber vergiss es. Kann dir ganz egal sein, der Scheiß.»

Alle äußeren Zeichen deuteten darauf hin, dass Mona nun endgültig zu Sidneys echter, richtiger Freundin geworden war. Sie lebte bei ihm und schlief in seinem Bett und hatte seither auch in keinen anderen Betten mehr geschlafen. Ein Rest Zögerlichkeit war geblieben, eine Hintertür war da noch offen, und wenn es das war, was Alvaro ahnte und wofür er sie verurteilte, dann hatte er sogar recht damit.

Aber nun dräute diese große Feier, das Firmenjubiläum, bei dessen Vorbereitungen sie mitgeholfen hatte. Während sie mit Sidney zusammen den Festsaal im Plaza Hotel besichtigte und über die Anordnung und Dekoration der Tische mitentscheiden sollte, war ihr klargeworden, dass sie dort nun nicht mehr, wie bei der Gartenparty seiner Cousine, als irgendeine Begleitung auftreten konnte, sondern nur in der Rolle seiner Freundin. Die einzige Alternative wäre, gar nicht zu gehen, was Mona am liebsten gewesen wäre, doch der Affront gegen Sidney wäre unverhältnismäßig, nicht zu rechtfertigen und wahrscheinlich gleichbedeutend mit einem finalen Bruch gewesen.

Am Tag vor dem Fest kam Mona der Gedanke, einfach krank zu werden. Stattdessen wurde Sidney krank. Was eine geniale Lösung gewesen wäre, wenn Sidney es trotz Nieserei und Fieber nicht kategorisch ausgeschlossen hätte, der Veranstaltung fernzubleiben. «Ich muss dahin», sagte er. «Und wenn ich mich mit

Tabletten vollstopfe und auf allen vieren in den Raum krieche.» Die Vorstellung, dass Sidney während der Veranstaltung völlig angeschlagen neben ihr auf dem Stuhl hängen und so noch mehr Verantwortung zum Repräsentieren auf ihr lasten könnte, ließ Mona erst recht zurückschrecken. Als sie Sidney am Morgen matt, hustend und schniefend mit glasigem Blick neben sich sah, wusste sie nur noch eine Lösung: «Ich kenne jemanden, der dir helfen kann.»

Sie hatte vergessen, wie ungern es in der Praxis von Dr. Max gesehen wurde, wenn man dort mit einem echten Infekt erschien. Immerhin verkürzte es die Wartezeit; den schniefenden Mann mochte die diensthabende Praxisaufseherin den anderen Patienten nicht zumuten. Als Sidney hineingerufen wurde, wollte Mona ihn begleiten, aber die Sprechstundenhilfe hielt sie zurück. «Das wird der junge Mann auch allein schaffen.»

«Ich würde gern Dr. Max begrüßen.»

«Sie sehen ja, wie voll es ist. Der Doktor hat heute keine Zeit zum Plaudern.»

Wahrscheinlich war es besser so. Es war Max ohne weiteres zuzutrauen, dass er sie ohne jeden Skrupel nach Adam gefragt hätte. Stehend wartete sie im Flur, zwischenzeitlich stürzte ein bekannter Fotograf an ihr und der resigniert kopfschüttelnden Sprechstundenhilfe vorbei direkt ins Innere der Praxis.

Die Agentur hatte ihr vor einiger Zeit Abzüge der Bilder aus Acapulco geschickt, sie waren großartig. Aber neue Aufträge oder Vorstellungstermine hatte sie nicht mehr bekommen. War sie überhaupt noch ein Fotomodell? Oder arbeitete sie jetzt nur noch für *Gordon & Sons* und für den Strumpfkonzern als Beraterin? Während sie darüber grübelte, kam Sidney auf sie zugeschlendert, frisch und rosig wie nach einem kurzen Sprint an der frischen Luft.

«Okay», sagte er im Taxi, ein bisschen kurzatmig und fahrig zwar, aber erkennbar frei von Grippesymptomen. «Das hat gewirkt.»

Ihnen blieb noch etwas Zeit zum Umziehen, bevor sie sich vor dem Eintreffen der Gäste im Plaza Hotel einfinden mussten. Sidney nahm eine Dusche, hüpfte anschließend nackt durch die Wohnung und küsste Mona in den Nacken. Schließlich musste sie dafür sorgen, dass sie einigermaßen pünktlich wegkamen, denn Sidney, so schien es, fühlte sich in seiner übersprudelnden Vitalität keinerlei Zwängen unterworfen. Auf dem Weg zur Feier fragte sie sich, ob Max ihm eine extrastarke Dosis verabreicht hatte oder ob Sidney einfach extrem reagierte. Er, der Zurückhaltende und immer Korrekte, hatte seine Fliege ebenso nachlässig gebunden, wie er das Einstecktuch in die Tasche gestopft hatte, ein Hemdknopf stand offen, er redete ohne Punkt und Komma. Zwischendrin blies er Luft aus den Backen und sagte: «Oh Gott.»

«Alles okay?»

«Ich weiß nicht. Mein Herz rast. Ich kann kaum stillsitzen.»

«Nicht schlimm. Atme ganz normal.»

«Sie sind also Mona», sagte Sidneys Mutter, während sie sich die Hände reichten. «Wie schön, Sie kennenzulernen.»

Wie nicht anders zu erwarten, war sie eine elegante Dame, deutlich weniger aufgedonnert als andere Anwesende, aber Mona wusste von Sidney auch, dass sie mit Depressionen kämpfte und große Gesellschaften normalerweise mied. Sidneys Vater war etwas kleiner und schmaler, als Mona ihn sich als Geschäfts- und Familienpatriarchen vorgestellt hatte. Seine Schwester war mit ihrem Mann aus Kanada angereist; sie sah Sidney verblüffend ähnlich, während sein Bruder ganz anderes war, blond und athletisch wie ein Footballspieler. Er redete immer ein paar Dezibel lauter als sein jeweiliges Gegenüber, was dazu führte, dass seine Unterhaltung mit Frank Alvaro schnell in Gegröle ausartete.

Vor dem Essen hielt sein Vater eine Rede, vor dem Nachtisch der alte Alvaro. Während des Essens spielte ein Pianist Dezentes am Klavier, nach dem Essen spielte eine Kapelle zum Tanz auf. Beide machten ihre Sache wirklich gut, schließlich hatte Sidney sie ausgesucht. Während die anderen Gäste noch an den Tischen plauderten, zerrte Sidney, sonst kein begeisterter Tänzer, Mona umgehend auf die Tanzfläche und gab damit den Startschuss, andere Paare folgten. Drei Tänze später stand Sidneys Vater neben ihnen. «Fordere doch beizeiten auch mal die Tochter von den Torentinos auf», sagte er zu seinem Sohn und lächelte Mona an. «Und deine Cousine Tippi.»

«Jaja», sagte Sidney.

«Die Torentinos sind da hinten. Ich kümmere mich indessen auch um diese junge Dame.»

Mona sah, wie Sidney auf dem Weg zu den Torentinos entschlossen ein Glas Champagner kippte, während sie sich selbst von seinem Vater, den sie um einen Kopf überragte, übers Parkett schieben ließ. Sie hatte es nicht gewagt, die gestohlene Kette anzulegen, und auch auf das unberechenbare Parfüm hatte sie verzichtet. Schließlich tauchte Sidney mit einer allerhöchstens Sechzehnjährigen, die missvergnügt in einem pompösen rosa Kleid steckte, wieder auf der Tanzfläche auf. Nach nur einem Tanz bedankte sich Mr. Gordon bei ihr und wandte sich einer quirligen Blonden mit Glacéhandschuhen zu. Mona wollte die Tanzfläche verlassen, wurde aber von einem jungen Mann abgefangen, der sich seines attraktiven Aussehens sehr bewusst schien.

«Wie heißen Sie?», fragte er nach ein paar Umdrehungen und brachte seine Lippen dabei etwas zu nah an ihr Ohr.

«Mona.»

«Sie sind bezaubernd.»

Etwas stimmte hier nicht. Während einer Drehung folgte sie dem Seitenblick ihres Tanzpartners und sah Frank Alvaro, wie er mit einem weiteren Typen gleichen Schlags am Rande der Tanzfläche saß und zu ihnen rüberfeixte.

«Ich heiße Ryan», hauchte der Typ ihr nun ins Ohr, und Mona sagte: «Was für ein bezaubernder Name, Ryan.»

Kurz war er verdutzt, dann fing er sich wieder: «Ich würde

Sie gern mal zum Essen einladen. Oder zu einer Spritztour auf meine Yacht.»

Für wie dämlich hält der mich, fragte sich Mona und beschloss, ihn mit einer ausbleibenden Reaktion auflaufen zu lassen wie ein renitentes Kleinkind, bis der Tanz zu Ende ging, sie sich löste und Ryan dann noch einmal betont liebenswürdig anlächelte, ein Du-Idiot-Lächeln.

Vor einem der Spiegel in der Damentoilette stand eine Frau, die Mona abschätzig ansah, als sie hinter ihr vorbeiging. Oder bildete sie sich das nur ein? Mona schloss die Klotür ab und wünschte sich, sie wäre nicht mitgegangen zu dieser Veranstaltung hier. Sie dachte an ihre Wohnung, von Fish ruiniert. Warum nur war die Welt voller Idioten, ob in polierten Lackschuhen oder zerschlissenen Sandalen. Zurück im Saal, sah sie sich nach Sidney um, der ebenfalls umhersah und sie schließlich entdeckte. Zielstrebig setzte er sich in Gang, sie sah ihn auf sich zukommen, er strahlte. Er fiel ihr in den Arm, er war ihr so vertraut, er roch so vertraut. Er war keiner von den Idioten. Auch wenn er gerade etwas von der Rolle war; ihre Schuld, sie hatte ihn zu Dr. Max geschleppt.

Schließlich, die Feier neigte sich dem Ende zu, zwei Drittel der Gäste hatten sich bereits verabschiedet, raunte Sidney ihr zu: «Ich will endlich weg hier.» Er schien zunehmend erhitzt von dem Cocktail aus Champagner, Max-Medizin und dem von der Medizin vorläufig verdrängten, unter der Oberfläche aber weiter gärenden Infekt. Auch nicht mehr nüchtern war die schmierige Gang um Alvaro junior, der Sidney den ganzen Abend über gemieden hatte. Der alte Alvaro und seine Frau hatten sich gerade verabschiedet und winkten, bevor sie gingen, ihren Sohn noch einmal heran, um ihm etwas zu sagen, da schnitt Sidney ihm unvermittelt den Weg ab, packte ihn am Arm und zischte: «Und du lässt meine Freundin in Ruhe, verstanden?»

«Wie bitte?»

«Neulich im Club. Da hast du sie blöd angemacht.»

«Totaler Unsinn. Lass mich los.»

Sidney ließ ihn los, aber dann drehte Frank sich noch mal zu ihm herum. «Deine feine sogenannte Freundin hat vorhin beim Tanzen Ryan angebaggert. Denk mal drüber nach, ob sie dich nicht einfach nur ausnutzt.»

Inzwischen war der alte Alvaro hinzugetreten. «Lass ihn», sagte er zu seinem Sohn. «Er ist alt genug.»

«Und selbst wenn sie mich ausnutzt!», krächzte Sidney, mit jäh durchbrechender Heiserkeit. «Mir gefällt es genau so, und ich hoffe und bete, dass sie mich noch lange und oft und intensiv ausnutzt! Bis ich vollkommen abgenutzt bin, von mir aus! Etwas Besseres könnte ich mir gar nicht vorstellen! Und du, du wirst nie, niemals in den Genuss kommen, so sensationell ausgenutzt zu werden, und deshalb bist du nämlich sauer!»

Die Alvaros und Mona verfolgten seinen Ausbruch gleichermaßen verblüfft.

«Lass uns jetzt noch *richtig* ausgehen!», sagte Sidney, als sie wenig später auf ihr Taxi warteten.

Nach nur wenigen Stunden Schlaf stand Mona gegen Mittag auf und fand Sidney blass und hohlwangig mit einem Tee auf dem Sofa. Anstatt sich hinzulegen, hatte er Platten sortiert und katalogisiert.

«War das eine Scheißfeier», sagte er heiser.

«Ich hatte viel Schlimmeres erwartet.»

«Ist jetzt überstanden.»

«Wie geht's dir?»

«Nicht so blendend.» Für Sidney, der sich nie beklagte, hieß das: hundeelend.

«Dieser Arzt», sagte er. «Was ist das für ein Komiker?»

«Dr. Jacobson? Er ist ein sehr renommierter Arzt. Viele berühmte Leute gehen zu ihm.»

«Berühmte Leute haben alle einen Knall. Was hat der mir da bloß für wildes Zeug gespritzt? Ich hatte das Gefühl, ich geh die

Wände hoch. Und jetzt fühle ich mich wie ausgespuckt. Gehst du öfter zu dem?»

«Ab und zu halt. Er kommt auch aus Berlin, weißt du.»

Sidney betrachtete seinen Tee, bestimmt wurde ihm gerade einiges klar. Ihr Auf und Ab, ihre Launen, die Nächte ohne Schlaf, gefolgt von exzessivem Schlaf, mit Zappelei und Zähneknirschen.

Sie fragte ihn: «Glaubst du, dass ich dich ausnutze?»

«Ich glaube, dass *ich dich* ausnutze. Oder wir nutzen uns gegenseitig aus, was meiner Meinung nach ziemlich gut läuft und keinesfalls aufhören sollte. Aber geh bitte nicht mehr zu diesem Kurpfuscher.»

I don't like your fashion business, mister
And I don't like these drugs that keep you thin
I don't like what happened to my sister
First we take Manhattan, then we take Berlin
Leonard Cohen, «First We Take Manhattan»

1968

Einen Monat nachdem Mona ihre Wohnung hatte verlassen müssen, reichte Sidney ihr einen Anruf der Hausverwaltung weiter, die ihr mitteilte, dass die Bewohnbarkeit in voraussichtlich einer Woche wiederhergestellt sein werde. Danach brütete Sidney den ganzen Abend auf dem Sofa vor sich hin, hinter einem Buch versteckt, dessen Seiten er niemals umblätterte. Auf der Suche nach eigener Lektüre zog Mona währenddessen einzelne Bände aus seinem Bücherregal, blätterte darin herum und las die Rückumschläge. Sie hielt gerade *Ragtime* von E. L. Doctorow in der Hand, da sagte er: «Nimm das, es wird dir gefallen.» Und dann, nachdem er sein Buch endlich zugeklappt und sich zweimal geräuspert hatte: «Willst du eigentlich hierbleiben, oder wirst du zurück in deine Wohnung ziehen?» Mona drehte sich herum, und schnell setzte er hinzu: «Also, ich denke, ich hatte mir überlegt, wir sollten zusammen eine Wohnung suchen. Eine neue, gemeinsame Wohnung.»

Tuesday kam herbeigelaufen und schnurrte hinter Monas Rücken hin und her.

«Was stimmt nicht mit dieser?»

«Nichts stimmt nicht mit dieser. Ich dachte aber, dass es vielleicht schön wäre, wenn wir uns zusammen etwas suchen. Eine Wohnung, die wir gemeinsam einrichten. Und dass du deine alte Wohnung kündigst.»

Sie sah sich um. «Ich mag diese Wohnung sehr gern.»

«Deine Möbel werden hier nicht reinpassen.»

«Meine Möbel hier drin? Das wäre doch sowieso absurd.»

«Warum?»

«Das ist praktisch Sperrholz.»

«Wenn wir nichts Schöneres finden, dann bleiben wir eben hier, aber wir können ja mal gucken. Das macht sicher Spaß. Wir würden in viele Häuser reinschauen, in unterschiedlichen Gegenden.»

Das klang nach einer tatsächlich interessanten Art der Stadterkundung. Aber dann auf einmal schien Sidney mit seiner eigenen Ansprache nicht mehr einverstanden. Er setzte sich auf, fuhr sich durch die Haare und begann noch mal von vorn: «Mona. Ich will einfach nur hören, dass wir weiterhin zusammen sind und zusammen wohnen. Hier oder woanders. Werden wir weiterhin zusammenleben, wenn dein Apartment wieder bewohnbar ist?»

Jetzt, wo er sie gestellt hatte, war ihr völlig klar, dass diese Frage zu erwarten gewesen war, seit Wochen. Nichts war offensichtlicher als diese Frage, und dennoch, hier und jetzt gerade war Mona überrascht, ein bisschen erschrocken sogar, so wie man erschrickt, wenn der Toast aus dem Toaster hüpft, was ebenfalls zu erwarten ist, jedes Mal. Aber sie kannte die Antwort.

Vor der Jubiläumsfeier war sie bei ihrer Frisörin gewesen. Und während diese irgendetwas über Pflegeprodukte erzählte, konzentrierte Mona ihre Aufmerksamkeit auf das Gespräch zwischen der Kundin auf dem Stuhl neben sich und der anderen Frisörin, die sich mit deren Haaren befasste. Die Kundin hatte offenbar vor zu heiraten. Zuerst, als es um Hochzeitsplanungen und Hochzeitsfrisuren ging, drangen nur Fetzen zu Mona durch, aber irgendwann waren sie bei der Liebe. «Ich habe diesen süßen Typen kennengelernt», schwärmte die Frisörin, während sie in den dunklen, welligen Haare der Kundin herumwuschelte. «Bin echt verliebt.»

«Glückwunsch», sagte die Kundin. «Seit wann?»

«Ach, ein paar Wochen erst. Wunderschöne Locken. Mal sehen, wohin das noch führt. Keine Ahnung. Ich bleib vorläufig cool, wissen Sie?»

Die Kundin nickte. Im Spiegel sah Mona ihr rundes Gesicht. Sie hatte olivfarbene Haut, einen italienischen Einschlag vielleicht, und kluge, dunkle Augen.

«Ich weiß, was Sie meinen», sagte sie. «Aber wissen Sie was? Sie haben einen guten Mann gefunden, wenn Sie nicht mehr cool sein müssen. Wenn Sie diese ganzen Spielchen nicht mehr brauchen. Sich rar machen, sich eifersüchtig machen, sich interessant machen, dieser ganze Kram.»

«Hmm.» Die Frisörin schien sich wiederzuerkennen. «So jemanden haben Sie jetzt also gefunden?»

«Ja, aber erst nachdem ich die Nase echt voll hatte von diesem Quark. Also, es war nicht so, dass plötzlich einer kam, mit dem alles anders war; ich musste selbst erst mal anders werden.»

Nun blickte die Frisörin ratlos.

«Ich hatte es satt, war genervt davon, wie das immer lief. Und dann wurde mir irgendwie klar, dass ich einfach mal die Blickrichtung ändern muss, verstehen Sie? Ich hatte immer so einen Hang zu bestimmten Typen vorher, und andere habe ich gar nicht gesehen. Obwohl sie vielleicht da waren.»

Die Frisörin hatte inzwischen abgeschaltet, sie sah die Kundin noch freundlich im Spiegel an, nickte und sagte: «Aha», während sie in Gedanken wahrscheinlich taktische Möglichkeiten durchging, sich bei ihrem neuen Freund interessant zu machen.

Aber daneben saß Mona und hatte das Gefühl einer Erleuchtung. Als hätte jemand einen Schleier von einem vorher verhüllten Objekt gezogen. Wobei das Wundersame gar nicht so sehr das Objekt selbst war, sondern die Tatsache, dass sie selbst noch nie auf die Idee gekommen war, den Schleier einfach mal zu lüften. Ihre eigene Frisörin begann, ihr mit dem Föhn die Haare zu trocknen, es klang wie eine Fanfare.

Danach im Bus, während Gehwege voller Passanten, vor Ampeln wartende Frauen und Männer, Obdachlose, Würstchenverkäufer, Fassaden, Geschäfte, mit Plakaten überzogene Bauzäune und Werbetafeln an ihr vorbeizogen, sah sie es, ganz einfach und vollkommen klar: den Richtigen, sie hatte ihn längst gefunden. Einen, dem sie nichts beweisen musste, der ihr keine Rätsel aufgab und keine Verwirrung stiftete in ihrem Leben, sondern für sie da war. Bei dem sie sich wohl fühlte. Und, mein Gott, anziehend fand sie ihn auch noch. Seine kleinen Marotten, seine beflissene Art und sein Hang zur Gediegenheit erschienen ihr in einem neuen, liebenswürdigen Licht.

Die Blickrichtung ändern! Unglaublich. Pure Magie.

Das meiste aus ihrer alten Wohnung ließ Mona vom Sperrmüll abholen. Aus den Schubladen packte sie ein paar Briefe und Fotos zusammen, aber sie wollte weder ihr Geschirr noch die Bettwäsche oder Handtücher behalten. Dinge horten lag ihr nicht, genauso wenig wie ihrer Mutter. Früher, wenn sie ihre Freundinnen in deren Elternhäusern besucht hatte, stellte sie mit Erstaunen fest, welche Mengen von Zeug sich in Räumen anhäufen konnten, und war froh über die Aufgeräumtheit in ihrem Zuhause. In einer Ecke hinter ihrem Kleiderschrank stieß sie auf die zwei Mülltüten, die Adam bei ihr deponiert hatte. In einer steckte nur noch ein einzelnes T-Shirt und zwei Unterhosen, aber die andere war prallvoll mit Papierkram. Mona packte die Tüte mit den wenigen Klamotten zum Müll dazu, sie hatte nicht vor, Adams Unterhosen mit zu Sidney zu nehmen. Bei der anderen Tüte aber hatte sie Skrupel. Was, wenn sich darin wichtige Unterlagen befanden? Zeugnisse, Urkunden, Sparbücher?

Als Sidney ihr später an diesem Tag dabei half, die Sachen runterzutragen und in sein Auto zu laden, fiel auch ihm der volle Müllsack auf. «Was ist das denn für ein Monstrum?», fragte er.

«Sind nicht meine Sachen. Das hat mal jemand bei mir deponiert.»

«Dann musst du dieser Person wohl sagen, dass ihr Zeug jetzt woanders liegt.»

«Das werde ich versuchen.»

Monas Vorrat an Diätpillen ging langsam zur Neige, und obwohl sie ihren Konsum stark reduziert hatte, sah sie doch dem Tag mit Sorge entgegen, an dem die letzte, bereits angebrochene Folie aus der letzten hellblauen Schachtel leer wäre und es nichts mehr gäbe, was ihr helfen würde, wenn die Dinge ihr über den Kopf zu wachsen drohten, wenn sie ein Extra an Konzentration brauchte oder bei irgendeiner Gelegenheit bis spät in den Abend glänzen sollte, obwohl sie müde war oder angeschlagen oder in einem hormonellen Monatstief versackte. An einem trüben Herbsttag, an dem sie am liebsten gar nicht aufgestanden wäre, versagte sie sich die verlockende chemische Hilfe und trank stattdessen die doppelte Menge Kaffee, immerhin der Beste, den sie bekommen konnte, schließlich war Sidney vom Fach. Die Bohnen waren immer frisch geröstet und von höchster Qualität, und mittlerweile konnte Mona auch das komplizierte Gerät bedienen, mit dem Sidney in seiner Küche einen kleinen schwarzen Espresso herstellte, wie man ihn sonst nur in italienischen Kaffeebars bekam, und das nicht mal so gut.

In einen großen Wollschal und ihren (neuen) Mantel vergraben, stapfte sie lange und missvergnügt durch das Laub auf den Straßen, um die Dämonen zu vertreiben. Am Ende landete sie unmittelbar in der Nachbarschaft von Dr. Roberts Praxis. Schon von weitem sah sie das Aufgebot an Limousinen in der 78. Straße. An der Tür zur Praxis war der Zettel weg, Mona trat ein, die Sprechstundenhilfe saß an ihrem Platz, das Wartezimmer brummte.

Dr. Robert hatte sich nicht im Geringsten verändert. Er kam auf sie zu und begrüßte sie herzlich wie immer. Auf ihre Frage nach der langen Schließzeit winkte er nur ab. «Die Zeiten haben sich geändert», sagte er. «Diese Gesellschaft ist nicht mehr so tolerant und verständnisvoll wie früher.»

«Und ich dachte, es sei umgekehrt. Erleben wir nicht gerade eine Zeit der Befreiung?»

«Es mag für junge Menschen so aussehen, mit all der freien Liebe und den kurzen Röcken, der Musik und den langen Haaren, aber täuschen Sie sich nicht, Fräulein Mona. Das Pendel schlägt wieder zurück. Sehen Sie sich den neuen Präsidenten an. Aber wie geht es Ihnen, ist alles in Ordnung, kommen Sie gut zurecht?»

«Mit geht es blendend. Ich werde heiraten!»

Der Doktor sprang auf und umarmte Mona noch einmal, hielt sie bei den Schultern und lachte. «Das ist wunderbar, ich gratuliere! Sie haben also die Liebe gefunden.»

«Eigentlich hatte ich sie schon lange gefunden. Ich habe es nur nicht gesehen.»

Er nickte, als wüsste er, was sie meinte. «Einen Deutschen oder einen Amerikaner?»

«Einen von hier. Aus New York.»

«Dann werden Sie jetzt eine richtige Amerikanerin! Und was kann ich denn heute für Sie tun?»

«Ehrlich gesagt, ich war mir gar nicht sicher, ob die Praxis überhaupt wieder geöffnet ist. Ich war in der Gegend und habe einfach mal vorbeigeschaut, aus Neugier. Und als dann nach so langer Zeit wieder Betrieb herrschte, musste ich einfach reinkommen. Aber auf jeden Fall würde gern ein paar von Ihren Tabletten mitnehmen, von diesen dicken Dr.-Robert-Klumpen.»

«Dr.-Robert-Klumpen!» Der Doktor kugelte sich fast vor Lachen.

Und während er die Brocken gut gelaunt aus einem Schränkchen holte, dachte Mona an das Wetter draußen und an den weiteren öden Tagesverlauf, dann schnippte sie mit den Fingern beider Hände und sagte: «Ach, wissen Sie was, ich nehme eine Vitaminspritze. Eigentlich bin ich doch auch hier, weil es mir nicht gut ging heute. Also, warum nicht.»

«Sie haben ein Recht darauf, sich gut zu fühlen, Fräulein Mona. Was könnte daran verkehrt sein?»

So wurde dieser Tag dann doch noch ganz wunderbar.

Auf dem Rückweg kaufte Mona in einem deutschen Feinkostladen ein und kochte zu Hause äußerst aufwendig und unter Anleitung ihres deutschen Kochbuches Rouladen mit Rotkohl und

Knödeln. Sie rief Sidney an und teilte ihm voller Enthusiasmus mit, sie werde heute nicht ins Büro kommen, sondern bereite ein Essen vor, er solle auf gar keinen Fall auswärts essen. Auch bei Mrs. Propper in Connecticut rief sie an, um sie zum traditionellen deutschen Essen einzuladen, aber so spontan konnte die dann nicht anreisen. Als Sidney nach Hause kam, hatte Mona den Tisch gedeckt, mit Kerzen und Servietten, und es erschien ihm alles ganz erstaunlich. Immer wieder fragte er nach, ob es irgendeinen besonderen Anlass gebe, aber Mona sagte nur: «Ich wollte einfach mal wieder richtige Rouladen essen!», obwohl sie dann nur eine Viertelportion aß, während es ihm offensichtlich hervorragend schmeckte. Sofort nach dem letzten Bissen zog sie ihn am Kragen seines Hemdes vom Stuhl hoch, um alle Knöpfe aufzunesteln und ihn aufs Sofa zu schubsen.

Als Sidney später am Abend zu Bett ging, war Mona noch am Aufräumen.

Am Morgen wartete sie schon mit dem Frühstück und einer frisch gekauften Tageszeitung. Sie war geduscht und geschminkt und hatte neu lackierte Fingernägel.

«Was ist los, Mona?», fragte Sidney. «Warum hast du nicht geschlafen?»

Sie hob die Schultern und schlürfte ihren Kaffee.

«Irgendwas war mit dir gestern.»

«Hat dir der Abend nicht gefallen?»

«Doch. Nur, etwas an dir war wieder so wie, ich weiß nicht, wie früher, wenn du schwierig warst. Es hat mich daran erinnert, wie es war, wenn du immer gleich wieder weg warst.»

Er wirkte ernsthaft besorgt, und Mona schämte sich. Nicht für ihren Besuch bei Dr. Robert, aber dafür, so lange offenbar so schwierig und herzlos gewesen zu sein. Auch wenn Rouladen und Leidenschaft ihm geschmeckt hatten, hatte das einen Schatten auf den gestrigen Abend geworfen.

«Warst du doch wieder bei diesem Doktor?», fragte er.

Sie sah ihn an.

«Komm, ich merk's dir an, du warst bei diesem Dr. Jacobson.»

«Nein.»

Der neue Tag stand dem vorangegangenen Vormittag an Trübheit nicht nach, nur erwartete sie an diesem anstelle einer aufmunternden Spritze das Herunterkommen von der aufmunternden Spritze. Sie konnte und wollte aber nicht wieder zu Dr. Robert laufen und um eine betteln, deshalb spülte sie dem sich anbahnenden Elend panisch einen von Freymanns Vitaminklumpen entgegen, bevor sie zusammen mit Sidney ins Büro von Gordon & Sons aufbrach.

Das war keine gute Idee. Der Himmel blieb trüb und die Luft feuchtkalt, und ihre neu und stärker einsetzende Niedergeschlagenheit wurde vom Klumpen nicht aufgefangen, sondern um eine besorgniserregende innere Unruhe mit Herzrasen und Atembeschwerden ergänzt. Sie versuchte, einen kurzen Begleitbrief an Kern aufzusetzen, der als persönliche Note einem anderen Schreiben beigelegt werden sollte. Dabei sah sie ständig Kerns schwitzende, unsympathische Fresse wie durch ein weitwinkliges Vergrößerungsglas vor sich und brach selbst in kalten Schweiß aus. Sie stand auf und fühlte sich schwindelig, und als sie Sidney gerade mitteilen wollte, dass sie nach Hause gehen müsse, sah er sie an und sagte: «Du bist ja leichenblass, fast grün.» Er rief ihr ein Taxi.

Erschöpft fiel sie ins Bett, konnte aber nicht schlafen und fühlte sich, als sei das Zimmer riesig und sie darin verloren. Sie fixierte die Uhr und wartete auf Sidney, aber die Zeit war ein ebenso riesiger Raum wie das Zimmer, und beide, Zeit und Zimmer, quälten Mona mit ihrer ungeheuren Ausdehnung. Sidney kam nach einer Ewigkeit und versorgte sie mit einer Kanne Tee, den sie dankbar schlurfte, dann verkroch sie sich in seine Arme, während er ihr übers Haar strich. Schließlich setzte sie sich auf, trank den letzten Schluck und sagte: «Ich nehme ein Bad.»

Der heiße Tee hatte ihr erstaunlich gutgetan, wie schön, so ein heißes Getränk, das von innen wärmte, und nun wärmte sie das Wasser auch von außen und machte sie gleichzeitig schwerelos. Der Tee und das Badewasser, sie schienen ihr in diesem Moment das Gegenteil zu sein von Vitaminspritzen und -klumpen und Diätpillen. Echte Freunde, im Gegensatz zu falschen Freunden. Mona hielt sich die Nase zu und ließ sich ganz unter die Wasseroberfläche gleiten, bis sie ein Fisch war oder eine Alge.

Nachdem sie sich abgetrocknet hatte, öffnete sie den Apothekenschrank und holte das Röhrchen mit den Dr.-Robert-Klumpen hervor, um es in den Müll zu werfen. Einen Moment stand sie da so, das Röhrchen in der Hand. Dann stellte sie es wieder zurück in den Schrank, ganz nach hinten ins oberste Fach. Danach gab es keinen Anlass mehr, sie noch einmal von dort hervorzuholen.

Bis zu diesem Tag im Januar, nachdem sie ohne Sidney, der gerade auf Geschäftsreise war, länger im Le Club versackt war, weil Oleg dort gewesen war und ihr einen Freund vorgestellt hatte, einen früheren Leibwächter der Kennedys, den sie dann auch noch mit nach Hause nehmen musste, weil er im Suff die Adresse seines Hotels vergessen hatte. Nicht für sich, sondern für ihn holte sie das Röhrchen wieder hervor. Für diesen seltsamen Menschen, der, nachdem er endlich aufgestanden war, vollkommen derangiert in einem Kennedy-Fotoband geblättert und eindeutig gewirkt hatte wie jemand, dem ein Dr.-Robert-Klumpen gute Dienste leisten könnte. Jener Abend markierte auch den allerletzten Tropfen, den Mona aus dem Parfümfläschchen mit der kleinen, schnörkellosen Beschriftung BERLIN herausgeschüttelt bekam. Danach war nichts mehr herauszuholen, nur das Fläschchen selbst verströmte noch einen schwachen Duft, weswegen es noch einige Zeit zwischen der Wäsche im Schrank stand, wo es sein rätselhaftes Eigenleben weiterführte und jeden Tag, wenn Mona den Schrank öffnete, eine etwas andere Stimmung verbreitete.

Die Existenz von Dr. Roberts Vitaminklumpen in den hinteren Gefilden des Badschränkchens geriet danach ganz in Vergessenheit. Nur manchmal, wenn sie in die Nähe der Praxen von Dr. Robert und Dr. Max kam, schließlich lagen die nicht weit voneinander entfernt, dachte sie noch einmal kurz an das, was dort zu bekommen war, aber ohne ein Verlangen. Vielmehr freute sie sich darüber, einfach so durch die Tage und Nächte zu kommen, ohne Klumpen, Spritzen und Fallschirme, wenn auch um den Preis einer milden Gewichtszunahme, die ihr gar nicht mal schlecht zu Gesicht stand.

Größer und schwerer als ein Pillenröhrchen und deshalb auch weniger leicht zu übersehen und zu vergessen stand Adams mit Papier vollgestopfter Müllsack in der Besenkammer hinter dem Bügelbrett. An einem Sonntagvormittag knotete Mona das Ding auf und zog ein paar Zettel heraus. Einer davon war eine Lieferrechnung für Arzneimittel, ausgestellt auf die Praxis von Dr. Max. Ein weiterer ein an ihn adressierter Brief, und als drittes ein kleiner Stapel von Rezeptdurchschlägen auf dünnem Papier, an einer Ecke zusammengetackert. In der Village Voice hatte Mona den Hinweis auf eine Premiere des *Unerträglichen Theaters* gesehen. Sie beschloss hinzugehen, ganz allein.

Das neue Stück war eine überraschend kurzweilige, geradezu alberne Komödie mit Tanz- und Gesangseinlagen, bei der alle Rollen konsequent verdreht waren, alle Frauenfiguren mit Männern besetzt und umgekehrt, ein alter Mann spielte die junge Tochter und ein junges Mädchen einen alten Mann, der gleichzeitig ein Hund war. Am Ende gab es Jubel, Applaus und Glitzerkonfetti, aber Adam war nirgends zu sehen, weder auf der Bühne noch im Publikum. Das einzige bekannte Gesicht, das ihr an dem Abend begegnete, war das von Kaspar. Lang und breit und vollkommen unverständlich erklärte er ihr seinen neuesten Film, wobei ihr nicht einmal klarwurde, ob er diesen gerade plante oder bereits fertig hatte.

«Spielt Adam mit?», fragte Mona.

«Adam!», rief Kaspar, und es klang, als erinnerte er sich an etwas lang Vergessenes. «Adam hätte, nun, man würde meinen, Adam, so hieß ja auch der erste Mensch, Nein? Von Gott selbst erschaffen, nur aus Wille und Atem und etwas Mehl vielleicht.»

«Aus Mehl?»

«So denke ich mir das.» Einen Moment starrte er versonnen in die Luft, dann redete er weiter: «In meinem Film, dem letzten, gab es eine Figur, oder eher eine Präsenz? Dem gehe ich gerade nach, dieser ... Präsenz. Geschichten sind überschätzt. Leider ist Adam aktuell, nun, kennst du Massimo?»

«Nein.»

«Massimo Campanelli?»

«Kenne ich nicht.»

«Auch ihn muss man lassen. Einfach lassen. Wie Rehe, auf eine Art, ich war kürzlich in den Wäldern, wo es Rehe gibt und noch ganz andere Wesen. Auch wunderbar! Anders. Aber wunderbar! Massimo.»

Da fiel Mona etwas ein. «Kaspar, ich suche ein Parfüm. Ich habe mal eine Probe davon bekommen bei Macy's, und dann habe ich es nie wiedergefunden, und Gloria meinte, du hättest Ahnung von Parfüm und wüsstest vielleicht ...»

«Aaaahhh! Parfüm! Meine Leidenschaft, ohne dass, auf Film, der Film kennt keinen Duft. Und dennoch. Kindheit und Jugend, voller Duft. Meine Mutter, sie hatte, wie gesagt, eine Parfümerie. Ich hatte in meinen Schulheften, ein Schulheft, extra gerettet. Gerettet vor der Schule, damit es leer bleibt. Alle Düfte katalogisiert. Das Theater hätte andere Möglichkeiten. Ich träume von einem Dufttheater. Die Emotionen und Assoziationen, Farben, sogar Musik. Alles notiert.»

«Das Parfüm heißt Berlin. Es gab noch Sorten mit den Namen Ozean und Wüste, aber ich weiß nicht, wie die Marke heißt oder der Hersteller.»

Nun sah Kaspar sie direkt an, mit einem erkennbar intensiven Interesse an dem, was sie da gerade gesagt hatte. «Bei Macy's hast du, diese Parfüms, dort ist es gewesen?»

«Ja. Das war so im Herbst vorletzten Jahres. Auch die Verkäuferin war etwas speziell, wie aus einer anderen Zeit ...»

Angestrengt kniff Kaspar die Augen zusammen und murmelte Undeutliches.

«Also, sagt dir das etwas? Hast du eine Idee? Kaspar?»

«Es gab nicht, Ozean, Berlin und was?»

«Wüste.»

«Und es gab nicht, außerdem - Kino?»

«Entschuldigung?»

«Kino, als Duft, Parfüm?»

«Ein Parfüm namens Kino?»

«Wie gesagt.»

«Nein, das gab es nicht. Habe ich jedenfalls nicht gesehen. Die Verkäuferin trug allerdings einen Duft, von dem sie sagte, dass er nicht mehr vorrätig ...»

«Wie sah sie, speziell sagst du, aus einer anderen Zeit, was?»

«Die Verkäuferin, sie war gekleidet und frisiert wie ein Filmstar aus einer anderen Zeit, dreißiger oder vierziger Jahre, Katharine Hepburn, so kam sie mir vor, sie war, irgendwie - lang? Lange Gliedmaßen. Ich glaube, ich habe sie später noch einmal gesehen, aus dem Busfenster.»

«Wo?» Nun hatte er die Augen weit aufgerissen.

«Ach herrje, ich bin mir nicht mehr sicher, ich kam aus dem Park, glaube ich, Fifth Avenue vielleicht.»

Kaspar schüttelte den Kopf, murmelte wieder vor sich hin, dann klopfte er ihr mit abwesendem Blick auf die Schulter und bahnte sich sehr zielstrebig einen Weg durchs Premierenpublikum Richtung Ausgang. «Aber was ist jetzt mit Adam?» rief Mona ihm hinterher. «Ich müsste ihn sprechen!»

Unverändert behauptete sich der Memphis Room als Ort des eingehegten Wahnsinns, besucht von immer noch denselben Menschen auf der einen, sowie von Neuzugängen auf der anderen Seite. An dem Abend, an dem Mona dort nach langer Zeit wieder aufkreuzte, traf sie jedenfalls gleich auf Gloria, und die zornige Dunkelhaarige war auch da, eng umschlungen mit jenem Mann in schwarzer Lederhose, mit dem sie sich im Sommer auf dem Dachgarten noch gestritten und den sie einen hohlen Schwätzer genannt hatte. Ansonsten wurde das Memphis-Hinterzimmer an diesem Abend von einer krakeelenden Mädchengruppe beherrscht, die Mona noch nie vorher gesehen hatte. Sie pöbelten neu Hinzukommende an, warfen mit brennenden Kippen und schließlich stieg eine von ihnen auf einen Tisch, rief «Showtime!» und begann sich auszuziehen.

«Diesmal ist er wirklich in Kalifornien», sagte Gloria, ohne dem Krawall um sie herum Beachtung zu schenken. «Schon eine ganze Weile. Er war ziemlich durch.»

«Ich hab noch Sachen von ihm.»

«Ach Gott, Adams Sachen. Zwei Unterhosen und ein Shirt oder was.»

«Das auch. Beziehungsweise, das nicht mehr. Papiere. Unterlagen. Einen ganzen Sack voll.»

«Ach so? Na gut. Das klingt ungewöhnlich.»

Mona hinterließ Gloria ihre neue Telefonnummer und ging beizeiten nach Hause. Es war der letzte Abend vor Sidneys Rückkehr von seiner Geschäftsreise nach Südamerika. Mona machte sich eine heiße Milch mit Honig, setzte sich ins Wohnzimmer und sah in allem Sidney. In der Auswahl der Möbel und der kleinen Dinge, in der Art, wie er sie anordnete. Im Bad sah sie seinen Bademantel an einem Haken baumeln, sie strich mit der Hand darüber und vergrub das Gesicht in dem weichen Flanell. Dann legte sie sich schlafen, ungeheuer glücklich darüber, dass es einfach so ging, dass die Müdigkeit sie gnädig in Empfang nahm und hinüberführte in das weite schöne Reich der tiefen Erholung, fernab vom Memphis Room.

An einem Tag im Februar kam Mrs. Propper zu Besuch, um Tuesday zu sehen. Auch sie führte ein neues Leben, mit Garten, Ruhe und Enkeln, und vermisste entgegen ihren ursprünglichen

Befürchtungen ihr altes überhaupt nicht, auch wenn sie sich über das Wiedersehen mit Tuesday sichtlich freute. Später am Abend, Mrs. Propper war bereits gegangen, erreichte Mona ein Anruf.

«Hallo, hier ist Adam.»

«Adam!»

«Ja.»

«Bist du zurück aus Kalifornien?»

«Ich bin in New York, ja. Gloria hat mir deine Nummer gegeben.»

«Ich bin umgezogen. Ich wohne mit meinem Freund zusammen. Mit meinem Verlobten.»

«Das klingt wunderbar. Ähm, ich bin auf der Suche nach ein paar Unterlagen. Habe ich die vielleicht bei dir gelassen? Ich glaube, ich hatte sie bei dir untergestellt, in deiner Wohnung.»

«Ich habe hier noch einen riesigen schwarzen Müllsack voller Papierkram von dir.»

«Hast du? Prima, ich brauche das Zeug! Wo muss ich hinkommen?»

Mona hielt es für keine gute Idee, den voraussichtlich verwahrlosten, bedrohlich schönen Adam in dieser Wohnung zu empfangen. Er gehörte in ein anderes Leben und sollte dort auch bleiben. Der Plastiksack war schwer und unhandlich, aber sie würde es schon schaffen, damit in ein Taxi zu steigen und irgendwo hinzufahren.

«Lass uns in dem Deli bei meiner alten Wohnung treffen. Weißt du, ein paar Häuser neben dem Waschsalon.»

Es handelte sich um eine unspektakuläre kleine Sandwichbar mit abgeschubberten Sitzen und häufig wechselndem Personal. Schon auf dem Weg hinunter zur Straße riss die Tüte seitlich auf, und als Mona das schwarze Ungetüm auf den Rücksitz hievte, fielen Zettel hinaus, Rechnungen, Karteikarten, Rezeptblöcke.

«Wie kann man das auch so transportieren!» Sie hatte einen dieser übellaunigen Taxifahrer erwischt.

«Tut mir leid, ich hab das nicht so verpackt, gehört einem Freund, dem ich das jetzt auch bringen muss …»

«Wer solche Freunde hat, braucht keine Feinde.»

Während das Taxi ruppig anfuhr, sammelte Mona die losen Zettel ein und stopfte sie zurück in den Sack. Dabei begegnete ihr schon wieder der Praxisstempel von Dr. Max. Notdürftig hielt sie die Folie an der aufgerissenen Ecke zusammen, beim Aussteigen fielen aber wieder Papiere heraus. Über das schmutzige Straßenpflaster schleifte sie die weit aufgerissene Tüte bis ins Café hinein; Adam war natürlich noch nicht da. Sie bestellte ein Glas Orangensaft, und während sie daran nippte und wartete, nahm sie das eine oder andere Papierstück zur Hand. Eines war dicht mit handschriftlichen Notizen übersät, die sie kaum entziffern konnte, voller Abkürzungen und unbekannter Begriffe, aber das Schriftbild ähnelte eher dem ihrer Eltern, das war keine amerikanisch geprägte Schrift. Ein kleiner Stapel Karteikarten, der sich beim Rausfallen von einem größeren gelöst hatte, war mit Namen, Adressen und Telefonnummern bedruckt.

Adam hatte sich einen Bart wachsen lassen und seine Kleidung wirkte genauso desolat, wie Mona es befürchtet hatte, im Gesicht aber sah er erholt aus, braungebrannt und ein wenig voller auch er, was ihm ebenfalls stand, ihn sogar jünger wirken ließ. Er begrüßte sie und bestellte einen doppelten Espresso.

«Wie geht es dir?», fragte sie.

«Gut.»

«Sieht man. Erzähl mir mehr.»

«Ach, fast wäre ich in Kalifornien geblieben. Sonne, Meer, entspannte Menschen.»

«Aber das ging nicht?»

«Wäre vielleicht schon gegangen. Ich konnte im Haus von Bekannten wohnen, die eine Weile weg waren. Deren Hunde betreuen. Das hat mir gefallen, nette Tiere. Mit denen bin ich jeden Tag durch die Gegend gelaufen. Aber jetzt sind die Leute wieder da, und ich hatte ein Jobangebot aus New York.»

«Das ist doch gut. Was denn?»

«In einer Agentur für Schauspieler. Und du? Du hast dich verlobt?»

«Ja.»

«Glückwunsch. Wann ist Hochzeit?»

«Im August.»

«Bin ich eingeladen?»

«Wenn ich weiß, wo ich die Einladung hinschicken kann, bekommst du eine. Hier ist deine Tüte. Sie ist mir leider unterwegs aufgerissen, wird schwierig werden, die weiter zu transportieren.»

«Danke. Ich hätte sie mir ja auch abgeholt.»

«Was ist das überhaupt alles? Ich habe gesehen, dass einiges von Dr. Max stammt.»

«Alles Unterlagen aus meiner Zeit in seiner Praxis. Eine Zeitlang dachte ich, Max will mich vergiften, deshalb hatte ich angefangen, Beweismaterial zu sammeln. War so eine Art paranoider Teufelskreis: Ich hab Sachen gegen ihn gesammelt, und dachte dann, er will mich loswerden, weil ich zu viel weiß.»

«Und was hast du jetzt damit vor?»

«Jemand hat sich bei mir gemeldet. Jemand, der tatsächlich so Beweismaterial sammelt.»

«Wie, wieso? Beweise wofür? Sind seine Spritzen illegal?»

«Keine Ahnung. Vielleicht.»

«Und wem gibst du das jetzt? Der Polizei?»

«Nein, der ist schon irgendwie von einer Behörde, aber auch Arzt glaube ich, es geht um Mark Shaw, der war Fotograf und der größte Anhänger von Max, und jetzt ist er tot. Ich weiß auch nicht genau, aber wahrscheinlich ist es richtig, wenn sich das mal jemand ansieht, der auch etwas davon versteht.»

«Ich fürchte, du musst das irgendwie neu verpacken, sonst fällt dir alles raus unterwegs.»

Am Tresen fragte Adam nach Klebeband. Mona sah, wie die Bedienung ihn anblickte und sich offenbar nichts sehnlicher wünschte, als diesem Mann behilflich zu sein. Sie verschwand im Lager und kehrte mit dickem schwarzem Tape und einer Schere zurück. Adam bedankte sich; sie lächelte und wurde rot. Genau so kam er wohl durchs Leben.

«Ich habe übrigens auch noch deine Pflanze», sagte Mona.

«Pflanze?»

«Die, die du aus einer Hotellobby gerettet hast und die Elektrizität braucht.»

Adam verzog keine Miene. «Ach ja, die.»

«Mit Elektrizität habe ich sie schon länger nicht mehr versorgt, aber es geht ihr trotzdem gut.»

«Im Moment wohne ich noch bei Freunden», sagte Adam, «aber wenn ich eine Wohnung habe, gebe ich dir meine Adresse. Dann kannst du mir eine Einladung schicken.»

Sie umarmten sich zum Abschied, und Mona wusste, dass diese Adresse niemals kommen würde.

Die Speed-Ärzte und ihre erlesenen Patienten bilden eine kosmopolitische Clique. Die freundliche Nikolaus-Fassade ist dem Doktor derart wichtig, dass er sehr viel mehr Patienten gebührenfrei behandelt als ein normaler Arzt. Seine Klientel besteht aus einer Schar polyglotter Bekanntheiten aus Showbusiness, Politik, Kunst, Medien, Finanzwelt, Werbebranche, Gesellschaft und Mode. Die Herzöge und Barone bittet er gnadenlos zur Kasse, damit er (und sie auch) sich an der Gesellschaft einiger ausgewählter mittelloser Höflinge, Narren und Pagen erfreuen können. Das verleiht dem Hofstaat Leben und Würze und sorgt für jede Menge Spaß.
Patrick M. McGrady Jr.

1972, im Dezember

Ein paar Tage vor ihrer Reise zum Mond machten sich die drei Astronauten einen entspannten Tag. Sie gingen noch einmal ihre Flugpläne durch, sausten in ihren T-38-Überschall-Trainings-Jets herum und sahen sich gemeinsam ein Footballspiel im Fernsehen an. Auf der Titelseite der *New York Times* trug Commander Ronald Evans ein T-Shirt mit einem Smiley in den Farben der amerikanischen Flagge und dem Schriftzug SMILE AMERICA. Das war am Montag.

Am Donnerstag starteten sie mit einer Verspätung von zweieinhalb Stunden. Boyce Rensberger, Wissenschaftsredakteur bei der *Times*, schrieb seinen Artikel noch in der Nacht. Er schrieb, wie die Gürteltiere in der Dunkelheit aus den Büschen bei Cape Canaveral hervorkamen und zwischen den Beinen der Schaulustigen herumwackelten, die Bier tranken in der schwülwarmen Floridanacht, während sie auf das Spektakel warteten. Auch über die Waldkaninchen schrieb er und über die sehr lästigen Moskitos. Was Gürteltiere, Kaninchen und Moskitos vom

Mond wussten, war nicht bekannt, also schrieb er darüber auch nicht.

Nach dem Start war die Rakete wie eine große Stabtaschenlampe in den Himmel aufgestiegen und hatte die Landschaft unter sich beleuchtet. Die Gesichter der Menschen waren hellgelb, die Wolken orange. Sie stieg und stieg. Ihr Tempo wirkte nicht raketenhaft, sondern kontrolliert und gemessen. Es sollte die letzte bemannte Mondmission sein.

Rensberger war froh, dass auch in den nächsten Tagen noch von Apollo 17 zu berichten sein würde. Raumfahrt war ein angemessenes Sujet für einen Wissenschaftsjournalisten, anders als die Geschichte mit dem High-Society-Arzt, diesem Dr. Max Jacobson. Am Montag war die Story auf den Titel gekommen, direkt unter die Astronauten. So ist das nun mal, die Schlagzeilen gehen nicht nur an die Helden, sondern auch an die Schurken. In den Aufmacher musste alles rein, was die Sache zum Skandal machte – der angesehene Mediziner, der seine Patienten auf Vordermann bringt, indem er ihnen Amphetamine spritzt, zum Teil ohne deren Wissen (wobei sich Rensberger nicht ganz sicher war, ob manche es denn vielleicht gar nicht wissen wollten), und dann natürlich der Knaller, dass diese Patienten nicht irgendwelche Junkies und Gammler von der Straße waren, sondern die Reichen und Berühmten dieser Stadt.

Die Chefredaktion hatte Rensberger zu der Geschichte überreden müssen. Anfangs fühlte er sich geradezu verdonnert. Als er die Stelle bei der *Times* angetreten hatte, wusste er natürlich, dass er nicht immer nur über Raumfahrt, Astronomie, Medizin und Wetterphänomene schreiben konnte. Er war hier bei einer großen Tageszeitung und nicht bei einem Wissenschaftsjournal. Es ging darum, Dingen nachzugehen, etwas aufzudecken. Gift in Lebensmitteln. Gefahren am Arbeitsplatz. Die Entwicklung von Bildschirmtelefonen. Ob Akupunktur tatsächlich wirkt. Manchmal konnte er auch etwas Außergewöhnliches unterbringen, etwas, das ihm Spaß machte, wie die Geschichte über den Moog-

Synthesizer, der klingen konnte wie Kaffeearoma oder wie die Farben des Sonnenuntergangs. Oder über den Präsidenten der Amerikanischen Psychologischen Vereinigung, der gern psychoaktive Medikamente speziell für Politiker entwickeln würde. Mit deren Hilfe sollten diese sich für friedliche Konfliktlösungen mehr interessieren als für kriegerische. Das würde auch weniger kosten als die aufwendige atomare Abschreckung, argumentierte er.

Diese Jacobsongeschichte war ein ambitionierteres Projekt. Es hieß, Dr. Max Jacobson spritze ganze Horden von Show- und Gesellschaftsgrößen, aber auch hochrangige Politiker voll mit Speed. Schon seit dreißig Jahren. Immer herumgereicht unter den Reichen und Schönen, aber immer unterhalb des Radars der öffentlichen Wahrnehmung. Neben dem ganzen Klatschspalten-Aspekt, der natürlich Leser anziehen würde, war die wirklich brisante Frage bei der Sache deshalb: Standen politische Entscheidungsträger unter Drogen?

Natürlich leuchtete ihm die Bedeutung der Geschichte ein, er machte es nur nicht gern. Zum Glück hatte er Kollegen, versierte Reporter, Leute, die rausgingen und sich durchfragten, die mit unangenehmen Gestalten nachts in Kneipen rumhingen, bis sie einem etwas erzählten. Leute, die, aus Sicht der Zeitung, hartnäckig waren, aus Sicht anderer Menschen: lästig.

Große Enthüllungsstorys wurden immer wichtiger fürs Geschäft. Die *Times* hatte im letzten Jahr mit der spektakulären Veröffentlichung der Pentagon-Papiere vorgelegt, aber jetzt zog die Konkurrenz von der *Washington Post* kräftig nach – mit Watergate. Vor diesem Hintergrund witterte die Chefredaktion das große neue Ding, als einem Reporter aus dem Politikressort kolportiert wurde, Spiro Agnew, Vizepräsident der USA, lasse sich regelmäßig Amphetamine von einem Feelgood-Arzt auf der Upper East Side spritzen. Spiro Agnew. Mit seinen Dauerattacken gegen die Presse im Allgemeinen und die *Times* im Speziellen. «Historisch hoffnungslose hysterische Hypochonder» hatte er sie genannt und «Nuschelnde, negativistische Nabobs» – immerhin bewies er eine unterhaltsame Neigung zu Alliterationen – diesen Hetzer als Drogenkonsumenten zu demaskieren wäre sensationell. Stichhaltige Beweise dafür lagen bislang allerdings nicht vor. Rensberger sollte sie finden.

Nun waren sie zu elft beschäftigt mit der Geschichte, Leute aus verschiedenen Ressorts. Die Besuche beim Doktor unternahm Rensberger aber selbst, zusammen mit seinem Kollegen Lawrence Altman, einem studierten Mediziner. Im Herbst waren sie in Altmans Wagen hoch zur Upper East Side gefahren, um ihn erstmals persönlich zu treffen, den ominösen, berüchtigten, sagenumwobenen Dr. Max Jacobson, den Mann, dem sie nun schon so viel hinterherrecherchiert hatten. Er wohnte im achtzehnten Stock eines großen Gebäudekomplexes in der 86. Straße und öffnete ihnen die Tür zu seiner Wohnung persönlich. Schon bei der Begrüßung wurde er allem, was Rensberger über ihn gehört hatte, gerecht: ein mit zweiundsiebzig Jahren überaus vitaler Mann mit immer noch dunklem Haar. Imposante Erscheinung, gebieterisches Auftreten, irritierendes Charisma. Klobiges Brillengestell aus den fünfziger Jahren. Sie hätten ihn auch für zwanzig Jahre jünger halten können, wie er da stand, im blauen Blazer über einem Poloshirt. Herausfordernd sah er sie an.

«Guten Tag, wir sind Lawrence Altman und Boyce Rensberger von der *New York Times*. Wir hatten telefoniert ...»

«Kommen Sie herein!»

Von der Residenz des Doktors hatte Rensberger anderes erwartet. Der Leib- und Vertrauensarzt der High Society wohnte in einem einfachen Apartment mit unspektakulärer Möblierung. Er führte die Besucher ins Wohnzimmer, wo sich gerade ein älteres Paar in Begleitung einer jungen Frau, vielleicht deren Tochter, zu gehen anschickte. Während Jacobson die anderen Gäste zur Tür begleitete, setzte sich Altman auf das Sofa, Rensberger blieb stehen und betrachtete eine Collage aus Fotos, allerlei Schnipseln, Glückwünschen und witzigen Sprüchen zum Thema Ehe, die in einem Rahmen an der Wand hing. Eigentlich ein grauenvolles Ding.

Der Doktor kam zurück ins Zimmer. «Das ist von meiner Hochzeit», sagte er. «Ich habe im Juni geheiratet.» Dass der Mann aus Deutschland stammte, war kaum zu überhören.

«Glückwunsch», sagte Rensberger. Auf einem Bild erkannte er den Sänger Eddie Fisher, dessen Platten seine ältere Schwester früher rauf und runter gedudelt hatte. Neben das Bild hatte Fisher seine Unterschrift gesetzt, zusammen mit dem Satz «Er ist noch immer mein Gott.»

«In Las Vegas?»

«Genau.»

Die Haushälterin kam herein und stellte Gläser und eine Karaffe auf den Tisch.

«Bedienen Sie sich», sagte Jacobson. «Das ist mein Hauscocktail, eine Cranberry-Grapefruit-Schorle.»

«Doktor Jacobson», begann Rensberger, «wir freuen uns, dass Sie uns hier empfangen. Sie sind zweifellos ein Mediziner von großem Renommee.» Rensberger bemühte sich um einen gelassenen Ton, was ihm unter dem eindringlichen Blick Jacobsons eigenartig schwerfiel. «Wir würden gern mit Ihnen darüber sprechen, dass einige Ihrer ehemaligen Patienten geäußert haben, Sie hätten ihnen Amphetamine per Injektion verabreicht.»

Jacobson sah ihn an.

«Können Sie uns dazu etwas sagen?»

«Selbstverständlich.»

Es war still in der Wohnung. Rensberger blickte kurz rüber zu Altman. «Wie stehen Sie zu diesen Anwürfen?»

«Sind das Anwürfe?»

«Nun ja, Amphetamine gelten als starke und gefährliche Substanzen, sie sind illegal und werden auf der Straße als Speed gehandelt.»

«Ich bin Arzt. Auf der Straße sind die meisten Medikamente vollkommen zu Recht illegal.»

«Das ist natürlich richtig. Es geht allerdings darum, dass Ihre Praxis extrem große Mengen an Amphetaminen verbraucht, Methamphetamin vor allem, und wir wollen mit Ihnen darüber reden, warum das so ist.»

«Das dürfte einfach sein.»

«In jedem Fall gehen wir hier also nicht von falschen Annahmen aus? Also, aus Ihren eigenen Angaben geht ja hervor, dass Sie achtzig Gramm Methamphetamin im Monat verbrauchen, das sind um die hundert relativ starke Dosen pro Tag.»

Der Doktor trommelte mit den Fingern auf der Armlehne des Sessels. «Ich arbeite unter anderem auch mit Amphetaminen, vor allem mit Methamphetamin, das ist korrekt. Die Mengen sind relativ. Zum einen betreue ich außerordentlich viele Patienten, zum anderen kombiniere ich Amphetamine immer und individuell mit weiteren Substanzen zu einem Remedium mit völlig anderer Wirkung als irgendwelche Straßendrogen. Meine Spritzen sind nicht dafür da, sich einen Kick zu holen.»

Hinter dem Doktor betrat eine Frau von vielleicht Mitte vierzig das Zimmer. Sie nickte Altman und Rensberger kurz zu und wandte sich dann an den Arzt: «Max? Telefon.»

Dr. Jacobson fuhr herum. «Das ist meine Frau Ruth. Ruth, die Herren von der *New York Times*. Sag, ich rufe zurück.»

Ruth wandte sich zum Gehen, da fragte der Doktor nach: «Wer ist es?» Sie kam zurück, beugte sich an sein Ohr und flüsterte ihm etwas zu.

«Entschuldigen Sie mich eine Minute.» Er folgte ihr in einen anderen Raum, aus dem Altman und Rensberger dann seine Stimme dröhnen hörten. Während Jacobson noch telefonierte, klingelte es an der Tür. Ruth erschien abermals und brummelte im Vorbeigehen: «Man lebt hier wie in einem Taubenschlag!» In die Gegensprechanlage rief sie: «Nicht jetzt! Später! Nein! Später!» Altman fragte sie nach der Toilette, folgte ihr dann durch die Tür, und als er wenig später zurückkehrte, setzte der Doktor im Nebenzimmer den Telefonhörer geräuschvoll zurück auf die

Gabel, blieb danach aber noch einige Minuten verschwunden. Dann trat er mit einem strahlenden Lächeln wieder ins Zimmer. Eben noch distanziert und wortkarg, hatte er nun richtig viel zu erzählen.

«Und jetzt erkläre ich Ihnen mein Patent!», verkündete er.

Rensberger und Altman starrten auf seinen Handrücken aus dem ein wenig übermütig ein Tropfen Blut quoll. Der Doktor begann von einem Verfahren zu erzählen, bei dem Bilder durch elektromagnetisch ionisierte Bestrahlung dreidimensional aufgewertet würden. «Welche Art Bilder?», fragte Rensberger. «Fotos? Drucke? Gemälde?» Und Jacobson antwortete: «Alles!»

«Ich kann's nicht fassen, dass er sich mal eben zwischendrin einen Schuss gesetzt hat», sagte Rensberger auf dem Weg zurück in die Redaktion.

Altmann lachte laut auf. «Und ich kann's nicht fassen, dass der überhaupt praktizieren darf! Wo ist denn da unsere Ärztekammer? Oder die Drogenaufsicht?»

«Er kann mit seinen Spritzen Kurzsichtigkeit, Schwerhörigkeit, Impotenz und schlechtes Abschneiden bei Bridge-Tournieren heilen.»

«Vollkommen gaga.»

«War aber sehr unterhaltsam.»

«Doktor Frankenstein ist auch unterhaltsam.»

«Und in dessen Hände soll Agnew sich begeben haben? Das würde einiges erklären.»

Zum Schluss hatte der Doktor sie noch eingeladen, einmal seine wöchentliche Multiple-Sklerose-Sprechstunde zu besuchen. «Damit Sie sehen, dass es bei mir nicht nur um Amphetamine geht.»

Rensberger und sein Team legten sich ins Zeug. Sie suchten nach Patienten, aktuellen wie früheren, und wühlten sich durch die Archive. Sie fanden tatsächlich Jacobsons Patent zur «Aufwertung von Fotografien, Öl- und Aquarellgemälden mittels elektromagnetisch ionisierender Bestrahlung», das im März des Vorjahres zugelassen worden war. Im Jahr 1946 hatten einige Zeitungen über eine von Jacobson durchgeführte Studie berichtet, bei der er Symptome allgemeiner Erschöpfung, aber auch Hörschäden mit einer Kombination aus Aminosäuren und Vitaminen behandelt haben wollte. In den fünfziger Jahren hatte Jacobson in einem medizinischen Fachblatt einen Artikel dazu veröffentlicht, wie eine tägliche Behandlung mit Kortison und Antibiotika Hepatitis eindämmen könne. Lokalzeitungen in Massachusetts berichteten 1964 von seinem Engagement für die Windsor Mountain School. Dort war zu lesen, dass Jacobson einen Zögling an dieser aus Deutschland stammenden Reformschule untergebracht hatte, einen Jungen, dessen Vater er, wie es Text hieß, in einem Konzentrationslager begegnet war. Jacobson hatte dem Mann versprochen, sich um den Jungen zu kümmern, und ihm offenbar später einen Platz an der Schule besorgt, die, wie er sagte, aus einem verbitterten und verschlossenen Jugendlichen einen vielseitigen und lebensfähigen jungen Mann geformt hätte. Weshalb er der Schule nun einen Theatersaal stiften wolle, mit Geldern aus einem Spendenfonds, zu dem auch Eddie Fisher, Allen J. Lerner und Prinz Stanislaus Radziwill beigetragen hatten.

Aus anderen Artikeln erfuhren sie, dass Jacobson vor zweieinhalb Jahren, im Sommer 1970, vor einen Sonderausschuss des Repräsentantenhauses als Experte für Suchtbehandlung geladen war. Sie staunten über den Lebenslauf, den Jacobson dafür eingereicht hatte, ein nicht weniger als drei Seiten langer Text (als einziger unter mehreren Experten hatte er überhaupt einen Lebenslauf ins Protokoll setzen lassen), aus dem unter anderem hervorging, dass er seinen Doktortitel im Jahr 1925 an der Friedrich-Wilhelms-Universität in Berlin erhalten hatte, dann eine eigene Praxis als Allgemeinmediziner betrieb und parallel dazu am serologischen Institut der Berliner Universitätsklinik Charité unter dem stellvertretenden Klinik-Direktor Prof. Dr. August

Bier forschte, wo er an ersten Versuchen zur Organ- und Gewebetransplantation beteiligt war; dass er 1932 vor den Nazis nach Prag geflüchtet war, dort einen neuartigen Sterilisationsapparat entwickelte und 1933 nach Paris zog, Mitglied im Institut Pasteur und Assistent des Chefarztes der urologischen Abteilung des Hôpital Necker wurde, nebenbei erforschte, wie Sulfate Tripper heilen können, und medizinischer Betreuer gleich zweier französischer Olympia-Teams war, dessen der Schwimmerinnen und der Tennisspielerinnen, wobei er nebenher noch die Wirkung von Aminosäuren unter Trainingsbedingungen erforschte und dazu einen Fachaufsatz veröffentlichte. Weitere Fachaufsätze über Schizophrenie, Tuberkulose- und Rehabilitationsforschung waren aufgelistet, 1936 sei er dann in die USA gekommen und habe seine erste Praxis in New York eröffnet. Für seine medizinischen Verdienste im Zweiten Weltkrieg habe er für die «erste erfolgreiche Methode zur Verhinderung von Sinnesnervschädigungen als Folge von Kriegstraumata» eine Medaille verliehen bekommen.

Den Abschluss bildete folgende Passage: «Dr. Jacobson möchte mit seinen Methoden insbesondere Menschen, die unter hohem beruflichem Druck arbeiten, physischem und psychischem Stress entgegenzuwirken helfen. In diesem Sinne ist und war er mit der medizinischen Versorgung zahlreicher hochrangiger Regierungsmitglieder (darunter mehrere Staatsoberhäupter), sehr vieler Führungskräfte aus Industrie und Handel und einer großen Zahl prominentester Künstler betraut. Dennoch ist Dr. Jacobsons Praxis Tag für Tag auch mit ganz normalen Patienten gefüllt. In seinem Wartezimmer sitzen Handwerker und Ladenbesitzer von nebenan, Arbeiter, Rentner, Witwen und Sozialhilfeempfänger Seit an Seit mit Senatoren, Diplomaten, Führungskräften und Showstars. Es ist Dr. Jacobsons persönliche Philosophie, dass niemand, der seine einzigartige Therapie braucht, abgewiesen werden soll, unabhängig von Beruf, sozialem Status und finanziellen Mitteln.»

«Medizinische Versorgung zahlreicher hochrangiger Regierungsmitglieder (darunter mehrere Staatsoberhäupter)» – das war es zwar, wonach sie suchten, aber was von diesen hochtrabenden Behauptungen stimmte, ließ sich schwer sagen. Ihnen fehlten weiterhin Zeugen, Beweise, belastbare Aussagen.

Dann tauchte der Müllsack auf.

«Hey, Jungs!» Der Kollege aus der Lokalredaktion wuchtete ihn auf Rensbergers Schreibtisch.

«Was ist das?»

«Könnte euch interessieren, da soll Zeug über diesen Doktor drin sein, mit dem ihr da zu tun habt.»

«Max Jacobson?»

«Glaube ja. Schaut einfach mal rein.»

«Und woher kommt das?»

«Das hat hier mal einer vorbeigebracht. Viel Spaß!»

Es handelte sich um einen unförmigen Plastikbeutel voller Löcher, zusammengehalten nur von dickem schwarzem Klebeband. Rensberger riss ihn an einer Stelle auf, und lose Zettel fielen heraus, darunter Karteikarten mit Namen. Er riss weiter und fischte einen ganze Handvoll Papiere aus dem Inneren, dann rief er die anderen herbei.

Der Kollege aus der Lokalredaktion war nicht an seinem Platz, darum hinterließ Rensberger eine Notiz mit Bitte um Rücksprache, hörte aber nichts weiter. Er versuchte es noch einmal und traf ihn schließlich auf dem Gang. «Sag mal, woher kommt dieses ganze Material?», fragte er.

«Wie gesagt, das hat mir mal einer vorbeigebracht. Wie hieß der noch mal, so ein Arzt vom Gericht, glaub ich.»

«Welches Gericht?»

«Nee, wart mal, der Pathologe war das. Von der Rechtsmedizin. So rum.»

«Kannst du bitte mal den Namen heraussuchen? Ich bräuchte den Kontakt.»

«Kein Problem.»

Dass Rensberger danach wiederum nichts von dem Mann hörte, überraschte ihn nicht mehr. Er beschloss, direkt bei der Pathologie anzurufen und sich durchzufragen.

Dr. Michael Baden war hocherfreut. «Ich hatte schon nicht mehr damit gerechnet, dass da noch was passiert», sagte er. «Vor drei Jahren hat sich Ihr Kollege das Material bei mir abgeholt, und dann herrschte Schweigen im Walde.»

«So geht es wohl manchmal. Aber jetzt passiert ja etwas, wir sind da dran. Das ist ziemlich brisantes Material, was Sie da abgeliefert haben. Rechtlich etwas prekär, das überhaupt heranzuziehen. Wie kam das denn zu Ihnen?»

Der Pathologe hatte ihm einen desolaten jungen Mann mit großem Appetit auf Kaffee und Kekse angekündigt, und so übersahen Rensberger und seine Kollegin aus dem Team beinahe den elegant, fast dandyhaft gekleideten Mann, der sie zur verabredeten Zeit am vereinbarten Treffpunkt in einem Café erwartete. Etwas an Adam Spencer erinnerte sie beide, wie sie hinterher feststellten, an Elvis, vielleicht, weil er ein nicht mehr ganz schlanker, dennoch auffallend gutaussehender Mann mit glänzenden, fast schwarzen Haaren und einem extravagant gemusterten Hemd war, dessen breiter Kragen über das Revers seines hellen Cordjacketts ragte. Statt Kaffee trank er Orangensaft, und mit seinen etwas mäandernden, aber sehr genauen und detailreichen Schilderungen der Jahre als Patient und später als Praxisgehilfe von Dr. Jacobson hielt er sie mühelos in Bann. Dabei fielen eine Menge Namen, aber der von Spiro Agnew war nicht darunter. Dafür ein anderer: John F. Kennedy.

Jacobson habe Kennedy regelmäßig behandelt, behauptete Spencer, er habe ihn sogar nach Wien zum Gipfeltreffen mit Chruschtschow begleitet. Nach beinahe drei Stunden, in denen hauptsächlich er geredet hatte, sah Spencer auf seine Armbanduhr und sagte: «Ich muss jetzt leider zu einem Termin. Melden Sie sich jederzeit, wenn Sie Fragen haben.» Damit überreichte er seine Karte. Er gab sie nicht Rensberger, sondern seiner Kollegin.

«Hm», machte sie, nachdem Spencer verschwunden war. «Charmanter Typ. Vielleicht melde ich mich mal bei dem.» Sie gab die Karte an Rensberger weiter. Adam Spencer leitete offenbar eine Castingagentur, die *Madam Spencer People Agency.*

Die Sache mit Kennedy war vielleicht nicht so brandaktuell, wie es ein Skandal um Agnew gewesen wäre, allerdings war es fast die größere Sensation. Auch in Spencers Unterlagen, die das Team mittlerweile gesichtet und sortiert hatte, tauchte Spiro Agnew nicht auf. Es war auch nicht überraschend, dass sich von den sonstigen prominenten Patienten nur wenige gegenüber den Journalisten äußern wollten. Einer von denen, die es taten, war Truman Capote. Er beschrieb den Doktor als «gewaltige theatralische Figur» und gab an, eine Weile Patient gewesen, dann aber von dessen Spritzen kollabiert zu sein, sodass er sich schließlich in einer Klinik habe erholen müssen. Er nannte Jacobson «das deutsche Insekt mit dem magischen Stachel».

Zwei Namen begegneten ihnen immer und immer wieder: Eddie Fisher und Alan J. Lerner, der Sänger und der Musical-Erfolgsautor. Sie schienen zu den treuesten Anhängern von Jacobson zu gehören. Aus Eddie Fisher bekamen sie kein Statement heraus, aber davon, dass er den Doktor verehrte, hatten sie sich selbst schon auf der Hochzeitscollage in Jacobsons Wohnzimmer überzeugen können.

Alan Lerner sprach mit ihnen. Es wurde eine einzige Laudatio auf Dr. Jacobson. Ein wahrhaft großer Mann sei das, ein herausragender, außergewöhnlich empathischer Mediziner. Auch unorthodox? Mit Mut zum Unorthodoxen! Auf die Frage, wie oft er selbst die Praxis aufsuche, gab Lerner an, nicht öfter als ein paarmal pro Jahr dort hinzugehen, «wegen Kopfschmerzen». Während ihres Scheidungsprozesses vor ein paar Jahren hatte seine Exfrau allerdings Lerners Abhängigkeit von Jacobsons Injektionen zu Protokoll gegeben. «Er braucht sie, um schneller zu schreiben», hatte sie gesagt und dass ihr Mann davon nicht ablassen wolle mit der Begründung: «Kann schon sein, dass mich das Zeug zerstört, aber das Leben ist trotzdem schöner damit.» Zu jeder Tages- und Nachtzeit sei ihr Mann zu Dr. Jacobson gepilgert, habe ganze Nächte dort verbracht. Sie selbst habe die Injektionen auch ausprobiert, aber schnell aufgegeben, weil sie sich danach «bizarr und sehr aufgedreht» gefühlt habe. Die ursprüngliche Empfehlung, Dr. Max Jacobson zu konsultieren, sei von Anthony Quinn gekommen. Der habe Jacobsons Spritzen in den höchsten Tönen angepriesen, unter anderem, weil sie ihm «rasante Träume» bescherten. Lerner hatte seine Abhängigkeit vor Gericht bestritten und sich auf das große Renommee des Arztes berufen, zu dessen Patienten schließlich «ein früherer Präsident und dessen gesamte Familie, ein Mitglied des Kabinetts, ein führender US-Senator, zahlreiche hochrangige amerikanische und europäische Industrielle mit ihren Familien, die prominentesten Schriftsteller des Landes, Dutzende bekannte Künstler, Schauspieler, Sänger, Showstars und sogar führende Mediziner» gehörten. Jacobsons Injektionen enthielten im Übrigen ausschließlich Vitamine und Enzyme.

Kurz vor ihrem zweiten Besuchstermin beim leibhaftigen Dr. Max machten sie ihn auch noch in der Autobiographie des längst verstorbenen Monumental-Regisseurs Cecil B. DeMille ausfindig. Das las sich da so: Der Doktor reist gemeinsam mit Yul Brynner als «alter Freund» während der Dreharbeiten zu *Die Zehn Gebote* nach Ägypten, um ein paar Tage zu bleiben und dann weiter nach Europa zu fahren. Gerade, als Jacobson mit seiner Frau Nina (sind sie geschieden, oder ist sie gestorben?, fragte sich Rensberger) DeMille am Set besucht, erleidet der betagte Regisseur einen Herzinfarkt. Zuvor hat Max bei einer Besichtigung ägyptischer Sehenswürdigkeiten «einen Impuls» gefühlt, zum Filmset zu kommen – die Beschwörung des Dr. Max als beinahe übernatürlich begabte Figur schien Rensberger ein beliebtes Jacobson-Motiv zu sein. Ein ägyptischer Herzspezialist und vier weitere ägyptische Spitzenärzte verordnen DeMille strenge Ruhe. Zwei Wochen unter einem Sauerstoffzelt, danach weitere Wochen Bettruhe. Eines der aufwendigsten Projekte der Filmgeschichte droht zu kippen, Millionen von Dollar futsch, Hundertschaften von Mitarbeitern warten unter der ägyptischen Sonne auf die Wiederkehr des großen Cecil DeMille. Dann erscheint Dr. Max in seinem Zimmer, allein, ohne die anderen Ärzte, und erklärt ihm, es sei zwar nicht ungefährlich, «ein kalkuliertes Risiko», aber wenn er es nur wolle, könne er mit den entsprechenden Medikamenten morgen wieder am Set sein und die Dreharbeiten zu Ende führen. Das war Anfang November 1955. Am 3. Dezember verlassen sie Ägypten mit allen Szenen im Kasten, 1956 kommt *Die Zehn Gebote* ins Kino. Es wird DeMilles letzter und erfolgreichster Film, einer der kommerziell ergiebigsten Filme jemals.

An einem Dienstag fuhren sie in die 82. Straße Ost, zur Multiple-Sklerose-Sprechstunde in der Praxis von Dr. Max Jacobson. Hatte Jacobsons einfache Wohnung sie zuvor überrascht, waren sie von seiner Praxis nur schockiert. Das verwahrlost wirkende Wartezimmer war voll mit Patienten, viele im Rollstuhl oder mit Krücken. Auf dem Weg ins Behandlungszimmer liefen Altman und Rensberger an mit beschrifteten Kanistern und allerlei Zeug und Gerät vollgestopften Labor- und Lagerräumen vorbei. Jacobson erwartete sie bereits. Sein Behandlungszimmer war eng und äußerst unordentlich. Tische und Stühle standen kreuz und quer herum, alle Wände waren voller Regale, die Regale voller Bücher, Mappen, Zeitungsstapel, Dosen, Gläser, Tiegel. Altman und Rensberger nahmen auf einem Sofa unter einer gerahmten Zeichnung Platz, auf der, Überraschung, John F. Kennedy zu sehen war.

Der Doktor hockte auf einem Drehstuhl, und es hätte Rensberger nicht gewundert, wenn sich der Drehstuhl in einen Rollstuhl und Dr. Jacobson in Dr. Strangelove verwandelt hätte, den irren Professor mit dem deutschen Akzent aus dem gleichnamigen Kinofilm.

«Ich freue mich, dass Sie gekommen sind», sagte er, und dann wurde auch schon die erste Patientin hereingerufen. Den Raum betrat eine Frau mittleren Alters, sie ging humpelnd an einer Krücke und wirkte blass und müde.

«Mrs. Sanders», sagte der Doktor und bedeutete ihr mit einer Handbewegung, sich zu setzen, «dies sind zwei Herren von der *New York Times*, die einen Bericht über mich schreiben wollen. Sind sie damit einverstanden, dass die beiden hier sitzen und zusehen, während ich Sie behandle?»

«Aber natürlich, Dr. Jacobson.»

«Gut. Wie geht es Ihnen denn heute, Mrs. Sanders?»

«Na, den Umständen entsprechend, Doktor. Eher schlecht.»

«Aber gleich werden Sie fröhlich singend hier herausspazieren, nicht wahr?»

«So wird es sein.»

Der Doktor bereitete eine Spritze vor, griff nach einem Fläschchen, besprühte den Gummideckel mit Desinfektionsmittel und zog anschließend etwas von der gelblichen Flüssigkeit auf. Er rollte auf seinem Stuhl herum, holte sich andere Gefäße aus den Regalen und wiederholte die Prozedur mit einem zweiten und einem dritten und einem vierten Fläschchen, ohne dazu irgendwelche Erklärungen abzugeben und ohne Mrs. Sanders in irgendeiner Weise untersucht zu haben. Er setzte sich neben sie und injizierte ihr das Gemisch in die Hüfte, dann füllte er die Spritze erneut auf und gab ihr eine Injektion in den Hals. Anschließend pikte er sie mit einer kleinen Nadel hier und dort und murmelte dabei, wahrscheinlich an Altman und Rensberger adressiert: «Akupunktur.»

Zum Schluss bearbeitete er mit einem kleinen vibrierenden Massagegerät noch Hände und Füße der Patientin. Er sah sie an.

«Wunderbar, Dr. Jacobson», sagte sie, «es geht mir bereits viel besser!»

«Laufen Sie einmal umher.»

Die Frau stand auf und tat, ohne Krücke, ein paar Schritte durch den Raum. Sie lächelte, ihre Wangen hatten Farbe angenommen.

Und so ging es weiter. Jacobsons MS-Patienten kamen herein, erklärten sich mit der Anwesenheit der Journalisten einverstanden und bekamen ihre Behandlung. Manche bekamen zwei, manche drei, manche vier Injektionen, manche bekamen die «Akupunktur», manche die Hand- und Fußmassage, bei manchen wurden auch die Einspritzstellen massiert. Niemals konsultierte der Doktor irgendwelche Akten, Notizen oder Rezepturen, niemals gab es eine Untersuchung. Immer gingen die Patienten in deutlich gehobener Stimmung und offenbar frei von Schmerzen zur Tür hinaus.

Zum Schluss führte Jacobson die beiden Besucher noch in sein Labor, in dem es aussah wie in einem Lagerraum, randvoll mit Kartons und Regalen, die wiederum voll waren mit größeren Flaschen, in denen sich Flüssigkeiten in verschiedenen Farben befanden. Auf dem Boden jeder Flasche lag ein Stein. «Hier lagern die flüssigen Substanzen, bevor wir sie in die kleineren Gefäße abfüllen, die Sie drüben gesehen haben», sagte er. «Für manche Patienten stelle ich auch Vorräte zum Mitnehmen zusammen.»

«Was sind da für Steine drin?»

«Uranminerale. Sie energetisieren die Flüssigkeiten.»

Da standen sie in dieser Hexenküche und wussten nicht recht weiter. Rensberger entschied sich für ein gewinnendes Lächeln, in das er eine kalkulierte Portion Bewunderung mischte.

«Ihre Medizin, nehmen Sie die auch selbst?»

«Absolut. Seit vielen, vielen Jahren.»

«Inklusive Methamphetamin?»

«Ich habe es Ihnen ja bereits erklärt: Die Wirkung von Methamphetamin ist abhängig von der Dosis, der Verarbeitung und der pharmakologischen Kombination.»

«Also ja oder nein?»

Jacobsons Miene verschloss sich. «Beziehungsweise», redete Rensberger schnell weiter, «wir gehen also davon aus, dass Sie, in der entsprechenden Dosis, Verarbeitung und pharmakologisch sinnvollen Kombination durchaus auch Methamphetamin zu sich nehmen, so wie es Ihre Patienten von Ihnen ja auch bekommen. Es gehört einfach zu Ihrer Medizin dazu, richtig?

«Es ist ein Bestandteil.»

«Als Journalisten haben wir natürlich auch mit ein paar Leuten gesprochen, Patienten und ehemaligen Patienten, die nicht alle nur von guten Erfahrungen berichtet haben.»

«Wenn ich mich darüber wundern soll, müssten Sie mir schon einen Arzt zeigen, dessen Klientel zu hundert Prozent zufrieden ist.»

«Sicher. Trotzdem wurde uns in ein paar Fällen von durchaus schwerwiegenden Reaktionen berichtet, die sich mit den bekannten Gefahren bei Amphetaminmissbrauch decken.»

«Missbrauch.» Jacobson sah ihn an.

«Zusammenbrüche, Paranoia, schwere Depression.»

«Ich bin im Bilde darüber, dass sich immer wieder einige wenige Patienten von mir abgewandt haben. Mit wem sie gesprochen haben, weiß ich nicht, aber viele meiner Patienten arbeiten in verantwortungsvollen Positionen. In kreativen Berufen. Sie müssen mit großen Erwartungen klarkommen. Ich führe meine Patienten nicht in den Zusammenbruch oder die Depression. Ich bewahre sie davor. Bei einigen, sehr instabilen Persönlichkeiten gelingt mir das nicht immer, nicht dauerhaft. Vor allem nicht, wenn die Patienten nicht kooperieren.»

«Das heißt?»

«Kooperieren heißt vor allem: kein Alkohol! Ich spreche ein striktes Alkoholverbot aus. Patienten, die während der Behandlung trinken, gehen ein Risiko ein, vor dem ich sie sehr eingehend gewarnt habe.»

«Wie Tennessee Williams?»

«Ich werde Ihnen keine Namen nennen.»

«Würden Sie über Kennedy sprechen?»

Jacobson sah auf die Uhr. «Ich muss gleich zurück in die Sprechstunde. Was genau wollen Sie wissen?»

«Sie haben ihn behandelt?»

«Das habe ich.»

«Könnten Sie uns ...»

Jacobson unterbrach ihn: «Ich beschreibe Ihnen zwei beispielhafte Gelegenheiten. Beides geschah 1961. Im Juni des Jahres bat mich der Präsident, ihn nach Europa zu begleiten, zum Gipfeltreffen mit Chruschtschow in Wien. Ich sagte selbstverständlich zu, es war mir eine Ehre und Freude, diesem Land, das mich und meine Familie aufgenommen hat, einen Dienst zu erweisen. Vor Ort kümmerte ich mich um das Wohlergehen des Präsidenten, behandelte eine Entzündung an seiner Hand mit einem Druckverband und einer Injektion aus Antibiotika und Immunglobulin. Die Infektion verschwand binnen Minuten. Im September desselben Jahres sollte der Präsident eine Rede vor den Vereinten Nationen halten. Die Sache war sehr wichtig. UN-Generalsekretär Dag Hammarskjöld war bei einem Flugzeugabsturz ums Leben gekommen, und ein neuer Generalsekretär musste gewählt werden. Die Sowjets wollten die Gelegenheit nutzen, um die UN zu schwächen. Am Tag der Rede war ich in Washington, wo ich Mrs. Kennedy behandelte, als ich plötzlich zurück nach New York gerufen wurde. Mein guter Freund, der Fotograf Mark Shaw, ebenfalls ein Freund der Kennedys, flog mich bei diesen Gelegenheiten mit seiner Cessna. Wir flogen also sofort zurück, und ich eilte ins Carlyle Hotel. Der Präsident war noch im Schlafanzug. Er litt unter einer schweren Kehlkopfentzündung. Konnte kaum sprechen. ‹Herr Präsident›, sagte ich, ‹ich werde jetzt etwas sehr Ungewöhnliches tun.› Dann verabreichte ich ihm eine Spritze in den Hals, direkt oberhalb des Kehlkopfes.» Jacobson berührte die Stelle an seinem eigenen Hals. «Es war tatsächlich das erste Mal, das ich so etwas tat. Fünf Minuten später konnte er wieder laut und mühelos sprechen. Ich habe das seither etliche Male wiederholt, bei Opernsängern, die vor einem Auftritt Probleme hatten.»

«Haben Sie ihm da auch Meth ...»

«Da fällt mir noch etwas Witziges ein: Als ich meinen Koffer öffnete, um dem Präsidenten die Spritze zu geben, fand ich nur schmutzige Wäsche darin. Mein Koffer war vertauscht worden! Zum Glück war es nicht weit zu meiner Praxis, ich konnte also die Sprechstundenhilfe bitten, schnell die benötigten Dinge zum Hotel zu bringen. Danach nahm Kennedy mich in seinem Cabriolet mit zur UNO. Dabei kamen wir auch durch die 72. Straße, wo ich damals meine Praxis hatte, und da standen meine Angestellten und jubelten uns zu! Der Präsident hielt seine Rede ohne das geringste Problem, und die Anträge der Russen wurden nicht angenommen. Danach gab es einen kleinen Empfang. Ich gratulierte ihm zu seinem Erfolg und er sagte zu mir: ‹Ohne meine Stimme wäre das nicht möglich gewesen.› So. Ich muss Sie nun leider bitten zu gehen. Es warten heute noch viele Patienten auf mich.»

«Welche Politiker zählen heute zu Ihren ...»

Weg war er.

Altman hatte sein Auto an der Madison Avenue geparkt. Sie stiegen ein und saßen einen Moment lang schweigend da. «Wie regelmäßig hat Kennedy ihn gesehen, wie sind sie zueinandergekommen, hat Jacobson ihm während der Präsidentschaft Speed gegeben und wenn ja, wie oft und wie viel? All das müssten wir wissen», sagte Rensberger. «Ganz abgesehen davon, ob er nun auch Agnew behandelt oder nicht.»

Draußen hatte es angefangen zu nieseln. Altman startete den Wagen und schaltete die Scheibenwischer ein, die sich zuerst langsam und zögerlich aus ihrem Lager an der Unterseite der Windschutzscheibe herausbewegten, als hätten sie nicht so richtig Lust zum Arbeiten, um dann aber ruckelnd hin- und herzuschnellen, als würde ein überdrehter Irrer einen Tanz aufführen. «Warum gehen die Leute zu so einem Quacksalber? Intelligente, gebildete, erfolgreiche Leute? Kennedy!»

Rensberger bedachte die Frage seines Kollegen eine ganze Weile, mehrere Blocks lang. Nach der 77. Straße passierten sie das Carlyle Hotel, wo Dr. Max Jacobson nach eigener Aussage dem damaligen Präsidenten, dem unvergessenen Jack Kennedy, sein namenloses Gebräu in den Hals gezwirbelt hatte.

«Er bietet eine Lösung für etwas an, was andere Ärzte nicht lösen können», sagte er schließlich. «Diese Müdigkeit. Kennst du das nicht? Dass man die einfach gern los wäre. Wieder Energie haben, wie früher. Das ist schon verführerisch.»

«Zu welchem Preis, Rensberger?»

«Ich sage ja nicht, dass ich das tun würde.» Sie erreichten die Theatergegend um den Broadway. «Oder wenn du Schauspieler bist oder Opernsänger. Und dann ist irgendwas, genau vor der Premiere, und keiner sonst kann dir helfen. Große Premiere absagen oder einmal zu Dr. Max?»

«Jetzt hör auf, das zu rechtfertigen!»

«Ich rechtfertige nicht, ich suche nach Erklärungen. Du hast doch gefragt!»

Altman parkte den Wagen, und im Regen hasteten sie zurück in die Redaktion, die Mäntel über die Köpfe gezogen.

Für meine schriftstellerische Arbeit fand ich Max Jacobsons Spritzen sagenhaft anregend. Und während dieser letzten drei Jahre am Ende der Sechziger, vor meinem Zusammenbruch, habe ich auch meine besten Sachen geschrieben. Die Leute haben es noch nicht erkannt, aber so ist es.

Tennessee Williams

1972

Im Winter war die Stadt grausam, aber wenn Paul nach New York reiste, war es immer Winter. Inzwischen verband ihn nichts Geschäftliches mehr mit der Stadt. Von den Jobs als Handmodell hatte er nicht leben können, und die Sache mit der Filmproduktion war eine Schnapsidee gewesen. Die Einladungen zu Feiern, die ihn in den letzten Jahren aus New York und Washington erreicht hatten, hatte er ausgeschlagen. Bei solchen Gelegenheiten fühlte er sich regelmäßig fehl am Platze. Auf die Frage «Und was treibst du so, Paul?», hätte er wahrheitsgemäß nur «Ich arbeite in einer Werkstatt in Cleveland und erledige nebenbei diverse Handwerkerjobs» antworten und peinliches Lächeln ernten können, und er hatte keine Lust zu erklären, dass es ihm tatsächlich gut ging. Viel besser als vorher. Noch schlimmer war es mit Menschen, die von ihm gehört hatten, die wussten, da hinten steht ein Ehemaliger vom Secret Service, der war dabei, als Kennedy erschossen wurde. Die fingen eine Unterhaltung an, um irgendwann wie zufällig auf Dallas zu sprechen zu kommen. Oder sie legten gleich los mit ihren eigenen Theorien zum Attentat, zu Verschwörungen, Hintermännern, Flugbahnen von Kugeln. Andere interessierten sich für Klatsch, wollten wissen, ob er noch Kontakt hatte zu Jackie oder ob er Marilyn Monroe begegnet war und unter welchen Umständen. Früher dachte er noch, die Jahre würden die Erinnerungen der Leute an den

Schrecken langsam verstauben lassen, Spinnennetze würden sich darüberlegen, Herbstlaub und Schnee daraufrieseln. Aber das Gegenteil war der Fall. Die Menschen waren wie besessen, der Strom an Artikeln, Büchern und Filmen versiegte nicht, und Paul stellte sich darauf ein, für den Rest seines Lebens damit in Verbindung gebracht zu werden.

Ein alter Freund hatte eine Karte für das Spiel der New York Jets gegen die New Orleans Saints im Shea Stadium übrig gehabt, das konnte er schwerlich ausschlagen. Und weil er gern noch ein paar andere Freunde wiedersehen wollte, war Paul schließlich nach New York gefahren. Die Jets hatten das Spiel in der letzten Minute knapp gewonnen, aber auf dem Weg zur oberen Tribüne waren Paul und sein Kumpel eine ganze Weile im vollbesetzten Fahrstuhl stecken geblieben, was sich ungünstig auf seine Stimmung ausgewirkt hatte.

Am Tag darauf, bevor er wieder zurück nach Cleveland wollte, war er noch zum Mittagessen mit Oleg verabredet. Paul war früh dran. Er kaufte die *Times*, setzte sich ins Restaurant und bestellte schon mal einen Kaffee. Oben auf der Titelseite waren Fotos der Astronauten zu sehen, die sich auf die bevorstehende Mission von Apollo 17 vorbereiteten, aber sein Blick rutschte schnell ganz nach unten auf einen Bericht über Mitarbeiterstreiks und Sabotageaktionen im Shea Stadium gestern beim Spiel der Jets. Es gab Stromausfälle, CBS hatte das Spiel nicht übertragen können. Und Menschen blieben in Fahrstühlen stecken, dachte Paul.

Und dann war da noch etwas zwischen den Astronauten oben und dem Bericht über die Streiks unten. «Arzt verabreicht berühmten Patienten Amphetamine zur Stimmungsaufhellung» stand da. Fortsetzung Seite 34. Paul hatte diesen Doktor Max nie kennengelernt, aber hier war ein Foto von ihm. Das war er also, Marks großes Idol.

Paul blätterte zu Seite 34. Die Geschichte nahm die gesamte große Zeitungsseite ein und war bebildert mit einem von Mark geschossenen Foto, auf dem neben Max Jacobson auch Jack Kennedy, dessen alter Kumpan Chuck Spalding und sein zweifelhafter Schwager Prinz Radziwill zu sehen waren. Paul wusste, dass es 1963 bei Kennedys 50-Meilen-Geländemarsch entstanden war.

Die Journalisten der *Times* hatten ganze Arbeit geleistet, der Artikel ließ nichts aus. Namen wurden genannt, neben Kennedy ganz vorneweg Truman Capote, Cecil B. DeMille, Emilio Pucci, Otto Preminger, Eddie Fisher, Alan Jay Lerner, Anthony Quinn, Tennessee Williams. Und Mark Shaw. Und Pat Suzuki. Das würde ihr nicht gefallen. Preminger wurde mit den Worten zitiert, Jacobsons Spritze gehörte zu den schlimmsten Erfahrungen seines Lebens, Capote dagegen äußerte sich voll Bewunderung. Ein ehemaliger Mitarbeiter beschrieb, wie er den betrunkenen Tennessee Williams aus der Praxis werfen musste. Jackie, jetzt Onassis, ließ bestätigen, bei Max in Behandlung gewesen zu sein. Der Artikel machte auch Konzessionen: Die meisten Patienten nutzten Jacobsons Speedinjektionen nur kurzfristig und in geringen Dosen, stand dort. Als prominentes Gegenbeispiel dazu wurde ausführlich Alan Jay Lerner angeführt, der Jacobson nach Aussage seiner Exfrau zu allen Tages- und Nachtzeiten aufsuchte. Lerners Schwäche für Jacobsons Spritzen schien eine bedeutsame Rolle in ihrem Scheidungsprozess gespielt zu haben.

Es kam auch ein Fotograf zu Wort, ein anderer, den Paul nicht kannte. Offenbar übte Jacobsen eine starke Anziehung auf Fotografen aus. Der Mann beschrieb eindringlich, wie er bei Dr. Max zum Abhängigen geworden war. Wie ihm klarwurde, dass er Speed bekam, wie er die Spritzen irgendwann brauchte, sich aber weiterhin vormachte, alles unter Kontrolle zu haben. Wie er drei Tage hintereinander ohne Schlaf herumlief und in der Praxis, wenn der Doktor mal abwesend war, auf völlig verzweifelte Patienten traf. Wie er Dr. Max nach London begleitete, wo er in der Botschaft von Panama eine Ehrenmedaille verliehen bekam, und wie er schließlich nach einem Zusammenbruch in die Psychiatrie eingewiesen wurde, wo er zwei Jahre lang blieb, um sich von schweren Depressionen zu erholen.

Und dann ging es um seinen alten Freund. Ein weiterer Fotograf, der sich bei Dr. Jacobson in Behandlung befand, stand da, sei an Amphetaminvergiftung gestorben, Mark Shaw, Kennedy-Vertrauter, Ehemann von Pat Suzuki.

Paul hatte nicht bemerkt, wie Oleg auf dem Stuhl gegenüber Platz genommen hatte. Erst als er seinen Namen hörte, sah er hoch. Oleg musterte ihn amüsiert.

«Da stehen ja wohl mächtig spannende Dinge in der *Times* heute!»

Paul drehte die Zeitung herum und legte den Artikel vor Oleg auf den Tisch.

«Oh. Oha! Jetzt wird es nun wohl ungemütlich für den alten Doc. Was soll's. Er ist sowieso längst im Pensionsalter.»

«Guck, sie schreiben auch über Mark.»

«Gott hab ihn selig.»

«Es war genau der Tag, an dem er starb, als wir uns das letzte Mal gesehen haben. Weißt du noch? Ich kam in den Club und dachte, Mark hätte mich versetzt.»

«Richtig, richtig. Wie lang ist das her?»

«Drei, nein dreieinhalb, fast vier Jahre!»

«Mein Gott, so lange schon wieder. Du hast dich ganz schön volllaufen lassen an dem Abend.»

«Das habe ich mir inzwischen auch abgewöhnt. Am Tag danach bin ich bei diesem Mädchen aufgewacht, das du mir als Miss Germany vorgestellt hattest.»

«Im Ernst? Bei Mona?»

«Ich kann mich an keinen Namen erinnern. Nur Miss Germany. Sie hatte mich wohl aus Fürsorge mitgenommen, weil ich nicht mehr wusste, in welchem Hotel ich wohnte. Ich lag voll bekleidet auf dem Sofa, geweckt hat mich ein Papagei.»

«Ja, das war Mona. Kennst du diesen kuriosen kleinen Blumenladen am River Side Drive?»

«Der mit dem Inhaber, der immer so viel redet, so ein Unikum?»

«Genau. Der macht ja wirklich die schönsten Sträuße, aber nagelt einen ewig fest mit seinem Dampfgeplauder. Jedenfalls, der stand letztens nach einem Brand kurz vor dem Ruin, und da hat Mona ihm geholfen, seinen Laden wieder auf Vordermann zu bringen.»

«Aha, und wie kam das?»

«Irgendwie kannten sie sich durchs Telefon. Und sie engagiert sich in einer Stiftung für suizidgefährdete Menschen.»

«Sie war aber gar keine Miss Germany.»

«Ich weiß.»

Aber so wie jeder andere, gehen auch Ärzte dorthin, wo ihre Persönlichkeiten und ihre emotionalen Bedürfnisse sie hinführen.
Dr. Michael Baden

1981

Seit der Geburt seiner ersten Tochter war Robert ein Vater. Nicht nur faktisch; sein ganzes Empfinden, seine Stellung in der Welt war zu einer väterlichen geworden, über Nacht. Wenn er früher einen Film gesehen hatte oder ein Theaterstück, in dem Familienverhältnisse eine Rolle spielten, hatte er sich, ohne darüber nachzudenken, mit dem Sohn identifiziert. Nun gehörte er zu den Eltern. Es war wie ein Umzug in ein anderes Land. Das väterliche Empfinden bestimmte auch das Verhältnis zu seinen Patienten, vor allem den jüngeren, vor allem zu denen mit Problemen. Manche nannten ihn den «großen weißen Vater». Die Leute hatten so viele Probleme. Probleme im Beruf, Probleme mit der Herkunft, der Familie, mit Unfällen und Krankheiten, mit Geld, mit Beziehungen. Und dann hatten sie Probleme mit Drogen. Drogenprobleme waren in Wahrheit Probleme mit einem selbst. Nicht alle mit einem Suchtproblem waren jung. Weiß Gott. Und die Droge der Wahl war auch nicht immer illegal. Robert sah Körper und Seelen, die von Alkohol, Zigaretten, Koffein und Zuckerzeug lädierter waren als die manch eines Freundes verbotener Substanzen. Aber auch die gab es, und viele von ihnen kamen zu ihm, weil er sich nicht aufführte wie ein Strafrichter. Manche machten Schwierigkeiten, stahlen Spritzen und Medikamente. Ein Bauingenieur, der nach einem Betriebsunfall nicht von den Morphinen wegkam, ließ aus seiner Praxis sogar mal eine Schreibmaschine mitgehen.

Manche ließen sich retten. Andere nicht. Die Sucht konnte viele erwischen, aber wer einen besseren Start ins Leben gehabt hatte und nicht schon als Teenager mit harten Sachen in Kontakt gekommen war, hatte deutlich bessere Chancen auf Rettung.

Ein Patient, dem er gut helfen konnte, hatte ihm eines Tages das *New York Magazine* mitgebracht, in dem dieser sensationslüsterne Artikel stand von der Fotografin, die Jahre zuvor ein paarmal bei ihm gewesen war und die offenbar noch andere Ärzte aufgesucht hatte, um hinterher darüber etwas zusammenzuschreiben. Sie bezeichnete sie alle als «Feelgood Doctors» und warf sie in einen Topf. Robert wusste, wer die anderen beiden waren, und keinesfalls wollte er sich mit denen in einem Topf befinden.

«Ich möchte mal wissen», hatte Robert damals zu dem Patienten gesagt, «was bitte daran so schlecht sein soll, wenn man sich gut fühlt?»

Anderthalb Jahre später war dann der große Artikel in der *New York Times* gefolgt. Jacobson bekam darin sein Fett weg. Robert war ihm nie wissentlich begegnet, aber natürlich kannte er ihn. Patienten hatten immer wieder von ihm erzählt, mal begeistert, mal entsetzt. Manche hatten ihm den Rücken gekehrt und waren stattdessen zu Robert gekommen, andere hatte Robert an ihn verloren. Einige waren offenbar in beiden Praxen ein und aus gegangen.

Robert war der Mann als Hochstapler und Wichtigtuer erschienen, mit seiner ganzen angeblich extrem bedeutsamen Forschung, von der er überall erzählt hatte, ohne dass je etwas dabei herausgekommen wäre. Seine Kontakte zu den Großen und Mächtigen waren ihm zu Kopf gestiegen, ständig hatte er mit denen geprotzt, besonders mit den Kennedys. Das war dumm und unvorsichtig gewesen. Aber als Robert dann diesen Artikel las, diesen Sargnagel von einem Text, empfand er Mitleid. Alles, was da stand, hätte man auch über ihn schreiben können. Jacobson, hatte dort gestanden, sei «der Bekannteste» einer kleinen Zahl von Ärzten, die Amphetamine verabreichten, nicht um zu heilen, sondern um ihren Patienten zu besserer Laune zu verhelfen. Was für ein Unsinn. Aber das war der Preis seiner Großtuerei gewesen, er war damit in den Fokus der Presse geraten.

Aus dem Artikel hatte Robert auch erfahren, dass Jacobson sein Studium in Berlin abgeschlossen hatte, 1924, an der «Frederich Wilhelm Universität». Sie hatten es natürlich falsch geschrieben.

Der Artikel hatte ihn lange verfolgt. Seine Frau fragte ihn damals, ob sie sich nun auch Sorgen machen müssten. Robert hatte lächelnd den Kopf geschüttelt, aber in Wirklichkeit war er sehr wohl besorgt gewesen, schließlich hatte es vorher schon Probleme gegeben, als man ihm damals vorübergehend die Lizenz entzogen hatte. Aber auch wegen all der Ähnlichkeiten hatte ihn der Artikel beschäftigt – Berlin, die Friedrich-Wilhelms-Universität, die Verfolgung, die Emigration nach New York. Die medizinischen Parallelen. Jacobsons Praxis war nur ein paar Blocks von seiner entfernt gewesen, fußläufig. Vor den Zeitungsberichten hatte er wenig darüber nachgedacht, allenfalls hatte es ihn geärgert, dass da so einer war, irgendwie ähnlich, aber eben doch ganz anders, mit dem er sich ewig vergleichen lassen musste. Vielleicht hätten sie ja Freunde sein können oder Verbündete.

Es war nie passiert.

Nach Erscheinen des Artikels war die Geschichte noch eine Zeitlang durch die Medien gegeistert. Andere hatten sie aufgegriffen, und die *Times* hatte die weiteren Entwicklungen fleißig verfolgt. Die Staatsanwaltschaft und die ärztliche Berufsaufsicht hatten ermittelt, Jacobson selbst hatte eine kurze Gegendarstellung veröffentlicht, Leser hatten Leserbriefe geschrieben. Darunter auch Tennessee Williams, der sich gewehrt hatte gegen die Darstellung, er sei besoffen in die Praxis gekommen und daraufhin hinausgeworfen worden, dieser Bericht sei nichts als eine «mickrige Komödie».

Ein paar Monate später dann hatte die *Times* nachgelegt. «Zwei hiesige Ärzte gelten als Bezugsquelle für Amphetamine», so die reißerische Überschrift, und gleich im ersten Satz, in der ersten Zeile, stand Roberts Name. Es hatte ihn nicht überrascht. Der Journalist, ein gewisser Rensberger, hatte sich vorher bei ihm gemeldet, sie hatten miteinander telefoniert. Beim zweiten der «zwei örtlichen Ärzte» handelte es sich um John Bishop, auch bekannt als Dr. JB. Er war zitiert worden mit den Worten: «Es gab Leute, die besuchten morgens Freymann und abends Jacobson, und dazwischen kamen sie noch zu mir.»

Bei Erscheinen der Geschichte war Robert achtundsechzig gewesen und hatte immer noch Lust und Kraft zum Arbeiten. Die Behörden ließen ihn in Ruhe. Er wurde etwas vorsichtiger, reduzierte seine Arbeitszeit, nahm weniger Patienten auf. Einige Jahre später war er noch einmal unversehens in die Schlagzeilen geraten, weil er als Zeuge in einem schillernden Mordfall aussagen musste, bei dem eine frühere Nachtclubtänzerin angeklagt war, ihren Ehemann, einen Musikproduzenten, mit Hilfe von zwei Auftragskillern getötet zu haben. Die Frau war seine Patientin. Das war kurz bevor der Präsident, jener, der gerade den Krieg gegen Drogen ausgerufen hatte, nach einem Riesenskandal um Abhörversuche politischer Gegner von seinem Amt zurücktrat und Dr. Max Jacobson schließlich seine ärztliche Zulassung verlor.

Roberts Töchter waren erwachsen geworden und gingen ihrer Wege, eine interessierte sich für Mode, die andere für Bücher. «Du solltest auch ein Buch schreiben, Papa», hatte sie gesagt, vor ein paar Jahren. «Du hast doch viel erlebt und so viel Wissen weiterzugeben. Ich kann dir einen Verlag vermitteln und eine erfahrene Autorin, die dir unter die Arme greift.» Es kam ihm gerade recht, nachdem er die Praxis doch endlich aufgegeben hatte, mit über siebzig.

Er war stolz auf das Ergebnis. Der Verlag wollte das Buch «Doctor Robert» nennen, so wie dieser Song von den Beatles, aber Robert war dagegen, er hatte ein zwiespältiges Verhältnis zu dem Lied. «Was schlagen Sie denn vor, Dr. Freymann?», hatten sie gefragt, und seine Idee wurde dann schließlich auch genommen. *Was ist schlecht daran, gut drauf zu sein?*

Ein Buch, das hatte Jacobson nicht zuwege gebracht.

Dr. Robert war zufrieden.

Nachbemerkung

Die Ausgangsidee zu diesem Roman liegt in der historischen Geschichte der als Feelgood-Ärzte bekannt gewordenen deutschen Auswanderer Dr. Max Jacobson und Dr. Robert Freymann.

Für die hilfreiche und freundliche Beantwortung meiner Fragen, Zeitzeugenberichte und Dokumente danke ich Martin Kasindorf, Boyce Rensberger, John Melville Bishop Jr. und Roger Rapoport. Ich danke Thomas Hölzl, Elinor Richter, Anja Houska, Vredeber Albrecht und Katja Sämann für das Lesen und Kommentieren in verschiedenen Manuskriptstadien und Marcus Gärtner für das Lektorat und das wunderbare Cover. Ich danke allen Höflichen Paparazzi, tot oder lebendig, für alle Antworten, Ideen, Inspiration und Hinweise und sowieso für alles.

Quellenangaben

S. 5
«Doctor Feelgood», Songtext von Aretha Franklin

S. 15
Andy Warhol: The Philosophy of Andy Warhol (From A to B and Back Again), Harcourt, 1975 (Übersetzung der Autorin)

S. 32
Der Spiegel: Übertriebene Generation, 02.10.1967

S. 35
«I Say A Little Prayer For You», Songext von Hal David

S. 50
Paul McCartney (mit Barry Miles): Many Years From Now, Secker & Warburg, 1997 (Übersetzung der Autorin)

S. 68
Timothy Leary: Flashbacks: An Autobiography, J. P. Tarcher, 1983 (Übersetzung der Autorin)

S. 81
Andy Warhol & Pat Hackett: POPism. The Warhol Sixties, Harper & Row, 1983 (Übersetzung der Autorin)

S. 92
Mark Shaw: The John F. Kennedys. A Family Album, Farrar, Straus, 1964 (Übersetzung der Autorin)

S. 93
Uwe Johnson: Jahrestage. Aus dem Leben von Gesine Cresspahl, Band 2, Suhrkamp, 1971

S. 107
William S. Burroughs Jr.: Speed, Ullstein, 1980

S. 121
«Just Like A Woman», Songtext von Bob Dylan

S. 137
Eddie Fisher (mit David Fisher): Been There, Done That, St. Martin's Press, 1999 (Übersetzung der Autorin)

S. 150
«Mona», Songtext von Ellas McDaniel

S. 153
Roger Rapoport: The Super-Doctors, Playboy Press, 1975 (Übersetzung der Autorin)

S. 168
«Doctor Robert», Songtext von Lennon / McCartney

S. 185
Ernst Jünger: Sämtliche Werke – Band 13: Essays V: Annäherungen, Klett-Cotta, 2015

S. 211
«Mother's Littler Helper», Songtext von Jagger / Richards

S. 222
Allen Ginsberg, zit. Nach Nicolas Rasmussen: On Speed. From Benzedrine to Adderall, New York University Press, 2008 (Übersetzung der Autorin)

S. 233
Andy Warhol & Pat Hackett: POPism. The Warhol Sixties, Harper & Row, 1983 (Übersetzung der Autorin)

S. 252
Cherry Vanilla: Lick Me: How I Became Cherry Vanilla, Chicago Review Press, 2010 (Übersetzung der Autorin)

S. 269
Terry Richardson (Hg.): Bob Richardson, Damiani, 2007 (Übersetzung der Autorin)

S. 287
A. E. Hotchner: Blown Away: The Rolling Stones and the Death of the Sixties, Simon & Schuster, London, 1990 (Übersetzung der Autorin)

S. 299
Susan Wood: Doctor Feelgood, Are You Sure It's All Right?, New York Magazine, 8. Februar 1971, S. 26–35 (Übersetzung der Autorin)

S. 302
Robert Freymann (with Leslie Holzer): What's So Bad About Feeling Good, Playboy Paperbacks, 1981 (Übersetzung der Autorin)

S. 309
Anaïs Nin: Die Tagebücher der Anaïs Nin 2 (1939–1944), dtv, 1972

S. 319

Ed McCormack: A Last Waltz on the Wild Side, In: Vanity Fair, Januar 2014 (Übersetzung der Autorin)

S. 332

«First We Take Manhattan», Songtext von Leonard Cohen

S. 349

Patrick M. McGrady Jr.: The Very Rich Are Not Ugly and Tired Like You and Me, Esquire, November 1968 (Übersetzung der Autorin)

S. 357

Crime in America: Heroin Importation, Distribution, Packaging and Paraphernalia von United States. Congress. House. Select Committee on Crime, U. S. Government Printing Office, 1970 (Übersetzung der Autorin)

S. 361

Boyce Rensberger u. a.: Amphetamines Used by a Physician To Lift Moods of Famous Patients, New York Times, 4. 12. 1972

S. 361f.

Cecil B. DeMille: Autobiography, Prentice Hall, 1959

S: 369

Tennessee Williams: Memoirs, Doubleday, 1975 (Übersetzung der Autorin)

S. 374

Michael Baden (with Judith Adler Hennessee): Unnatural Death. Confessions of a Forensic Pathologist, Warner Books, 1989 (Übersetzung der Autorin)

S. 376

Boyce Rensberger u. a.: Two Doctors Here Known to Users as Sources of Amphetamines, New York Times, 25. 03. 1973

Die Rowohlt Verlage haben sich zu einer nachhaltigen Buchproduktion verpflichtet. Gemeinsam mit unseren Partnern und Lieferanten setzen wir uns für eine klimaneutrale Buchproduktion ein, die den Erwerb von Klimazertifikaten zur Kompensation des CO_2-Ausstoßes einschließt. www.klimaneutralerverlag.de

FSC
www.fsc.org
MIX
Papier aus verantwortungsvollen Quellen
FSC® C083411